廖晁诚◎著

# 过台湾

渡东三部曲之一

华艺出版社
HUA YI PUBLISHING HOUSE

# [目 录]

# 第一章 渡东好赚钱

这老天爷简直发疯了。

去年的秋旱、冬旱，加上今年的春旱，紧接着又是夏旱。

闽南地区遇上了百年未遇的大旱。

原本就缺水的农田，已经裂开的口子连握紧的拳头都可以伸进去。地里已经一年无法再种上庄稼。开始田里还能长一些野草，现在连那野草，甚至连那最富有生命力、最耐旱的铁丝草、牛筋草都已经完全干枯，那本该绿油油的叶子，现在已经完全干黄，放在手中只要用轻轻一口气吹着，便像粉末随着灼热的旱风飘向四方。

这，老天爷真想跟人过不去了。

似乎要灭了人类，灭了一切生命。

庄户人家脸朝黄土背朝天，忙忙碌碌，只有靠种地换取一日三餐。可是现在旱成这样，想忙也成了奢望，一日三餐是什么样更是可以想像。

炎炎烈日，赤土千里。人喝水成了问题，牲畜饮水也成了问题。尽管每家每户都有几亩薄地，可是那几亩地都在冒烟。于是，为了活命各家各户只有携儿带女背井离乡，四处逃荒，没有目的地寻求一日三餐，去苟延残喘。

村子里，不论是这个村，还是那个村，早没了往日的生气，静悄悄的，死一样的寂静。唯独只有那龙池岩下密林中大树上的知了，好像每天都能吃饱喝足，在那没日没夜、不知疲倦地叫唤着。一声声没完没了的"吱呀！吱呀"地叫唤着，叫得让人心烦意乱，叫得让人火冒三丈。

"干妮姥！"阿光光着膀子，穿着一条已经看不清本色的大裤衩子和三个年纪相仿的邻村同伴，此时正仰天躺在龙池岩下的山泉旁的大山石上。辘辘饥肠，烦人的蝉声，让本已心烦的他情绪有些愤怒，他怒不可遏地用闽南话骂出了一句粗话，随手捡起地上的一块石头，狠狠地往树枝上的知了砸去。

石块砸得很准，"扑"的一声，石头飞去，那烦人的蝉鸣终于应声而止。

随着小生灵逃命的叫唤声，树上那干旱缺水的已经卷了边的树叶，零零落落地飘落下来。

他正想仰身躺在那山涧的岩石边，希望让宁静的山涧来平抑自己烦躁的心。可那林子里却又响起了一阵阵布谷鸟的鸣叫声。旁边的阿龙不安地换了一个躺姿，然后，一跃而起，顺手捡起一块山石，想砸过去，"干妮姥，现在是什么时候，还在布谷、布谷叫个没完没了。"阿龙的嘴里嘟嘟哝哝地骂着。

"别赶了。这鸟儿叫的不是布谷、布谷。"阿光用手制止住阿龙。

"那叫什么啊？"阿海问道。

"这叫吃糠、吃土。"阿光似乎有一点老气横秋地应道："你们看，大旱了，大家没吃的，都吃糠，吃观音土了。"阿光讲的是实在话。现在村子四周别说野菜，连能吃的树皮都剥光了。前一段有人发现邻村有一个地方的观音土能充饥，都排着队去挖。结果，很多人都被那观音土活活地梗死了。

阿光的话说得几个兄弟情绪更加低落，似乎觉得死神一步一步朝大家逼近。一时间，再也没了声音。

他的身边往日是飞流而下的山涧瀑布。

久旱未雨，瀑布几乎消失，只剩下残存的一点细细水流，像茶壶的水。不，更准确地说像小男孩的尿一样从高处无力地往下流淌着，无力地落在石头上，多少给人一丝的湿润，给人一丝凉意。

阿光看见那知了仓惶逃窜，对这小生灵似乎产生了一种恻隐之心。他愣愣地看着已经不见踪影的知了，似乎觉得刚才自己做得有些过分，萌发了某些悔意。是啊，这种天灾，每一个生命都活得不容易，都在祈望得到苍天的庇佑和照应，这当然也包含着那弱小的知了。

又是一阵让人感到燥热的旱风吹来，把他那辨不清颜色的大裤衩子拂得不停地抖动，一次又一次地把他那屁股上露出的几个已经磨破的洞翻来覆去，隐隐约约可以看见小伙子被太阳烤黑的臀部。他似乎已经感觉到这一切，羞涩之心，让他本能地用右手捂住那破洞，轻轻地发出了一声叹息，无奈他重新躺回原来的位置上。

于是，在这似乎被人们已经忘却的小天地，终于有了短暂的安静。

除了那无力往下流淌的山泉声。

"阿光哥！"那称为阿光的小伙子还未躺好，旁边躺在石块上的一个同伴中，有一个坐起来有气无力地叫他。

"唔！"阿光头也没有回地应着。

"难道，我们四兄弟就在这躺着等死吗？"这问话的同伴叫阿发，他和身边的另两个伙伴一样和阿光在这躺了已经有几个时辰。他们就住在龙池岩下的邻近村庄，为了生计，四兄弟约好在这商量活路，可是，商量来商量去，至今也一直找不到解决的办法。

"是啊！阿光哥，你见世面多，出个主意，我们四兄弟与其在这躺着等着饿死，倒不如出去闯一闯，兴许还能寻找到一条活路。"其余两个同伴一个叫阿海，一个叫阿龙，听完阿发的话，也异口同声地说。

不难看出，四个同伴当中，尽管年纪相仿，但阿光是他们的主心骨。从他们左一个"阿光哥"、右一个"阿光哥"的叫唤中，说明阿光在四个人中的地位。因为阿光思路敏捷，脑子特别好料，每当遇到困难总能想出一套高人一筹的解决办法。一个偶然的相遇，这四个邻村而居的孤儿偶然相遇，便有了割不断的情缘。不久，他们便学着大人们的做法，在这龙池岩下的龙湫庵保生大帝祖宫前结拜兄弟，并杀了一只雄鸡喝了鸡血酒。

至于称阿光为哥，则是因为阿光的父亲在他还未出生前便渡东到台湾拓荒去了，而且一去便没有了音讯。母亲把他养到六岁那年，因长年的思念丈夫，再加上艰辛度日，积劳成疾一病不起。因此，阿光长这么大，父亲长什么样？父爱是一个什么滋味竟毫无知晓。六岁那年，母亲去世，他成了孤儿，便拎着小竹篮四处逃荒要饭，靠着吃千家饭，穿百家衣，日复一日，天生天养。到了八岁那年，饿昏在路旁，恰被路过化斋的和尚收留。从此，便在庙里成长。

他是这闽南农村为数不多，出过村，学过功夫，见过世面的人。

去年，他告别师父返回家乡，想重振家业，由于为人仗义，而且又有一身功夫，在结拜兄弟时大家一致推崇他为大哥。

"阿发、阿海、阿龙。"听见三个同伴在问他，阿光沉思了一会儿，便腾地一声站起来："我有一个想法，考虑了很久，觉得应该是我们的一条出路。"阿光话音刚落，三个同伴早已迫不及待地站了起来："快说说看！"

"渡东！"

"渡东？"

"对！渡东。"阿光认真地说："阿叔、阿伯们都说，渡东好赚钱，台湾钱没脚目，这件事我已经考虑了很长时间了，我们四兄弟不如去闯一闯？"

"可是，渡东飘洋过海，多少人还没到，便沉入大海没了音讯了。"阿发有一些担忧。他也是孤儿，他的爷爷、父亲都亡在渡东路上。闽南人把赴台拓荒称为"渡东"。台湾土地广袤肥沃，吸引了无数人到那去拓荒，可是台湾海峡大浪却无情地吞噬了多少长辈的生命。尤其是这些孤儿，既有对台湾的向往之心，又有对那海峡的恐惧之意。

"生死有命，富贵在天。渡东自然危险不小，但与其在这里坐着饿死，倒不如渡东一搏。我阿爸虽然渡东一去不返，但又有多少阿叔、阿公渡东发了大财？"阿光实际早就考虑渡东问题，只是在内心反复权衡。今天，被同伴们一逼，便和盘托出了自己的想法。

"那……"阿海听了阿光与阿发的对话，觉得阿光的话不无道理，只是渡东是一个自己毫无知晓的事情，心里没底，既感到心里不踏实，又感到充满着诱惑。想了又想，张开嘴巴欲言又止。

"我们是生死兄弟，大家都说一说想法。"阿光看了看阿海，又看了看沉默不语的阿龙，口气变得有些严肃。

"我没有说的，听阿光的话。反正现在除还有一口气外，已经一无所有了。"阿龙终于说出了自己的想法："我只感到，抓鸡也要一把米，飘洋过海，我们却身无分文，要去渡东连起码的盘缠都没有。听说光船费都一两银子，我们连穿的裤子都破了几个洞，这笔船费找谁要去呀！"

"是啊！是啊！"阿龙的话说出了阿海的心事。

"这个倒不难。"阿光看到同伴们都说了自己的想法，便胸有成竹地说："渡东这件事，我前一段已经反复了解过，有两条路子可以走。一是富兴行老板每天在月港设办事点，正像阿龙所说的那样，每人渡东的船费为一两银子，有一船人便开一趟船；还有一种办法呢，是在台湾的老板回来招人，只要年轻力壮，报了名便是他的人，有吃有喝，到了台湾便成了他的工人。"

"那岂不是把我们都卖给他了吗？"阿发有些担心。

"现在考虑不了那么多，吉人自有天相，一旦到了台湾，我们再作决定，活人总不会被尿憋死的。"阿龙觉得阿光已将问题考虑得很周详，只要到台湾，只要有饭吃，只要不饿死，一切都应该从长计议。

"我们同意阿龙的意见。眼下我们已经没有了活路，容不得我们作太多的选择。最重要的是只要能活下去，过了这个坎，才能谈得上谋求以后的发展。"阿海表示赞同。

"阿发，你有更好的思路吗？"看见同伴们都争先表明了自己的态度，而阿发还在静静地思考，阿光把目光投向他。因为阿光知道，在几个同伴中阿发是属于少年老成的那一类人。凡事总喜欢反复对比，没有相当成熟的意见，他是不会轻易表态的。如果自己是四个同伴中的领军，那么师爷就非阿发莫属了。因此，兄弟议事，阿光总是要听听阿发的意见。

"阿光哥说的一点都没有错，从目前处境看，渡东是一个最好的选择，而渡东惟一的办法也是以招帮工的形式最直接、最符合我们目前的处境。"阿发似乎还有话要说，但话到如此，却嘎然而止，他把目前停留在阿光身上，希望阿光能将这个锅盖揭开，把自己的心底话向同伴们亮清楚，亮明白。

"是啊！阿光哥，你就爽快地把想法和打算说给大家听吧。"阿发、阿海、阿龙异口同声地说。

"渡东，讲实话我想了很久。"阿光用手招呼同伴们坐在石块上，接着说："之所以刚才说出口，是因为渡东是我们眼下惟一的选择。当然，渡东困难很多，最大的困难是对台湾我们两眼一抹黑，一无于所知，而且身边没有一文钱。但只要跨过大海，到台湾先混一碗饭吃，不至于饿死，就有了下一步发财的希望。我们四兄弟只要能联起手来，吃得了苦，就不愁混不出人模人样来。"阿光很自信，与刚才烦躁无比的情绪看，好像将自己的打算说穿了，心情也豁然开朗了一样。

"那我们什么时候出发呀？"阿发对阿光的话非常赞同，问了一句。

"明天吧，明天去月港码头去报名，如何？"阿海建议。

"既然决定要渡东，还说什么明天。我们四个人，面朝天一只鸡巴，背朝天光屁股一个。一个人吃饱，全家撑着，也没什么需要准备，不如马上出发。"阿海性子比较急。说罢，马上站起来，拉着大家就要动身。

"阿光哥……"阿发还是将目光投向阿光，请他定夺。

"走吧。到码头我们再了解一下情况。"阿光看见那迫不及待的样子，转过头："大家趁这还有水，先喝个够，不然离开这里便没有水可喝了。"

"对！如果渡东，说不定这辈子也难喝上这里的水了。"阿发一边说，一边仰起头将嘴巴张开对着那往下流淌的山泉水，"咕噜、咕噜"地先喝了个够。

等到四个人喝足了山泉水，摸了摸似乎发圆的肚子，才心满意足地离开龙池岩，朝码头走去。

离开绿树成荫的龙池岩，告别那沁人肺腑的山泉水，四个兄弟一踏上往山下那山间小道，热浪便扑面而来，光着的脚丫踩在那坎坷不平的沙石路面，顿时脚底感受到难耐的灼热。因此，四个同伴便没了刚才的兴奋，只是一路狂奔，朝着码头快步跑着去。

这段路不算长，一个多钟头走完了往日近两个钟头才能走完的路，走到那人流零零落落的码头，四个人早已像从水中捞起的人一样。汗水从肩上、背上一直往下流淌着，连那辨不清布本色的大裤衩子也湿了一大半。

码头的一个角落各围着两摊人群。这跟阿光原先了解的一样，一摊是收费的，每人一两白银的船费，凑足一船人便发船。这一摊没有多少人气，因为旱情已经延续近一年，家家几乎早已锅底朝天，能凑足这一两白银的家庭屈指可数。而另一摊是招开荒工的，倒是热热闹闹，一色青年后生仔，排着队，一个个翘首以待，等着办理登记手续，然后上船出发。

阿光四个人不约而同看去，尽管都是一色的年轻人，都讲着闽南话，尽管听那腔调来自漳州府，也有来自泉州府。但一个个衣衫褴褛，面带菜色，可以想象，这场百年未遇的旱灾，给闽南乡亲带来多少灾难呀！

地面被太阳晒得发烫，阿光他们一边不停地跳动着，以让被阳光灼热的双脚得以片刻的休息，一边不停地张望以更多地了解这里的情况。他们希望能在那焦急而匆匆的行人当中寻找一张熟悉的脸，唯恐是同村的还是邻村的也罢。但，不停地转着、转着，最后只好带着一丝丝失望。

这人群中没有一个他们熟悉的人。

"我们到旁边再观察一下吧！"阿光用征询的目光看了看身边的同伴。

"也好！"同伴们附和着说。

走近码头边一棵大榕树下，倒有几个有气无力的人躲在树下歇息，阿光他们走过去，先怯怯地向一位中年人打听："阿叔，你为什么不渡东呢？"

"要去，你去不就好了吗？"中年人没有好心情，头也不回地应道。

"不是的，阿叔。我们都是孩子，对渡东的事一点也不了解，想请阿叔给我们指点。"阿光用很真诚的口吻对长者说。

"你们后生仔跟我不同，一个人走了，一了百了。我可是拖家带口，一上船，再后悔就来不及了。"中年汉子终于说出了自己的苦衷。

"那……"阿光还想问什么。

"如果我是你们这样的年纪，就不会有那事了。去台湾混碗饭吃，混一天算一天，总比留在这里饿死强呀。"壮年汉子有些懒洋洋地从地上坐了起来。"今天那老板已经招走一条船的人了。刚刚那条船已经出海，后生仔如果你们要去可要抓紧，兴许还能赶上这趟船。你们看，那报名的人有多少呀。"说完，壮年汉子似乎有些疲惫，重新躺在地上，闭起了双眼养起神来。

阿光看看阿叔，再看看三个同伴，觉得要再从别人口中了解到台湾更多更详细的东西已经不可能。既然如此，他咬了咬牙，尽管台湾一无所知，也不知此行会有什么样的结局。但除此之外也没有更好的第二条出路，与其这样不如横下一条心，到那报个名登船渡东罢了。

"上去报名吧，我走第一个，你们随后。"阿光不再犹豫，带着三个同伴，朝那帮招工的老板的位置走去。

此时，虽然已是下午三四点钟，一天中最难耐的酷热已经过去。但被中午太阳暴晒过的土地仍然热浪翻腾。人站在这地上，似乎像一条条活泥鳅放在热锅上，不停地蹦跶着，不停地挣扎着。

站在招帮工的摊位前，一张破旧的桌子前坐着一个身材高大的约摸四十多岁的中年人，满脸横肉，长满了络腮胡子，那张被太阳和海风烤晒的脸，闪烁着乌黑的亮光，站在他的周边有一些迫不及待渡东的人不时地给他煽风献媚，还讨好地称他为阿伯。

"什么名字？"见到阿光走近摊位，那络腮胡凶神恶煞地发问。

"阿光。"终于轮到阿光了，壮汉一边打着大葵扇，一边粗声粗气地问着。阿光毕竟见过一些世面，若无其事地应道着。

"姓什么？"

"林，双木林。"

"几岁？"

"十六岁。"

"走，上船去等。"壮汉一挥手，便有人将阿光领到码头上早已等候的船只。

"下一个。"壮汉边说，也匆匆忙忙把阿光的情况作了登记。

"姓什么，以后都要连名带姓地报。"壮汉作了补充。

"陈，耳东陈。"前面已经有阿光作了示范，阿发不再慌张，也大模大样，扯开喉咙大声应道。

……

终于都登上了停泊在码头上的帆船，在可供五十多个人呆的船舱上落了脚，四个人才仿佛有过了一道关后的喜悦。进了船舱，里面活像一个蒸笼，早先进来的十几个一色光膀子的青年人个个像从海里捞上来的鱼一样，张开嘴巴，一张一合，汗水不停地从每一个人的身上往下流淌着，船舱里一摊摊汗水在四处扩散着。

阿光他们尽管原先在龙池岩喝足了山泉水，经过一路奔波和刚才一番来回折腾早化作汗水，甚至连湿润尿道的水都没有了。

"鬼天，干妮姥！"身边不知是哪位后生仔骂了一句闽南语粗话。

"照这样下去，还不到台湾我们准被晒成肉干。"又一句话从人群中发出。

"谁知东渡那么艰难，倒不如到外地逃荒去，纵使死了，还能把骨头留在家乡。"说话的是一位壮年汉子。他的头埋在双膝中间，一双手死死地揪着头发，声音很沉，却很有分量，话音未落却留给舱里的人许多回味、许多联想、许多伤感和悲伤。

……

阿光四个人挤在临舱舷的一个窗口上，他们没有吭声，只是默默地听到船舱内准备渡东的人们的议论，不时地用眼神交换着心思。

"少讲话，少运动，积累精力，因为我们不晓得到台湾要走多长时间。"当过和尚的阿光多少知道一些如何保存体力，保存能量，以应付不时之需。他用很轻的声音叮嘱自己的同伴。

"……"阿发三个心知肚明，没有回答，只是用头点了点作答。

"干妮姥，热死啦！"突然，人群中又有一个人似乎忍耐不了干涸和酷热，歇斯底里大发作，大骂起来。

"干妮姥……"

第一章　渡东好赚钱

又是一阵骚动归骚动，这条船上的人如没有招满，是不会开的，没有开就不可能有凉风。那么这种蒸笼式的烘烤，这种桑拿般的榨油就还得继续下去。

"吵？什么吵？没上船我管不了你。上了船老子说了算，谁再吵闹，莫怪我心狠手辣。"正当船舱里的人们在喧闹的时候，刚才在码头上登记的满脸横肉的家伙凶神恶煞地站在船舱门口，他的身边一左一右站着两个高大的壮汉。

人总是这样，乡间曾有一句传言，人穷志短。面对眼下这种残酷的生存条件，如果换一个时间，换一个场合，谁会愿意在这里活受罪，可是，现在不同，眼前是百年未遇的大旱之年，到处都是饿死的人，是你为了活命，为了生存去求人家。因此，刚刚还怨声、骂声充斥的船舱里，听到络腮胡子的骂声后便嘎然而止。是啊！刚才在码头上是你自己排队争先恐后上船来的，并没有人去拉你，去抓你呀。既然你是自愿来的，到了这船上你就得归我管，就得听我的话。所以，面对这恶魔一样的家伙，尽管满船舱里都是血气方刚、热血沸腾的后生仔，但身处此时此地，也只能忍气吞声，任人吆喝，任人摆布。

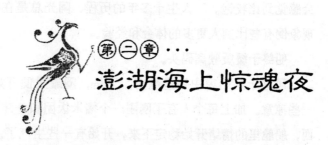

# 第二章
## 澎湖海上惊魂夜

也许是旱情延续时间太长了，

也许是青壮年都到外地逃荒去了，

也许是有些人生怕渡东吃不了苦。

总之，这条船没有像老板所期待的那样招满人。时间一直拖到傍晚，直到天黑、到码头上已经静悄悄了，可是这条船还没招满人。

"开船吧。"老板有些无奈，有些失望，有些心灰意冷地交代身边的帮手："给每个人发一个糯米饭团，再发一钵水。"

除了中午在龙池岩下喝足了一肚子的山泉水，阿光他们今天粒米未进。讲实话，饿得真的有点浑身发软，接过船老板派发的与拳头一样大小的糯米饭团，不出三口，也没分辨出什么味道，便无影无踪了。

"要是再来几个糯米团该多好啊！"阿发似乎还沉浸在刚才吃糯米饭团的美妙回忆当中，用一种遗憾的口气对同伴说。

"知足吧，就这种糯米饭团也已经几个月没有尝过了。"阿海说归说，但内心同样充满着不满足。

"别争了，不够吧，把手中的水喝下去，喝快一些，喝急一些，这样会感觉到比较饱。"人生十多年的历程，阿光总是在饥饿中度过，对这些现象倒有些比别人更多的体会和经验。

船终于缓缓驶离码头。

风终于从船窗中钻进舱内。于是，闷罐里便开始有了一些风，有了一些凉意。加上每个人有了刚刚一个糯米饭团和一钵子凉水，肠胃有了东西，船舱里的情绪开始稳定下来，开始有一些生气了。

"这糯米饭团真是个好东西。"人群中又有人说，然后带着饭后的某种满足，嘴巴还咂巴了一下。

"要是一个时辰能再发一个糯米饭团该多好呀！"黑暗中有人像梦呓一样的附和。显然，一个拳头大的糯米饭团给大家留下太美好的印象，这些年轻力壮的小伙子，似乎还不满足。

"做梦去吧……"有人嘟哝着轻轻骂了一声。

船舱里没有灯，船外早已被夜幕遮盖得严严实实，只有那海浪轻轻地拍打船舷，不时地发出"澎湃、澎湃"的声音。

阿光和三个弟兄相互依靠着坐在地上，听了阿光的话，大家不再多言语，四兄弟闭起眼睛养精蓄锐，静静地听着那些不知名朋友莫名其妙的对答。而此时阿光的心里却陷入久久的沉思。

自己是一个经历许多磨难的人，能顺利登上渡东的船，已经为去台湾拓荒顺利地迈出了第一步。在船上，能领到一个糯米饭团，再加上一钵清水，已经让早已空空如也的胃有了可供摩擦的东西。年轻人，饭量大，消化力强。讲实话，尽管没说出口，可是下午的时候，那已经早没食物的胃饿得阵阵作痛。现在，虽然没有吃饱，甚至远远不到半饱，但有了一些东西，而且这一切已经来得很顺，他的内心已经异常满足。

周围一色都是光着膀子，穿着大裤衩的同伴，吃了糯米团，喝了一钵水，不管满足也罢，不满足也罢，啰嗦归啰嗦都不再有下午登船时的那种焦躁，船舱里不再充斥恶言恶语的粗话声和咒骂声。

船舱里开始安静下来。

帆船进入了台湾海峡，海浪慢慢地大了起来。

吨位本来不大的帆船遇到这种海浪却像汪洋当中的一叶小舟，随着那海浪上下起伏。一会儿冲到浪尖，一会儿又跌入底谷，人坐在舱内仿佛在荡着秋千。

开始，舱内异常安静，大家安静得昏昏欲睡；慢慢地那船越进入外海，浪越大，这船也起伏得越厉害，原本静悄悄的船舱开始出现了一些小小的骚动，有些人开始不断地来回翻着身子，叹息声和嘟嘟哝哝的咒骂声断断续续地从黑暗中传过来。

"妮姥，这是什么鸟船？躺在这里比躺在草坪都难受。"

"妮姥，我的头痛得快要裂开了。"

"妮姥，我这肚子好难受。老天保佑，万万不能吐呀，不然好不容易吃进去的糯米饭团又要还给老板了。"

……

"吵个鸟？睡觉！"一阵粗声粗气的声音从隔壁舱传了出来。原来，同伴们的声音惊醒了老板，他的头从窗户中伸了出来，恶狠狠地骂了一句。

船舱里有了短暂的安静。

阿光一点也不眠，一点也没睡意。

他不经意地用手摸了摸身边的三个同伴，尽管黑暗，尽管船航行了这么久了，但他们身上还沁着汗珠。

也许他们太眠了，都一个个歪着脑袋进入了梦乡。但愿他们在梦中能吃上一顿饱饭，吃上一顿美味可口的地瓜饭。阿光在黑暗中轻轻地叹了一声，发出了自己才感觉到的笑意，他的脑细胞此时却高度地亢奋，掐指一算，经过帆船最多两天的航行，后天就可到达台南的安平港。那么，自己将面临着人生崭新的生活。

他对台湾拓荒一无所知。

渡东延续了几十代人，闽南人也包括自己的父亲前仆后继，有多少人发了财？有多少人杳无音信？只有天晓得，但台湾水源充沛，土地肥沃，好赚钱，好赚吃，这一点应该不假。人生啊！大凡可以一搏的事情，去搏了，纵然拼搏失败，也不再有丝毫的悔意。而不搏，却会留下终生的遗憾。想到这里，阿光有些兴奋，他换了一下坐姿，那阿发睡都不老实，将一双脚放在自己的脚上，坐久了，便感到一阵阵的发麻。

"不要紧，有三个兄弟同行，总不会灰头垢面地打道回府吧。"阿光轻轻地将阿发的脚从自己身上移开，自言自语地说。

"呕……"黑暗中似乎有人想呕吐，接着"呕、呕、呕……"的声音接二连三地传来。看来，有人经不起帆船在风浪中的起伏，开始晕船呕吐了。

这呕吐声打断了阿光的沉思。

"呕、呕！"

"哗啦！"

"干妮姥，不长眼？"

呕吐声、咒骂声瞬间传遍了船舱。

汗臭味、经过消化食物的恶酸味充斥舱内。五味杂陈，人群中好像一阵瘟疫流行，大家都争先恐后地呕吐起来。也许是舱内没有灯，呕吐的人来不及，旁边的人不知道，不知道哪位同伴将污物吐到别人的身上，引起一阵恶狠狠的咒骂。

"吵！吵！吵个鸟！"听见船舱呕吐声和吵闹声此起彼伏，隔壁舱内的老板又骂了起来，接着他的助手将舱内的蜡烛火点燃起来。阿光举目一看，整条船舱内一片狼藉，几个刚才在黑暗当中被吐了满身的青年人尽管火冒三丈，嘴里不停地用闽南话骂着"干妮姥"之类的三字经。但刚才没有灯，也不知道满身的污物来自何处，有火无处发泄，只是骂骂咧咧，找不到斥责和发泄的对象。更重要的是，自己被人家吐污了还没来得及发火，一个浪头下来，已经控制不住，又一个踉踉跄跄、稀里哗啦吐个不停……

"阿光哥，我的头很痛，痛得像要裂开一样。"阿光和他的三个同伴到现在还没有吐，但在昏暗的烛光下，看到船舱里的人一个个吐得东倒西歪，混浊的空气早已让大家一触即发。阿海不敢用眼光去触及眼前的一切，只觉得自己的头皮在发胀，闭着眼睛，将头靠在阿光的肩膀上，有气无力地说。

"知道。阿海忍住，死劲地往下咽气，压住它，这样就不会吐出来。"讲实话，经过刚才的颠簸起伏，又看见点上蜡烛火后的一切，自己的肚子也在翻江倒海，头胀痛得难受，胸口上似乎有一团东西如脱缰的野马一样不安分，一阵一阵地要涌出来。但此时，听到阿海的诉说，一种当大哥的本能和责任使阿光脱口而出。

"唔……呕……"阿海听完阿光的话，正要顽强地表示忍住，但话没出口，已经难以控制，只觉得一阵热乎乎，酸酸溜溜的东西从喉咙通过嘴巴，通过鼻孔喷出，一股脑喷在阿光、阿发和阿龙身上。

"啊……"阿海尽管痛苦难挡，看见自己污了兄弟们一身，下意识地用手去抹擦。这时，一排海浪扑来，原来已经十分颠簸起伏的帆船，船头像被哪位大力士拎起来的一样，大家不约而同地尖叫起来，阿光四兄弟顾不得阿海刚刚吐出的满身污秽，不由自主地紧紧抓住双手，靠在一块，也情不自禁地失声叫了起来。

帆船冲上浪尖，阿光的心也像瞬间被提到嗓子眼上，陷入天旋地转之中，他似乎看见老板在昏暗的烛光下正摇摇晃晃地在神龛前虔诚地烧香，诉求菩萨庇佑一帆风顺。但那仅仅是一刹那，等到他也想站起来，学着双手合十、期待苍天保佑时，已难以抵挡肚子的翻江倒海，稀里哗啦地吐了满地。

"啊……"

"老天保佑我呀……"

"保生大帝在天之灵保佑……"

"干妮姥……"

……

船舱里的又一阵叫喊声、祈祷声、诅咒声像鬼哭狼嚎一样地响了起来，好像遇上了灭顶之灾。这些在百年旱灾面前想到台湾寻找一条活路的人们，这才感受到大海的无情，才感受到渡东的艰辛，无助地求救着，呼唤着。

在这混乱的呼唤声中，由于帆船的起伏颠簸又把这晕船晕得南北不辨的人像倒地瓜一样从船的前部倒到后部，待到帆船跌入低谷时，又将他们从船尾重新倒回船的前部。如此而已，不停地折腾，这四十几个汉子在刚才满是污秽的船舱中来回倒腾，一个个像磨得体无完肤的地瓜，污头垢脸，气息奄奄。

第二章 澎湖海上惊魂夜

　　"咳，不争气！"阿光从内心狠狠地骂了自己一句，他怪自己没有为兄弟们带个好头，这一吐，接二连三，他感到肚子比这浪头还翻腾得厉害，加上从舱前倒到舱后，再从舱后倒到舱前，他已是翻天覆地，南北难辨，污物、口水、鼻涕、眼泪四股合流，从口腔、两个鼻孔夺路而出。而且，那腹腔还在倒腾，五脏六腑还不安分。

　　"不要紧，不要紧，要坚持住，一定要坚持住。"他暗暗地警示自己，努力地把四兄弟招呼到一块说："这海浪无情，我们四兄弟靠紧，手拉住手，如发生事情，万万不能松手，万万不能啊！"尽管这些都是海边农村长大的，也常站在海岸欣赏海的美丽、海的宽阔，却谁也没有体验到大海的脾气，不了解大海的性格，经历了这几个小时的折腾，早已筋疲力竭，一个个东倒西歪地躺在污秽不堪的船舱里动弹不得，任由大海折腾，任由帆船摆布他们。

　　"砰啪……"又是一记大浪扑向帆船，船舱内冲进一阵剧烈的海风，刚刚点燃不久的蜡烛火熄灭了。黑暗中，又传来了一阵阵犹如滚地瓜的声音，呼天喊地的呼喊声，令人心颤的呕吐声……

　　突然，不知是哪位兄弟滚了过来，他那一身沾满污物的赤裸膀子粘粘地、重重地压在了阿光的身上，他想用力推开压在身上的这位不知名的汉子，可是左手被阿海攥着，右手被阿发攥着，大家都将神经绷得紧紧的，谁都不敢丝毫地松手。这时，他才领略到大海的凶险，大海的神奇莫测，感悟到今天这海是如此凶险，似乎注定要灭了这帆船上经历千辛万险赴台拓荒的灾民，阻止他们渡东的道路一样。

　　"天要灭人，谁能奈何？"阿光的脑海里浮现出一种不祥的预感，浮现起十多年前渡东而一去不返的父亲，也许他也经历了这样的生死惊魂，最后与自己的妻儿阴阳相隔，以致连自己的儿子也未能谋面。但这个想法刚刚出现在脑际，他便和全船的兄弟们听到帆船撞触礁石时发出的木头粉碎的声音，随着"砰啪……"一声巨响，本来承载量不大的帆船解体了，他们如同坠入深渊的感觉，晕乎乎、无助地掉进黑漆漆的夜晚，掉进冰冷的海水当中……

　　"救命……"

"救……"

大海出现了数十个人的扑水声、呼喊声。

"啊……"从帆船掉入大海的一刹那，阿光还没忘记招呼自己的另外三位兄弟。但话未出口，他感到右臂被一个利器重重地划了一下，剧烈的疼痛几乎让他窒息，脑子里瞬间出现了空白……

痛。

左臂钻心的剧痛迅速传遍了全身，他意识到自己受伤了。

"妮姥。"阿光在心里骂了一句，哪里受伤都好，在这黑暗的夜间，在这一望无边的大海受伤绝对是灭顶之灾，他凭自己尚存的一丁点清晰记忆，用那还能活动的右手死死地抱住身边一个坚硬的东西。

抱住，抱住，死死地抱住。

只有抱住就不会沉入海底，

只有抱住才能为自己留下一线生机。

半昏半沉，疼痛钻心，阿光把牙咬得咯咯作响，使尽全身力气抱住那坚硬的东西，任由海浪冲击，任由海浪拍打。

阿光已无法了解这夜空波涛翻滚的海上其他人的情况，也无力顾及自己的另外三个兄弟。

阿光的脑海一片空白，只感到自己的身子有些飘，仿佛在九天的云彩之上，随着风漫无目的地飘荡着。"阿爸！阿妈……"他有些绝望，感觉到自己又在重走阿爸十六年前所走的道路，从内心深处不停地呼唤着那从未谋面的父亲，呼唤着在他幼年离去的母亲。

一次，

二次，

三次，

……

阿光反复挣扎，想借助手中抓住的那坚硬的东西，爬到高处。因为，他那朦胧的记忆当中，还有一点十分清晰，那就是要努力爬到高点，这样一旦大海涨潮，多给自己留一份生的希望。

但，他的努力却一次又一次失败了。手臂受伤，剧痛难忍，靠一只疲愈的右手无论如何支撑不了自己的身体。

大概过了一个多小时，这澎湖岛的海上又慢慢归于平静。

风停了，

浪停了。

一缕金色的阳光从海平线上喷射过来，落到阿光的脸上，照射到他的眼睛上，他似睡非睡地想睁开那沉重的眼皮，但这眼皮是那样沉重，无论怎么用力也睁不开；他想用手去擦一擦眼皮，但那手也是那样沉重，根本不听使唤。

几次挣扎，

几次失败。

阿光似乎天旋地转，他不知道自己此时置身何处，也不知自己此时躺在什么地方。

没有人的讲话声，

没有阿海、阿龙和阿发在攘着自己的手。

迷迷糊糊，

似睡非睡，

似醒非醒。

他再次失去了知觉，他的耳际又归于沉寂。


"阿爸，你看那礁石上躺着一个人？"不知过了多久，阿光的耳边似乎响起了一个女人的声音，那声音如银铃，非常清脆，非常悦耳。

"在哪？"又是一个老男人沙哑的声音。

"在那礁石头上。"又是刚才那女人的声音。

"哦，莫非是一具流尸？"还是刚才老男人的声音。

阿光以为自己在阎王殿里，以为自己置身在一群小鬼周围，他想睁开眼看个究竟，但几经努力，终于失败了。

"不是，我看见那人刚刚还动了一下。"又是那女人的声音。

"过去看一下，从刚才走过的海上看来，好像昨晚这里有船出事了，也许是失事船上落下的人。"老男人补充说。

"啊！"阿光从周围听到的声音看，脑子似乎慢慢清醒过来，意识慢慢恢复过来。凌晨，运载他们渡东的帆船触礁，他和船上所有的人一样落入海上。而且在那落入海中的一刹那自己或是被帆船碎片或是被礁石撞击受伤。那时，正是涨潮时间，由于自己死死抱住了身边的礁石才未被退潮推入海中……

"捡了一条命。"阿光从心底里庆幸自己大难不死。这时，他的身边跳下一个人来，先用手在他的脖子上试了一下，然后叫着："海英，这人还活着，你先固定船位，我把他抱上船去。"

"好！阿爸！"那女人的声音又响起来了。

"我有救了。"阿光又想睁眼看看四周，但显得那样无力，那样疲倦。如此反复，便又迷糊过去了。

又不知过了多久。

阿光终于彻底地清醒过来了。

他睁开眼睛，发现自己躺在黑糊糊的被窝里，浑身的酸痛，浑身的无力。他细细地想，自己此时应该在哪里的，当他再用力睁开眼睛时，发现自己躺在屋子里的床上，一丝阳光从这低矮的窗户上照射进来，刺得眼睛让人有些不适应。

"阿爸，这人醒过来了。"他的耳际又响起了那女人的声音，他以为自己还在梦中。动了动左手，感到钻心地痛；换了右手，还好。他用力捏了一下自己的大腿，生痛生痛。这才让自己确信，一夜之间，他在阎王殿走了一圈，又回到了人间。

自己确实被人救了，

但是不知道，谁救了他，

也不知道，此时自己躺在何处。

"后生，后生，你是哪里人呀？"阿光漫无目的地努力搜索着昨晚到现在的每一个关键细节，但那些情节支离破碎，很难拼凑成完整的时间顺序，他的耳边，又响起反反复复的女人和老男人沙哑的声音，那声音是家乡话，是闽南话，听起来很亲切，让人感到很舒服。

"阿叔……"阿光睁开眼睛，眼前浮现出一个满脸络腮胡的老男人，

第二章 澎湖海上惊魂夜

他相信从凌晨到现在一直在耳边出现的声音就来自他，便感激地喊道。

"哎，后生，你是哪人呀，怎么会掉进海里呀？"

"阿叔，我是漳州府人，去渡东的，昨晚……"阿光努力回忆自己的一日一夜经历的一切细节，用微弱的声音回答着。

"这样，怪不得我早上出海看见那附近有好几具流尸，肯定是你的同伴。"老男人伤感地说着，末了还发出一声轻轻的叹息。

"我的兄弟呢？"阿光此时才恍然觉得，自己一路同行的阿发、阿海、阿龙不在身边。

"你的兄弟？"老男人问道。

"……"阿光无言地点了点头。

"阿爸！热饭汤来了。"正当阿光与老男人在交谈时，屋外又传来了那青年女人的声音。

"哦！哦！哦，快给喂上吧。肚子里有东西才会有力气。"老男人一边说，一边用双手托起阿光的左手，那手臂上划出了一条长长的口子，也许经过几个小时的海水浸泡，整条胳膊肿胀得像一块长条发糕，红红的，铮亮铮亮，那伤口延伸了半条臂膀，肉已经没有了红色，白白往外翻着。

乍一看，着实让人吓一跳。

"疼吗。"银铃似的声音从耳边响起，阿光这才看清，眼前是一个年岁与自己相仿的姑娘，剪着一头短发，圆圆的脸，被太阳和海风吹得黑黝黝的，看到她手里端着热腾腾的饭汤，用感激的心情向姑娘投去深情的一瞥。

"……"整个手臂被老年男人的双手托着，但阿光似乎没有一丝的感觉，听了姑娘的问话，他轻轻地摇了摇头。

"海英，你把这碗饭汤给后生喂了。我赶紧去采一些草药帮助敷上。不然，这胳膊伤了那么大的口子，弄不好会废掉的。"老男人心痛地又把阿光的手放在床上，嘴里嘟哝了一声："罪过呀，穷人命苦哟。"

"阿叔，看见我的兄弟了吗？"阿光听见刚才问话，老人和姑娘并未回答，又追问了一句。

"后生仔，你自己能保住一条命就已经谢天谢地了，安心养伤吧。"

老人不愿正面回答，只是用无比伤感的眼睛看着阿光。然后叮嘱海英："细心一点，别烫着后生了。"说罢，老男人便匆匆忙忙出门去了。

一种不祥的感觉涌现在阿光的心头。

前天，自己和阿发、阿海、阿龙在龙池岩下商量渡东，商量到一个新的天地寻求生存和发展之道；几个小时前还在帆船舱中相互牵手，相互鼓励，只那么几个小时难道他们就沉入大海了吗？难道自己与他们从此就阴阳两隔了吗？阿光一次又一次地在自问。但如果他们没有沉入大海，在这黑夜、在这茫茫的前倾波涛中，他们又能到哪里去呢？

阿光痛苦地想着，痛苦地回忆着，他真想嚎啕大哭一番。但面对着陌生的救命恩人，面对与自己年纪相仿的姑娘，他咬了咬牙齿，闭上了眼睛，伤心的泪水从双眼中流出，他没有用手去擦，没有用手去抹，而是任由这无限痛苦的泪水簌簌地流了下来……

21

第二章　澎湖海上惊魂夜

第三章…
# 大陆来的小挑夫

也许是阿光那受伤的胳膊被海水长时间地浸泡，也许是身体的虚弱血流不畅。因此，尽管肿得像发糕一样却没有丝毫痛苦的感觉。被老人及女儿救上岸后，在被窝里热乎乎地躺了几个小时，又在迷迷糊糊中喝下一碗热饭汤，促进了血液的流通和循环。午后，那胳膊便慢慢有了一些感觉，接着出现了难以容忍的剧痛，痛得额头上豆大的汗珠不停地往下掉落下来。

老男人出去转了许久，急冲冲地采回一大把草药。立马用石臼子捣碎配上许多他不知道的配方药，烂乎乎的药泥敷在创口上，药汁则用一个小碗装着。

"老天，你是怎么伤成这个样子的呀。"看到阿光露在被子外那铮亮铮亮的左胳膊，那伤口足足有六七寸长，一寸多宽。伤口的肉被海水泡得白白的，好像一块屠板上的猪肉，白的连一点血色都没有，往外翻卷着，一看便让人毛骨悚然。

"痛吗？阿哥"小姑娘被眼前的伤口吓得大吃一惊，看见父亲将草药泥敷在阿光的伤口上，再用干净的布包裹着，吓得连连倒退，关切地问道。

"……"阿光摇摇头，尽管那伤口已经开始发炎，热辣辣的，疼痛难忍。

"海英，你好好照顾阿哥，这碗药汁你不停地帮他涂在伤口上。"老人细心地帮助阿光包扎伤口后，将早已准备好的一支羽毛放在盛药的碗里，叮嘱女儿："这药汁消炎止痛，要隔一个时辰涂搽一下。"

"好吧！"女儿乖巧地应道。

"我出去了。"老人转身又要出去。

"阿爸，你又要去哪里？"姑娘有些埋怨地问，"这么老了，做事总是急急匆匆的。"

"别管，我有事要出去，很快回来的。"老男人没有理睬女儿的追问，脸上也没有太多的表情，一个转身出门去了。

这药真的很灵。

药泥敷上去后，加上姑娘不时地涂搽药汁总会给阿光一丝丝清凉的感觉，疼痛也似乎减轻了许多，人也开始轻松下来了。借着这个机会，阿光看了看坐在床前的小妹妹，心里涌现一种莫名的温暖。要知道，自己六岁成了孤儿，天当被子，地当床，十里八乡的老人成爹娘，几乎没有享受过家庭的温暖，几乎没有如此幸福地躺在温馨的家，温暖的被窝里。

对老人父女的救命之恩，真是感激涕零。但孑然一身，而且身负伤痛却难以为报。

"阿妹，你叫什么名字？"阿光很真诚地问身边的姑娘。

"我叫海英。"姑娘那银铃般的声音显然十分兴奋。

"噢！这名字真好听。"阿光觉得这声音如此悦耳，海英话音刚落，他感到全身有着莫名的一种轻快。

后来，他从海英的交谈中，了解到自己身在澎湖岛，也了解了阿妹的背景和身世，粗粗地了解了她父亲，也就是前面所说的老男人叫魏永富。"说是永富，这大半生他却没有富过一天，叮叮当当穷了大半辈子。"海英讲到这里自己却忍俊不禁，爽朗地"咯、咯、咯"自己先笑出声来。

"你祖祖辈辈都在澎湖居住吗？"疼痛减轻了，阿光的心情也开始好

23

第三章 大陆来的小挑夫

了起来，话自然也多了。

"不！我也是大陆来的，我父亲的家在漳州府。"海英讲到大陆，内心似乎有一股自豪感。

"漳州府？为什么？"听了海英的话，阿光有些吃惊。

"不相信吗？"姑娘头一歪，调皮地回答。"阿哥，那你叫什么名字？"

"我，我叫阿光，姓林。"阿光看见姑娘双眼射出的那二团炽热的光，脸有些发红。讲实话，长这么大了，他还没有与一个姑娘如此近距离接触过，更没有机会如此亲热地交谈过。因此，话刚出口，便不是十分流畅。

"那年，我父亲也像你一样，不过我父亲大约二十岁的时候，随着人流去渡东，在澎湖海面帆船遇上台风。船翻了，阿爸落水了。"

"后来呢？"阿光听说阿叔也是落水的渡东客，很感兴趣，迫不及待地追问道。

"那次是在白天，阿爸的水性很好。他落水后在海上漂了半天时间，恰好我爷爷驾着渔船路过那海域，将疲惫不堪、即将沉入海底的阿爸救上船，使我阿爸逃过了一劫。"海英像讲故事一样，娓娓而谈。

"真是福气大呀，幸亏碰上你爷爷。"阿光深有感触地说。

"是啊！如果没有我爷爷的搭救，我阿爸肯定没命了。"海英讲完，似乎心有一些沉重。

"后来呢？"阿光用目光瞟了一下海英。

"后来，我爷爷没有儿子，阿爸为报答我爷爷的救命之恩，便留下来，成了上门女婿。"

"后来呢？"阿光又追问道。

"后来便有了我呀。可是在我很小的时候，母亲得了一场急病，这岛上没有医生，母亲便去了。"说到这里海英眼睛有些红。但只片刻，她换了一种神态，调皮地朝着阿光："再后来，我阿爸又在海上救起了你。"

"噢！"阿光随口应道，突然感觉到什么，自己的脸瞬间热乎乎地红了起来。

好像心有灵犀，海英看见阿光绯红的脸，朦朦胧胧感觉到自己的话似乎触及了阿光的那根敏感的神经，自已的脸也随之浮现了二朵红晕。

原本交谈非常热烈的屋子立即变得静悄悄了。

"后生仔。"正当二个人多少有些尴尬的时候，屋外传来了魏永富的叫声。

"阿爸回来了。"阿英应声站起来迎接。

"阿叔。"阿光从床上挣扎着想起身，看见魏永富已风风火火走进屋子里。

"刚刚，村里乡亲在海边看见漂过四具流尸。我想，不知道是不是你早上一直讲的是你的同伴。"阿叔脸上带着无限的伤感，用眼光盯着阿光，怜悯地看着眼前这位尚未成年的大孩子。

"我去看！"阿光已经按捺不住内心的悲痛，一边流着泪水，一边已将双脚伸到被子外面。

"你的伤……"海英想制止。

"扶着他去吧，换上我的衣服。"阿爸看见阿光的大裤衩子昨晚已换下来洗了，身上只穿着里面一条大裤衩子。他理解他此时的心情，便制止了女儿，顺手搭上手，扶了阿光一把，"去看看吧，兴许是。也可能不是，如果是，去见最后一面吧。"

"唔"阿光的喉咙好像塞上一团棉花，声音没出来，那泪水已经滚滚而下，心里在默念："保生大帝，临行前我们可是在你面前祈祷过的呀！我的兄弟不能死啊！"

等阿光由阿叔父女挽扶着赶到海边的时候，四具流尸早被乡亲们捞起来，一字排开放在那松软的沙滩上，好心人在旁边点起了几炷香，烧了一些纸，祈祷死者安息，一路走好赴西的道路。

一群乡亲围在四周尽管无亲无故，可是个个神情凝重，悲痛难忍。

"多可惜呀！这一个个最多只有二十岁呀！"

"养大这些孩子多不容易，结果……"

"他们到底是哪里的人呀！"

"他们的父母怎么办呀！"

……

第三章 大陆来的小桃夫

七嘴八舌，但人人都难掩同情的悲伤情形。

此时，已是夕阳西下的时光，他们是被涨潮的海水带来的，那洁白的沙滩上，排着这四具流尸整整被海水浸泡了十几个小时，一个个鼓着皮球一样的圆圆的肚子，脸上浮肿而且痛苦的表情告诉人们，他们在临死前作过痛苦的挣扎，喝足了那咸涩的海水；他们那半睁半闭的双眼让人们感受到他的不情愿，感受到他们的内心有许多未了的愿望。

还差一、二丈远，阿光再难控制自己的悲伤，从阿叔父女的搀扶中挣扎开来，试图用自己的力量扑向同伴，扑向安躺在沙滩上的四个同伴，看是不是阿发、阿海和阿龙。但毕竟经历了生死之劫，他的身子太虚弱了，刚迈开步子，便踉踉跄跄跌倒在沙滩上。

"孩子，别太伤心。"阿叔快步跟上去，扶起他，怜爱地像慈父般地一边拍了拍阿光身上沾着的沙子，一边细言细语地安慰着说："阿光，别急，兴许不是你的兄弟呢？听话，别急。纵然是，我们谁也没有起死回生的本领，就让他们安心地走吧。"

"嗯……"听了阿叔的话，阿光努力地控制住自己的情绪，他低下身看了看四个流尸似曾相识的脸庞。然后，蹲下身子把他们身上穿的大裤衩子认真地看了看。许久，才轻轻地叹了叹息，喃喃地说："不是，不是，不是阿海、阿发和阿龙他们。但，他们现在会在哪里呢？"

"不要担心，吉人自有天相。孩子，也许他们被别的路过的船只救起来了，你安心养伤吧。"阿叔此时细声细语，似乎不再是一个男子汉，而是一个道道地地的慈祥母亲。

"咳！"阿光轻轻地叹息着，从四具流尸已经变了形的脸庞看，他似乎回想起来了，尽管不了解他们的姓名，那个靠东边排放的就是那晚吃了糯米饭团而感到不满足，希望一个时辰发一个的那个兄弟；而跟他连着排放的第二个则是黑暗中被人呕吐一身污秽而大骂"干妮姥"的那个兄弟。虽然，时隔十几个小时，现在已经天人两隔，当现在看见他们静静地躺在沙滩上，一动也不动地样子总会让人感到痛心，一个个活蹦乱跳的后生仔，连一顿饱饭也没吃上，一个个原来骂骂咧咧的后生仔，想去挣一碗饭吃却因一场翻船沉入海底，没来得及向亲人告别，没有为生他们、养他们的父母尽一点孝，就到另外一个世界上去了。

怪不得，他们的眼睛不愿合上。因为，他们的心中还留着对美好未来的期盼，对未来生活的憧憬，对未来渡东创业的无限向往。

逝者却永远地离开了。但，生者当自强不息，去努力、去奋斗。

"阿叔，能让我为他们烧一炷香吗？我想送送他们，让他们一路平安。"阿光不由自主地擦了擦脸颊上的泪水，抬起头看到身边站着的救命恩人恳求道。

"好！好！好！应该，应该。"阿叔也很悲伤，他哽咽着应道，从乡亲们手中接过点燃的一炷香，递到阿光的手上，扶着他，让他恭恭敬敬地为四个已故同伴烧了一炷香。

香，插在静卧在沙滩死者跟前，

烟，一缕缕随着海风袅袅飘拂着。

阿光的心情坏到了极点，自己获救了，这是阿叔一家救他的，救命之恩，这种绝顶的大恩大德应该如何报？怎么报？

有仇不报非君子！有恩不报不是人。可是，自己孑然一身，今后用什么来报答阿叔一家的救命之恩呢？

他陷入了无限痛苦的沉思当中……


几天过去了。

阿光在阿叔家里静养。

兴许是父女俩悉心照顾，再加上草药的神奇药效，他虚弱的身体得到了迅速的恢复，而且伤口得到神奇般的愈合。

这一段时光，应该是他从懂事之日起条件最为优越，最为温馨的时光。

看到他日渐康复，阿叔父女自然欣喜过望，庄户人家救了一条人命，觉得是这辈子做了一件莫大的修善积德的善事，自然而然觉得很有成就感。

可是，阿光的心却沉甸甸的。一方面，每当合上眼睛就浮现起自己三个生死不明兄弟的脸庞，他无时无刻地思念自己的兄弟；另一方面，阿叔父女无微不至的关心和照顾让他内心忐忑不安，人家如此细微地照顾自己，而自己却一无所有，如此大恩大德，日后如何才能报答得了呀！因此，十余天时间，他整天低头不语，眉头一个结连着一个结。

"阿叔，我身体已经恢复了，能找一些事情做做吗？兴许还能赚一些钱。"终于，阿光忍不住内心的愧意，向阿叔请求着说。

"阿光，别急，别急，待身体养好了再说。"阿叔看出了他的心思。这十余天时间，老人看出这孩子挺本分，挺诚实的，打心眼里喜欢他，更希望他能早日康复，能安安心心，留在澎湖，永远留在他家里。

这是这辈人的心愿，他和海英母亲，就养了海英这么个女孩，前几年，她母亲撒手西去。如阿光愿意能留下，兴许与海英还是天生一对。这几天，每当他看到阿光和海英在亲密地交谈时，老人心里像掉进了蜜罐子里，甜滋滋的。

"阿叔，我很能干活的，有一身力气；而且还很能吃苦，无论什么活都难不倒我。"阿光情真意切。是啊！年轻力壮，前几天有伤在身，现在伤好了，不能躺在床上让一个老人和一个姑娘伺候自己。找一些活干，多少赚一些钱，也好贴补家用。这对人家的关心、照顾，也是一种报答。至于下一步，再走一步看一步吧，阿光在默默地盘算着。

"那好！我看看有什么活路再告诉你吧，在此之前，你要安心养伤，身体养好了，活有的你干，钱有的你赚。孩子。"阿叔疼爱地说着，当他看看油灯下低头不语的阿光，却看见他双眼噙着泪水。

"阿叔！……"阿光从十年前母亲去世后，便没有听到过人叫他"孩子"，当阿叔深情地叫他一声孩子时，这个从小失去父母之爱的阿光，心里一阵发酸，他想去擦拭即将夺眶而出的泪水，却努力地控制着，只在内心深处叫唤了一声救命恩人，叫唤一声如同父亲，却从未有感受过父爱，而又胜似父亲的眼前的这位老人。

"好！孩子，别想那么多，阿叔给你打听打听，看有什么活可以干。"阿叔的话语中带着浓浓的亲情，他走过去，轻轻地拍了拍阿光的脑袋，"先休息吧。"说罢，便走出屋外。

这一夜，似乎特别长，而且过得特别慢。从不知什么叫失眠的阿光躺在床上翻来覆去，一刻也没有合眼，直到天蒙蒙亮，听到阿叔起床出门时交代海英："早点起床，帮阿光煮早饭，我有一件事要去办。"才放心地离开了家。

听见阿叔的脚步声渐渐远去，躺在床上的阿光再也没有睡意，与其在床上辗转不安，不如到集镇走一走。阿叔的家离集镇上不足二里路程，到那去看一看，兴许还能找一些工来做一做。想到这里他不再犹豫，翻身起床迈开双脚，快步向集镇上走去。

天还未大亮。

这本来人口不多的海岛，人显得更少，路上冷冷清清的，阿光不由地加快了步子。因为，这十余天时间，他左思右想，尽管三个兄弟生死不明，但赴台拓荒的目标不能放弃。阿叔有救命之恩，但自己年轻力壮，决不能就此苟且过日，应该尽快赚一些钱，报答阿叔一家。然后，再设法去台湾，去实现自己人生奋斗的目标。尽管去台湾拓荒会碰到什么困难，会有什么结果不得而知。一旦失败也罢，只要有成功的那天，再返回澎湖接阿叔一家，倾心报答这救命之恩。

想到这里，他的心似乎豁然开朗，脚步变得异常轻松起来。

集镇上有一摊猪肉摊，屠户正在将成片杀好的猪肉摆在摊板上，旁边站着一个光膀子的年轻人，等候着屠户分发工资。这蓦然之间吸引了阿光的注意力，便好奇地驻足看个究竟。

"今天，这猪比较重，给九个铜板吧。"屠户从袋子中取出九板当当响、亮铮铮的铜板放在年轻挑夫的手上，"明天，时间照旧，别误了。"

"费神，费神。"年轻挑夫高兴地接过铜板，满脸欢喜地用闽南语向屠户表示感谢。然后，迈开脚步轻松地离开猪肉摊，片刻便消失在那弯弯曲曲的集镇巷子当中。

"挑一头猪的肉可以赚九块铜板，真是好事情呀。"阿光把刚才的一幕看得很真切，心里却有了自己的想法与盘算。于是，谦卑地走上前向屠户打听："老板，你还需要请挑夫吗？"说完，他用期待的眼光看着正在分解半片猪肉的屠户。

"谁想当挑夫？"屠户头也没抬，只是耳边听到刚刚发育变音的小男孩的声音："是你吗？"

"是的，老板，虽然我年岁不大，但有的是力气，而且能吃苦。"阿光用十分自信的目光拍了拍胸堂，拍得"砰、砰"作响。

"回家去吧，别被我的猪肉吓坏了，我可没有杀过人呐。"屠户抬起头，看见眼前充其量也只能算半大小伙子，便有点不屑一顾地说："挑一头猪少说一百二十来斤，还得翻山越岭，就你这身子骨，肯定不行。"说完，便又专心地拆他的猪骨头。

"老板，你不相信？"阿光已经从屠户的眼光了解了他的态度，有点不服气地反问道。

"不是我不相信，是你不能信任，回去再养几年再来吧。"屠户不再想与阿光搭话，仍然专心地为猪拆骨头。

阿光有些气愤，觉得这屠户太以貌取人了，太瞧不起人了，自尊心似乎受到伤害。他正想发通怒火，但细细一想，也难怪，人家不了解你也算正常。况且，现在是自己在求人，还得讲究礼数，讲究方法才行。于是，努力换了一副开心的面容对屠户说："老板，我虽然年纪不大，但从小一直干着苦力活，力气绝对不小，像你现在放在摊位上的半头猪肉，我可以不费气力地拎起来。"

"吹牛吧！"老板原本不想再搭理一个半大孩子，听了阿光刚才的一席话，似乎有了一些兴趣。

"那你就看好了。"不等屠户再回答，阿光看看老板，不经意间，已轻松用右手拎起摊板上一块只有六十多斤重的半头猪肉，举过头顶，然后甩了二圈。完了，面不改色，气不喘地放回原位。

这一拎一甩，就在人们的视野下几秒钟内一气呵成，令手提肉刀正在剔骨的老板和围着等待买肉的人们惊得合不拢嘴，大呼小叫起来。

"这个孩子是哪来的后生，年纪轻轻却气力如此之大？"

"这人有气力，手脚也挺灵，说不定是一个好劳力！"

……

"还要再试试吗？老板？"阿光放下猪肉，看见那老板的眼神还留在刚刚眼花缭乱的瞬间一动不动，走向前去，装了一个鬼脸。

"噢！不！不！不！"这时的屠户从刚才的举动中回过神来，"挑夫，不光要会挑，还要爬山越岭，而且都在晚上做工，你行吗？"

"那你就让我试试看？怎么样？"阿光气有点盛。

"好！明天是九月节，我想杀两头猪，正愁着少一个挑夫呢？你就来试一试吧，可要好好干，挑猪肉有工钱，每天还能吃上一餐猪肉，可是一样上等活呀。"阿光的举动让屠户开了眼界，增强了对他的信任感，便爽快答应让他试一试。

"说定了！"阿光一脸欣喜，正想往阿叔家走。但走了两步又返回来："我先回去跟阿叔说一下，马上回来。"

第三章　大陆来的小挑夫

第四章···
# 阿发挣脱了死神

阿发、阿海、阿龙的经历比起阿光来更加艰辛，更加惊险。

从船上落水前四兄弟原本是将手牵得很紧很紧的。可是，一落水后，阿光因受到礁石的撞击受伤而松了手。阿发便一边死命地将阿海拉紧，阿海则紧紧地将阿龙拉紧。

那是临天亮前最黑的时期，茫茫的大海看不见一丝灯光，甚至连星星的眨眼都看不到。一船人掉入大海，尽管他们都来自沿海农村，却有许多旱鸭子，人求生存的本能，使他们一落水后便不停地扑腾，不断地胡乱抓住唯恐的一丁点生机。

海上的夜里充满着恐怖，

充满着落水者求生的哀鸣，

充满着临死前的挣扎。

可是，那海水是那样的无情，对生命是那样的冷漠，对这些垂死挣扎的年轻人是那样的无助。

"妈呀，救命。"

"天呀，救我。"

随着时间一分钟一分钟地推移，这些声音渐渐地被海浪声淹没了。

除了几个还有水性的仍在扑腾，仍在挣扎，仍在寻救活命之外，已慢慢地有一些昨夜在船上骂骂咧咧的年轻生命沉入了海底。

然后，或随着潮起潮落漂流到大海的东西南北；或永远地沉入海底，成了鱼虾的美味佳肴。

阿发三兄弟也算命不该绝，他们发现阿光已经松手时，开始时还在努力寻找。但冷静头脑之后，他知道在这种茫茫无边的大海之夜要寻找阿光绝对不是一件容易的事。也是保生大帝保佑，一方面可能是他们熟悉水性，身体素质不错；另一方面落水扑腾几分钟便有一块木头漂流过来，不偏不倚正好撞在阿海的背上，这可能是解体帆船上的一大块碎片，虽然，没撞伤阿海，却为三兄弟的生存带来了有利的条件。于是，三个人一边靠着这块木头节省力气，一边四处继续呼喊着阿光的名字，在四处搜寻着阿光。四兄弟在龙池岩商定渡东，可是还未到台湾，却失去了一个大哥，这种现实让他们无论如何都无法接受。

"阿光哥……"阿发边游边喊；

"阿光，你在哪里？"阿海也使尽全身力气；

"阿光……"阿龙也声嘶力竭。

但是，三兄弟无论怎么叫，怎么喊，没有回音，只有大海那令人恐惧的浪涛声。

"阿光哥被浪冲走了吗？我们怎么办呀？"一贯比较活跃的阿龙，禁不住内心的痛苦，哭丧似地说。

"是啊，阿发！"阿海也在叫着。

"别急，首先要保证我们三个人不再沉下去，天快亮了，天亮了再找阿光。"阿光不在，阿发成了他们的主心骨。此时，阿发看看海的东方已开始露出一线红光，凭着他的认识与了解，不出一个时辰，天将会亮。

天亮了，再找阿光就有了希望。

天终于大亮了。

第四章　阿发挣脱了死神

三兄弟扶着那大块木板，在海水中泡了两个多小时，又冷又饿又疲乏，在落水的四周来回地游，来回地呼喊着阿光的名字，除了看到几个已经被淹死浮起来的同伴外，没有任何收获。

这时，海水退潮，他们渐渐感到体力不支，再也无力折腾了，便慢慢随着潮水退到一块礁石上。

"阿、阿发，我们到石头上休息一下吧。"阿海哆嗦着，他已无力再漂流下去了。

"好，上去吧！"阿发知道，再漂下去三个人难免葬身海底。尽管登上礁石下步怎么走，是凶是吉也是未知数，但只能走一步，看一步了。

三个人使尽身上的最后一点力气，艰难地爬上礁石时，顾不得礁石的尖利，四肢一瘫，仰倒在地上，经过几个小时生与死的搏斗，他庆幸自己终于暂时摆脱了死神的肆虐，倒在这块一片汪洋当中的礁石上。此时尽管还是初秋，秋老虎是那样的疯狂，但在冰冷的海水中挣扎了两个多小时，海风吹来让他们的牙齿都发出"咯、咯、咯"的打颤声，他们不停地颤抖着。

"冷，妮姥，太，太冷。"阿海有些抵不住，不停地发抖。

"我们三个人抱紧一些，互相取暖。"阿发也感到禁不住这海风的狂吹，灵机一动，招呼两个兄弟与自己爬上礁石，背靠礁石，然后相拥取暖。

天已经大亮，阳光照亮了一望无际的大海，这时紧张、疲劳过后的阿发觉得肚子一阵阵的抽搐，他怕被两位兄弟发现，便使劲用手顶着疼痛的部位。可是，汗水却禁不住从额头上滚滚而下。

接着阿海、阿龙也出现了同样的症状。但彼此间谁也不说出自己的痛苦。因为，三个人处在一片汪洋当中那孤零零的礁石当中，呼天天不应，叫地地不灵。再痛也没有人可以搭手帮助。

"哎哟！"一阵剧痛让阿海再也控制不住自己的情绪，终于脱口而出。

"怎么啦？"阿发有气无力地问道，"阿海。"

"我肚子痛呀。"阿海擦了一把头上的大汗。

"我也是呀！而且像一把刀在肚子里绞着。"

"原来是这样。"阿发恍然大悟，昨天上船前大家腹中空无一物，上船后老板分发给大家每人一团糯米饭团又吐又呕，早已交还给老板了。落水以后，每个人为了求生存，在海里两三个小时死命地挣扎，胃里连胃液也没有了，空空如也的胃要运转，痛自然不可避免。

更可怕的是，这块突兀在海上的礁石，没有，也根本不可能有淡水。这要命的太阳，一从海平面跃出来之后，便火辣辣地照在这礁石上，饥饿造成的肠胃绞痛，再加上难以忍耐的口渴轮番地向大家袭来。

"啊！……这比死还难受！"阿龙又忍不住地呻吟了一声。

"少讲话，少活动，尽可能保留体力。"阿发记住阿光的话，三个兄弟蜷缩在礁石上，把牙齿咬得格格地响。

"我们就在这里等死吗？"阿海看看大海四周再看看三兄弟呆的礁石，孤零零耸立在这苍茫的大海，心里出现了许多悲观情绪。

"不，兴许一会儿就有船只从这路过，我们注意休息，到时向他们求救。"阿发尽管也肚子痛得难受，但强装轻松鼓励自己的兄弟，他知道，眼前的困境，对他们来说，无疑是凶多吉少。但是，必须有信心坚持下去，能多坚持一些时间，活的希望就多了一分。

时间一分一秒地流逝。

阿发这才感受到度日如年的感觉和痛苦。

中午时分，那要命的太阳像一团火无情地晒在他们身上，晒得身下的礁石成了一块大烙铁，这里没有东西可以遮荫，那原来辨不清颜色的大裤衩子经过海水泡，现在太阳晒，成了结成硬邦邦盐块的木板一样，稍稍转一个身，便把跨下刮得生痛生痛。

三个人就在这烈日的暴晒下，像三条即将干死的鱼，等待路过的船只，等待得到人的救助，等待着奇迹的发生。

可是，事情总是难以让人如愿，从早上到中午，从中午到傍晚，小礁石旁并没有帆船出现，三兄弟似睡非睡，似躺非躺，饥饿干渴的痛苦已经开始威胁着他们的生命。

"阿光哥现在在哪呢？"阿发嘴里喃喃地念叨着，他不愿往坏处想，总希望阿光也像他们一样能抢上一块木头，此时已经涨潮，他也会被潮水漂到这块礁石上来，让四兄弟能重新团聚。是啊！尽管这里被死神一步步逼近，但阿光来了，多一个人，多一份智慧，也就多一份信心和勇气。

"阿光哥不会死的。"阿海也有气无力地说。但时间已过了这么久，如果阿光真的没有抢上一块木头，那么水性再好，也已经沉……

他嘴里不敢说，心里却十分的沉重。

"阿发，你看那边漂来一个人。"阿龙欠起身，发现不远处的海上漂过一个人，他以为自己饿昏了头，饿花了眼，用力拭了拭自己的眼睛，然后又叫了一声："没错，那边漂来一个人。"

"哪里？"阿发和阿海顿时兴奋得摇摇晃晃站了起来："没错，海上漂着一个人，随着潮水向礁石漂过来。"

"下去看看，说不定就是阿光。"阿发叫了叫身边的两位兄弟："阿光来了，我们就好了。"

"稍等，现在是涨潮，等过来再说，我们在这等着。"看着那漂来的人半沉半浮，没有动作，阿发心很细，料定那个人不管是谁，纵使漂过来，大致也已经没有了生命的迹象。

那人漂过来了。

三兄弟迫不及待地走到海水边细心一看，证实那人早已气绝。只是，他并不是阿光，而是招他们上船的那位长着络腮胡子的老板。

此时，昨日还凶神恶煞的老板被海水泡得像个大馒头，脸上刷白刷白的，眼睛肿得眯成一条线，原来那张让人发怵的脸也变了形，看了让人感到无限的伤感。

"把他拉上来吧。"阿龙建议，尽管他对这位老板没有太好的印象，但对死者的尊重，他还是提议说。

"不！我们海边有这样的规矩，死在大海的人除非被冲到岸上，可以捞起来土葬外。否则，只能让他随波逐流，入海为安。"阿发重重地叹了一口气，"我们给他行个三鞠躬，祝他一路平安吧。"于是，三兄弟学着长辈的习惯和礼仪给老板行了三鞠躬。

又一阵海潮涌来，阿发想把老板推到海中央去，但不知是自己的力气不够，还是海潮的作用，推出去，又被海潮推回来。如此反复几次，那老板仍在礁石边打转转。

"算了吧，随老板心意吧。"阿海劝阿发。

"嗯……"三兄弟满怀伤感之情，又重新回到礁石的高处，半倚着那石头，用贪婪的眼光看看海的四周，看看一望无际的海水。可是，到处没有一条船的影子，只有那不息的海浪和偶尔鸣叫的几只海鸥……

天渐渐暗下来了。

这海上的落日尽管与日出一样的美丽，但对于陷入绝境却又渴望生存的年轻人却对这一切没有丝毫的兴趣，那三双疲乏的眼睛，无神的眼光终于无力地搭拉下来，准备去煎熬即将来临的漫长的夜晚。

肚子仍在剧烈地作痛。

嘴唇，缺水的嘴唇已经开裂的口子，流出了带有咸味的血。但很快又被海风吹干、凝固。

"如果有些水喝多好呀，或许一丁点尿解解渴也好。"海风吹来，三个人仰望星空，一阵阵凉意袭来，他们像梦呓，像自言自语地胡思乱想。但已经一天一夜没喝一滴水，又被烈日暴晒了一天。

尿，谁还能拉出一滴尿呀！

"阿光，阿光……"阿发似乎已经迷迷糊糊入睡了，口里却喃喃地念叨着阿光的名字。

"阿海，看来老天不放过我们了。"阿龙声音很低，低得只有他能听见。

"阿龙……"阿海朦朦胧胧似乎听见阿龙在叫他，想应答，但没有了气力。

就这样，三个人在大海深处，在这波涛包围的礁石上又艰难地度过了一个漫长的夜晚。

又一缕强烈的阳光刺激着三个人的眼睛，他们想挣开酸痛的眼睛，却难以睁开；他们想支起身子，却软绵绵没有一丝力气。"再这样下去，不要多久，我们一定会死在这里，变成三具干尸。而且死相很难看，比淹死在那大海的人还更难看。"阿海的脑子有点混沌，看到三个人无助地躺在这礁石上，开始胡思乱想起来。

第四章 阿发挣脱了死神

"我口渴，我要喝水。"突然，阿龙一跃而起，如同歇斯底里大发作，推开阿发和阿海，疯一样地朝海水冲去。

"阿龙，阿龙，喝那水是要死人的，你再忍忍吧。"阿发和阿海被阿龙这突如其来的举动吓了一跳，冲上去死死地把他抱住，死死地把他摁倒在礁石上。他们知道，小时候听长辈讲古时，人久渴久饿了，神志会糊涂，因糊涂而去喝海水便是饮鸩止渴，必死无疑。但是，已经过了一天多了，没有水和能量的补充，还被火一般的太阳烘烤，不死也会崩溃。更重要的是，现在看这样子，何时才是个头呀！

这三个孤儿，平时在乡间天不怕，地不怕，吃苦更是家常便饭。可是，却没有想到在这种死神一步步向他们走来时，却莫名其妙地产生着一种如此强烈的求生欲望。

"一定要想办法，活着回去，最好活着到台湾，不然真是冤死了。"阿海努力提高声音，那干涸的嗓门，非常的沙哑，尽管他努力提升中气，发出来的声音却像女人的声音那么尖，那么细，连一点阳刚之气都没有。

"是啊！现在惟一的活路就是向过往的船只求救。否则，不出两天，我们必死无疑。"阿发话语间充满着悲伤。

"哪里有过路的船只呀，一天一夜了，却连个鬼影都没有啊！"阿海摇了摇头，他把呆滞的目光投向大海，投向那黑糊糊的四周，重重地叹息了一声。

"天无绝人之路，天快亮了，先休息，将这精力留到最重要的时候吧。"阿发努力用充满信心的言语告诉自己的兄弟。但话说出口，对明天、后天将会是一个什么样的局面心里却没有数。他抬头看看这波涛汹涌的大海，这大海上面云彩笼罩的天空，开始有了一丝光线。那是月亮，月亮此时才懒洋洋地露出头来，淡淡的云彩把月色变得朦朦胧胧，给人以阴森森的感觉。但不管如何，有了一丝月光，总能给人一丝希望，总能减缓一丝恐惧。

阿发看了看躺在礁石上的阿龙仍然焦躁不安地反复辗转着，心里产生一种不安的感觉。他知道，平时这个兄弟性子比较急躁，加上没吃没喝和阳光的暴晒，意识已经模糊。

"水，那里有很多泉水，很好喝的，好甜呀，好甜……"阿龙喃喃自语着，阿发心中一种不祥的感觉涌了上来。阿光生死不明，阿龙神态不清，自己和阿海前途未卜，四兄弟不知道能不能迈过这个人生的坎呀。

"阿海……"阿发给阿海作出了监护好阿龙的手势。

"嗯！"阿海点了点头。

于是，两个人一左一右轻轻地躺在阿龙的身边，像二位兄长一样呵护着自己的弟弟，生怕死神从自己手中抢走他。

天快亮了。

浓雾打湿了阿发他们的身子，似乎有一丝凉意，尽管他们眼睛又酸又睏，却不得不睁开眼睛。

这夜怎么那么长？

这天怎么现在还不亮？

"水，水很甜。"正当阿发正瞪着眼睛期盼着天亮时，突然阿龙发疯一样地从阿发、阿海身边爬起来，疯一样地挣脱抓住他的手冲出去，冲向大海，扑向那汹涌澎湃的浪涛当中……

这一切来得那么突然，这一切是那么迅速。

"阿龙……"阿发和阿海反应过来，想去拉住阿龙，可是，拉不住。

迟了一步，他的眼前只有阿龙跳入波涛溅起的一阵水花。然后，他随着那退潮的海水消失在茫茫的大海之中。

"阿龙……"

"阿龙……"

阿发和阿海声嘶力竭地呼唤着。但，回答的只有那令人生烦的海浪声。

"阿龙……"两兄弟知道阿龙已经一去不返了。别说这是在黎明，在即将天亮前的黎明，就是在白天，已经处于疲惫无力的他们一旦跳下大海也同样难逃灭顶之灾，难逃阿龙一样的命运。

四兄弟，从厦门出发，二日二夜时间，阿光杳无音信，阿龙就在两个人的视野中瞬间消失了。

阿发和阿海紧紧拥抱，失声痛哭……

他们期待天明，期待海平面上能出现奇迹，出现一条拯救他们于水火

第四章 阿发挣脱了死神

的过路船只。

这个时刻终于出现了。

大约上午十点多的时间，一条帆船在不远处向礁石驶来，阿发、阿海顾不得许多，赶紧脱下身上惟一的遮羞的物品，那是白布发黑，经海水浸泡后又回归本色的大裤衩子，站在礁石的最高处，用手使劲地摇着，使尽吃奶的力气在呼喊："救命呀！救命……"

也许他们命不该绝，

也许这茫茫大海当中，已经航行的有点枯燥的船长正想休息一下，他站在船头看见那远处的礁石上晃着白布求救，便令水手站在甲板上看个究竟。

"看！那好像有人在求救。"船长跟随身的年轻水手说。他是地道的闽南人，姓连，叫连永福，大半辈子往返海峡两岸从事贸易，也不知救起了多少条因渡东失事落入海中的闽南乡亲。他的眼力特别好，心特别善。因为在海上航行的人都信奉保生大帝，更喜欢修善积德，凡是遇到的事情，只要他有可能他都将不遗余力。

"对！那里有两个人在求救。"年轻水手接过望远镜，认真地搜索了一阵，然后肯定地报告船长。

"调整航线，先去救人。"连永福知道，闽南人渡东，到台湾拓荒已历经无数代人。由于海上气候多变，已经有不少同乡丧身海峡。作为同乡伸出援助之手，救人于水火乃应尽之责，更是最具体的修善积德。

"是，调整航线，目标大礁石，救人。"年轻水手重述了船长的命令。

商船挂满帆，向大礁石前进。

不消一炷香的功夫，几乎感到绝望躺在礁石上，且已经皮包骨头的阿发和阿海被连永福船长和他的助手们抬上了商船。

"快，先给他们喂些温开水。"连永福看到眼前两个已经严重脱水，神志不清的年轻人，内心产生了一股父辈的怜悯。他轻轻地叹息了一声，为了挽救两条年轻的性命，尽快让他们恢复体力，一边交代水手们将他们抬进船舱内好生照顾，一方面大声嘱咐，"煮一些米汤，浓一些给他们喂下去。少量多次。不然，他们会没命的。"

"是！放心。"助手们按照船长的要求，各自忙活去了。


澎湖到台南实际并不太远。几个小时后，台南的平安港便出现在前方。这几个小时，细心的船长一直坐在阿发和阿海的身边，细细观察着这二位后生仔生命的变化。

"阿爸，他们怎么会跑到礁石上饿成这样子呀。"连永福长期在海上奔波，烟瘾很大，遇到事情总是不停地抽烟。现在，正当他看见两个后生仔比较稳定后，脸上开始有了表情。他的宝贝女儿海兰，一个十四岁的女孩好奇地走近身边问道。

"他们呀，肯定遇上海难了。噢，就是翻船了，是逃到礁石上去的，还好，这后生仔命大，遇到我们从这里路过，不然再过两天，不，一天，准会饿死，渴死的。"连永福十分喜欢这个掌上明珠，解答问题总是十分仔细，详尽。

"现在，他们还会死掉吗？怪不得我在这路上还看过好几具流尸。"海兰唧唧喳喳地说。

"是的，现在他们安全了。"连永福看到两个后生补充了水，又喂了两碗很稠的饭汤，脸上已有了少许的血色，现在正在熟睡当中。

"阿爸，快到台南港了。到了以后，这两个阿哥怎么办呀。"海兰从出生后就与母亲一起跟着父亲在这条船上走海峡。前年，母亲在船上患急病又得不到治疗，死在船上，按海上的风俗海葬了。从此父亲沉默寡言，更怜惜这个孩子。

现在，海兰看到阿爸在使劲地抽烟，心想他一定在为两个阿哥的安置而发愁。因为，他们虽然度过了鬼门关，但身体还很虚弱。而商船一卸完货，又得回大陆。女儿理解乐施好善的阿爸，知道他一定为这件事犯难了。

"就你精，就像阿爸肚子里的蛔虫，什么事都瞒不过你。"连永福轻轻地用手指点了女儿，脸上露出了开心的笑容。

"阿爸，一定有好主意了。"海兰看见爸爸那开心的举动，快乐地鼓起掌来。

"对，到台南后，先把他们两位后生仔寄在你宏顺阿叔那里。"连永福说的阿叔叫简宏顺，是漳州府人，也是他多年生意场上的伙伴，十几年来，生意场上配合默契，情同手足。简宏顺在台南开了一间米行，同时还兼卖一些大陆的土特产，而这些土特产都源自连永福的商船。这几个小时连永福反复思考，如船到台南港，把这两位后生仔托付给他照顾，应该是最可靠，最安全的。

"好啊！好啊！我也好久没到宏顺阿叔那里去了。"海兰听了兴高采烈。

"咳……"正当父女俩在热烈讨论的时候，阿海叹息了一声，然后翻了一个身，睁开了眼睛，看了看四周："我在哪？这里在哪？阿发，阿龙，阿光哥呢？"

"孩子，你已经被我救起来了，你在我的船上。"连永福俯下身子，轻轻地抚摸了阿海的头。

"我得救了？我的兄弟呢？"阿海看见眼前慈祥的阿叔和小妹妹，似醒非醒："我在做梦吗？"

"你真的获救了，你看你的兄弟。"连永福用手指着船舱里的另一张床上躺着的阿发。这时，阿发也清醒过来了。

"恩人呐，阿发哥，我们被救了，被这位好心肠的阿叔救了。"说罢，踉踉跄跄走到阿发床前，双手牵着，"扑通"一声跪在地上，朝着连永福纳头便拜，两颗脑袋"砰、砰、砰"地撞在地板上。

"别！别！别！孩子，你们身体还很虚弱，先躺下休息，先躺下休息，孩子。"连永福慌忙地制止。

"阿叔！恩人！阿叔……"连永福左一声"孩子"，右一声"孩子"，让阿海、阿发这两个已经对父母之爱有些生疏的孤儿泣不成声。他们挣扎着连永福扶他起来的双手，不停地呼唤着"阿叔，恩人。"久久不愿起身。

连永福，这位海峡两岸航行十几年的老船长禁不住老泪纵横；

海兰这个随父亲看尽无数人间沧桑的小姑娘也眼泪汪汪。

商船上的年轻水手们也感同身受。

"阿发、阿海，大难不死必有后福。别哭了，大难已经过去，阿叔希望你到岸以后从此平平顺顺，事业有成。阿叔会永远记住你们的。起来吧！"连永福看到两个可怜的后生，口气严肃起来。他指着舱内的架子床，叫他们坐定，当详细了解了他们这几天的经历后，便告诉他靠岸后准备将他们安置的打算，完了反复叮嘱："人穷志不穷，越穷越要发奋。阿叔等待你们兄弟事业成功的喜讯。"

　　"阿叔放心，阿发、阿海一定终生牢记。"阿发擦了一把泪水，发出了"嘿、嘿、嘿"的傻笑。

　　"船长，台南港到啦。"舱里正谈得热火朝天，水手在甲板上高声叫着。

　　"知道了，准备靠岸。"连永福快步走出舱外。

第四章　阿发挣脱了死神

# 第五章···
# 惊天动地小集市

　　魏永富起得特别早并非有什么特别的事，只是为了让阿光早日康复，他早早到码头边想向出海的邻居要一些鲜鱼给阿光熬汤喝。

　　这一段，为了照顾他，自己已经几天没有出海了。虽然，与阿光只是萍水相逢，但听到他的身世，这辈人都有一种难言的情感，一个尚未成年的孤儿要去渡东，又碰到这种运气，作为长辈总感到有着一种不可推卸的责任。现在，当他拎了几斤黄刺鱼、海鳗鱼回到家时，海英还在睡觉，而阿龙的床上已是空空荡荡。这，让他着实吃了一惊，一个身体受伤仍未痊愈，而且人生地不熟的人能跑到哪里去了呢？

　　魏永富一着急，叫起了海英，交代她将黄刺鱼和海鳗放入煲子里再放上几味中草药，分别煲成汤，自己则火急火燎地到四周转一转，"这孩子莫非在房前屋后转悠去了。"他一边想，一边喊。但却没有一声应答。

　　"到集镇去看一看。"魏永富约摸五十岁，但身体非常健康，走起路来健步如飞，踩在地上咚咚作响。

　　家到集镇是一条乡间小道，魏永富心急如焚埋头赶路，没有走几步额头已沁出了汗珠，正想用手擦一把汗水，却与兴冲冲往返赶路的阿光撞了个满怀。

"阿叔！"还未等魏永富回过神来，阿光高兴地喊着自己，着实让魏永富吓了一跳。

"哎！阿光，你这孩子这么早到哪里去呀，让我吓了一跳。"魏永富有点责怪地说："你看，这手上的伤都还没全好，别沾上露水，否则会发炎的。"

"阿叔，我手已经好了。我刚才到集镇上去看了一下，还找到一份活干。"阿光眉宇间透出一股兴奋劲，为了证明自己手没事，还举起胳膊转了两转。

"你这个后生仔，谁叫你去找活干呀。"魏永富听到阿光说去找活干，心里暗暗吃惊，穷人的孩子早当家，这孩子懂事呀！说实话，这几天阿光在家里养伤，魏永富打心眼里喜欢这孩子。况且，自己此生只养了个女儿，如果阿光愿意永远留在这个家，那一定是上代积的德，祖坟冒青烟了。

"回家吧，我已叫海英煲鱼汤了。"

"好！叔，我刚才在集镇上与一个屠户谈妥了，今晚我跟他去挑猪肉，当挑夫。"阿光难以抑制内心的兴奋，连蹦带跳地说。

"你？当挑夫？"魏永富不敢相信自己的耳朵，一头杀好的猪起码一百多斤重，还要爬山越岭，而且都是晚上摸黑干活，就一个十六岁的孩子。

"对，刚才在集镇上我已试过了，挑一头猪八个铜板。"阿光说："你不用担心，叔，我有的是力气，而且什么苦都能吃。如果能成，一天还能赚八个铜板，不是很好吗？"

"不行。孩子，这活不是你这种年纪的人干的。这是重活呀！"看到阿光态度如此坚决，魏永富口气坚决地制止。

"不要紧，阿叔让我先试一试。就试几天，干不了我再换别的活。行吗？"阿光不依不饶地恳求老人。

"不能多休息几天，再找别的活吗？"

"这活工钱多，老板还说每天还能吃上一顿猪肉呢！"阿光头一歪，天真无邪地笑着。

"再说，你阿叔也不至于没有你吃得呀？"魏永富看看阿光如此坚决，虽说共同生活没有几天，阿光的脾气性格也了解不多。但料定难以逆转，只是叹息了一声。

"阿叔，你放心，我在大陆可是什么重活都干过的，我会自己照顾好自己。况且挑猪肉是晚上干活，白天我还回家里呀。"

"那去试试吧，别逞强。"魏永富有点无可奈何，非常勉强地答应了阿光的要求。

于是，当晚阿光便如约与屠户一起出发，经过一个多小时山路的行走。半夜时分，农户东家已经用大铁锅烧好了杀猪的热水。屠户到后便挽起袖子抓起猪头，准备放血。平时，屠户自己双手拎起猪的耳朵，房东主人协助抓猪尾巴，待"嗨"的一声将一百多斤的生猪抓到条椅上摁住，屠户便熟练地将一把一尺多长的尖刀插进猪的心脏放血。然后，退毛，清理内脏。

不知是今天的猪养得比以往大，还是房东主人配合不够协调，或许是老天故意想让阿光显显本事。晚上，这已经有半辈子杀猪经验的屠户拎了几次猪耳朵，抓猪尾巴的主人屡屡失手，如此反复几次，屠户弄得精疲力尽，坐在木凳子上直喘粗气。

"师傅，再来一次吧，让我来拎猪尾巴。"阿光站在一旁，眼尖的他看得十分真切，那准是房东主人手劲不足，无法一把揪起猪尾巴，让猪后脚腾空。因此，让那猪有后脚在地上不断挣扎的机会，却让屠户尽管抓准了猪耳朵使尽力气却白费功夫。

"你？"

"对！师傅，昨天我不是让你考过试了吗？"阿光自信地说。

"哦！对！对！"屠户想起昨天阿光竟然在集镇上当着众人的面，一只手举起半头猪肉在头上乱舞，让大家目瞪口呆。自己却忘了身边还有一个小大力士。

"还不放心？"阿光似乎在挑战。

"放心，放心。来。"屠户手一招，"一、二、三上。"

只见那屠户话音刚落，在他双手将足有一百五、六十斤重的生猪双耳抓住的时候，阿光早已将猪尾巴拎了半尺多高。

　　"一、二、三。"屠户和阿光同时喊着口令，早见那屠户手起刀进，那口大猪立即鲜血迸流，一命呜呼。

　　"没看出来，没看出来。"放下猪，屠户围着阿光转了一圈，他感到吃惊，一个半大孩子哪来这么大的力气。而且，反应如此灵敏，动作那么协调。

　　猪放完血，屠户必须趁猪的身体还热赶快放到沸腾的开水里退毛。阿光没等屠户招呼，挽起魏永富给他穿的那身宽大而不合身的衣服，忙里忙外，一会儿拿起刮毛刀退毛，一会儿帮助清理内脏，一刻也没闲着。

　　这一夜，屠户经常用满意的目光瞟着身边这个小挑夫。讲实话，他杀了二十多年的猪，带过无数个挑夫，却从来没有遇上阿光这样一个得心应手的挑夫。他何止是挑夫，更是一个称心如意的助手呀！屠户心里甜滋滋的。

　　这头猪，比往日都大，大约一百四十多斤，过了称。吃了主人用新鲜猪肉煮的点心，屠户便给东家算账，阿光站在一边，看见屠户给了东家一锭五两的银子，外加一些碎银。再想想昨天在集市上的肉价，他灵机一动，在内心默默算了一下，心里不禁轻轻"啊"了一声。

　　"怎么啦。"阿光尽管很小声，但身边的屠户却听得真切。

　　"没有，没有。师傅，你真了不起，不到一个钟头却把一头活猪，变成一堆猪肉。"阿光表面上淡淡地回答。可是，心里却掐着指头盘算着。杀一头猪，包括到集市上销售，最多一天时间，可是屠户满打满算，足足可以赚一两多的银子，相当于东家一年辛辛苦苦养猪收入的四分之一多。

　　这可是一个发财的路子啊！

　　阿光记在心里，默默地计划着，再挑他几天的猪肉，学些杀猪的功夫，过一段自己兴许可以开一间肉铺店。

　　一头猪一百四十多斤，挑起来确实很沉，加上那坎坷不平的山路，又在黑糊糊的夜间行走。阿光只能借着屠户在前头举着火把照明，一脚高一脚低地往集市上赶。对，一定要在天亮前将肉挑到集市。因此，十多里山路不能歇脚，而且还得走得很快，确实有点累，累得气喘吁吁。但刚才东家很热情，又是干饭，又是猪肉，一顿饱吃，力气就有了来源。况且在家里这种重体力活也隔三差五地干，可是最多只能混个半饱。

阿光为此感到很兴奋，心里也感到非常的满足。

到了集市，阿光放下肩上的猪肉，迅速擦了一把额头上的大汗，又想帮屠户张罗一下。"阿光，你辛苦了，休息一下，我来。"一天多来，从未露过笑脸的屠户第一次露出了笑脸。也许是他那脸的络腮胡子，也许是他长期杀猪，给人一种非常凶悍的感觉。而此时，却也笑得那么开心，让人感到那络腮胡子还蕴藏着些许的慈祥。

"我不辛苦，老板需要我帮什么忙？"阿光心里甜滋滋的。

"不！这是今天的工钱。今天猪比较大，你又帮了我不少忙，给你十个铜板的工资，今晚时间照旧，你一定要准时来哟。"屠户从装钱的布袋里掏出了十块铜板，笑吟吟地递给阿光。

"不要那么多，昨天那个挑夫，你不只给八个铜板吗？"第一次见到自己一个晚上赚到十个铜板的阿光很满足，但他很有分寸坚持收八个。

"我说过，今晚猪比较大，而且你还帮忙抓了猪尾巴，多两块。"屠户不想跟阿光争论，钱递给他后，生怕阿光忘记："今晚时间照旧，别忘了。"

"好呐。"阿光看推辞不掉，也乐得高兴，接过十个铜板，哼着家乡那不成调的高甲戏，一蹦一跳地朝魏永富的家走去。

"阿叔，阿英……"阿光还未到魏永富家门口便扯开嗓子高声喊了起来。

"阿光……"魏永富看见阿光兴高采烈地回来，悬在胸口的一颗心终于放下来了。讲实话，在海上救起阿光那一刻起，看到这孩子可怜，又受了那么重的伤，心里一直沉甸甸的。作为人父，他觉得一个孤儿在外四处奔波多么不容易；当他看到阿光那长长的伤口，总想尽一份力量去帮助这孩子。可是，想不到这孩子是这样的用心，勤奋和吃苦，伤口刚结疤，便自个儿找活干，而且找这么重的活干。

这一夜，让这个老人彻夜不眠。要知道，当挑夫这种重体力活，没有到无路可走，是谁也不会去干的，况且阿光是孩子，吃得了这种苦吗。因此，天没亮，他就起了床，在屋子前来回走动，盼着阿光回来。

"阿叔，你看我一个晚上赚了十个铜板。"阿光十分自豪地把老板给的十块铜板双手捧给了阿叔。末了，还高兴地说："我昨晚还饱吃了一顿干饭和猪肉。"说罢，他掀起阿叔给他替换的宽大衣服，展示那仍然圆滚滚的肚皮。

"阿光……"魏永富看到阿光那种兴奋，喉咙有些哽咽，他用手把阿光递过的钱推回去："这钱你留在身边，休息吧，以后别去了。"

"为什么？"阿光看到阿叔如此动情，有些不解。

"孩子，记住在这家里，你住一天，就是我一天的儿子，别逞强了。阿叔尽管家里穷，但还没有到要未长大的孩子赚钱吃饭的日子。"魏永富想尽力表达做长辈的一份关爱之情。

"阿叔，你是我的救命恩人呐。我现在身体已经好了，去干活赚钱来报答你是我的本分。"阿光脱口而出。

"那，也得等以后再说，现在你的任务是休息、养伤。"

十块铜板在一老一少手中推来推去，他们的交谈情深意切，一旁的海英端着一盆洗脸水站在旁边插不上一句话。

"阿光哥！"海英终于插进一句话。

"海英。"看到海英愣愣地端着脸盆说，阿光高兴地叫着，傻乎乎地看着阿妹。

"阿光哥，阿爸昨天给你买了一块布，快洗脸，等下阿爸要带你到裁缝店做衣服。"

"是！是！是！先洗一把脸，等一下我陪你去裁缝店，做二套替换衣服。"魏永富执拗不过，接过阿光递来的还带有汗渍的铜板，笑了笑。

"阿叔……"阿光这孤儿，走南闯北，却少有享受家庭的温暖，看见阿叔父女如此关爱激动得不知所措。

"海英，阿光哥洗完脸后，再把那药汁给他涂一下伤口。"魏永富叮嘱女儿。

"阿爸，记住了。放心。"海英那银铃般的声音响起来了。阿光看了看这可爱的小妹，又看看走进内屋的阿叔背影，嘴巴张了又合，合了又张，一种莫名的情绪涌上心头。片刻，又默默地低下头。

"阿光哥，你想什么事。"这一切被眼尖的海英看得真真切切，她端着药汁碗的手停住了，眼睛直勾勾地看着阿光。

"没，没什么！"阿光淡淡地说。

"阿光哥！你以后别走了，就在这住下来，这几天，你在家阿爸特高兴。你一走，阿爸坐立不安。"海英很机灵，看见阿光那欲言又止的表情，大约知道他又在想他那生死未卜的同伴，想他那渡东的计划，"你就在这澎湖住下来吧，这里跟台湾几乎一样，等到有本钱了，再想办法找你的同伴。"

"我……"阿光还想说什么，海英那用羽毛蘸着的药汁涂搽在左臂上清凉清凉的，挺舒服，搽在左臂，顺着每一根神经渗透到全身，清凉到全身。

"你真是鬼精灵，哥的一点心思都被你看个透。"阿光想不到这海英能看透自己的心思，不经意地握了握她那正帮他涂药的手。瞬间，两个人，四只眼睛相聚在一起，不由自主，血往上涌，脸迅速地红了起来。

"海英，你讲的没错，我无时无刻地在想我的三个兄弟，我们可是生死兄弟呀！我好了，可是，他们至今却生死不明。"阿光说完，重重地叹了一口气。刚才还满脸喜悦的脸变得一脸沮丧，一脸悲伤。

"我想到了，但你现在怎么去找他们呢？"海英是一个通情达理的女孩，听完阿光的话，附和一声后，便默默地低下了头。

这样的挑夫生活，阿光一做便做了整整一年。

这一年，阿光始终没有得到阿发三兄弟一丁点的音讯。

"也许他们已经沉入海底了吧。如果真是这样，老天呀，你真是不长眼睛呀！"阿光看着一望无际的大海，心情无比惆怅。原来，他希望自己到澎湖一方面找工赚钱，既养活自己，又报答阿叔的救命之恩；另一方面，再逐步打听兄弟们的下落，三百多天过去了，兄弟们杳无音讯，他不得不调整今后的发展计划。

"阿叔，我想就留在澎湖发展，你看呢？"阿光用征询的目光看了看阿叔。

"好啊！我就盼望你说这句话，孩子。"听了阿叔的话，魏永富非常兴奋，用变了调的声音回答阿光。

"我想，今后我就干杀猪这一行。"阿光说，"这一行是偏门，既没有多少技术，又不需要多少本钱。"

"这行很辛苦，又熬更过夜的，长期干这活，行吗？"阿叔心疼阿光。

"没事的，这几天我再留心跟老板学一下，再择机自立门户。"阿光很有把握。

"嗯！"魏永富没有再发表自己的想法。一年时间的共同生活，他已大致了解这孩子的性格，是一个吃尽苦中苦，少年持重，不必让别人操心的孩子。看到他，魏永富总有一种满足，总有一种自豪感。因此，当阿光告诉他，决定在澎湖待下去时，魏永富心里甜滋滋得像一罐蜜。

也就在阿光和魏永富商定干屠户之后的三天，他们碰上了一件事。

这件事，却再次改变了他们之间的命运。

这天晚上，阿光和屠户与往常一样到十余里村外去杀猪。现在，他已成为屠户的得力助手，除抓猪尾巴，帮助退毛，整理内脏之外，还帮助挑肉，销肉，从头到尾轻车熟路，他的工作使屠户减轻许多体力，工资也从十个铜板上升为十五个铜板。

街坊邻居、乡里乡亲都羡慕这魏永富老来修福，海上捡了一个孝顺识礼、勤劳吃苦的儿子。自然，魏永富成天乐呵呵的，喜上眉梢。

还是像往常，屠户在前举着火把，阿光在后挑着猪肉，行走在山间小道，一老一少有说有笑。

到了集镇两人正摆好猪肉准备开始销售。突然，朦胧的夜色中有人大呼，"海盗来了。"接着集镇上买东西的、卖东西的四处逃散，慌忙之中，如同无头苍蝇。

"快走，拎起猪肉，快。"老板叫了一声阿光，自己拎起一堆猪肉，背在身上。阿光自然不敢含糊，抓起半头猪肉的一只腿，学着师傅的样子背在身上，正想拔腿而逃，却见两个海盗已经冲上前，手举大刀朝着师傅喝道："放下，要活命便留下猪肉。"

"手下留情，我是小本生意……"老板见横在眼前的大刀，苦苦哀求。

第五章　惊天动地小集市

"少啰嗦，放下。否则……"海盗用恶狠狠的口气说，大刀在师傅的面前晃了几晃。

阿光站在一旁，看见上岸的海盗就这两三个人，另两个在追别的商贩，而师傅和自己这边就这个高个子，也不知是初生牛犊不怕虎，还是阿光不了解海盗的凶残的缘故。心想，一个四肢健全的人不靠劳动而得，却这样横行乡间，对这种鱼肉乡民的人气愤不过，怒从胆边而生。但，他仍努力克制自己，看看这海盗想怎么样夺这片猪肉。

"听到没有，放下……"海盗声嘶力竭。

"手下留情……"师傅仍在哀求。

"求个鸟……"师傅哀求声未落，海盗一脚踹过去，毫无防备的师傅"扑通"一声，连同那片猪肉也掉在地上。

阿光看得真切，气得发抖。

海盗对身边的半大孩子并没留心，从地上拎起师傅背的那片猪肉，回头正要指挥阿光帮他背到海边时，"走，跟老子走。否则，你死定了。"

"好！我跟你走。"说时迟，那时快。阿光趁海盗不注意时，把手上拎起的那半头猪，举过头顶，悠悠转了两圈，"啪"的一声砸在海盗的头上。

"哎哟。"那海盗压根儿没有留心这小孩有那么大的力气，更没把他当一回事。却不知道阿光会来这么一手，"扑通"一声被飞起的猪肉打在地上。这时的阿光，发挥了当年当和尚所学的拳脚功夫的优势，一个饿虎扑食，跃上前，提起肉板上的那把锋利的切肉刀，一眨眼功夫便将海盗的耳朵割了下来。

"干妮姥，看你还横，当作纪念吧。"等到那海盗一阵剧痛，发现耳朵已经被割时，阿光已经拉着吓懵的师傅，背着两片猪肉逃离了集镇。

"走，快走，老板。"阿光拉了拉屠户的手。

"啊！好！好！"屠户真的吓懵了。

这边，阿光两个人背着猪肉脚底生风，奔着命地跑着；

那边，已被割掉耳朵的海盗发出比杀猪还响的嚎叫；

周围的乡亲也顾不了这么多，各自逃命。

终于清醒下来的屠户领着阿光呼哧、呼哧地躲到一座旧宅子里坐下来喘息。看到身边的小挑夫，屠户断断续续地说："阿光，糟了、糟了，你，你闯祸了。"

"为什么？师傅？"阿光有些不解，光天化日，海盗如此猖狂，公开抢劫，不割掉他的耳朵，让他长个记性？

"你呀！年轻呀！我们这是海岛不像大陆，可以这边呆几天，那边可呆几天，海岛就那么大。历朝历代只有民众躲海盗的，他们上岸抢劫，我们只能求他们手下求情，哪有民众伤海盗的份呀？"屠户喘了一口气："现在，你将人家耳朵割了，他们不出几日肯定会回来报复的呀！"

"哪又有什么？再来再割。"阿光年轻气盛，头一歪，似乎不信邪。

"咳，你就在这别动，我去找魏永富过来商量再说，你千万别跑。听话。"此时的屠户是一个长者，更像是一个父亲。此时天刚大亮，荒宅子附近却还显得十分寂静。屠户料定海盗已经离开，便想赶快找到魏永富商量个对策。不然，海盗人多势众，他们不光有刀，甚至还有洋枪，一旦回来报复，非但阿光要吃大亏，可能还会连累到周边的乡亲。

片刻功夫，屠户领着魏永富来了。

"阿叔……"看到魏永富赶路加上着急，气喘吁吁而且满身大汗，阿光这才感到自己闯了大祸，而且还弄得阿叔和师傅牵肠挂肚。他的心充满着愧意。"阿叔"刚叫出口，便语塞得不知如何面对这位恩人和长辈。

"别说了，阿光，你不晓得，这海盗可不是随便可以碰的呀。他们不是一两个人，是一群人，连大清水师都敌不过，何况我们区区一个百姓呀。你呀，真闯祸了……"魏永富想把话说得更重一些。但看到阿光那经过一夜劳累和刚刚的折腾已是疲惫不堪，二颗眼珠红的像火一样，怜悯之心陡增，将后半句话吞进肚子里一截。

"永富哥，你的意见如何办才好啊！"屠户此时非常怜惜这后生，他想听听魏永富的意见，如何帮助他度过这难关。

"澎湖这么一个小地方，肯定难与海盗周旋，现在只有两条路可以走：一条路回大陆，可是大陆这几年遇上百年大旱，民不聊生，而且水路这么长；还有一条路呢，去台湾，阿光原来就计划去那里。"魏永富讲到这里有点无可奈何。

"对！永富哥说的有道理。阿光，你在这澎湖是一刻也不能呆了。趁着白天，海盗又刚走，马上走，我们送你去台湾避避风头。过一段再回来吧。"屠户觉得去台湾不失为一条上上之策。

"什么时候出发？"魏永富说。

"马上吧，反正阿光也没有家当，我们一起送他过去吧。"

"只能这样了。台南有我的一个朋友在开一间宏记米行。他是当年一同与我渡东的，我落水后滞留澎湖，他被人救起在那开了一间米行，先到他那里落脚一段，以后再说。"魏永富把阿光的安置问题都考虑进去了，这让阿光感到眼睛一阵发热，鼻子直发酸。

"那。"屠户看了看四周接着说："我们一块送他过去吧。"

两位老人的对话，犹如一股股甘霖滋润着阿光的心田，他低着头一直不敢吭声，既为老人添了如此大的麻烦，而感到内疚与不安，又为两位老人如此关爱，并给予如此详尽的安排而充满着感激。

"师傅，我跟阿叔去就行了。你留在这里，今天的猪肉还没卖呢？"他听了屠户的话，抬起头，想起刚刚没抢去的猪肉还放在旁边没有卖呢！

"咳，现在什么时候，还卖猪肉。要去台南，这两片猪肉正好送去给宏记米行老板当见面礼吧。"屠户此时的脸上浮现了难见的笑容。

"你们在这等，一刻钟后直接到码头，我回去准备一下。"魏永富看看，便又匆匆忙忙地赶回家做准备。

等到屠户和阿光挑着猪赶到码头时，魏永富和海英已经在船上等候了。

"阿光哥！"海英看到阿光突然要离开澎湖，又知道此时阿光的心情不好，先怯怯地叫了一声，眼眶里含着汪汪的泪水。是啊！尽管萍水相逢，但一年光阴，同住一幢屋，同吃一锅饭，情同一家人。现在，因为突然变故，阿光却要离开了，姑娘的心直发酸，直想哭，千言万语叫了一声"哥"，便嘤嘤哭了起来。

"海英，我……"阿光看到海英如此伤感，动了动嘴巴，说不出话来。

"你以后再回来吗？"海英终于说出了自己的心思。

"会的。阿叔、师傅对我恩重如山。没有你们，便没有我阿光。此去台南，如能发财，我会回来接你们过去享福。如发不了财，等到风平浪静，我也会回到澎湖来生活。"阿光感到做人要有情有义，知恩图报，这是为人之本，阿光把话音提得很高，既想讲给海英听，也想让一旁的魏永富和屠户听得清楚。

"孩子，人生的路很长。往后凡事要冷静，万万不可鲁莽、冲动。古人讲，忍得一时之气，才可享得万年之福呀。"魏永富看看船舱里空气凝重，语重心长地像教育自己的下辈一样地教育阿光。

"听阿叔的话。阿光，今后在台南只有靠你自己了，要记住。"屠户与阿光整整相处一年。现在说分开就分开，也不知今生今世何时才能相见，心事重重，也在一边附和。

"我记住了，阿叔，师傅。你们放心，现在分开了，以后你们有到台南来一定要来看我。我，也会想办法来澎湖。"船快到台南了，阿光鼻子一阵发酸，直想哭。但，人生的经历，他努力控制自己的感情闸门，努力不让眼泪溢出眼眶。人生走过十七的历程，唯独这一年感到最温馨，最快乐，最有成就。

但，这一年快乐的生活，却又如此匆匆告别，如此匆匆地结束了。

阿光的心像海上的波浪一样翻滚着，一阵阵难言的痛楚和心酸往上翻滚着。

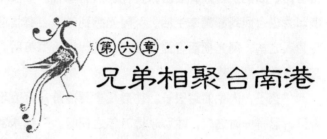

第六章

# 兄弟相聚台南港

　　台南宏记米行就坐落在台南港不远的集镇上，这是方圆数百里无人不知、无人不晓的一家米行。

　　老板简宏顺是一个性情中人，为人热忱又非常仗义，在台南这一带人脉丰沛。他开的米行，除经营粮食外，还大量地销售大陆来的农副土特产品。由于其为人肝胆侠义，两岸人员、货物都会在这里先落脚。因此，宏记米行便成了两岸人员和物资的集散平台。

　　也许魏永富是同乡，更兴许是两人曾是一同渡东的伙伴；或许是他了解屠户也是一个侠义之人，当他听到两位朋友带着一头整猪作为见面礼，介绍阿光前来后，十分热情。当晚自然大鱼大肉，几个朋友喝得酩酊大醉。

　　"阿光就留在米行吧，给我当帮手。"酒过三巡，听了魏永富、屠户的介绍，再看看眼前这后生仔要力气有力气，要机灵有机灵劲，简宏顺干了一杯酒，抿了抿嘴巴对两位朋友说："不过，在这里人来人往，一定要懂礼数，讲规矩，肯学习，肯动脑子。"

　　"好！老板。"阿光低着头不停地点着，他感激阿叔、师傅如此重情重义，隔着海峡专门送他到这里，更感激二位长辈，介绍了这么一个好老板，为自己以后的生存发展奠了一个扎实的底呀。自己此生如何才能报答救命之恩，培育之情呢！阿光感到一种沉甸甸的责任压在自己的肩膀上。

第二天早上，阿叔、师傅和海英要离开台南返回澎湖了。老板交代阿光到码头送行。当帆船慢慢驶离码头的瞬间，积累在心中的感激、感恩之情如同开启的闸门从阿光心中夺路而出。他疾步狂奔几步，朝着已经渐渐驶离的帆船，歇斯底里大声呼喊："阿……叔；师……傅，海英……"然后，自己一个人独自跪在那里，朝着远去的帆船不停地叩头，伤心地痛哭着……

他抬起头，依稀看到阿叔和师傅站在船甲板上，一脸严肃，朝着自己看着，只有海英依在桅杆上不时地拭着眼角上的泪水，不断地擦拭着……


阿光带着红肿的眼睛和零乱的心情回到宏记米行，见到了老板，他的心还在码头，还在阿叔的船上。

"阿光，从今以后，你每天的任务是负责货物进出仓的管理工作。"老板拍了拍他的肩膀，"过去的事就让它过去了。大男人，任何事情要拿得起，放得下。你报答阿叔一家和师傅不能靠眼泪，而是靠勤奋，靠成就。"

"我……"阿光听了老板的话如重锤击鼓一样，一锤一锤打在自己的心窝里，他抬起头看看老板寄以希望的眼睛，点了点头，他知道，人的一生，高人可以指点，贵人可以帮助。但路必需靠自己一步一步，踏踏实实走好。

老板叮嘱他如何简单地记账，如何清点货物办理进出仓工作，讲得很仔细，阿光听得很认真。

宏记米行是简宏顺经营了二十多年的老字号，在台湾可谓一间盘根错节、枝繁叶茂的米行。能得以发展，一方面是老板为人正直，善结良缘，朋友如林；另一方面则得益于闽南先民世世代代的垦荒，加上宝岛土地肥沃，物产丰富。这给宏记米行提供了不尽货源的同时，也带来了滚滚财富。

这一天，一队从南投开来的马车队驶进了仓库。按规矩，阿光验收完一麻袋一麻袋的稻谷后，指挥送货的搬运工将粮食一袋袋堆好，办好登记入仓的手续，稍稍休息，便与押送粮的工头聊起了家常。

"阿哥！这稻谷成色不错，在大陆成色那么好，谷粒那么丰满的倒很少见。"阿光将握在手上的稻谷嗑了谷壳，放在手上，那米粒又大又长，亮晶晶，心想这种稻谷如做成米饭，一定很香，很可口，便扯起了话题。

"那是，这台湾就怪，土地肥沃还不错，水源又那么充沛，气候也好，一年二季，还可间种一茬小麦，算来算去也应该是一年三季收成呀。"工头看到这管仓的伙计如此热情，也想趁机亲热地结交个朋友。

"你府上？"阿光问道。

"漳州府！"工头应道。

"贵姓？"

"哦！做工之人，出苦气力，不敢谈贵。我姓陈，叫陈水土，南靖县人士。"

"这样说，我们也算得是老乡，我是漳州海澄人士。"阿光一阵欣慰，尽管这周围几乎都是漳州府人士，但初来乍到，人生地不熟，有句话都找不到人说。

两个人年纪相仿，话开了头，便有说不完的话，于是你一言，我一语把话说得没完没了。

"你们老板真是发达呀！"陈水土语气里带着无限的羡慕之情。

"为什么？"

"你看这一石谷子从南投收购过来才两多银子，而运到这里加工成大米，一石米却卖四两多银子，一年到头宏记进出多少石粮食呀，少说也几万两进账。"陈水土说。

"噢，你怎么这么了解呀？"

"我呀，已经为宏记米行运了好几年的粮了。"说者无心，听者有意，阿光听了陈水土的话，心里却盘算开了。这开粮行与师傅杀猪是一样的道理，做生意，搞流通进账不少呀。于是，便暗下决心，在心里记住这件事，非要认真了解一番，为自己日后发展做一些基础工作。

"要是阿发他们三兄弟能在身边多好呀,有事可以一块研究,一块商量,什么难事都可以解决。"阿光心里有些沉重:"可是,阿发他们三兄弟到底还在人间吗?"

　　世界上的事真是无巧不成书。

　　却说阿发和阿海那天被商船船长连永福救起来后,便趁货船在台南港卸货之机,将他们托付给一位同乡,这位同乡恰恰也正是宏记米行的老板简宏顺。

　　阿光在海上沉船后便没了消息,而阿龙也在海上走了。

　　四兄弟从厦门出发,而到了台湾剩下两兄弟。不用说阿发和阿海的心情是何等的伤感。但他们碰上了贵人连永福,把他们从海中救起,又得到贵人简宏顺看两个后生仔饿得皮包骨头,叫人好生照顾两三天,使他们得到迅速康复。

　　"老板,给我们派活干吧!"阿发和阿海在床上躺了两三天,每天都有足够的饭和水,后生仔身体恢复得很快,又是一副活蹦乱跳的样子出现在老板面前,请求干活。是啊!穷人家的孩子很知足,穷家穷路出身,不能白吃白喝人家的东西,身体有伤病没有办法,只要能干,便要去找一些事来干,这样才能对得起人家。

　　"你们会干什么呢?"看到两个后生仔个子不高,老板有些迟疑,他怕给重体力活干伤了后生仔的身体,影响他们长骨架子。

　　"不要紧,我们什么活都干过,有力气,能吃苦。"为了尽快让老板安排工作,阿发有些激动。

　　"去负责到台中一带收粮、运粮和搬粮,行吗?"老板想试试这两个后生仔。

　　"可以。"听到老板安排他们工作,两个人异口同声,十分欣慰,满口答应。

　　从那以后,阿发和阿海便专门负责台中一带粮食的收购工作。他们收购的粮食干燥、饱满,而且价格也比较便宜。因此,每每都得到老板的表扬。

一年时间过去了。

这天，阿发和阿海刚从台中收购一车粮回到台南，老板先是介绍两个新招收的后生仔接替他们的工作。

"阿发，明天开始这两个后生仔便接替你们到台中收购粮食。明天，你们两个带他们走一趟，将那里的收购点人头介绍他们熟悉一下。"老板指着他们告诉两位后生："这个叫阿海，那个叫阿发。你们要好好学着点。"

"那！我们呢？老板你不会开除我们了吧？"听到老板介绍新人接替，阿海有些着急。

"是啊！老板。"阿发也睁着眼睛，有点眼巴巴的样子。因为，背井离乡，举目无亲，一旦被老板辞掉，现在大陆来的劳工很多，就很难找上饭碗，谁不着急呀。

"不会，你们这一年干得很好，准备调你回来管仓库，前天也是大陆来了一个后生仔，今年粮食收得多，出得也快，忙不过来，等下我带你去认识他。"简宏顺看着这两位血气方刚，又挺机灵的后生仔，有些误会地着急起来，心里暗暗发笑。

"这样呀，老板。你没讲清楚，可把我们吓坏了。"阿发笑出声音来。

"不是我讲不清楚，是你们不让我讲清楚。"简宏顺虽然是台南最大的粮商，腰缠万贯，可是在手下面前，既像一位长辈，又像一位兄长，没有一点架子。这可能是几十年足以让他兴旺发达的根本原因吧。

"噢！这样。"两兄弟高兴得直蹦，真想大呼一声。但看到老板立刻露出一副严肃的脸，又立即收敛起来："这仓库管理很有学问，账目要清楚，要勤劳。不然，还回去收粮。"老板边叮嘱，边带着他俩绕了几个圈，转到粮行的仓库。

两兄弟亦步亦趋，生怕出错地跟在后头。

"阿光。"老板大声招呼一声。

"来了，老板。"随着老板一声叫唤，仓库里传来了似曾熟悉的应答声。这声音足足让阿发和阿海大吃一惊。

"阿光！"声音是那么熟悉。真是奇了怪了。莫非这阿光就是自己日夜思念的阿光哥吗？可是前几天自己刚回来送粮，也没这个人呐。

可是，这阿光的名字，这似曾熟悉的应声，真像一年前失散的阿光哥的声音呀！两兄弟你看着我，我看着你，有点丈二金刚摸不着头脑。

正当阿海和阿发充满疑惑，又充满期待时，仓库里阿光的身影出现了。他抬起头看见站在老板身后的一个竟然像自己的兄弟阿海，另一个则像阿发时，似乎以为自己在梦中，他与阿海、阿发一样，相隔不到一丈的距离，却痴痴地凝视着，三个人都在怀疑自己的眼睛，却在怀疑这是梦中？还是在现实当中？

一年多时间，

三百多个日日夜夜，

朝思暮想，魂牵梦萦。可是，那次在海上的生离死别之后，兄弟们之间竟然杳无音信；

可是，一切却又来得如此突然，一切又来得如此迅速，眼前的一切，让人毫无准备，以至措手不及。

瞬间，画面被定格了。

海边的风本来特别大，秋天的风更是容易让人瑟瑟打颤。而此时仓库前的风，却好像特别通人性，却是早没了影子。

空气仿佛凝固，一切都在静止。

仓库前本是人来人往，送粮出粮的马车进进出出。此时，他们不知道发生了什么事，却也停下脚步，驻足观看。

从紧张的工作中走出来，却意料之外，猝不及防地看见一年多日夜思念的兄弟像从天而降落到自己的眼前，活脱脱地站在自己眼前。阿光，傻愣愣地站在原地，他与几尺之隔的阿发、阿海彼此相凝视着，鼻子一阵阵发酸，眼泪却止不住往下直掉。

谁也没先开口说话，

谁也不知应该先说些什么。

有人说，这是一场劫难之后人生的反思；

有人说，这是生离死别之后对生命的感悟；

有人说，这是生离死别之后对兄弟情感的回味。

但不管谁说，也不管人家怎么说。此时的阿光、阿发、阿海都刻骨铭心地体验到了。经过一年多前那个海上的生死挣扎，那种九死一生之后，他们感受到了生命的可爱，友情的可爱，人生的珍贵。

许久，许久，他们的思绪艰难地回到现实，艰难地回到眼前的一切。

"他们这是……"旁观的人是清醒的，他们看到了眼前的静止的一切。

"难怪呀！人生总会有这么多悲欢离合……"

"听说……"

旁边的人在窃窃私语，开始议论纷纷起来。

"你，你们……"简宏顺开始还有些懵，看了一段，便恍然大悟，当他将这一切尽收眼底之后，看到三个发傻的后生仔，便在一旁提醒他们。

"阿光哥……"阿发、阿海感情的闸门迅速被拉开，他们不约而同，大声呼喊一声，大步冲向前去。

"阿发、阿海……"阿光听到了他们的呼喊，似乎凝固的思绪被立即稀释，不顾一切地扑过来。

三个人，有些忘情，有些疯狂，有些歇斯底里地互相喊着，互相捶打着，又大声笑着，大声哭着，并且迅速地紧紧抱成一团。

站在一旁的简宏顺这才醒悟过来，原来他们来的时候，连永福、魏永富和屠户曾介绍过他们之间的不幸经历。

他们历尽千辛，经历过九死一生，

他们在梦中相会，在梦中苦苦地思念着，

他们在经历一年的煎熬之后，却在这里相聚了。

"阿光哥，你到哪里去了？怎么到这来？什么时候来的？"阿发一边擦拭着脸颊上的泪水，一边拉着阿光的手。

"说来话长呀！阿发、阿海。现在相聚了，以后慢慢谈吧，阿龙，阿龙现在哪呀？"阿光看看眼前只有两位兄弟，似乎缺了一个，便张望了四周，急切地问道。

"阿龙，阿龙……"阿海听到阿光追问有些语塞，他和阿发一样，一股难言的痛苦涌上心头，难过地低下了头。

"怎么啦？阿龙，难道……"阿光预感到什么，他的心随着阿发、阿海的情绪一样迅速地跌落下去。

"阿龙在海上……"阿发想说清楚，但话到喉咙却哽住了。

本来热烈的兄弟，本来像兄弟一样的团聚之情，却迅速地降了温，四兄弟出门，却半路失去了一个。

三个人的泪水止不住簌簌而下。

站在一旁的简宏顺看了这个，又看了那个，真不知如何安慰他们。因为，三十年前他们渡东时也有过像他们三个相似的经历，也曾有过兄弟失散，经历过痛苦的情感煎熬，他与这帮年轻一代也有同样的感悟。

"好了，今天相聚多不容易，要开心一些，大难不死，必有后福。既然你们是兄弟，我就不再作介绍。过几天，阿发、阿海你便过来给阿光当助手，一定要好好干。"简宏顺还有别的事要安排，便转身而去。

"还有，今天晚上庆祝你们兄弟相聚，到美清香去聚一下，那店是我开的，我会向账房交代一下，算我坐东。"简宏顺这人虽然是老板，但体恤手下，而且每件事都做得有情有义，着实让人感动不已。这，兴许是他兴旺发达，广聚人缘的关键因素吧。

"好的。老板，费神，费神。"阿光看见老板走了，悲喜交织，慌忙不迭地谢过老板，再看看痴痴站在跟前的两位兄弟，六只眼睛愣愣地看着，好像这经历生离死别之后，更感到生命的重要。这情感的真切，这兄弟的可贵，生怕再失去彼此一样。

"阿海、阿发，事情已经发生了。现在谁也扭转不了了。你们先休息，我还要安排工作，呆会儿，下班后我们到美清香小聚一下。"阿光知道正有两队粮车的粮食要入库，自己不能耽搁太长的时间，而阿发、阿海也满身尘土，预计也刚刚回来，便打破沉寂建议道。

"啊！啊！好！好！"阿发和阿海的思绪还停留在刚刚相聚的悲喜交加之中，口里虽然在应着，可双脚却杵在原地一动不动。

"我先进去了，那进出仓的粮很多。"阿光看见兄弟还留在原地，想多呆一会，但看到门前的运粮马车已经排成一列队伍，不敢再延误片刻，只好在阿发的肩膀上轻轻地拍了一下，回到仓库里。

当晚在美清香的小聚气氛复杂，兄弟们的心情更复杂。

第六章 兄弟相聚台南港

九死一生终于得以团聚自然高兴异常。

阿龙走了，走得那么突然，走得那么年轻。而且，丧身大海又令大家悲恸不已。

坐在美清香餐馆，大家没有丝毫团聚的欢快，没有劫后余生的兴奋，只有默默地坐着。

"伙计，四位。"阿光招呼着店小二。

"阿哥，你们不是三位吗？"小二看见三个客人脸无表情，怯生生地问道。

"还有一位马上来。"阿发用很沉重的声音答到，他的内心充满着内疚，怪自己没有看好阿龙。那是在黎明前黑暗中的一刹那。那时，如果自己和阿海多留一点心，死死将阿龙摁在地上，也许熬过那一刻，此时不是四兄弟在一起，一切都圆满了吗？

悔呀！这一段他不知多少次回味阿龙扑向大海的那一刻。不止一次地捶打自己的胸膛，后悔作为四兄弟的二哥，没有尽到责，没有照顾好四弟。

"阿发、阿海、阿龙。"阿光轻声地呼唤着兄弟的名字，甚至还提高语气叫了一声阿龙："我们兄弟团聚了，终于团聚了，干杯！"

"干杯……"当三个人齐心喊干杯时，突然禁不住嚎啕大哭起来。而且，哭得有些忘怀，有些难以自制。

这哭声惊动了邻座，惊动了周围的食客。

哭了！哭声越来越大，一年多积压在心中的思念，一年多的痛苦，一年多的沉闷倾泻而出，像暴雨，像山洪倾泻而出。

哭够了。

阿光抬起头，看了看身边的两位兄弟也抬起了头。相互对视，彼此会心一笑，才把情绪慢慢地拉回到现实，回归理性。

阿光把那晚分开后一年的情况介绍了一遍；

阿发、阿海也把那生死离别的一切告诉了阿光。

人生总有那么多困难，

人生道路总是那么多坎坷。

"那下一步怎么办呢？你们有过什么打算？"阿光看着自己的兄弟。

"你来了，我们便有了主心骨，这一年我们碰到太多困难。"

"还在这做工下去吗？"阿光用眼光盯着阿发和阿海。

"我和阿海曾不止一次地讨论过这个问题。"阿发说。

"最后有什么打算呢？告诉我。"阿光似乎很有兴趣地听。

"家里长辈常告诉我们，小小生意强做工。我们来台湾一年多时间，简老板非常关照我们，生存倒没问题，衣食无忧。但年纪轻轻总还得考虑发展呀。"阿发和盘托出了他与阿海商量几次的想法。

"那为什么一直呆在这呢？"阿光笑着看两个兄弟，他刚到这里几天，也有了新的想法，说不定兄弟间一碰头，会不谋而合。

"大概是你不在，我们没有主心骨，打不定主意。"阿海补充说："另外，另外……"他重述另外之后，便没有了下文。

"阿光哥，你不赞同我们的想法？"看到阿光闭口不谈自己的想法，一直循着话题追问，阿发感到没有底。

"你们的想法我现在不了解，我不赞同个什么哟。"阿光仍然不愿说出自己的想法。

"另外，我们想，人要有良心，是简老板在落难时收留了我们，现在翅膀还没长硬就想飞，于心不安。"阿海说。

"这倒是个道理。"阿光很兴奋地告诉阿发、阿海："这一段，包括在澎湖和到这里，了解了一些情况，这台湾确实有太多的发展机会，你们想做生意的想法一定没错。"

"是吗？阿光哥！"听了阿光的话，阿发、阿海突然兴奋起来。

"是的。但现在关键是做什么生意的问题？"阿光看了看四周，将声音稍稍压低："如做粮食生意这一行，我也了解过，赚钱很快，但本钱很大，我们没本钱；要很多人脉，但我们没人脉。因此，再好赚，我们只能看看就好了。"

"阿光哥！这件事我们考虑过了。干这事，我们没有力量，可是，去包租田种，当大租户说不定就能办到。"阿发说。

"对！台湾租田都是小租户的形式，每个人租个十甲、八甲田，一年每甲田缴三斗左右的租子。这样东家烦，一个东家要面对几十个，甚至上

65

第六章　兄弟相聚台南港

百个租户，也不好管理。如果我们一次包租几百甲，甚至上千甲，然后再转租给小租户，从中收一些租金差，东家也高兴，我们也获利，而租户的利益仍然不变。这岂不大家方便，大家乐意。"阿发说得真是头头是道。

"阿光哥！如这样做一分本钱都不要，因为交租是收成后的事，我们只要计划周全，便可动手了。"

"这样呀！"阿光认真地看着两位兄弟娓娓而谈，分别一年多，真是刮目相看，发现这兄弟俩进步太大了。

"不行吗？"

"行！我看行。阿发、阿海这一年你们长进得比我还快。"阿光高兴地站起来。

"那老板那里怎么去说？"

"不要紧，明说。但阿发、阿海，滴水之恩当涌泉相报。老板，包括澎湖的阿叔、师傅还有连永福师傅对我们兄弟都有救命之恩、提携之恩，有朝一日，我们发达了，要尽其所有去报答。"阿光似乎有些激动。是啊！当他一谈起阿叔、师傅，便想起了海英，想到那淳朴可爱的小妹妹，想到那天在码头依依惜别的一番情景，一股浓浓的思念之情禁不住涌上心头。

# 第七章 ···
# 三兄弟结成大租户

听到阿光三兄弟准备辞职组成大租户，宏记米行的老板简宏顺只是反复端详着阿光三兄弟，从头看到脚，又从脚看到头，他脸无表情，既不表示赞同，也不表示反对，这让阿光三兄弟的心像十五个吊桶子七上八落。

讲实话，从感情上看，阿光真舍不得离开宏记米行。因为，在他们落难的时候，宏记收留了他们，并且给予许多的关爱和温暖，让他们度过了人生生死离别后最艰难的时期。每当想起这件事，他们总是有些不安。宏记米行就对阿光还是阿发和阿海都是恩重如山。现在，这恩没报，却想另攀枝头，无论从情感还是报恩上讲都确实很难启齿。

记得那天晚上，三兄弟谈论联手结成大租户去开拓自己事业时，反复商量了很久。可是一谈到如何跟简老板说时一个个却束手无策，大家苦苦思索，长唏短叹。于是，一直拖延了一个多月。昨天晚上三兄弟咬了咬牙才壮着胆子向老板提出了自己的想法。

"老板，我们三兄弟非常感激你的提携和关照，如果不是你的收留，也许我们此时还在街边房前沦为乞丐。"阿光想了很久，终久没头没脑地向老板表达了自己的想法。

"阿光，这些话不要再讲了，受人之托帮助同乡，乃我之本分。你们三兄弟只要好好做，对我就是最好的报答。"简宏顺看见三兄弟结伴而来，开始并不了解其真实的意图，笑嘻嘻地叫仆人送上三杯热茶，笑吟吟地看着三个后生仔。可是，无意中老板这一句话却好像一条大地瓜封住了他们正要张开说话的嘴巴。三位后生仔你看着我，我看着你，顿时便有些语塞。

"我们想……"阿光想努力搜寻一句最恰当的话来表达自己的意思。

"有什么困难，尽可能说，只要我做得到的。"简宏顺看到今天站在面前的三个后生仔似乎有什么话要说："别站着，坐下说。"

"我们想辞职。"阿光下定决心，豁出去了，终于说明了来意。

"辞职？"简宏顺有些愕然，抬起头一个个看着三个后生仔的脸："是我照顾不周吗？"

"不！不！不！老板，正因为关怀备至，让我们受之有愧，没有你的关照，就不会有我的今天。"阿光看着阿发和阿海用眼光鼓励着他，狠下决心说："我们想出去闯一闯，承包一片土地，兴许能干一些事业，如能成功，将来一定报答你的大恩大德。"

"噢，原来是这样啊！"阿光将意思表达清楚了，简宏顺恍然大悟。讲实话，现在从家乡渡东的人很多，要谋取阿光他们这样的职位很难。这三位后生仔先出去创业，去找苦吃倒是一件新鲜事，凭这一点着实让这经历人生磨炼，吃尽千辛万苦的粮行老板刮目相看。

"这样的后生仔难得。"简宏顺不露声色，但却在内心深处对眼前的阿光们增添了几分好感。

"老板，万万别以为我们过河拆桥……"看到老板脸无表情，阿光有些着急。

"不会！不会。"简宏顺仍然不动声色，"这样，今晚我还有交际，明晚清香楼请你们吃饭，再详谈，再详谈。"

"啊！好！好！好！"阿光三个听完老板的话面面相觑，如坠云雾之中。

现在，离老板约定时间还差一个钟头，阿光三兄弟以忐忑不安的心情坐在美清香酒楼，等待着老板的到来，那焦急的心情，好像犯错的孩子等待着长辈的发落。

"老板来啦！"阿海焦急地在窗户上往外张望，看见简宏顺从大门进来，赶快向阿光通风报信。

"不知会有什么结果。今天。"阿光心里也没有底。因为，他认识老板时间不长，对老板会采取什么态度，他心中却没有半点的底，无论如何也把不准老板的脉。


一桌子闽南风味的菜，虽称不上是奢华，但挺丰盛的。听说这是老板的风格，他以前苦惯了，尽管现在很发达，但仍然十分俭朴。招待客人礼数到了，表表心意，从来不奢侈、不浪费。

"坐下吧，还愣着干嘛。"老板一进门便招呼他们坐下，"你们三个要辞职去闯天地，我很高兴，今天设个便宴，算是欢送。如果在大陆老家，等同于送女儿出嫁一般。"一坐下，简宏顺开门见山。

"费神，费神……"阿光不知该用什么话来表达，只是一个劲地闽南话表示感谢。

"但是，阿光你们要记住，人生会有很多的选择。当然，人生道路会碰到很多困难的。以前你们吃了不少苦。今天，我算请你们，送你们出去了，你们要随时做好吃苦，甚至吃大苦的准备。我相信你们，最终会成功。"简宏顺如兄如父，一席话非常朴实，贴心贴理，却讲得很动情。

"老板，我们听清楚了。"阿光听了这样体己的话，心头阵阵发热，低着头说。

"不要紧，反正都在台湾打拼，今后如有什么困难需要帮助，不要难为情，可以随时回来。只要我有能力，一定尽力相助。"简宏顺看见三个后生仔很动情，不由想起自己当年初闯创业立场的那种心情，现在这一代远比自己那时幸福。但他们有这股热情与勇气，足以让自己感到高兴，觉得也没有更多的话要再说。于是，话题一转，露出了一种难分难舍的笑意，"你们从我这出去，如同女儿出嫁，我也没什么东西可以送给你们，今天，给你们每人二两白银，算是嫁妆，也算是开家费。给你们的事业垫个底，相信你们会事业有成。"说罢，叫管家从公事包里取出三包用红纸包好的银子，郑重其事，一人送了一包。

"费神，费神。老板的恩典，我们三兄弟铭记在心。"阿光接过这红纸包着的银子，有点不知所措，三个孤儿的手从来没有触摸过这么多的银子，现在拿在手上觉得这尽管只有二两重，但却是那么沉甸甸的，好像犹如千斤之重。不，远远超过千斤。因为，这里包含着长辈对自己的一种期待，一种情深意切的期待。

老板因另有交际，先离开了。

阿光三兄弟坐在餐桌前却再也没有了食欲。从简老板无限期待的眼光后面，他似乎还有阿叔一家、师傅和连永福等长辈的期望。现在回想起来，人生道路多么不容易，已经走过的路是那样不平、那样崎岖，而未来的道路还会有更多的未知，还要付诸更大的艰辛。前两天想得很简单、很单纯。可是现在他感到自己的翅膀并没有长硬，自己的羽毛也不丰满。凭着一股血性，凭着一种热忱要去，拼搏人生，就必须做好吃苦、吃大苦的准备。

闽南人喜欢打拼。但打拼必须敢于面对困难，必须随时准备付出。

"咳……"阿光重重地吐了一口气，看看二个兄弟大家交换了一下眼神，"吃吧！吃饱了，好好商量一下，准备吃苦去。"

"吃！吃出精神，吃出气力。"阿发、阿海两个看着阿光，大声叫了起来。

这一切，让外人看了多少有些悲壮，有些让人感动。

三条汉子，一桌子菜。自然不费太多功夫，便风卷残云般地解决了。

走出美清香，晚秋的台南已经有些凉意，三兄弟走在那不算热闹的街道上，头脑中似乎少了一些前几天对独自创业的天真和浪漫，老板一席话语重心长，使他们更加冷静地思考和策划着下一步的创业之路。

"我们到海边走走吧！"阿光看见身边沉默不语的兄弟，提议到那去走一走。

"好！"阿发应道。

海边没有灯。

下半个月的月亮只有三分之一圆，那柔和的月色照在沙滩上有些朦胧，眼前的大海仍然像往常一样，一样的奔腾着。海浪不停地拍打着海岸，不停地拍打着沙滩那片清清的海沙。

"就在这沙滩上坐坐吧。"阿海一直沉默不语，走了一段便提议坐下来："坐在这里，我们可以看看大海，想想一年多前离别的家乡。"

"噢！好！阿海想家了吗？"阿发似乎感悟到阿海的心事。

"不！阿光哥！阿发哥，此时我突然想起了阿龙，而且想得特别厉害。"波涛的海浪拍打着沙滩，拍打着海岸，却不约而同地勾引起三个兄弟对去年那个生死之夜的回忆，大家面对大海思绪起伏，低头沉思良久，阿海才叹了一声气，用充满伤感的语气说，"假如，阿龙没有走，我们四个人都在一起多好啊！可是阿龙走了。走的时候渴得厉害，饿得厉害。现在他在哪里？我们却吃得那么饱！秋天快过了，阿龙光着身子，只穿一条裤衩，不知现在会不会冷。"阿海声音很低，像自言自语，又好像提醒自己的兄弟。尽管他知道，阿龙今生今世是没有办法在一起了。但兄弟之情却不能忘怀。

"……"海滩沉默了。

阿海这番言语，自然让阿光、阿发无从回答，他们的思绪好像被迅速拉回到一年前让他们终身难忘的夜晚，那让他们生离死别的时刻。

"哇……"不知沉默了多久，谁也没说话，谁也没先说一句话的欲望。这时，却有一声海鸥的鸣叫打破了沉寂，提醒了大家。阿光转过身，看见身边低头不语的兄弟，鼓了鼓勇气，终于下了决心说，"阿发、阿海，四兄弟出门现在只剩下了我们三个，我们的心是一样的。现在，与一年前龙池岩下的情况相比，我们已经进步了一大截。以前的日子尽管难忘，但却不能留在嘴巴上。老板的话对我们很重要，只有我们发达，才能不让阿龙在那边担心，才让他在那边看着我们高兴。"

"……"阿发和阿海点了点头。

"从今以后，我们三兄弟，不，四兄弟要肝胆相照，一起创业。要记住，阿龙永远和我们在一起。"

"我懂了，阿光哥。"阿海和阿发又点了点头。

"晚上，我们早点休息。明天，直奔南投。"阿光担心大家沉溺往事，背负太重的思想包袱，用手一挥，讲了一句慷慨激昂的话。

"好！阿光哥。那你说，我们包多少甲土地为好呢？"阿发有点吃不准，包少了，收的租太少；包太多了，又恐转租不出去。

"南投那边地大约有多少甲，你们预计？"阿发的话触及了主题，阿光心里一亮。

"上千甲吧！"

"租期一包多少年？"

"一般一年一租。当然，东家希望一签多年，这样租户比较稳定，东家也省心。"阿海补充。

"如果我们将千甲土地一次包租三年或者五年，能不能争取东家减轻租金呢？"阿光穷追不舍地问道。

"那自然会获得更低的租金。"阿发说。

"那里的小租户你们都了解、都熟悉吗？"阿龙突然想起，这租户一年一签，租金则是收成后上交，只要租户稳定下来，自己这大租户便稳赚不亏了。

"都熟悉，几乎都是我们漳州或者泉州府籍的同乡，每次去收粮，常在一块聊家常。"阿发胸有成竹地说。

"还会有什么困难我们没有想到的吗？"阿光似乎没有十分把握。

"没有了，从使有也只有现场再随机应变。"阿发说。

这一夜，三兄弟在这海滩上谈得很多，谈得很默契，谈得似乎毫无倦意。直到东方露出鱼肚白，一轮红日即将喷薄而出时才依依不舍地离开。因为，他们都明白，此次离开台南去南投创业，面前有很多困难在等待着他们。再回到这里尤其是三个兄弟同时回到这里聊天的几率非常的低，多坐一刻，多享受清晨海边的美景，也能多留住一份对这大海的情感。

八天后的下午。

三兄弟经过跋涉终于来到南投一位地主的家。

这是一座充满闽南建筑特色的四合院，花岗岩条石砌的墙体，上面盖着红瓦，院里院外都布置得十分考究，一眼看去这位早年渡东的老板，身价不菲。

老板是一个五十多岁的中年人，个子不高。被太阳晒得黑黝黝的肤色足可说证明这是一个贫苦出身，白手起家，却又十分勤奋的人。

初出茅庐的三兄弟，人生第一次要跟人洽谈租田的事情，心里总有一些不踏实。出发前，三兄弟反复思考，力求将问题应对的方案研究得尽量周全。

现在，当三兄弟站在这如此考究的大户人家的宅院前，原先的那种自如和从容似乎受到了些许的影响。阿光为了让自己的心能够更平静一些，趁还没进门时做了一个深呼吸。当他抬起头朝向宅院的客厅一看，却见那老板与一个二十多岁的人在谈论着什么。那客人比手画脚，一会儿面谈微笑，一会儿神情激昂。在门外，他们虽然只听得只言片语，但机敏的阿光已经隐隐约约感觉一些什么。

那中年汉子看见门外由管家引进三个年轻人，用眼光扫了一眼，愣愣地几分钟又迅速转开了。这一眼，阿光发现这人有些面熟，但认真一想，又想不起来曾在哪个场合上见过面。同时，他感到，刚才似乎他正与老板谈得也是租地这件事。

"噢，欢迎，欢迎。阿发、阿海后生可畏，一夜间变成了老板了，祝贺，祝贺。"地主看见前几天还是宏记米行的伙计，转眼间变成老板要来租地，顿时觉得很稀奇，加上兴许刚才与那青年汉子谈得不畅快，便有意无意将精力引过来，让那人坐坐冷板凳。

"老板，不客气，随意随意。"阿光看见这地主如此热忱，便学着老人那套规矩，客套了一番。

"噢！噢！这位是想来租地的老板黄福寿，黄老板，潮州府人士。"地主转过身把那中年汉子介绍给阿光他们。

"这三位是阿发、阿海，这位……"地主介绍完阿发、阿海后，他不认识阿光。

"噢，我叫阿光！"阿光自我介绍说。

"我叫陈吉祥，吉是吉利的吉，祥是祸福祯祥的祥。"介绍了两方面的来客，主人也自我介绍，看来，刚才与那黄福寿的交谈不顺畅，阿光他们的到来，让他解了围，避免了尴尬。

"打扰了，我们想托陈老板的福，也想承租老板的地。"阿光年轻气盛，并不避讳于说，年轻人初出茅庐，开门见山。

"好啊！好啊！这黄老板也正想租地。你看看，你看看，三位老板年轻有为，你们想租多少甲地啊？"陈吉祥满脸春风，觉得二家不期而至，对他是一件好事。却隐而不露，心里直乐，这样，一可以避免与福寿的不快继续延续；二又有一个竞争自己争取主动，便摆出一副稳坐钓鱼台的姿势，对着他们说。

"陈老板，你共有多少地呀？"阿光眼睛看去，尽管陈吉祥在热情欢迎他们时，还不失冷落那黄福寿，肯定有一番用意。这老滑头，想占据有利地势。因此，不想一进门便变成被动，便加大口气反问道。

"你有租多少甲地的能力？"陈吉祥看着三个后生仔，仍不露声色。

"你今年有多少地可以租？"阿光不依不饶。

"一千二百甲。"看见阿光也不想露出底线，陈吉祥从心底里骂了一声"死仔"，便将家底和盘托出。他在想，三个前两天还是收粮的伙计，没有太多的实力，充其量能租个一、二十甲地就撑死人了。说完，便用挑战的目光在阿光他们的脸上扫来扫去。

"一年一甲多少租子？"

"不多，一年一甲三斗。这是行情。"

"如果一千二百甲地我们全租，而且一租三年，这租子能优惠多少呀？"阿光摸清了陈吉祥的家底，咄咄的目光反看着陈吉祥，等待着他的回答。

"你说什么？"阿光话语一出，着实让陈吉祥暗暗地吃了一惊，但他心里却不相信他有这样的实力。现在呀！一方面，后生仔心情浮躁，力气不想花，却一夜之间想成为暴富，成为亿万富翁；一方面又有一些地痞混混，总想捡白吃，总想不劳而获，弄得人心不安。譬如眼前这黄福寿，田租给他不放心，不租给他却要担心。这些人，什么事都敢做，什么事都能做得出来。

"一千二百甲全租三年，租子能优惠多少？"阿光重述了一变。

"就你们三个？"阿光的话斩钉截铁，这让陈吉祥暗暗叫苦。心想，一个黄福寿还没打发出去，却来了三个比黄福寿更难应付的家伙。

"不！是四个。你不相信我们？"阿光心里还想着阿龙。

"相信，相信。既然后生如此可畏，那一千二百甲，三年租期，每年每甲二斗八升。"陈吉祥说完又补充了一句："你们有这么大的胃口吗？"

"每甲每年二斗五升，一口价。"阿光年轻气盛，他不想与这老滑头再讨价还价下去。

"我……"陈吉祥的气势终于被阿光震住了，有些犹豫不决。

"我包租六百甲，每年每甲按老板的价二斗八升。"坐在一边冷板凳上的黄福寿坐不住了，出来搅局。

"噢！……"坐冷板凳的黄福寿一讲话，那声音拂起阿光的神经末梢。他想起来了，这黄福寿便是一年多前自己渡东船上络腮胡子老板的助手。那天晚上，大家晕船呕吐乱成一团时，那个一边点蜡烛火，一边诅咒大家的家伙。进门时自己的猜测有没错，他也是租户。当时，招收我们这些人过来，就是想当小租户用……

想不到，那次劫难，他们的如意算盘落空了，连老板也葬身海底。可是，他却死里逃生，还在经营他的事业。

"那么好吧！看你包租面积大，又有三年租期，二斗五升。给你！"陈吉祥似乎孤注一掷地说。

"这条件我也可以包。"黄福寿心有不甘，又来抬杠。

"那老板，你看如何办？"阿光用愤怒的目光瞪了一下黄福寿。他的脑子却在迅速地变化着，无论如何，志在必得。这是几位兄弟人生的第一次博弈，一定要取胜，一定要将一千二百甲地完整租下来。

"既然这样，原来租子是秋收后付的。今天，谁只要能拿十两银子作定金便给谁！"陈吉祥看见有人在相争，心里暗暗作喜，趁机将条件加码。这一点，让阿光他们也没有任何思想准备。他们三兄弟相互交换了一下眼神，阿发、阿海趁人不注意给了阿光一个点头的眼色。

"我不同意，今天我没准备。但允许我回去准备，明天再来。"那汉

第七章 三兄弟结成大租户

子听到陈吉祥的话，开始着急起来。

"我同意。阿海、阿发。将十两银子过点给老板，签契约。"阿光努力掩饰内心的兴奋。因为，除了简宏顺赠送的六两白银外，加上阿发、阿海一年多的积蓄和阿光从澎湖带来的一些收入，已经超过十两银子，而且今天就带在身上。

想不到，简宏顺老板说是嫁妆钱、垫底钱，真在关键的时候发挥了这么重要的作用，真正为他们成就一件事业垫了底。

"这……"陈吉祥此时才觉得自己的疏忽，原以为这三个连小租户都还不具备条件的后生仔，不但气魄大，而且实力那么大。原本以为吓吓他，让他知难而退，又让黄福寿少来纠缠。但话既已出口，反悔也似乎有违他诚信做人的原则，而且自己所拥有的土地三年内都被租去，加上有十两白银押着，也落个省心。于是，也顺便做了一个顺水人情，朝那黄福寿拱了拱手，表示歉意。

"管家，拿纸笔来，签协议，点银子。"陈吉祥还是一副从容不迫的样子，脸上带着生意人特有的笑容，向管家招呼了一声。

那黄福寿，也从刚刚与阿光的较量中似乎感觉到什么。这三位后生仔似乎是自己去年招收的农工，可是那场海难难道没有灭了他们？他感到奇怪。但灭与不灭对自己已经毫无意义。在今天的较量中他成了败者，这是他永远都无法接受的。"走着瞧。"黄福寿心里在嘀咕，一脸愠怒，甩手走出了陈吉祥的大门。

"陈老板，你那土地中间的那栋管理房也应无偿提供给我们使用。"阿光签完合同，付完银两，突然想到自己的积蓄已经屈指可数，那栋管理房虽然不大，但目前情况下起码可以让兄弟们有一个遮风挡雨的栖身之地。

"唔……"陈吉祥有些迟疑。

"陈老板，见面三分情，日后三年我们还可相互帮衬，拜托了？"阿发一脸堆笑，讨好地说。

"好！后生可畏，我忍痛割爱。"陈吉祥终于爽快地答应下来了。

从陈吉祥家走出来，三兄弟一脸轻松，感到人生创业顺利地跨出了一步，他庆幸老板在他们辞职离开之时，不但没有刁难他，还送他这么一大笔钱，给他们扎扎实实垫了一个底。

"如果没有简老板给的这笔银子，今天肯定泡汤了。"走出门外，阿海终于吐出了心里话。

"是啊！贵人相逢，贵人相助，我们一路走来总是碰到这么多贵人，并且得到他们的相助。"阿光深有感触。突然，他又想起什么，便兴奋地问："阿海、阿发，你们刚才发现了什么东西吗？"

"发现什么东西？"阿发、阿海感到有点丈二金刚摸不着头脑。

"那汉子，那想租地的黄福寿。"

"那黄福寿怎么啦？"

"你们没有认出来？"

"他是谁呀？"

"他就是我们从厦门过来船上老板的助手呀。"阿光说："他也来租地，当时招我们过来，就是想让我们当他的小租户的。"

"噢！"阿光的话，不说则罢，一说却让阿发和阿海大吃一惊。

"怎么啦？"阿光有些不解。

"他会不会认出我们来？"阿发问。

"认出来又有何相关？我们也是死里逃生的呀。"阿海答。

"这倒无所谓，我倒觉得那人一脸凶相，这次租地失败，我担心以后我们租期三年间他会不会做些小动作。"阿光不免有些担心。

"是啊！"阿发也感到有些问题。

"那怎么办呀？"阿海也有同感。

"现在已经签了合同，不能再考虑那么多了。车到山前必有路，船到滩头水自开。走一路，看一步，以后我们兄弟多留点心，多防备一些就行了。"阿光充满着自信。

"下一步呢。"走着，走着，阿发问道。

"陈老板不是把那栋管理楼给我们用吗。找一个地方添置生活必需品，住进去，安一个家，做南投人。"此时的阿光像个将军。

几个孤儿，一路奋斗，即将有了一个家，对大家来说是一件天大的喜事，阿光的话音一落，三兄弟激动地跳跃起来。

　　"还有，今晚我们买一瓶酒喝一下，庆贺一番。那滋味，我们都还没有享受过呢。"阿光补充道。真的，长这么大，这酒是什么滋味，谁也没尝过，虽然囊中羞涩，为了庆贺，阿光决定破费一次。

　　"对！"阿发、阿海完全赞同。

　　"哈！哈！哈！"兄弟们尽情地欢笑着。

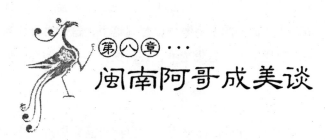

第八章⋯

# 闽南阿哥成美谈

闽南哥一口气租了一千二百甲土地，这在台湾还是第一次听说。好事传千里，这一消息不出几天便传遍了台南周围的十里八乡。

这消息传到了简宏顺的耳朵，这开了几十年米行的老板，着实为这三个后生仔的举动高兴了一番，觉得自己没看错人。但他是沉得住气的人，他在盘算，有朝一日，如果他们还有事相助一定全力支持。

这消息也让黄福寿如刺梗喉，难受了好一段时间。

那天竞争失败，走出陈吉祥的大宅，一路回去，觉得这三个后生仔似乎面很熟，想了好几晚上。终于有了结果，不错，这三后生仔便是自己老板从厦门招过来的农工。只是，天不遂人愿，半路遇到海浪，船沉入海底，甚至连老板也没有能够逃脱厄运，这一船人也不知去向。

那次，他自己也是捞着一块海上漂来的木板，在九死一生当中被人救起。然后，才辗转到南投来落脚的。

"天不助我呀！"黄福寿用力捶了一下自己的脑袋。这三个人一定是有天助，而又是天生的一个狠角色。尤其是那个叫阿光的，口气大，又不动声色，将来一定成大事。如果不是沉船，他们都是自己手中的块肉，说不定还能熬出一钵头的油来了。现在，油捞不着，而且成了自己的竞争对手，成了他们的手下败将。想到这里，这个被外人称之为老板，实际上社会上叫烂仔的人越想越不甘心，挖空心思，搜肠刮肚，想着一种反败为胜的办法。

添置了简单的家庭用具和生活用品，搬进了陈吉祥的管理房，三兄弟便安居乐业了。

这栋坐落在小山包的管理房，尽管是平房一座，足有几十平方丈的建筑面积，而且前后还有不少的空地可以种菜。站在门前，那一千二百甲的土地尽在眼中。这山包植被保护得很好，空气异常新鲜，尽管屋内陈设简陋，但对于一直流浪漂泊的三个孤儿来说，已经心满意足了。

"阿光哥，我们给这房子取个名吧。"阿海突发奇想。

"这又不是我们的房子，取名有什么意义，等以后我们发达了，建栋大楼再取名吧。"阿发不同意。

"取也无妨，以后建新房还用这名，不过取什么名字呢？你们看！"阿光心情不错，看着兄弟很高兴。

"那就叫大发楼吧，让老天保佑我们大发。"阿发说。

"还是叫鸿发楼，比大发更好，更有文化，在家里，住鸿发楼的人都很有钱。"阿海说。

"不如叫永丰楼，愿保生大帝保佑我们年年丰收，永远丰收。只有租户丰收，我们才能发达。"阿光考虑来台湾主要是耕田，取永丰比较切合实际。

"好！好！永丰楼更合适。以后如发达了我们也开一家永丰粮行，像简宏顺、简老板一样。"年轻人想像力丰富，又正值浪漫的年纪，面对自己拥有的第一个家乐得直蹦，对未来充满着憧憬，充满着期待。

三兄弟谈了很多，谈到深夜。

阿发、阿海不知不觉已经进入了甜蜜的梦乡。

看到两位兄弟入睡了。阿光舒心地一笑，转过头蓦然看见一张床上空荡荡的，那是三兄弟商量好的，无论走到哪里，阿龙的位置必须留着，睡觉时必须有阿发的床，吃饭时必须留阿发的碗筷。

这样让阿龙永远与自己在一起。

这样让活着的人永远记住他，警示自己珍惜生命，做出成绩。

现在，当阿光的眼光接触到那床上的一刻，眼前浮现起无限的伤感，一年前阿龙活泼可爱，可现在他在哪里呢？想到阿龙，又不得不联想起阿叔一家，想到师傅他那熟悉的脸庞和身影，一别几个月，台湾和澎湖隔着大海，在这消息不灵的时代，自己始终得不到他们的消息，真让人揪心呀！

刚刚还有些睏，但这脑子一触及这些却倦意全无。阿光翻了一个身，床上用稻草当成床垫的床，发出悉悉刷刷的响声，一股股稻草的清香直冲鼻子，让全身的神经末梢更加兴奋。

"要是能让阿叔一家，还有师傅一块到这里来生活多好呀！咳……不行，现在一切刚刚开始，没吃的，没住的。虽然，自己有报恩的思想，却没有报恩的能力呀！况且，这包了一千二百甲土地，还不知会碰到多少困难……"阿发不断地翻着身，不断地胡思乱想。如此反复，越睡越兴奋，越睡精神头越足。

"起来，既然睡不着，不如出去走一走。"阿光翻得全身反而酸痛起来，一不做，二不休，干脆下床走出屋外。这时，他才想起这一年多，为了生存疲于奔波，自己的功夫已经很久没练了，大约已经荒废了吧。

记得六岁父母双亡，远房的叔叔伯伯又养不起这个孤儿，生性倔犟的阿光，头一偏拿着一副碗筷挨村挨户行乞，饥一顿，饱一顿，风吹雨淋日晒，真是天当被，地当床，吃尽了百家饭，穿足了百家衣。有一天，天下大雨，年幼的他正在前不着村、后不着店的荒山野岭，被大雨淋了一身便得了伤风感冒。他依稀记得，那天头很痛，很痛，四肢发软，一点力气都没有，而口渴得很，两只眼睛睏得睁不开，于是，便顺势躺在湿漉漉的路边睡着了。

也不知睡了多久，反正他似睡非睡、似醒非醒时一位老和尚化缘经过，碰到这个九死一生的孩子，大发慈悲，硬把他背到庙里。从此之后近十年时间里，他跟着师父化缘、吃斋、干活、练功，日积月累倒也练就了一身拳脚。尤其是庙里的一位师叔，有一手绝活，他可以随身捡起的石块砸一个目标，做到百发百中。这，让年幼的阿光兴趣至极。于是，每天像跟屁虫一样软磨软泡，要师兄教他一招，师兄怜其年幼，双亲双亡，又有些乖巧，便专心教他。说来也怪，他每天学着师兄，开始捡起石头砸那大树干，后来捡石头砸小树枝，最后瞄准天上的飞鸟，地上奔跑的鹿子、野兔，竟然也百步穿杨。尤其是有一次，他独自在离庙不远的山里瞎逛，看见一头那长得细细小腿，却又奔跳如飞的鹿子，阿光石块出手竟然砸断了鹿腿。师父发现了那鹿子皮开肉绽。大声训斥了一番，摘了一把草药，用树枝把鹿脚扎了一扎，救治了鹿子。不久，师父看到阿光野性不改，加上自己执意到社会上去闯荡。师父便将他放出山门。于是，便有了今天。

"试一试吧，这功夫不能丢，兴许今后能派上用场。"阿光蹑手蹑脚走出屋外，那秋后的月亮格外皎洁，一千多甲的地上水稻已经收割完毕，裸露的土地上零零落落地堆放着一堆一堆晒干的稻草。来了兴趣，阿光从屋门口一筋斗翻到稻田上，正要舒展筋骨，却见一只硕大的田鼠慌不择路地狂蹦起来。

"嘿、嘿！"阿光在想找一块石头，却找不到。便信手抓起一块硬土块，轻轻甩出去。只听"吱"的一声，那田鼠便四腿一蹬。他快步上前拎起垂死前挣扎的田鼠，欣然一笑，"好！好料来了。"因为，在农户人家，秋后都有捕捉田鼠是改善伙食的习惯，认为这小生命是一种绝佳美味，健脾消积，富含蛋白又可开荤。

"再来，明天给他们一个惊喜。"首次得手阿光越发兴趣，在这稻田里转了几圈，一边追寻觅食的田鼠，一边练一练快要生疏的功夫，约摸二个钟头，手中用稻草绑好的战利品足足十来斤重。

"够了。"他有些得意。一来可以让阿发和阿海有一个惊喜；二来三兄弟，不，四兄弟明天有了一个不可多得的美餐。

拎着一夜的战利品，阿光的脚步尤为轻松，他看看月色，预计离天亮还有一段时间，便准备洗洗脚，回去踏踏实实睡个觉。

当他正要回到房子前，却见有两个黑影在晃动着。出于戒备之心，阿光便蹲在田埂的角落上看个究竟。

"你走那边，注意在窗户边放一把火，注意，多堆一些干稻草。"这是一个青年男子的声音。

"你呢？"另一个男人声音在反问。

"我在入门的地方。我点火你才点，烧死他们。"还是那青年男子的声音。阿光认真听，仔细辨，仿佛这声音跟那天见到的黄福寿有些相似，便提高了警惕，放下手中的那一大串老鼠，密切注视着那屋前男子的举动。"看来，我刚刚把功夫温习了一遍，却要好好施展一下了。"阿光脑子一转，心里明白了几分。肯定是那黄福寿要强租这土地没有得逞，想加害自己，下毒手了。来台湾前，曾经常听阿叔讲过，这台湾有三害，一是海盗；二是社会烂仔；三是贪官。他们无恶不作。

现在，自己真要见识一下了。

没错，这黄福寿是台南十里八乡无人不知、无人不晓的烂仔。那天，他是想去租地，说租实际上吃白吃。讲白了，到年底地主是往往拿不到租子的。这一点地主陈吉祥十分清楚。因此，与其说是阿光得了便宜，倒不如说陈吉祥逃过了一劫。

土地没租到手，这黄福寿足足几天没有合眼。于是，他想趁阿光三兄弟熟睡时一把火烧死他们，断了陈吉祥的财路，然后从中得益。想到这里，他恶从胆边生，叫了一个贴心的小喽罗阿六，便趁夜深人静出动了。

黄福寿的一举一动在明处，阿光躲在暗处，一切都看得分明，一切都在视野之中。

等到黄福寿和阿六把一大捆一大捆的稻草搬到房前屋后正当点火时，阿光大吼一声"黄福寿哪里逃！"如饿狼扑食从天而降。

正在准备点火的黄福寿没有想到这时会有人，更以为自己也略懂一些拳脚功夫，对这种吼叫不屑一顾，专心致志想点完火再离开。

说时迟，那时快。阿光早已一个扫膛腿把黄福寿踹倒在地。那黄福寿趁机打了一个滚，又一个鲤鱼打挺反扑过来。这时，阿光早有准备，手中的一块硬土块不偏不倚打在黄福寿的屁股上。"啊！"随着土块砸中，黄福寿如一颗大树轰然倒地，捂着屁股像杀猪一样地嚎叫。

阿光不想顾这个黄福寿。因为，他了解自己这一绝活的威力，如石块

83

第八章 闽南阿哥成美谈

下去，整个臀部都得开花，而这土块也足让他难以动弹，便拔腿追赶那房后的那个阿六。

再说那阿六堆好干稻草，正等着黄福寿点火的指令，反听得他一声鬼哭狼嚎，知道事已败露，拔腿便逃。但没走几步早被阿光的土块追上，只感到后背被一个硬物激烈碰撞着，接着便是一阵撕声裂肺的剧痛，还要咬紧牙再跑几步，却已浑身颤抖，大汗淋漓，一头栽倒在地。

躺在屋里睡觉的阿发、阿海听到屋外接二连三的喊声，感到不对。立即从屋里奔到屋外，却见阿光站在月光下轻轻地发笑，便吃惊地问，"阿光哥，发生了什么事情呀？"

"没什么，抓了一串老鼠。"阿光风趣地对兄弟说。

"老鼠？"阿发有些不解。

"是啊！你看？"阿光走近黄福寿，轻轻一拎丢在地上。然后，朝阿发、阿海努了努嘴："你们二兄弟去，屋子后面还有一只。"

黄福寿和阿六被拎在一起，阿海早从屋里点好蜡烛走出来，看见两个家伙脸色苍白，痛得浑身像筛糠一样地打抖，躺在地上蜷缩在一团，虚汗湿透了全身。

"黄福寿，我们兄弟与你前世无冤，今世无仇，你为什么要杀我们。"阿光眼睛瞪得像铜铃，将黄福寿拎起来，又重重地摔在地上，怒不可遏，"如果今天不是你阿祖出来发现，岂有此理成了你的火中之鬼了。"

那黄福寿也算是一条汉子，尽管中了阿光那土块，剧痛难忍，汗水夹背，却像冷水浸牛皮一样不吭。

"说。"阿发愤怒地用脚踹了过去。

"说不说。"阿海则对另外那个阿六用力地砸了一拳头。

但除了小喽啰疼得嗷嗷叫外，这黄福寿就是像块石头不应声。

"好！你不吭声也不要紧，我废掉你。"阿光怒火冲天，走上前，三下五除二便几下工夫摘下黄福寿两只手和两条腿。刚刚还支撑在地的手脚瞬间像四条软带子一样垂了下来。

"救命！饶命！"看见阿光尽管年少，黄福寿这时才感到自己遇到了有生以来的高手。如果说刚才那土块是瞎猫撞上死老鼠的话，这卸胳膊的功夫可以说是炉火纯青，滴水不漏。

"少废话，说。"阿光还没解恨，十多年的孤儿成长经历，今天又碰上这等事情，使他那双眼吐着野性，吐着凶光，好像非一口气吞下黄福寿才解恨。

"饶命，饶……"黄福寿只饶命之外，还不说真情。

"快说，不说今晚便废掉你。"阿光抱起了拳头，那握着的拳头尽管不大，但发出"咯、咯、咯"的声音，令人毛骨悚然。

"饶命，原来我是想烧死你们，逼陈吉祥将土地全部包给我，而年底纵使吃不了白吃，起码也可以少交一半的租，反正他也奈何不了我。"黄福寿终于说出了自己的打算。

"现在呢？"中光厉声追问。

"现在，我再也不敢了。想不到你们年纪轻轻，功夫那么了得。以后打死我也不敢了。"黄福寿的头不停地在地上撞着。

"好！今天念你是初犯，饶你一次。以后，你阿哥在这谋生，谁再敢来吭声，莫怪你阿哥手下不留情。"见黄福寿已经认罪，阿光三下两下帮他恢复了手脚："滚吧。"

黄福寿和阿六听了阿光的话，想拔腿就跑，但挣扎了几次却爬不起来。阿光乘势拎了他一下说："明天上午回来取伤药，你们二人已经身负内伤，如不吃药，不久便会内伤淤血而亡。记住，上午十点左右。否则，别怪我见死不救，没提醒你们哦。"

说罢，便将拎着的一大串田鼠交给阿发和阿海，"天已经亮了，扒掉鼠皮，去掉内脏，砍去四脚，用葱花、姜丝爆炒一盘，我们兄弟开开荤。"说完便钻进被窝，蒙上脑袋，美滋滋补睡了一觉。因为，他清楚下一步自己可能要面临更多意想不到的困难和问题。

打了一个眼花，阿光似乎感觉到一股炒田鼠的美味直窜鼻子，揉了揉眼皮，听见阿发和阿海嘻嘻哈哈的笑声，睁开眼睛发现阿海手中捏着一块炒得香喷喷的田鼠肉在自己的鼻子前晃动，怪不得香味那么诱人。

"死仔！"阿光一个翻身从床上跃起，举拳就想捶那阿海一下，"你哥昨晚一夜未合眼，你吃足了鼠肉还来作弄我。"

"别，别，别。阿光哥！鼠肉炒好了，我和阿发都舍不得吃，可又控制不住自己，才出此下策，逗你起来一起分享。"阿海边跑边解释。

"骗我！"阿光佯装生气还想追赶。

"真的，阿光哥！阿海说的是实话，我们连味道还没试呢！因为你劳苦功高，我们不好意思先下手。"阿发端上两大盘鼠肉，热气腾腾，香飘四溢，三个兄弟不约而同叫了一声"阿龙，一起吃饭呐。"便争先恐后，狼吞虎咽起来。

"阿发、阿海。"饱吃了一顿鼠肉。阿光若有所思地叫了一声："我们包租陈吉祥这一千多甲土地，肯定以后还会碰到许多困难。"

"为什么？"阿发有点不解地反问。

"我们初到南投，又没有肯景，这里社会现象我们了解不多，今后难免还会出现黄福寿这样的烂仔来滋事。因此，必须有所防备。"阿光叹了一口气说："如果昨晚不是我恰好在外溜达，兴许我们三个变成烤老鼠了。"

"噢！是啊！"阿光的话让阿海和阿发倒吸了一口冷气："那我们怎么办？"

"是啊！尽管刚才我在床上躲了一会，实际上一点也没睡着，这个问题如我们不早作打算，说不定以后麻烦多多。"

"阿光哥，你有见识，该做哪些准备呢？你告诉我，我和阿海负责落实，这一带我们收了一年的粮，倒还有不少的熟人。"阿发有些焦急。

"倒也不要十分着急，但眼下有两件事必须去做。"毕竟一夜没睡，青年人缺乏睡眠有点难受，阿光打了一个哈欠。

"那么，阿光哥你先休息一会，我们再商量吧！"阿海看见阿光有些疲惫，有些心疼地说。

"不要了，等一下黄福寿将来取草药，我还得去采一些草药，准备好！"

"黄福寿还敢来取药吗？"阿发有些疑惑。

"应该会，因为昨晚那块硬土块尽管没有砸中他身体的要害，也足够让他们喝一壶了。我预计此时他们一定躺在床上打滚。痛不过，自然会来取。当然，不来拿，我还得送过去。"阿光好像心中有数地说。

"你，还送过去？"阿海有些不解。

"对！"阿光很肯定地说，"我们初来乍到，一定要化敌为友，多争取、多感化一些人，让他们能帮助我们，最起码不以我们为敌，不从中作梗。"

"噢！噢！"阿发、阿海领会了阿光话中的意思，露出了一脸的欣喜："阿光哥，你考虑事情总比我们看得远。"

"不能这么说，以后凡事我们三兄弟多商量，事情就会比较周全。"阿光说，"我们下一步做两件事，而且必须做好。"

"哪两件，阿光哥。你说。"阿发有些迫不及待。

"第一件，对今年的租户全部走访一遍，跟他们讲清楚，今年的租约不是跟陈吉祥签，而是跟我们签，为了保证对租户更有吸引力，今年每甲租子为二斗九升，我们让利一升，赚四升就可以了，让租户感到跟我们租地能得到实惠。"

"为什么要这样做？那我们不就一眨眼少了十几石的租子了吗？"阿海有些不解。

"是的，表面上是少收了一些租子。但这一带行情都是三斗，如果租户走了，不租我们的地，我们岂不干着急，明年还得赔给陈吉祥租子吗？"阿光想起在澎湖跟着师傅卖肉，师傅看见乡亲们来买肉，称足一斤后，总要顺手再切一小块肉送给他，笑吟吟地说："来，多吃一块。"这一个小动作让阿光看在眼里，记在心里。一小块肉不多，让顾客却从中感受到一种礼遇，一种优惠。久而久之，阿光看到这是一种经营之道，一种经营的艺术。

现在，阿光把这种感悟说出来，着实让阿发和阿海大长了见识，称赞说："阿光哥，你呀，真让我们长进不少。"

"好，好！这件事我们一定会按你的意思办。"阿发说，"第二件呢，做好黄福寿他们或更多烂仔的工作，交个朋友。"

"这又为什么呀。"阿海还是不解。

"黄福寿也是来渡东的，也想赚一碗饭吃。只是运气不佳，铤而走险。如果我们与他们交了朋友，使他们走上正道，那是一股难以预测的力量，如日后我们有发达之日，这些人能为我们服务，岂不两全其美呀。"阿光讲完自己的想法，轻轻地舒了一口气。

"啊！……"阿发和阿海好像茅塞顿开，向阿光投去难以言表的敬佩之情。

"你们看，这两件事这样处理合适吗？"阿光看到二位兄弟没有言语，站起身却看见太阳已过头顶，突然想起，黄福寿还未来取药，自己也还没将药准备好，便回头告诉阿发、阿海，"你们俩在家等着，我赶快去采药，我预计这个时候黄福寿已经疼得打滚了，如不赶快将药送去，他必然会留下内伤，那么他一辈子便半废了。"说罢，便七步流星向田里走去。

约摸半个时辰，阿光手拿着用芭蕉叶包好的两大包草药泥，满头大汗回到屋里，看见屋里只有阿发和阿海，便问："黄福寿派人来取药了吗？"

"没有，连个鬼影都没有。"阿发说。

"糟了，延误时间了。"阿光擦了一把额头的汗水，有些着急。

"阿发、阿海，快，我们三个赶快到村里去找。"阿光手一挥叫上二位兄弟。

"哪里去找呀？"阿海有些迟疑。

"不要紧，早上我是看见黄福寿往西边这个方向走的，那里只有一个一百多人的小村庄，叫黄厝。我们往那方向走，一问便可找到。"阿发拉起阿光，三兄弟拔腿便往黄厝方向走去。

黄厝实际上是一个潮州村，这里的村民均源自潮州的渡东人员。历史上都有这样的习惯，父带子，哥带弟，邻居带邻居，一个人出去了，一个带一个，久而久之便形成以血缘、亲缘为纽带的一个小村落。黄厝村大概就是这样慢慢形成的。

当阿光三兄弟一进入黄厝村的时候，看见那里的男女老少个个脸带恐惧之情。他们都不认识阿光三兄弟，但见到陌生人进村，个个非常警惕，唯恐躲闪不及。因为，黄福寿是这个村的知名人物，他的拳脚功夫，让全村的人刮目相看。可是，昨晚听说他带了一个功夫最好的徒弟阿六出去，想不到回来后受了重伤。开始，只是杀猪般地嚎叫，但过了上午十点，他俩全身发红，发紫，最后发黑，淤血布满了全身，痛得嗷嗷大叫，躺在床上呼天喊地，那叫声，那嚎声，村里村外的人听了都感到害怕。

村里的老人想尽千方百计，用了自己毕生认识的草药，可是却无济于事，对那伤一点作用都没有。大家都在猜测，这黄福寿昨晚一定被高人使了邪术，预计已经难有时日，便暗地里为他们准备后事。

"阿伯，黄福寿先生住哪？请问。"阿光一行进了村，拐了两个弯，正遇上一个六十多岁的老人，便谦虚地打听黄福寿的住址。

"你们是……？"哪壶不提开哪壶。若是平时听说到村里找黄福寿，个个都巴不得表现一番，屁颠屁颠地在前头引路，还得一路赔笑脸。可是，今天他半死不活，这着实让人家为难。

"我们是住在那里的大租户，我叫阿光，这是我的两个兄弟，阿发和阿海。"阿光神情自若，用手指了指自己住的房子。

"你们就是住在那的闽南阿哥？"老人脱口而出，惊得合不拢嘴。因为，他从黄福寿那里了解到，昨晚便是被这闽南阿哥暗算的。

老人家这一惊不要紧，可是这声音很大，转眼间全村的年轻人都拿着棍棒、长矛、大刀将阿光三兄弟团团围住。

"就是他们，昨晚福寿就是被他们下毒手的。"一个年轻人比较冲，举着大刀要冲上前为黄福寿报仇。

"阿光哥？怎么办？"阿海看到这一圈足有二十多个年轻人，手中个个都有武器，心里有些发慌。

"别怕，听我的。"阿光把阿海、阿发拉到身后，冷静地说。

"对！各位乡亲，你们说的没有错。昨晚你们的黄福寿先生是被我打的。但是，你们听着，我之所以打他们，是因为他们不仁在先，我不义在后。现在，我特地送草药给他们疗伤，就是要告诉你们，我们都是在外赚饭吃，要靠本分和劳动付出来赚饭吃。如果多行不义，自然得自食其果。"阿光面不改色，心不跳，严肃地说。

"别听他胡说八道，灭了他。"还是那个很冲的小伙子，话音刚落便冲上前来，举起木棍当头要打阿光。

"来吧！"阿光并没有惊慌，神情自若，转过身。眼看那木棍就要落到他的天灵盖,说时迟,那时快,他随手一拨。棍不但没有打中他,而他那顺势一拉再一推,那年轻人早已倒在地上,手捂着腹部嗷嗷大叫起来。

"还来吗?"阿光此时大吼一声,做了一个腾空飞转的漂亮架势,站在人群中间,用手指一一指着刚才还如狼似虎的年轻人:"来,上来。上来呀!来一个,死一个;来两个,死一双。来呀。"阿光还不解恨,跨前一步,厉声训斥他们。

这一着如一场瓢泼大雨,瞬间熄灭了那帮年轻人的气焰,他们立马像霜打的叶子一样,个个耷拉着脑袋。

"乡亲们呀!我们三兄弟与你们前世无冤,今世无仇,你们为何要刀枪相见,非要让我出重手呢?尽管昨晚你们黄福寿先生有错在先,不仁不义在先,我特地带来秘方帮他治伤。我实话告诉你,如不用我这药,过了太阳下山,黄福寿下半生必然残疾瘫痪。而用了这药,不出一个时辰,消除全身疼痛,保证不留后患。主意,你们拿吧。"说罢,阿光手一挥:"阿发、阿海我们走吧。"

阿光的话说完,黄厝村的年轻人个个面面相觑,刚刚阿光那些功夫让他们大开眼界,而阿光的那一席有情有义的话,让他们深受感动。现在,看到阿光三兄弟要离开,却不知所措。大家把目光投向那老人。因为,在这个黄厝村,平时大事小情虽然都有黄福寿领头,但大凡重大事项都还得请教这老前辈,他实际上是这个数百人移民村的精神领袖。

"好汉留步,好汉留步。"老人毕竟饱经风霜,眼前发生的一切,他已了解到出现这样的问题,确实是黄福寿有错在先,不仁不义在先。现在,人家后生不计前嫌,亲自带草药来医治,而且一席话入情入理,听了后让人感到窝心,诚义之心让人感动。

阿光领着阿发、阿海刚走出十余步远。听到后面有人招呼,已大概知道什么情况。他回过头,朝自己的兄弟发出一阵会心的一笑。

## 第九章

# 一片情深难割舍

再说魏永富父女和屠户送走阿光回到澎湖。回到自己的家，原本一家三口亲亲热热。尽管阿光与自己没有任何血缘关系。但人这东西，相处时间长了，便有着一种不是父子，胜似父子的情感。加上阿光乖巧懂事，吃苦能干，回到家里已经好几天了，总感到这个家缺了什么东西。

魏永富是这样，这一段既没有出海去讨活，也没到田里去干活，成天坐在家中泡茶、抽烟，不时地唉声叹气。老人不止一次在思考，发现自己与这个不是儿子，胜似儿子的阿光已经很难分开。"这是一种缘分呀！"老人信命，信缘分。当年，自己渡东，岁数也与阿光相似，经历也相似。帆船在澎湖遇到大风沉没，自己九死一生，是被海英的爷爷救上岸的。从此，他留在澎湖，成了海英爷爷的上门女婿。同他一起救上岸的几个后生仔，先后都继续进行渡东，唯独自己留下来了，在这结婚生子，一眨眼过了大半辈子。

原来，他救起阿光看见这后生仔诚实，靠得住，也希望他能像自己一样留在澎湖，留在自己家，有朝一日能成为自己的女婿。而且，这一年多，一家人亲亲热热，和和睦睦。可是，一场变故，为了他的性命，只好忍痛送他到台南去了。

"唉！"老人又重重叹了一声气："这天杀的海盗，断子绝孙的东西。"魏永富在心里诅咒了一句。

抬起头，他看到女儿正倚在大门槛上，痴痴地望着大海，脸上毫无表情。虽然，懂事的海英从来没有向父亲表白什么，但魏永富已从女儿的眼神中揣测到了什么。女儿也已进入待嫁的年纪，自己五十多岁的老人对阿光都有这份浓浓的思念，何况这女孩，正值多情的年纪，不可能没有想法。因为，这几天，海英的眼神已经再明白不过了。

"海英。"老人叫了一声女儿。

女儿仍痴痴地望着大海。

"海英，你去集镇上到阿叔那里买一块猪肉回来，请阿叔方便时过来喝酒。"魏永富看女儿没有回答，重复叫了一下。他想叫海英出去走一走，叫屠户，也就是阿光叫的师傅过来坐一坐，老哥俩想聊一聊，谈一谈心事。

"我不想走，爸。中午随便吃吧，我没胃口。"海岛的姑娘心直口快。这几天，如丢了魂似的，阿光哥走了，有话没处说。尤其是没有母亲的女儿，找不到倾诉衷肠的地方，惟一的办法就是看着大海，希望阿光哥能够从海滩的码头上回来，回到自己的身边。

可是，这一望已经几个月过去了。

那海滩上的码头没有一点音讯，阿光哥的身影始终没有出现。

多情的姑娘呀！怎能将自己的心思向父亲说呢？

"咳！"魏永富长叹了一声："你不去也罢，我自己去吧。阿光走这么几天了，我想找你阿叔坐坐。"说罢，他站起身，在床头底下翻了翻，把一块破布包了好几层的铜板挑了一把，准备去集镇。

"永富哥！永富哥！永富哥在家吗？"人这东西也挺怪的，你想谁，说不定谁就到。按魏永富的说法，这是叫缘分。因为，没缘分的人，站在眼前，你都感到恶心。而有缘分的人，一见面就分不开，分开了可以想一生一世。

"在呀！你这老家伙，我正叫海英去找你来喝酒呢。"听到叫声，魏永富一下就辨认出这就是阿光的师傅，那屠户不请自来了。

噢，忘了介绍了。这澎湖集镇长期以来，每天就一摊猪肉，远近就这么一个屠户。而屠户的大名叫张海全。据说，不知多少代前也是从大陆过来的。只是，平时称屠户便知是张海全，张海全便是屠户。久而久之，他的大名倒被人忘却了。而阿光来后，他才得了师傅这一称呼。

"永富哥！我倒不明白了。好好的，怎么会突然想起叫我来喝酒呀。"屠户坐定，还没等海英泡茶，便饶有兴趣地问了一声。

"噢！对了！今天这么早肉就卖完了？"魏永富抬头看看太阳，离正午还有一段时间，往日这个时辰猪肉都还有一小片未卖呢！

"别说了。阿光走后，我好像突然失去了左膀右臂，杀猪没助手，卖肉没心情。原来本想从而挂刀不干这活了。但想想乡里乡亲没有肉吃不行，便杀好了猪叫人代卖了。也好，自己落个轻松。"屠户说完，似乎内心充满着一丝伤感。

"是啊！这人呀！总是有一种情，一种缘在牵挂着。"魏永富深有同感，还用眼光向屠户比画，朝海英看了看，做了一个暗示。

"是啊！我想，你永富哥也是个有情有义之人。我屠户都有这样的体会，而你就更不用说了。你说是吧？海英。"屠户对魏永富的暗示，心领神会，正巧海英端茶过来，便一语双关。

"阿叔，那是你们大人的事，我可……"海英看见屠户话有所指，讲了一半脸上便迅速绯红起来。

"我没错吧！海英。"屠户看见海英脸红到脖子上，故意补充了一句。

"阿叔，看你……"看见屠户还想逗她，海英放下茶杯，赶快躲到内屋去了。

"哈！哈！哈！"屠户开怀大笑起来。

"我说，你今天来也一定不会光来开玩笑吧。"魏永富了解这屠户平时忙得团团转，几乎不串门的，今天不请自来，必定有事。

"你猜对了，永富哥。"屠户压低了声音："最近几天，这岛上似乎不太平。"

"为什么？"魏永富心中一阵紧缩地问。

"听说，上次被阿光割掉耳朵的人是海盗的一个小头目。那狗东西回去后，扬言要报复。"屠户说。

"那怎么办呀？"魏永富更紧张了。

"对呀！现在是不幸当中碰上了万幸。那天，阿光割他耳朵时，天还未亮。割完后我们便逃去了。那狗东西没认出人来。因此，这几天，常有陌生人来岛上打听。"

"这样呀……"

"我想，我们应该有应对之策。不然，这海盗个个是亡命之徒。如打听到阿光割他耳朵，已经逃到台湾去，而且又是我们送去的，那么麻烦可就大了。"屠户说到这里时，心事似乎有些沉重起来。

"那，就让他来吧，我们也是五十多岁的人了，死得过了。怕什么？"魏永富听完屠户一番陈述，气愤不过，大声嚷了起来。

"你小声点好吗？"屠户把头朝屋外看了一下，转过头低声地说："你这老东西，我们死得过没错，但海英，海英也死得过吗？我们就不能商量一个办法吗？"

"噢！"说到海英，这可是自己的掌上明珠，尽管穷苦人家的女儿不是金枝玉叶，但也是自己此生惟一的希望呀！听屠户这么一说，魏永富倒冷静下来了。

"那你帮我想一想办法呀？"魏永富还没未等屠户再说什么，便又迫不及待地催促着屠户想办法。

"我现在不是专门过来跟你商量吗？"屠户将大碗茶咕噜、咕噜地喝了个底朝天。

"海英，再给阿叔添茶。"魏永富急得不断地咽着口水。看见屠户碗里没了茶，便招呼海英。

"好！来啦。"二位老人的谈话阿英听得真真切切，她感到浑身发软，连应答的声音都变了调。

"是啊！我们在明处，海盗在暗处。如果，这岛上谁的口风稍稍不紧，我们防不胜防呀。"魏永富感到问题有点严重。

"这一段，我在反复考虑，有两条路可以走。"屠户端起添上的热茶，呷了一口。、

"这第一条是……？"

"这第一条，看谁有便船去台南，先将海英送过去，交给阿光，照看着。"屠户说。

"阿光？他自己连脚跟都还未站稳哟！"魏永富不无担心。

"你小看阿光了。永富哥，昨天，有一个朋友从那边回来，带给我消息，这后生仔能着呢，他已经跟失去的兄弟联系上了，现在在南投包租了一千二百甲土地。"屠户有点兴奋地告诉永富："如把海英交付给他，又能帮忙，又靠得住。"

"是吗？"魏永富眼睛一亮，想不到这后生仔还争气，"那第二条呢？"

"第二条，我是想，天无绝人之路，索性我们两家三个人一块走，到那里去谋生算了。下半辈子，做台湾人，也算圆了你渡东的梦想。"屠户有些激动，像年轻人一样充满自信。

"那这家产呢？"

"这家产能值几个铜板，能带则带，不能带丢掉。总比坐在火炉上过日子要好一些。这海盗我们惹不起，还躲不起吗？"

"这倒是在理。我看，要走，便全部走。不然，送走海英一个，我放不下心，也无法向他爷爷、奶奶和母亲交代。"魏永富毕竟在这生活了大半辈子，浓浓的情义，让他不能不将事情考虑得更全面，更细致一些。

"既然是这样，我们一起走吧。况且，台湾那边也好赚吃，辛苦几年，求个安稳。"屠户似乎赞同魏永富的意见。

"准备什么时候走？"

"要走，则越快越好，免得夜长梦多。"屠户低下头，思索了一下："要嘛，今晚就走。我看了一下皇历，明日子时是吉时。"

"好！明早子时，到码头，我们准时出发。"魏永富下了决心。

"中午喝点酒吧！以后再回到这喝酒的机会就少了。"屠户有些伤感，他是土生土长的澎湖人，现在却要背井离乡到台湾去谋生，对故土总

第九章 一片情深难割舍

有许多难依难舍之情，"我带来的那吊猪肉和内脏拿一些煎，拿一些炒，中午我们一醉方休。然后，回去准备，收拾收拾一下。反正，我一人吃饱，全家撑着，一包替换衣服一卷，家就搬完了。"

说完，屠户脸上露出一丝苦笑。

中午，魏永富和屠户连同海英在小屋里好好聚了一餐。二位老人对胃口，你来一杯，我去一盏，喝到下午两点多钟，屠户才心满意足回去准备。

听说，今晚就要去台南，又可见到日夜思念的阿光哥了，海英的内心有着说不尽的高兴，但姑娘家不管内心如何像海上波涛翻滚，但表面却极力做出一番沉着与矜持，看上去风平浪静。他按照父亲的嘱咐，默默地整理家当，收拾行李，打成几个包，尽可能收能用的，值钱的东西带上。因为，到那边一切都会从零开始，多带一些，就意味着那里可以少花钱添置东西。能节省，尽量节省。

魏永富的小屋早早的便熄了灯。父女俩便想早点歇息。因为，子时出发，就意味着今晚不可能睡得太久。

人总是这样，心里有事，尽管再困，倒在床上，却往往难以入睡。

"海英，我那根旱烟枪要带上，那是你爷爷留给我的。"躺下去已经很久了，魏永富突然想起跟随自己半辈子的传家宝，叫了一声女儿。那根旱烟枪平时像宝贝一样，舍不得用，总是当作传家宝精心地收藏着。

"收进去了。"海英隔着房间答道。

魏永富还在翻身，突然想起，"海英爷爷还留下一把锡制的茶壶，非常精制，非常漂亮，万万别落下了！还有那把锡酒壶，也别漏了。"

"也收去了，放心。阿爸。"海英答道。

一个晚上，父亲这边想起一件东西，便提醒一次。那边女儿不厌其烦，反复回答父亲的问话。

就这样，父女俩似睡非睡，在煎熬的时光中度过分分秒秒。

"扑通。"突然，耳尖的魏永富听到房子周围有走动的声音。夜深人静，这本来没有人光顾的地方出现这种声音，引起他的警惕，他翻身下床，从窗户上透过昏暗的月色，看见几个穿夜行衣的人在周围晃动，心里一想，感到不对劲。莫非……

魏永富不敢懈怠，轻手轻脚推开女儿房间，将声音压得极低，急切地说："海英，别，别声张，跟阿爸走……"说罢，拉起女儿，顾不得取任何行李，从窗户上悄悄爬了出去。

海英不知道出了什么事。但从父亲刚才慌张的行为中，了解到家里恐怕遇上了不测，感觉到一种危机正朝自己袭来，他了解父亲，信任父亲，不再追问什么，在父亲的拉拉扯扯下，父女俩人跌跌撞撞，迅速地消失在黑夜之中。

这里是生她养她的家乡。

海英长这么大，常常听到海盗上岸杀人放火的事情，看见过许许多多的乡亲头一天还活蹦乱跳，有说有笑。可是第二天早上起来却看见他一家老少倒在血泊当中。只是，自己一家人守本分，从来都是走路都怕踩死蚂蚁的人。因此，倒也只是听说海盗的残酷而已。直至昨天，父亲与屠户阿叔讲到因为阿光哥割了海盗的耳朵，将遭遇报复时，才感到些许的害怕。

那么，现在父亲拉着自己逃命，是不是跟海盗有关系呢？海英不敢想，也没有时间想。只是，机械地跟着父亲的脚走，在那黑暗的夜晚一脚高一脚低，没命地朝海边走去。

秋后的海风一阵一阵，吹在身上，路边的树叶吹得沙沙作响。父女俩无暇顾及这一切。海英只觉得耳边呼呼地响，他的身后不时地传来追呀！杀呀的声音。兴许，那海盗已经窜入家里并发现自己和父亲已经逃跑，在狂叫着……

接着，家里的房子方向燃起了大火，而且火势很旺，那通红的火焰升上了天空，照亮了半个天际。

"完了，家被烧了，我们一无所有了。"海英不由自主地哭出声来。却见父亲在黑暗中用力捂住她的嘴巴。

"别叫！叫，我们便没命了。只要人还活着，一切都可以从头开始。"阿爸的声音压得很低，但那苍老的声音在颤抖，海英深切地感到父亲紧紧拉住自己的手在不断地抖动着。

是啊！这是父亲。不，是爷爷，直至太爷爷祖祖辈辈留下的财产，现在被海盗们付诸一炬了，谁能忍受得了呀！谁能不心疼呀！

海风还在一个劲地吹着。

阿爸握着海英的手却一个劲地抖着。

父女俩一动不敢动，屏住呼吸死死地趴在海边灌木丛中那高低不平的礁石丛中。

原来在追赶他们父女俩的海盗大呼小叫，现在这声音也渐渐远去。

预计他们感到追赶上魏永富父女的可能性已经没有了，便慢慢远离而去。

"阿爸，现在怎么办呀？"海英用变了调的声音，低声向父亲哭泣着问。

"别，别，别说话。"魏永富心有余悸，他的心还在颤抖，他的背上还不住地冒着汗水。可是那长满老茧的手却死死扣着女儿的手，像一只母鸡一样保护着自己的孩子，防止那老鹰会突然叼走她。

他在尽一份责任，尽一份当父亲的责任。

就这样，父女俩在海滩旁的灌木丛中趴着，他们不敢翻身，不敢大声说话。

这海滩，除了一阵高一阵低的秋风声，

还有便是那不停拍打海岸的海浪声，

这两种声音相互交织，让海英心烦意乱，她不知道，这样趴着还要忍耐多久；这家已经茫然无存，那么今后该怎么办？纵使渡台成功，到那里，投靠谁？投靠阿光哥吗？他才去几个月，脚跟都还没站稳。想到这里，她的眼泪止不住往下掉，忍不住嘤嘤地哭出声来。

"别哭！别哭。说不定，周围都是海盗。沉住气，只要阿爸在，只要海英在，一切都会有的。"魏永富的心很乱，但仍悄声地安慰身边的宝贝女儿。

"阿爸，下一步怎么办呢？"女儿止住了哭泣，轻声地问阿爸。

"走，去台湾，找你阿光哥去。昨天不是跟你阿叔商量了吗？"魏永富安慰女儿。

"可是，阿叔怎么还没有来呀。"

"是啊！按时间已经到了。"魏永富抬头看看天空，那月亮已经西斜，已过子时。"这屠户怎么还没踪影呢？莫非……"他不敢再往下想。

又过了一个时辰，海滩上仍然没有动静，仍然不见屠户的身影，魏永富有些焦急起来。他轻声地拉了一下女儿："走，我们快点上船，把帆升好，在船上等候你阿叔。"

说罢，父女俩使尽全身的气力，奋力向船上狂奔。

那是一片松软的沙滩，跑起步来一高一低，父女俩像一对受惊而逃命的山猪，跌跌撞撞，没命地向码头，向自己家的船奋力逃去。

一步，

二步，

三步；

他们使尽全身力气，着急加上恐惧，气喘吁吁，汗流浃背。但，父女俩只有一个念头，上船，开船，逃过海盗的追杀。

还好！这一路一点动静都没有。

也许海盗没有料到这父女俩会从海上逃命，而是集中精力在岛上追杀。终于，让他安安全全地登上了自己的船。

升帆，

升满帆。

魏永富将女儿安置在船舱里，自己走到舱外，他是老船工，这一套路他再熟悉不过了。可是，帆升起来了，却仍然不见屠户的身影。

突然，海英看见一个人跌跌撞撞地从岸上朝沙滩走来，她走出舱外低声地告诉父亲："阿爸，那有人来了。"

"进去！"魏永富低声呵斥，他趴在甲板上认真地看着那走来的人："不错，是屠户。"

那屠户看样子是被人追赶着，慌不择路，身上还背着一个布包袱。他走了几步倒下去了，但又非常顽强地爬起来，继续在奔跑。

"快，屠户，死家伙，快呀！"魏永富看到那样子，顾不得自己，赶快跳下船，走向码头，去迎接屠户，去迎接这个生死兄弟。

"魏永富，你这老家伙没死呀！"屠户看到魏永富前来迎接，非常感激，将手上的包袱递给他，"快走，我绕了很多路，才甩掉海盗，快走，

第九章 一片情深难割舍

迟了怕被追上。"

"走!"魏永富与屠户手牵着手，一步跃上帆船。他升起锚，那跟他多年的帆船便消失在大海当中。

帆船航行了一段时间，三颗忐忑不安的心慢慢地落回肚子里，魏永富调整好航向，才回到船舱，看见惊魂未定的海英在舱里看着蜡烛火发呆，那屠户却坐在灯下不停地吸烟。

"永富哥，好险呀！你老鬼是怎么逃出来的呀？"屠户看到眼前的兄弟不解地问。

"悬！悬呀！菩萨保佑，保生大帝保佑……"魏永富仿佛心还留在刚刚的逃命之中，断断续续讲述了自己父女如何逃命的经过。"你这兄弟，又是怎么逃出来的呀？"

"我啊！也跟你差不多。只是，我从窗户上跳出来后，正遇上一个海盗，扑过来。眼看我要吃亏，便使尽浑身力气，将手上那把杀猪刀奋力刺去。"屠户没有再往下说。但经他这么一提醒，魏永富看到屠户的身上溅了一身污血。

"阿叔，你杀人哪！"海英惊得嘴巴张开合不上了。

"不相信吗？但如果我不杀死他，阿叔就不可能在这里了。"屠户狠狠地吹了一口烟，喃喃地说："我杀了一辈子猪。可是，今天我却杀了一个人。"

"把灯吹灭吧，免得自找麻烦。"听了屠户的话，魏永富心里一怔。上次阿光割了一个海盗的耳朵，这次追杀屠户和自己一家没有得逞，这些亡命之徒绝不会作罢，一定会继续寻找他们。

熄了灯，天亮后便到台南了。

反正，这条航线自己闭着眼睛也能准确无误地驾驶到的。

"对！小心无大错。"屠户上前吹熄了舱内的蜡烛火。

那帆船便在海天一线的黑暗中乘风破浪，朝着台南码头驶去。

船舱外仍旧是黑糊糊的秋风和不息的浪涛拍打船舷的声音。

"砰啪，砰啪……"这声音一刻也没有停止，它就像舱内坐着三个人的心情一样，起伏着，翻腾着没有停歇……

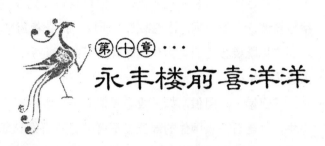

第十章

# 永丰楼前喜洋洋

老人在身后呼唤"好汉留步。"阿光用眼光征询了阿发和阿海的意见，便驻足回头问道："阿伯，你有何见教？"

这一句似乎平常得不能再平常的话，着实让那老人傻呆了几分钟，从进村，到现在要离开，老人一直觉得这帮闽南阿哥为人处事有教养，做事人情入理。因而，希望与他们多一些交流。

"请问三位阿哥，你们为什么昨天晚上把黄福寿往死里打，今天却前来救他呢？你们这样做，为的是哪般？"老人开口一连二问。

"阿伯，我们也是到台湾赚吃的，与你们既无前世冤，亦无今世之仇。可是，昨晚黄福寿却莫名其妙地想烧死我们。如果不是我及时发现，可能现在我们已是三个被烤焦的死尸了。你说，我能不教训他吗？换成你，你老人家又会怎么处理呢？"阿光站在老人面前，心平气和地反问道。

"他们昨晚想烧死你们？"老人有些愕然。

"是的，不信你可以问他们。"阿光用肯定的口吻说道。

"既然这样，那你们为什么今天又带药上门救他们呢？"老人有些疑问。

"是这样，大家无冤无仇，你们也是背井离乡到台湾赚饭吃。我只想给他教训，让他警醒，让他回头。所以，我带着药来救他。"

"你既要救他们，为什么昨晚又下如此重手，必欲置之死地呢？"老人还是不解。

"你错了。阿伯，如果我想置他们于死地，那么昨晚砸他的就不是硬土块，而是石头；砸他的部位也不再是屁股而是脑袋。更重要的是，我一块石头砸中脑袋，那必然脑浆迸裂，必死无疑。恰恰是我手下留情，他才能活到今天。"阿光目光炯炯，充满着正义之情，"当然，我现在上门仍然想救他，让他醒悟、悔过。只有我带的药可以救他们，如果你们没有悔悟，不领这个情，那么，他们将造成终生残疾。"

"这样！"老人听了阿光的话，心里怦怦直跳，他看了看眼前这后生阿哥，年岁不大，但讲仁义，功夫一定了得，心里越发喜欢。

"是的，大家都是乡邻，大家都是朋友，我不想冤冤相报，只求大家友善为邻，共同过好日子。"阿光说完不想再说下去。因为，该说的话他已经表达清楚。"阿伯，如果没有别的事，我想告辞了。"他举起双手，不失礼貌地向老人和村民告辞。

"难得，难得。三位阿哥。我已六十多岁的人，万望三位阿哥留步，救黄福寿他们两条人命，我以性命担保，教育他们从此好好向三位阿哥学习，好好做人。"老人家没有回礼，而是抢先一步，挡住了阿光他们回去的道路。"三位阿哥，回去坐吧，我这老朽今晚一定要请你们喝酒，向三位后生才俊求教。当然，也叫黄福寿从此拜三位为师。"

"不敢！不敢。"老人这一着，确实让阿光感到意料之外，内心不禁涌现一阵欣喜。因为，小时候，尤其在庙里常听师父说，人生要以和为贵，和气生才。自己一切刚刚起步，人生路漫漫，只有多结交朋友，才能生财，才能发展。

"阿哥不给老朽面子？"看见阿光在思考什么，老人家热情地牵着他的手，爱惜之情溢于言表。

"那就恭敬不如从命了。阿发、阿海，我们便听长辈的话，进去帮黄福寿他们先疗伤吧。"阿光心胸坦荡地笑笑,笑得非常开心。

阿光随老人走进黄福寿住的那栋小楼。这是一栋富有闽南民居特色的典型建筑,花岗岩条石砌墙,上面盖着红瓦片,院内种一些亚热带生长的花草,一眼就可以看出,主人家底不薄。

"可惜了,内心太浮躁而且不走正道。"阿光看在眼里,心里却在思忖,人要富,要发财这是情理之中。但要富,要发财得走正道,要脚踏实地,而不能将这一种美好的愿望寄托在歪门斜道上,更不能损人利己,铤而走险。

侧身躺在床上的黄福寿一身虚汗,呻吟不止。乍一看去,全身淤血,红得发紫,甚至连两颗眼珠子都红得像一团火。就一天不见,却见他全然没有了往日的威风,眼眶深深地陷进去,颧骨高高地突出来。不难看出,这一天他过得真不容易呀。看在眼里,阿光心里暗暗发笑。

看见阿光由老人领着进门,黄福寿半眯着眼睛,呻吟声尽管小了一些,但却没有勇气用眼睛面对昨天自己以为不屑一顾的三个闽南后生仔。但刚才阿光和老爷爷在一墙之外的对话却如重锤一样一锤一锤砸在他的心坎上。虽身上无处不痛,而且如钻心地痛。但是,那句句话情深意切,让他感动,让他内疚不已。

"福寿哥!小弟看你了。"看见黄福寿半眯着眼睛,阿光主动地上前招呼。

"哼……"黄福寿还是癞蛤蟆装硬气,只是鼻子里哼了一声。

"还哼什么,赶快起来给人阿哥赔不是。"看到这副样子,老爷爷有点生气,大声呵斥。

可是,黄福寿虽然停止了呻吟,却躺在床上一动不动。

"怎么样,连我的话也当耳边风了吗?那好,让人家阿哥走吧,让你躺在床上叫一辈子,当残废人。"老人发怒了。

"福寿哥!快起来。你这伤离吃解药已经过了六七个小时,不能再延误了。再延误,我也没办法了。"阿光很诚恳地用手拉了黄福寿一把。

这一拉也正好给了他一个台阶下,黄福寿坐了起来,用有些迟疑的眼光看了看阿光一眼,很快便低下了头。

"快，去拿一碗冷开水来。另外，有白酒吗？"阿光告诉黄福寿的家人。

"好！有！"一个青年妇人，预计应该是黄福寿的妻子。

"福寿哥！这里有两种药。"阿光取出手中拿着的两包绿色的草药泥。"这一包是敷的，敷在昨晚击中的部位；另外这包用酒带服。放心，不出一个时辰，你的痛苦将会全面消失。"阿光信心满满。

"酒来了，这位阿哥。"青年妇人端来了酒。

"好！福寿哥，这杯酒一口喝下同时就着这包草药呢。"阿光一手接过酒，另一只手从芭蕉叶上抓了一把草药泥。

"这……"黄福寿看了一下，犹豫不决，不想张口。

"哦！怕我毒死你不成？"黄福寿的眼光没有逃过阿光的眼睛。他轻松一笑，抓了一把塞到嘴里，津津有味地吃了起来。然后，吞了下去。

"怎么样？是毒药吗？"阿光风趣地问。

"哈！哈！哈！"阿光的话音刚落，周围观看的人哄然一笑。

"笑什么？笑个鸟。"黄福寿感到内疚。但平时争强好胜，争老大惯了，总想挣个面子。说完便心情十分复杂地接过阿光手中端着的半碗酒，再抓上一把草药泥往口里一送，"咕噜"一声吞了下去。

"哈！哈！哈！"大家都会心地大笑起来。

这次黄福寿没有笑。而是，一脸严肃地对着刚才那端酒的妇人吼了一句："还站在那看，看个屁，赶快按这位阿哥说的，将那药泥贴在我屁股上。"

"哈！哈！哈……"这一次，笑声更是一声接一声，几乎要掀掉瓦片。

看了黄福寿，又到阿六家看了一下，并让他内服外敷，阿光才脸带笑容地走到村子中央，对老爷爷说："阿伯，现在福寿哥和那兄弟没事了，有事我负责。"

"敬佩，敬佩，小阿哥。吃饭，喝酒，喝酒去……"老人高兴的胡子直抖，拉着阿光，领着阿发和阿海进了他的家。

"这不是阿发兄弟吗？"突然，屋外一旁乡亲给阿发打招呼。

"噢！阿水。"阿发看见一拨乡亲跟在身后向他打招呼。

"阿海，阿海，你发了。"又有一个乡亲叫了一声阿海。

"阿林，怎么是你呀？"阿海也非常兴奋。"你怎么住在这里呀。"

"阿海兄呀！不光是我住这里，这陈吉祥一千二百甲土地的租户都住在这个村呀。"阿林介绍说，"你看，这些都是老朋友了。"

"是吗，我真没想到，原来这一片土地的租户就是你们呀！"阿海似有感悟。他在思考，阿光哥这一着做得多么及时，化解了黄福寿的矛盾，却是争取了这一千二百甲所有的租户呀。尽管当初自己不了解这一情况，但是，如果不是他领着自己主动登门拜访，礼贤下士，下一步怎么去重新寻找那么多的租户呀！

冤家宜解不宜结，凡事应该和为贵。

这是老辈从自己懂事之日起就常说的一番道理。

"阿发，阿海，听说你们现在是这里的老板了吗？"又有人在人群中发问。

"噢！福哥！不是，是阿光哥带着我们联系当大租户，我们还要拜托各位兄弟呀。"阿发看见前后几个小时，从刀光剑影到亲热无比，心里特别畅快。

阿发、阿海和乡亲们的一席话被阿光听得清清楚楚。他觉得，自己与兄弟们商量的意见和措施是正确的，这条路走的没有错。现在，关键是化解矛盾，让这些乡亲成为自己得力助手。

只有这些乡亲有所得，能富裕，自己三兄弟发财便有了基础，有了希望。

他和老大爷伫立门前，没有吭声，静静地听着阿发、阿海和乡亲们的对话，好像各有所思，各有所想，各有感悟。

"各位长辈，各位兄弟，我和阿海、阿发四兄弟，向大家借力来了，我们初出茅庐，作为大租户一口气包租了陈吉祥老板的这一千二百甲土地，然后转租给大家。"阿光思考良久，看见门外围了好几圈的乡亲，便想利用这一难得机会将包租的情况向大家详细说明，让大家心里有数，减少矛盾的发生。

"阿光兄，你说的四兄弟，还有一个是谁呀？"在黑暗中不知谁问了一句。

"还有一个叫阿龙，在天上看着我，在保佑着我们。"阿光听到问及阿龙，心头涌上一阵酸楚，他不自觉地擦了一下眼睛说："我们都是从大陆过来赚饭吃的，为了到这里，有许多兄弟却半途便西去了。已经走了，走了没有办法。但来到这里的人，一定要珍惜自己，珍惜别人，珍惜生命，大家要和睦相处，相互提携，只有这样才能生产到更多的粮，更多的银子，才能发呀。不然，阿龙兄弟在天上，眼睛也闭不上呀。"虽然，阿光年纪轻，但动情之处，声泪俱下，加上抑扬顿挫的声音，着实感染着众人。

这些东渡的人，不论男女，不论老少都有过相似的经历。同样也有着共同的追求。因此，阿光话一出口，立马引起大家感情的共鸣。

"这后生了得，不发没有道理。"老爷爷把这一切都看在眼里，突然有些激动地喊了一声："闽南阿哥真好啊！"

"对，闽南阿哥真好！"乡民们也不约而同地称赞道。

"各位兄长，从明年起，三年时间里，凡租这一千二百甲土地的乡亲，每甲地租比往年少收一升，算是我们几兄弟对各位兄长的报恩之情，希望从明日开始，到我们那去签定出租合约。"阿光看到大家情绪活跃，觉得机不可失，向大家宣布了自己的打算。

"不简单，少年老成。这后生仔不发没有道理。"老爷爷似乎也有了青年般的激情，朝众人大喊一声："别说了，大家向闽南阿哥敬酒，一切都在酒中。"

"好，敬酒！敬酒。"人群中不知谁领头鼓了掌。于是，昏暗的灯光下响起了热烈的掌声。

阿光没有想到，今天到黄厝村会有那么成功的结局。看看天色，那药敷在黄福寿身上大约已过了一个多钟头，药效已经发挥作用。可以肯定，黄福寿和他的兄弟此时应该是疼痛平息，平静地歇息了。便在老爷爷耳朵上说了一句。

"是吗？有这么灵？"老爷爷似乎难以置信。

"你派人去看一看。如何？阿伯。"阿光充满自信地说。

"好！阿水，你去叫黄福寿过来喝酒，过来拜谢闽南阿哥。"老人像发布一道命令。

"阿伯，别急。让福寿哥稍作休息再说吧！"阿光在一旁劝说。尽管阿光与黄福寿相处不多，但，他从黄福寿的言谈举止当中，大致了解这位兄弟是一个性情中人，直肠子，有话就说，有脾气便发，容易兴奋，容易激动。尽管他以往有一些恶习，路走歪了，但人总有良心，总有良知，一旦觉悟了，就能够明事理，知错就改。一旦他想通了，一定能成为好朋友的。

"不行，叫他马上来。"老爷爷倒有一些固执。

"阿叔，阿光兄，别叫了。我来了。"老爷爷话音刚落，人群中已经响起了黄福寿的声音，看来他绝不是刚刚到的。在此之前，这里发生的一切，他已经了解明白，"我对不起你们。"黄福寿话未说完，便手一拱，要跪在阿光面前。

"使不得，福寿哥，你这样，我要折寿的。兄弟间有什么话，讲透了，便好了。"阿光看见福寿满脸愧疚，要当着众人的面下跪，立刻跨前一步俯身将他搀起："走，阿伯请客，我们一起畅饮一杯。"

说罢，一帮人进入老爷爷的客厅。瞬间，屋里屋外，热闹非凡，笑声一片。

这一夜，黄厝村有些疯狂。因为，这些有情有义的人凑在一起，酒逢知己，没完没了。

阿光三兄弟这是人生第二次喝酒，竟然喝得不少。

老爷爷和黄福寿自然不会放过这次机会。尤其是黄福寿饿了一天。现在药到病除，疼痛全无，加上一天没有进食，饥肠辘辘，大口吃肉，大碗喝酒，好像不一醉方休不罢手。

夜深了。

黄厝村四周早已进入了梦乡。院子里的人个个脸红耳赤，有个别甚至东倒西歪。

"拿纸笔来，签合同。"黄福寿似乎感到不将一千二百甲的合约签下来便难以入睡的样子，他的舌头喝得有些僵硬。可是，头脑清醒，吆喝着乡亲们签合约。

"别，大家喝醉了，改日吧。福寿哥。"阿光心里在发笑，诚心诚意地劝阻着。

"不行，有事不能过夜。马上，马上签……"黄福寿仍然执意地坚持："这一回，一定要听阿哥的，一定要听阿哥的……"

阿光和阿发、阿海并没有喝多少酒。

这大概是：一酒量不行；二呢都知道自己心中还有许多事。因此，这场饭吃到天快亮才结束。

矛盾化解了。

一千二百甲的租约也签订了。

三兄弟这才由黄福寿带领的黄厝村的人送到村口，回到永丰楼。

这段路并不远。但秋后的雾特别大，走没几步，那头上已经凝成许多小水珠。讲实话，尽管年轻，毕竟一日二夜没有合眼，阿光有些疲倦，整个眼皮显得很沉很沉。

"回去，我们三兄弟好好睡个觉。"阿光打了一个哈欠。

"阿光哥！你要注意休息，前晚你都没合眼，今晚又接着。你休息，我和阿海再整理家里一下。"阿发说着。

兄弟仨边走边说，天已开始放亮。

快到家门口，却见那似乎有人躺在稻草上。阿光使劲地擦了擦眼睛，他生怕自己眼睛看花了。

"阿发、阿海，我们家好像有人在躺着。"阿光心里不由地警惕起来。

"是啊！我也看到了。但以为自己眼睛看花了，不敢说。"阿海说。

"走，快点去看看……"阿光说着，脚下的步子却早已加快起来。

"阿光！"正当阿光三兄弟要上前看个究竟时，躺在门口稻草堆里的那三个人突然听见有人来了并跳了起来，喊了一声。

"阿叔！师傅！海英……"听到这无比熟悉的声音，看见仿佛从天而降的阿叔、师傅和海英，阿光好像如坠迷雾当中，他以为自己在梦中，在做梦，痴痴地站在那里，一动不动。

两位兄弟也面面相觑，愣在一边。

这是几个月来日夜思念的阿叔、师傅和海英呀！

这是自己的救命恩人呀！

这是……

阿光，愣愣地看着。突然，"扑通"一声跪在地上，然后一步一步跪着前行。他走近了，他看清了，阿叔、师傅和海英，面容憔悴，除师傅身边有一小包袱外，身无物件。一个不祥的感觉浮现在眼前：

阿叔、师傅和海英遭难了；

阿叔、师傅和海英遭海盗的抢劫了；

阿叔、师傅和海英一定受自己连累了；

……

阿光被眼前的景象所惊呆了。自从上次自己一怒之下割了海盗的耳朵，就注定要给阿叔和师傅两个家庭带来连累。不是吗？上次他们连夜将自己送到台湾来。现在，才几个月时间，他们也无法在自己世代居住的澎湖待下去，逃难到这里来了。

衣冠不整，满脸憔悴，身无物件。那么，阿叔和师傅的身家也许都被海盗抢劫一空或付之一炬了。阿光不是那种不开窍的人，看到眼前的一切，他嚅了嚅嘴巴，努力克制住内心的负疚和不安，轻声地说："阿叔、师傅，你们什么时候到的呀？怎么事先不告诉我，也好让我到台南码头去接你们呀……"阿光还想再说什么，眼泪像珠子一样往下掉，他的喉咙哽咽了。

"起来，阿光。男子汉大丈夫，从来不掉泪。"师傅像怜爱自己的孩子一样，双手牵起阿光，用坚毅的口吻说。

"阿光，这次走得突然，走得慌张，所以根本没有时间可以告诉你。"魏永富三言两语简述了事情发生、发展的经过："我们到了台南找到简宏顺、简老板，并把那条帆船当给了他，便按他的指点连夜赶路，便直奔这来了。"

"来了好，来了好，我们又可在一起生活了，在这里这么长时间，我天天在梦中想着你们呀。"阿光说着，说着，脸上又露出了笑容。

第十章 永丰楼前喜洋洋

"是想我，还是想海英啊？"听完阿光的话，屠户不失时机地开了一句玩笑。

"师傅……"

"阿叔……"

阿光和海英听了屠户的话，顿时脸红到了脖子根。

"这二位是？"魏永富看屠户拿两个小孩子开心，为了避免难堪，故意把话题引开。

"噢！你看刚见面你们光顾了解情况，忘了介绍我的兄弟了。阿叔、师傅，这两位便是我的两个兄弟。"阿光转过身指着阿发："他叫阿发。"

"阿叔、师傅、海英。"阿发很有礼貌地叫了一声。

"这位叫阿海。"阿光又指了指阿海。

"不是还有一位兄弟吗？阿光。"在澎湖阿光曾不止一次地向阿叔谈及自己对三位兄弟的思念之情，可是眼前只有两个，魏永富有些疑惑，问了一句。

"叔，还有一个叫阿龙。他……"说起阿龙，阿光内心又涌现一阵痛楚："他就在那个晚上，在海上走的……"

"噢！噢！"魏永富为自己失言而不安，不断地拍着自己的花白头发。

"阿发、阿海，这两位是我的阿叔和师傅，这是海英妹，我的救命恩人，我给你们讲过的。"阿光这才将话题转过来，将他们介绍给自己的兄弟。

"好！好！阿叔、师傅、海英。阿光是我们的兄弟，从今以后，你们便是我们的救命恩人。"阿发和阿海也是一个非常懂事的人，借着机会给他们三人鞠了一躬，行了一个大礼。

"阿光哥……"阿光光顾与大人间的谈话，海英却一直没有插话的机会。这时，才见机怯生生地叫了一声。

"海英……"阿光的眼光早在她身上停留了几个回合。只是长辈和兄弟在场，他懂得礼数。现在，海英那深情的一声呼唤，让阿光对这个日夜思念的小妹妹的情感一下子像火星一样迸发而出。但话到喉咙，他却猛然吞进去一半多，只是迅速换了一种口气："我们进屋去谈吧，你们辛苦了。"

"阿叔、师傅，家里遭灾了？"大家坐定，阿光急不可待地问了一句。但话到嘴边又感觉到后悔，这不是明知故问吗？

"是啊！遭了海盗的抢劫。阿光，海盗把我们两个家都烧了。要不是保生大帝保佑，我们跑得快，今天可没命见你了。"阿叔有些沮丧，话没说完已经老泪纵横。

"这些天杀的，夭寿。"阿光没有多说，因为尽管二位老人没有多说。但已经十分明显他们被海盗抢劫，一切财产已经失去。而原因则是源于自己。海盗如此猖獗实在让人义愤填膺。可当今世界，谁能有力量去对付这帮穷凶极恶的海盗呢？连大清朝廷都感到无可奈何，莫说自己一介乡民。眼下惟一的办法只能是自求多福，安慰他们，安置好他们，用自己一切可能去安抚他们受伤的心。

"阿叔、师傅，也许这是一件好事，海盗烧毁了你们的一切。现在，你们也来台湾了，我们又可以一起生活了，一切再从头开始。我想，今后日子一定会比以前更好。"阿光调整了自己的心情，轻松地说着。

"对！阿光哥说得对，只要你们身体健康，一切都会有的，一切都会更好的。"阿发也在一旁帮腔。

"有你们兄弟这些话，我就放心了。"魏永富看到阿光他们那么自信，那么乐观，稍稍把心放了下来。你不想一想，三个二十岁还不到的后生仔，脚跟没站稳却拖着一个三节拖斗的马车，谁会没有一丝担心呀！

"阿叔、师傅、海英，你们万万把心放在肚子里，只要我们有一口吃的，准饿不着你们。而且，可以肯定接下去的日子会一步步好起来的。只要我们熬过当前的困难，一切都会好的。"阿光看了从阎王殿前逃出来的长辈和海英，努力让他们能安心住下来。

"阿光，你瘦了，瘦了很多。"屠户看了看阿光疲惫的脸，有些心痛。

"师傅，不要紧。我年轻，这里的事业刚刚才开始，万事开头难。只要前头路顺了，以后一切都会顺当的。你们来了，省得大家隔海思念，能帮我们把舵，我们三兄弟毕竟年轻，需要你们帮我们把握航向。"阿光心里一直记着二位长者为了自己这个萍水相逢又毫无血缘关系的外人，已经丢掉全部身家，而且还经受了这么多的苦难，心里总是感到无比负疚。但自己两手空空，无以回报，惭愧之心溢于言表。

"一家人莫说两家话。"魏永富尽管心情还未平静下来，但每当看到阿光那负疚的心情，自己也十分不好受，但宽慰地说："从今以后，我们将在一个屋檐下生活，大家都把过去忘得一干二净，重新开始，只要同心，就一定能发起来。"

听了老人一席质朴的话，大家彼此相视，觉得十分在理，一股强烈的自信心又重新在大家的心中树立了起来。

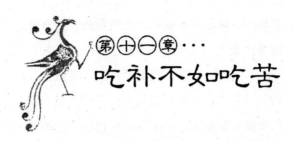

# 吃补不如吃苦

闽南民间早有流传一句古训，吃苦比吃补还强。吃得苦中苦，方为人上人。因为，吃苦是一种磨炼，吃苦是一种对人生观的塑造，更是一种取之不竭，用之不尽的财富。

这永丰楼是陈吉祥老板当年垦荒时建造的一栋管理楼。虽然简陋，加上陈吉祥发达以后，便搬迁到小别墅去居住了，这里年久失修，瓦顶上被台风刮得好几处都见了光。但面积很大，什么种子房，仓库，放肥料的，放农具的房间一应俱全，这除阿光三兄弟居住，同时让魏永富父女和屠户有了足够的安身之处外，还绰绰有余。

更重要的是，楼外足有二甲多空地还闲置着，还可以做篇大文章。

"永富哥！我想利用这房开一间小吃店，专营闽南风味小吃。"屠户忙了大半生，突然闲下来无所事事，心里闷得慌，看见阿光三兄弟没日没夜，疲于奔波，想了想，便将自己这几天一直思考的问题告诉魏永富："这周围几个村，算起来足有千把人，开个小食店搞一些卤味什么的，兴许还能赚些小钱，贴补家用，不然坐吃山空。"

"你这家伙，怎么跟我想到一起了。我也在考虑，叫海英把那块地开起来，种一些青菜，我买几头小猪，另外挖一口鱼塘，养上几百条鲤鱼、草鱼的，除了解决我们六张嘴吃外，如有富余还可给你的小吃店。"魏永富听到屠户一说，正好与自己的想法不谋而合，兴奋不已。

"阿爸，阿叔，我负责种菜、煮饭。"海英听见二个老人一问一答也插上话来。实际上她前几天就已经动手，那一片地已经整出来了。穷人家的女孩手勤脚快，从来不让自己歇息。她知道，一下涌进六张嘴，白手起家，动一动都得花钱，能赚一点算一点，能省一点则省一点。此时，她擦了一下脸颊上的汗水，想到前一段来的那种心境，突然觉得好笑。那时，与阿爸和阿叔黑夜乘着帆船在逃难，虽然目标明确到台南，但去台南怎么找到阿光哥？找到阿光哥有地方栖身吗？以后日子怎么过呀？一路上，姑娘的心随着那海浪起伏着，忧心忡忡。

"永富哥！你这老家伙倒是很有福气，养了一个女儿如花似玉，不像我老光棍一条，这辈子算是白活过来了。"屠户看见阳光下的海英笑吟吟地看着二个老人对话，想想前几天，他满脸愁云，满脸憔悴。可是，就那么一段时间，这姑娘却长得如此可人，好像换了一个人，一种羡慕之情溢于言表。

"你喜欢，今后就当我们两个人的女儿吧。"屠户一句话让魏永富说得心花怒放。他爱自己的女儿，那是他的命根子，但他也同样理解屠户的心思。

"那好啊！海英你愿意做我的干女儿吗？"屠户提高嗓门朝着二十多步远的海英叫了一声。

"我爸说愿意就愿意吧。"海英满脸羞涩，她莞尔一笑，将责任推给父亲。

"那就定了。以后出嫁我得出一份嫁妆。"屠户打趣地说。

"阿叔没正经，拿我开心。"听到出嫁，海英满脸羞红，他怕被二位长辈看见，赶快低下头，继续挖她的菜地。

"娶海英的后生还不知在哪，谈什么嫁妆哟。"魏永富知道海英的心里对阿光心存好感。自己也打心眼里喜欢阿光这孩子。可是，现在万事刚开头，千头万绪，却也谈不上这档事了。

"你这老家伙，是故意装糊涂，还是没心没肺？"屠户可是个心直口快的人，他听了魏永富和海英的话说："那阿光与海英正是天生一对，哪里再挑上这样的金龟婿呀！"

……

屠户的话音一落，三个人都没有再吱声。因为，这话正道出了魏永富的所思所想。讲实话，阿光这孩子老成持重，勤俭吃苦，脑子也好料，能将女儿许配给他实在是自己的愿望。做父亲的也看得出，那一段阿光离开澎湖到台南，海英像丢了魂似的，她的心中已将阿光装得牢牢实实。魏永富满心欣喜，却从口中换了一种语气："这些东西呀！还得靠缘分。况且，这状况，为时还早呀。"

"这倒是，但不要紧，留在心里，待条件成熟时，我来说。"屠户理解的心情，却自告奋勇，来承担这项工作了。

"那……"魏永富心存感激，正想说一句感激的话，却从身后传来了阿发的声音："不要再说了，我们都知道啦。"原来，不急不慢，正当二个老人在谈及这件事的时候，阿光他们从外村回来，他们听得一清二楚。尽管这事老人在谈论，可阿光心中已经有数，而且在他在澎湖时就已经留在心里，阿叔他们还未来台湾前，他曾无数次在梦中思念海英。现在他们来了，同居一屋檐，天天都可以在一起，心里乐滋滋的。但乐归乐，现在两手空空，想抓鸡也没有一把米，只能等以后再说。反正，大家天天在一起。

这次阿光他们一出去，足足五六天，不用问，肯定很辛苦。尽管刚刚进门，阿发还在开玩笑，但进了门三个家伙却一个个累得连话也不愿说。

"阿发哥，辛苦了。先洗一把脸吧。"海英是一个懂事的姑娘，看见阿光他们回来，端上一大盆水想叫阿光洗个脸，但刚刚阿爸和阿叔的谈话被阿光他们听到了。本来隐隐约约、朦朦胧胧的事情，现在被挑明了，反而弄得海英不知所措。水端出来，她却从阿光眼前绕过去，送到阿发面前。

"哟，海英。你赶快端给阿光哥洗吧。"没想到这调皮的阿发，装了一副鬼脸，嬉皮笑脸一番，转身溜了。

阿光看到这场面，省得被阿发和阿海二个坏小子当笑料，转身出门。

"死阿发，不洗算了。我给阿海洗。"海英嘟哝了一句，便掉头走向阿海。

"哇，我也不敢洗，这水只有阿光哥才可以洗。"那平时挺老实的阿海也装着一副鬼脸，引得大家哈哈大笑。

"阿叔，你看，你们乱讲。我……"海英看着眼前的一切，心里乐滋滋的，可是嘴巴却埋怨起屠户来。

"海英，别管阿发和阿海，把水端给阿光洗，他在门口。"屠户尽管打了一辈子光棍，但对年轻人的心思非常理解，恰逢其时给海英出了一个主意。

"唔……"这句话给正满脸通红，无所适从的海英正好找了一个顺势台阶。她原本也是想端水给阿光洗的，只是不愿被阿发、阿海这两个坏小子抓住新的话柄才这么做。既然现在阿叔开了口，便正中下怀，扭了一下身子，把那盆水端到屋外给阿光。

此时坐在门外石墩子上的阿光不用说心情有多痛快，有多甜蜜。讲实话，从去年被魏永富救起那天开始，海英便寸步不离悉心照顾，且不说海英那圆圆的脸庞，多情的眼神，甜甜的如银铃一样的声音让他心情舒畅。那勤快灵活、贤淑的举动就足以让他难以忘怀。"能娶上她，准是自己一生的福分呀。"阿光想到这些，身上难免有些燥热，他索性脱下身上的衣服，露出一块块健康和结实的腱子肉。前一段离开澎湖到台南，白天还罢，哪一个晚上不是一合上眼便是海英笑吟吟的影子呀？现在好了，因祸得福，阿叔、师傅和海英也来了。虽然，生活清苦，条件很差，但却免除了隔海的苦苦思念，心里总是很实在，无时无处不充满着幸福感。

"阿光哥！你洗一把脸吧。"阿光还在遐想，他的耳边响起了海英那银铃般的声音。那声音较之以往小声了许多，小的像蚂蚁，但充满着浓浓的深情。

"噢！海英以后就不要你端水了。我自己会的，你多照顾好二个老人。"阿光不敢抬头去碰触海英的目光，只是低着头小声地说。

"我知道，我不累。"阿光这体己的话，在海英听起来比肚子饿时吃上一条又甜又软的大地瓜还舒服，她正想赶快离开，省得那两个坏小子又说闲话，可是当她看到阿光身上一年多前受伤的伤口像一条长长的蛇盘在他的左臂上的时候，却情不自禁地停下了脚步，她心疼地凝视了片刻，用手轻轻地抚摸了一下："哥，你这伤口还痛吗？"

"不疼了！"海英这手轻轻地一摸，却让阿光的全身激烈地一颤，自己这身子除小时候母亲这个惟一的女性抚摸过外，这人生近十八年却从来没有女人再触及过。海英这一摸，足以让阿光那神经末梢瞬间兴奋起来，瞬间让他浑身地燥热。他想向阿英讲一句体己的话，但话音还刚出口，那音调变得又细又尖，仿佛像一个女人的声音。

海英感觉到阿光这一情感的起伏，也像触电一样赶快收回自己的手，愣住了。

"真没用！"阿光发现自己内心如此剧烈的变化，无意中用手摸了摸自己滚烫的脸，从心里狠狠地骂了自己一声。回过头，发现海英还痴痴地看着自己，便小声地说："阿英，你先走吧，有空我们再谈好吗？"

"唔！"海英此时的心情跟阿光没有多大差别，扭转身快步走进屋里。

晚上，一家人干脆把简单的饭菜端到露天吃，既凉爽，又可省一些灯油钱。

这鬼天，特别的热，已是十一月底的天气，却好像夏秋之间一样，那吹来的风让人感觉到是在火炉旁边一阵阵地发烫，在屋子里虽然四面窗却不停地冒着汗水。而且，这个季节已经近半年没下雨了。

"阿光，这天反常，有问题哟！"魏永富刚坐在小木凳上，说了一声："这个季节，吹来的风还那么热，这可是旱风呀。"他这大半生虽然没种过多少田，但气候多少还了解。种田人靠天吃饭，这几天，他和屠户从这一千多甲的田地里顺着找水源，那源自山上流下的山泉水像茶壶里流出的水一样细。而且看这天连一丝云彩都没有，根本没有下雨的意思。

"是啊！我也在担心，大租户如果不靠小租户的好收成，哪能赚钱呀？可这天如果再下去，小租户纵使有三头六臂也无能为力呀。"屠户在

第十一章　吃补不如吃苦

一旁补充。

"是的，阿叔、师傅。我原来没种过田，不了解这种天气。但黄厝村的阿伯已经提醒我们了。前两天，我们三个去，就是去勘探水源，以便作最坏打算。"阿光话语间有些压力，正因为这样，他跑了三天，下午回来时才感到非常疲倦。他理解老人的话，从心里感激老人的提醒，但他不愿多说，省得让老人们担心。

"如果再这样旱下去，春节后春耕怎么办呀？"魏永富看到阿光不想详谈，便非常关切地提醒他。

"阿叔，你莫着急。黄厝村那些乡亲已经有了计划。这不，我们这三天又与他们合作包租了近二千甲的土地。"阿光尽量做出轻松的样子。

"那就好！那就好！"屠户点了点头。然后，又将上午跟魏永富商量的种菜、养猪、养鱼和开小食店的想法跟三个年轻人说了一下。

"阿叔、师傅。这样好，这样我们这个家一切都方便啦。"阿海第一个积极反应，表示支持。

"只是，只是你们不要太累了。"阿发说。

"对！阿叔，师傅你们尽可能地将心一万个放在肚子里，一切事情有我们三个兄弟顶着。"阿光说得很认真。

"看你们说的，好像我们七老八十似的，在澎湖杀一头一百多斤的猪，我抓那猪头连眨眼都不要。现在，我倒是怕闲下来，身体出毛病了。"屠户讲得有些兴奋："再说，我开一间店，搞一些卤料，你们回来还可以吃上一些卤猪头之类的……"

"好！好！好！"阿发、阿海听了之后，忍俊不禁，大声叫好。这两个吃百家饭，穿百家衣长大的孤儿，以前天当被，地当床。现在，尽管围在桌子上的六个人来自五个家庭，没有血缘关系，而却如此亲热，如此温馨，足以让他感到满足，感到幸福。

如果测试，他们的幸福指数一定最高。

"阿光兄，阿光兄！"一家人坐在一起海阔天空地谈论着。突然，不远处传来了黄福寿高兴地叫声，不打不相识。也许是阿光的那些举动，那晚一番情深意切的话感悟了他，完全变了一个人，变成与以前截然不同的一个老成持重的人，也不再是四处惹是生非。而且，与阿光三兄弟像同穿一条裤子似的，每天都在一块。

这一点，足足让那老爷爷老伯高兴得胡子一颤一颤地笑个不停，称赞不已，期盼自己的阿侄交上了好朋友，有了好的同党。这不，前几天，他打听到离这三、四里路的一个老板听说招大租户，立即把消息告诉了阿光，而且执意要黄福寿与阿光合伙共租那近二千甲的地。

现在，他又匆匆忙忙赶来，一定有喜事，一定有好消息。你看，连那老爷爷也连夜赶来了。

要不，几个钟头前几个人还在一起呢！

"阿伯，福寿兄，有啥喜事，乐成这样？"听到黄福寿的叫声，还未待阿光站起来，黄福寿点着火已经和老爷爷走到屋门口。

"坐！坐！坐！"阿发赶快到屋里搬了一张条椅，请坐。

"阿叔、师傅！"黄福寿正要下坐，看见魏永富和屠户也在，便像往常一样，学着阿光的口气，与魏永富、屠户打招呼："嗳，海英呢？"这小子眼贼，一眼没看见海英，便问道。

"噢！阿英听说你福寿哥来了，进屋泡茶了。"阿发说。

"是这样，下午回来后，我感到水是一个问题，如这一段时间下雨，自然没有问题。但看这老天爷根本没有下雨的意思，再这样下去，明年我们包租的二千甲地倒没问题。那离水源地近，水源足。而这一千二百甲地就凉菜了。"黄福寿故意绕了一个大弯子，让阿光他们听来听去，也不知道他今晚过来要想说什么。

"是啊！我们正商量这个事情呀。"阿光不知道这黄福寿想绕什么话题，便故意诱导他尽快将意思表达清楚。"我有什么好主意呀。"

"说呀！卖什么关子呀。"阿海是个急性子，在一旁催促说。

"茶！茶……茶呀。"黄福寿却故意不接茬，将话题引开去。

"给！"正当黄福寿"呀"字还没说出来，海英却从屋里煮了一大钵头热茶，盛了一大碗递给福寿。

"错啦！错啦。我们来时，阿伯特地带了一包自己手工做的毛尖，这是南投山上的野山茶，要送给阿叔和师傅品尝、品尝的。"黄福寿端起大碗茶猛喝了一口，太烫"哇"得叫了一声，又引得大家哄堂大笑。

"真是费神，他阿伯呀，我们都是邻里乡亲，来看我们便是感激不尽，还带来茶叶。"魏永富看见黄福寿从身边取出的一包纸包着的茶叶，叫了一声，"海英。"

"阿爸，我在你身边呢。"海英答道。

"快拿去泡一壶，阿伯这毛尖是上品，让大家品尝一下。"魏永富感到这生活条件尽管不如澎湖那样方便，但大家却是如此热情，不是一家人，胜似一家人，心里也感到非常开心。

"哇。"福寿还想说什么，却又不小心将半碗茶倒在自己的大腿上，叫了一声。

"哈！哈！哈！活该，活该。"阿海第一个大笑起来，顷刻间大家也禁不住笑得前仰后合。

"正经点，别笑了。"老爷爷看见这帮年轻人嘻嘻哈哈，没个正经，尽管心里也直开心，但却故意板着一副严肃的脸说："先说正经事，说完了再闹。"

"是这样。"福寿突然止住了笑声，"现在已经几个月没下雨了，耕田的人是看天吃饭的，这几天阿伯凭着老经验，担心年后春耕没有水，着急得都快上火了。因为，你们包租这一千二百甲地水源不足。而昨日我们新包租的那边却水源很足。以前是两个老板，他们之间互相不买账，现在呢？同样都是一个大租户，而那个老板与阿伯私交甚好。所以，下午回来后，阿伯又拉着我过去跟那老板商量了一下。假如，明年出现旱情，我们只要开一条一里多路的便渠，就可以将那边的富余水引过来。"

"阿光，这叫做有备无患，什么事都要将困难考虑在前。不然，大便急了，再来挖厕所就来不及了。"阿伯笑笑说。

"多亏了这么好的阿伯。阿光，要好好感谢阿伯才是。"阿叔听了福寿他们考虑问题真是很细，耕田要有知识，更要有这样的老经验来指导啊！

"是啊！阿伯和福寿兄真是立了一大功，帮我们解除了心头的忧愁。刚才，我们正为这事愁得找不到办法。"阿光听了以后非常感激，夸了福寿一声，末了没有忘记开了一句玩笑："福寿哥，下次我师傅猪养大了，杀猪时，一定请你好好吃一顿猪肉。"

"噢！你们养猪了？"阿伯看见阿光话说得非常认真，顿时来了兴趣。

"不！老哥！我们正在商量，准备过几天买几头猪崽。"屠户听了这些年轻人开起玩笑来不着边，逗得老人不知是不是理，便认真纠正道。

"哎哟！死阿光，现在养猪八字还没一撇，你要我吃上你们的猪肉要等到猴年马月呀？"刚才黄福寿听了阿光的话信以为真。现在，听了屠户的解释才恍然大悟，急得想狠狠地掐阿光一下。

谁知，此时的阿光却一脸冷静严肃，那平时满脸的笑意好像突然被风吹走一样，这让福寿这帮年轻人疑惑不解，因为，此时他的脑子一闪念，涌现这开便渠一里多长，要多少银子呀！而自己兄弟已没有任何积蓄，而这难事又不能告诉阿叔他们。

"难哪！"阿光从心底里叹息。但嘴巴动了一下，却没有露出声音。

"阿光哥！怎么啦？"反应最敏感的自然是海英，前一段，大家经常拿她和阿光说事。说多了，说穿了，反而自在了，她便大大方方从心里照顾起阿光来。

"噢！没！没什么呀？"阿光不想把自己的想法说出来，打了个马虎眼，朝大家笑了笑。但笑得却不十分自然。

这阿光哥一定心里有事，那会是什么事呢？海英在心里思考着。


屋里的人陆续洗脚休息了。

经过几天没日没夜的奔波，阿发、阿海一躺在床上也打起了呼噜声。

天很热，尽管到深夜了。白天被太阳烘烤的土地仍然不断地散发着热气。躺在床上，那没有天花板的瓦顶也一个劲地向屋内释放积蓄了一天的酷热。房间里简直就像一座烤房，躺在床上，身上的汗水像泉水一样不停地往外涌着。

这管理房蚊子也趁机起哄，来回轰炸，来回袭扰。没有蚊帐，叮的阿光他们几个不停地翻身不停地用布棘叶驱赶着那成群的蚊子。他的眼睛原来也有些发炎，酸痛酸痛的。但折腾了几下，却异常清醒起来。原来想渡东，一场沉船事故，失去了弟兄阿龙，自己流落到澎湖；在澎湖有缘认识了阿叔一家和师傅，正当想放手发展时，却又碰到海盗，不得不延续渡东的道路；到了南投，一年多的亲情，也足足让自己无数个夜晚，思念阿叔、海英和师傅；现在他们来南投了，却又碰到那么多的困难，事业要发展、包租田地、抗旱；还有六张嘴巴要吃要喝……人生呀！总是那么多的矛盾，那么多的困难，等着自己去解决；那么多的苦一个接一个等着自己去吃。

这困难和矛盾没完没了，

这苦也好像是没完没了。

自从自己懂事之日起，苦便每一天都伴随自己，同自己一块成长，一块生活和休息。

一只蚊子好像很通人性，它发现正在沉思的阿光忘记了挥舞手中的布棘枝在驱赶着蚊子，便猛地在他的身上叮了一下，吮了一大口鲜血，让阿光的身子不由自主地抽搐了一下。他蓦然想起了海英。她就住在自己的一墙之隔的房间里，那是一个多么可心的妹妹。以前隔海思念，现在却只隔着一堵墙。阿光越想越兴奋，越想越没有睡意，他想赶快闭起眼睛休息一下，明天还有很多事情要去做。尤其是那开挖了一条便渠的事，要早做准备，先勘察一下便渠的走向，作一些规划，一旦这旱情再延续，便要组织小租户上工了。

想到这里，他又有了某些成就感，总觉得尽管困难那么多，吃了那么多的苦。但，自己却在困难与吃苦当中不知不觉地长大，不知不觉地成熟。

"吃补不如吃苦。"这是在庙里生活的那几年时间里，老和尚师父常说的那句话，那句闽南老家乡下长辈留在口头中的古训。

正是吃了这么多苦，逐步练就了自己一副强硬的身躯和意志。咬紧牙关，一步步走来，待到明年有了好收成，收获了第一年的租子，便有了垫底，就有了继续发展的本钱。

"到那时，再跟海英谈自己的事，或者托人做一个媒……"阿光想到这里，心情如同久旱的大地降了一场甘霖，迅速地滋润起来，忍不住躲在黑夜中"吃！吃"地笑出声来。

# 宏记为我们垫的底

老天爷真会作弄人。

前一段时间，几个月不下雨，一些靠山泉水浇地的土地都裂开了嘴。阿光他们又是联系水源，又是谋划开挖便渠，又是组织人力准备为春耕寻找水源问题。想不到，大家兴师动众准备上工挖便渠时，那天空却开始出现了浓浓的乌云。

开始是淡淡的一层，然后那乌云越积越厚，

再后来一阵阵风带动着那乌云不停地翻滚，不断地旋转，

再后是台风，接着便是急剧地降温。

雨，终于在庄户们的千呼万唤中姗姗来迟了。

而且，不下则不下，一下则却下个没完。仿佛南投顶上的那块天塌了下来，没日没夜，没完没了地下着。

半个月前，大家还光着膀子挥汗如雨。可是这一段，换上秋装，然后又穿上冬装，换衣服简直比走马灯里的人还更勤快，直到掏尽了橱柜里、箱子里所有的衣服还感到异常的冷。

这几天，庄户人家便老老少少干脆围在家里围着木炭炉在烤火。反正，屋外一个劲地下着雨，农活也干不成。

这场雨，从小寒下到大寒，又从立春下到雨水，

现在，连惊蛰都过了好几天了。

可是，这老天爷好像哪条神经松了，也好像忘记了自己有天晴出太阳的那种功能，还死劲地下着毛毛细雨，而且温度之低，低得滴水成冰。

庄户人家一个个心烦意乱，每天都翘首以待，盼望着老天爷施舍一下，出几天大太阳，提高一下气温，省得播到田里的秧苗烂掉。早点育成秧苗，进入春耕春插。

可是，老天爷全然不顾这些，还使劲地下着雨。

黄厝村的几十户庄户人家天天围着火盆烤火，足足烤了两个多月。你瞧，那屋檐上流下的雨水，已经结成一根根比胳膊还粗的冰棍，那冰棍晶莹剔透，像一根根罗马柱，码在檐口和烂乎乎的土地之间。让人一看，便会有一种不寒而栗的感觉。

而此时唯有那五六岁的小顽童，不怕冷。是啊！俗话说小孩子屁股三把火。那一帮孩子们穿着单薄的开裆裤，那小鸡鸡冻得比小指头还小，那屁股蛋已经冻得发紫。可是，这么冷的天气，那冷冰冰，烂乎乎，一脚踏在烂泥的地上，他们相互追逐，争先恐后，三个一群、五个一伙使劲地拽着那天然的冰制罗马柱，有的干脆用嘴巴死劲地啃着那冰柱，不时地发出"咯吱、咯吱"的声音，让人听了以后都会感到透心的凉。

黄厝村的老爷爷，这个村里的灵魂人物一脸愁云，他先是从家里拿了一炷香，点上火，非常虔诚地对着苍天，念念有词："上天菩萨保佑，现在惊蛰已过，庄户人家普天百姓祈祷老天手下留情，赶快停雨，请太阳显身，给我们一口饭吃……"然后，艰难地趴在地上向天公叩了几个响头。

他那一招一式，心诚至极，让站在一旁围着火盆烤火的男女老少感激不已。

不知是老天不给他面子，还是纯属偶然。老爷爷话刚说完，几个年轻人正扶起他，猛刮起一阵寒风，刷得一声带来一阵毛毛雨，不偏不倚打在他的脸上，着实让他倒吸了一口冷气。刚才，还一脸虔诚的老人脸上顿时

浮现了一股怒气。

"阿伯，你先坐下休息一下，烤烤火吧。"身旁的一帮青年看到老人似乎有些生气，更感到这老天的可恶，便赶快好言劝阻老人一番。然后，扶他坐在一张靠背椅上。

"别扶，你们每人都给我烧一炷香。我想，大家只要心齐，一定能感动老天爷的。"老人气不过，真的，活到这么老了，很少看到这种反常的气候。

"这……"一帮年轻人有些迟疑。

"还站着干什么？快……"老爷爷有些控制不住自己的情绪，他在村里说一不二，他讲的话似乎有些神圣。

于是，一帮年轻人效仿老爷爷的样子，点上香，排成队，开始排起队，趴着磕头，虔诚地烧起香来。

瞬间，那屋里屋外烟雾缭绕起来。

"这该杀的老天爷，播下去的谷种再这样准完了，肯定烂光光。"这是一场典型的倒春寒，今年开春早，农民按季节播下去的谷种，又碰这种天气，这谷种一定烂掉，如果再补播，一要有足够的谷种；二要有适宜的气候，而且还会延误了农时。老人哈了一口气，顺手抹了一下从鼻子里流淌出来的清鼻涕，站在屋门口，自言自语地唠叨着。

他是一位耕田几十年的长者，用乡间的话就是"老作家"，他对农时节气的掌握了如指掌，他知道，面临的这个反常季节将会给农业生产造成多大的被动，多大的损失。

"福寿，福寿在吗？"阿伯张开口，一团团的热气从他嘴巴哈出。他觉得应该将黄福寿叫来，要想出一套应对办法。不然，今年的收成将会泡汤。

一年之计在于春，春天一误，误一年呀！

"我去叫。"旁边一个年轻人听说阿伯要找黄福寿，便自告奋勇。

一会儿，门被推开了。黄福寿被一股强大的寒流推进门来。

"阿伯，有事？"黄福寿一进门，一边朝手上哈着热气，一边骂："这鬼天气，太冷。冷死人哪。"

"是！福寿，这么冷的天气，谷种播下去，再不采取措施，肯定烂光光，要想办法。"阿伯非常着急。

"我也知道，但没有办法。"黄福寿用手一摊，这几天，周围的几个阿叔，阿哥都找我一百遍了，秧苗也播了一片。这雨又没有停歇的样子，总不能找一张大被子盖上吧。"

"被子自然没有，但办法是人想的。要么，你去叫阿光他们过来。这后生虽然没有耕过田，但是脑子好料，说不定会想出好办法来。"阿伯跟阿光接触小半年对这后生充满着信任。

"找阿光？"黄福寿也有些不解地反问。

"对！你去找。要嘛，你陪我去。"阿伯语气十分坚定。

"这……"黄福寿有些不快，天气这么冷，真可以说，用棍打狗，狗都不愿出门，而且这么二里多的路，经过下了两个多月的雨，烂乎乎，滑溜溜的。

"那你陪我去吧。"看到黄福寿犹豫不决，阿伯有些不快，老人家脾气犟，从门后拿起拐杖，有些生气，便想出门。

"别！别！阿伯，我去，我马上去，还不行吗？"黄福寿心里暗暗发笑，都已经是六十多岁的人了，火气那么大。但他转身一想，阿伯历来都是说一不二的人，他决定了的事，九头牛也拉不回来。

"现在不要了，我非得去不可。"阿伯真生气了。

"好！好！好，我陪你去，陪你去。"黄福寿叫上身边几个年轻人，帮阿伯带上斗笠，穿上棕衣。然后，毕恭毕敬地将拐杖递到他手上，生怕再惹这老人家生气。

这二里多的泥泞道路是如何一路走，一路滑过来的，且不必说。

此时的阿光也痴痴地看着屋外那淅淅沥沥不停而下的雨发呆。屋里，阿叔、师傅他们在烤着火，海英则把屋外挖出的地瓜放到火盆里烤着，一股浓浓的烤地瓜味直冲鼻子。可是，阿光却站在屋外冷冽的寒风中，看着那不停下着的春雨发愣……

他在反复思考，种田要发财还真要看老天的眼色。前两个月，旱得让大家恐慌；现在，却冷得让人们出汗。起初自己想得太天真，以为当了大租户，减少中间环节自己便可轻而易举获得一大笔的财富。现在看来事情远远比自己认识的东西难得多，复杂得多。阿叔和师傅讲，这冷天，则烂种；烂种则没秧苗，没秧苗哪来的收成呀！

可是，这天，这冷得滴水成冰的天，谁能有回天之力啊！

"阿光哥！吃烤地瓜，真香。"阿海似乎没有发现阿光重重的心事，在屋里叫着阿光。

阿光没有回答，因为，他没有心思去吃这烤得香喷喷的地瓜，作为大租户他在考虑今年这一千二百甲。不，还有那二千甲，总共三千多甲的收成。"我得去找阿伯请教一下，他是老作家，有着丰富的农作经验。"阿光主意一定，匆匆走进屋里，拿起斗笠叫上阿发和阿海："我们去一下黄厝村，请教阿伯，想想办法对付这鬼天气。"

"好！好！"阿发、阿海正在津津有味地吃着烤地瓜，看见阿光脸无表情进来，叫他们同去黄厝村，也来不及思考什么，放下吃了一半的地瓜，站起身来。

"阿光，阿光……"三个人正要出门，却从门外传来了阿伯和黄福寿的声音。

"哎哟，阿伯，我正想去找你。"阿光看见阿伯光着的双脚沾满了泥浆，冻得两个嘴唇不停地哆嗦，鼻涕、口水顺着长满白胡子的嘴巴往下滴。心中十分痛心，赶快放下手中的斗笠，把老人扶进屋里的火盆旁，埋怨地说："福寿哥，这么冷的天为什么叫阿伯过来，有事叫一声，我们过去便是了，你看，我们三个人斗笠都拿在手上，也正想过去找你啊！"

"别……"阿伯想解释，却冻得发音都发不出来，阿光心中涌现一阵难过。

"海英，赶快放一点红糖，还有生姜，煮一碗热茶给阿伯喝。要快，要浓。"还是阿叔考虑周全，他叫住海英。

"好呐。"海英应声便去熬糖姜水了。

"福寿哥，可有急事。"阿光看到阿伯现在冻得讲话还不利索，便将脸朝着福寿问。

"天气这么冷，要烂种了。阿伯很着急，一定要跟你商量个办法。"

黄福寿用嘴巴向阿伯呶了呶。

"这个呀，我也很着急，正想去找你们商量。只是我从没耕过田，没有经验呀。"阿光听了以后，心急如焚。

"阿光，现在就是要想办法提高秧田的温度。"阿伯很着急，烤了一下火，讲话也顺当了许多。

"这秧田这么大片，水温怎么提高呀？"阿光听后，搔着头皮，束手无策。

"是啊！阿伯，你有经验，你讲我们做。"阿发又问一句。

"我如果知道，还这么冷赶过来找你？"老人没好气地回敬一句。阿发、阿海吐了一下舌头。但，年轻人理解老人的心思。

"提高秧田的水温，提高……"阿光的口头反复念叨着。他低下头，反复思忖着自己有生以来所经历过的事情，希望在这人生记忆当中去寻求答案。

"大家都想办法，不然要你们这些年轻人干什么！"阿伯火气很大。

"难呀！"阿叔和师傅都没耕过多少田，在澎湖一个是充其量是种一些茶，下海捕鱼的；另一个是杀猪的，实在没有这方面知识，听了老爷爷的话，心里很着急，可是束手无策，脸上不时地露出为难的神色。

"有了。"阿光突然兴奋得从板凳下跳了起来。

"有什么了。"黄福寿瞪着大眼问.

"有办法了，我想起来了。"阿光一阵兴奋地回忆往事。他记得，那年他在庙里当和尚，天气也这样冷，不！可能还更冷。庙里的高山梯田，每年都种上几甲的稻田，都得要播上一些秧苗。可是，那年春节后特别的冷，谷种播下去，便没完没了的天寒地冻。师傅急了，生怕播下去的种子烂种。那天念完经，师兄们都围着火盆在烤火。师傅突然指着阿光，要阿光随他一块到秧田地放水。说是提高秧田的水温。师傅告诉他，为防止烂种，在秧田里放上一寸深的水，就可以减少烂种，提高秧苗的发芽成活率。水可以将冷空气阻挡在表面。当时，他百思不解。在没放水前先用手摸了一下田头，立马感到刺骨的痛。第二天，自己再将手伸进去一试，感觉温度高了两三度。

"那不是很简单吗？我们立马发动庄户人家都去放水，不就行了吗？"黄福寿神情大喜

"不！光放水保温还不够，像今年这么冷的天气。"阿光接着说起往事。

那次放水保温后第二天，师傅又带着他在秧田四周点起火堆。这样，每天晚上都如此，让这局部的气温能稍稍升高，一直到那秧田露出水苗，才算保住。

"那工程多大，需要多少柴火来烧呀？"黄福寿惊得张开了嘴巴。

"是啊！只能这样。而且，每堆柴火旁还得有人看住，不停地加柴，才能保证温度不降太低。"阿光看看大家，最后把眼光停在阿伯的眼前："阿伯，我想根据你的意思，只有这个办法了。只是，我差点把这事给忘了，你一提醒，让我猛然想起来了。"

"唔……"老爷爷沉思了片刻，一拍大腿说："阿光说的这一办法，我看可行。福寿，你马上回村里去，动员大家，马上按照阿光这办法试一试。"

"这行吗？阿光哥？"阿海持怀疑的态度。

"试一下，死马当作活马医。我们也出发，与租户们一起努力。"阿光有过这种经历，他招呼自己的兄弟，转身告诉海英："你和阿叔、师傅在家呆着，我们出去了。可能晚上也要留在田头。到时你把饭送到田头给我们吃。"

"你们三个衣服要多穿一些。"魏永富怜惜三个后生，叮嘱了一声。

"不要紧，我们把棕衣穿上了，可以顶三件衣服呢。"谁都知道，南方人平时根本没碰到过这种反常的天气，冬衣本来就少。更不要说，三个后生，原来就是孤儿，渡东时，每个人仅有的一件衣服便是穿在身上的大裤衩子。这两年尽管添了一些衣服，也不过是几件适时单衣而已。说要多穿衣服，只不过是一句空话。

这黄厝村的老爷爷真的很有号召力。他回去没有多少时间，那黄厝村的男女老少好像接到了圣旨一样，穿着棕衣，戴着斗笠，抱着干柴火按照他们各自的秧苗田的布局，设置了火堆点，并点上火。

一边点火，一边引水灌田，水深不能超过两个指节，也不能少于一个

指节。"阿发和阿海也在旁边指挥着。尽管他们不了解农耕技术,但却非常认真地按照阿伯和阿光商定的标准指挥各位庄户人家。

这,真是滴水成冰的夜晚呀!

靠近火堆只一小会儿,那脸便被熊熊的火焰烤得热辣辣的;而背后却被凉飕飕的寒风吹得直窜骨头,冷到心窝里,站在那添柴的人只能不断地变换姿势。然而,不管怎么变换姿势,那沾满泥浆的脚却只能像放在冰窟窿的烂泥里,痛得十个脚趾头已经没有了知觉,只能不停地活动,不停地踏着脚步,让麻木的双脚增加些许的热气。

"这鬼天气,要命!要老命啦。"黄福寿也没歇着,他一边将口里的热气哈在手上,一边走进阿光,挺仗义地用手摸了摸阿光的胳膊,不由大声喊了一声:"啊呀!兄弟你怎么才穿两件单衣呀。"

"真是大惊小怪,你看我这身上不是还穿着棕衣吗?这一件胜过一件大棉袄。"阿光冻得不停地发抖,他的脚不停地活动着,回答黄福寿时,上牙和下牙禁不住发出咯咯的声响。

"阿发、阿海,你,你们都过来,我们集中在这边烤火,边聊天吧!"阿光自己冻得不行,他想到两位兄弟,他们与自己一样也仅仅穿着两件单衣,想必也一样冷,便招呼一声。兄弟们一边烤火,一边聊天,兴许能分散一些注意力,减缓冷冽寒风对身体造成痛苦的刺激。

往日,这是一块静悄悄的田野,从那以后的十几个夜晚却变得热气腾腾起来。也算是幸运,前一段由于天气干旱。因此,在安排秧苗播种时,庄户们都不约而同地将土地安排在山泉水进口处,比较集中。这,客观上也为现在点火增温减少了难度。现在这二十余甲的秧苗田的角落上都点起熊熊的火堆,那一团团的火照亮了冰冷的黑夜,照亮了泥泞的田坎路……

火,从一堆,二堆……到四十多堆;

人,从一个,二个……到许多个;

这火,照亮了夜空,赶走了严寒,把这原来死一样的田野带来了春意,带来了生机和活力。

阿光看到兄弟们都围过来了,尽管身处数九寒冬但却充满着乐观,心里得到了一些安慰。他专心致志地按当年在庙里师父那里学到的东西,挨个挨个走向火堆旁，一边与庄户们交谈，一边帮他们添柴，还不时地用手伸到田里测试着水的深度，他的脚下是滑得不能再滑的田坎路。尽管，自己血气方刚，但走在这里仍然摇摇晃晃，一不小心肯定会掉进烂泥田里，变成一只泥猴。

"阿光哥！血！"突然，阿海指着阿光刚刚走过的田坎，发现他脚一挪便有一滩鲜红的血迹。

"哪有什么血啊？大惊小怪。"阿光看了阿海一眼，有些不满。

"你脚受伤了，你看一路都是血。"阿发弯下腰，发现烂泥当中的血迹。

"是吗？我怎么没感觉呢。"阿光将全是泥浆的脚抬了起来，发现脚丫子上的鲜血汩汩向外冒着。可能是这脚不知什么时候被利物割伤，露出了如同婴儿嘴巴一样大小的口子。血不断地冒着，可能是天气冷，冻僵了，麻木了，他自己倒没有感觉。

"你回去呀，阿光哥。"阿发有些心痛兄弟。

"没有事，天亮再说，弄点草药。"阿光制止了兄弟们大惊小怪的叫声，仍然不停地看着火堆的燃烧情况。

一次包租，还没见到成效，却担惊受怕经受了两次让自己人生刻骨铭心的灾难，但，由于大家的帮助，这坎，终于艰辛地迈过来了。

说来也怪，大灾之年又往往是丰收之年。夏季过后，庄户们按合约交了半年的租子。阿光他们收到了辛苦半年多取得的成果。

将近一百石饱满而新鲜的谷子进仓了。

那谷子堆在永丰楼里，阿叔、师傅和海英高兴得眼睛眯成一条线。

阿发和阿海痴痴地看着那堆成小山的谷子在发愣……

"阿发、阿海怎么啦？"阿光难以抑制内心的兴奋，看着自己的兄弟，有点明知故问。

"阿光哥！这谷便是我们的了？"两个孤儿以前吃百家饭，穿百家衣，从来没看过存粮，更不曾想过自己会拥有这么多存粮，这真是应验了家乡古谚：屎桶开花——代志大条。

他们不相信，也不敢相信。

"傻兄弟！你们不相信，以为自己在梦中？那么，你们就掐一掐自己的l脸颊，看看疼不疼？”阿光看到兄弟那一脸憨相，笑着说。

“这么多粮怎么办呀？阿光哥！”阿发和阿海的思绪还没有缓过来，海英却兴奋地跑到阿光面前，有点忘情地问阿光。

“很好办？我们留下自己六个人的口粮，剩余全部卖给宏记粮行。”阿光很肯定。

“不是很多粮行吗？”阿海缓过神来，问了一声。

“对！可是一定要卖给宏记。因为，我们要记住是宏记简老板为我们今天垫了底。如果没有宏记，就没有我们今天的收获。”阿光口气十分坚定。

# 第十三章···
# 竹桥平原待开发

去年秋冬接着旱。

开春后，便是有史以来罕见的倒春寒，农户的谷种烂在田里。等到天气晴朗重播谷种，却已误了农时，误了季节。因此，旱季整个台湾收成都受到影响，新粮收不上来，打乱了宏记粮行老板简宏顺的整个计划。几天来，为这事急得团团转，连嘴角上都冒起了好几个泡。

"老板，台北分号来信，说那里存粮不多，而购粮的比往年有增无减，请求派送二十石粮食过去。"账房是一个非常忠实精明的老年人，看到简宏顺坐在客厅不停地吸旱烟筒，整个客厅里烟雾缭绕，轻轻地提醒老板，并把一封信放在他身边的茶几上。

"噢，知道了。"简宏顺没有正面回答，也没有心思去拆开那封信。他是一个本分的生意人，尽管他的宏记粮行分号遍布台湾各个角落，粮食的贸易额占据了台湾的半壁江山。但今年天不相助，大陆那边也闹灾，非但来不了粮，反而要从这里运过去，原来指望今年收成时多进仓一些谷物，又遇上天灾减产。但人总是要吃饭的，生意上的伙伴又有许多是长期与宏记合作的，他眼巴巴等着宏记的货源供给。提价，不成，趁火打劫，趁机提价有违宏记的立店之本和从商的良知道德。

"干妮姥……"简宏顺虽然不是饱读诗书、满腹经纶的人。但，也绝不是那种满口粗话的人。最近，他的心情坏透了，偶尔从自己的嘴里吐出闽南人家这句粗话，足足让自己吃惊了好长一段时间。

"老板，有个阿光的后生仔求见。"正当简宏顺心烦意乱的时候，管家又在耳边轻声地说了一句。

"谁？"简宏顺似乎没有听清楚。

"阿光，前几年在家里做工的人！"

"噢！马上请他进来。"听清了管家的话，简宏顺心里掠过一阵欣慰。这后生，自从去年从这离家后便没有再见过面。虽然，没见面，但耳边却听了不少他们的传说。什么闽南阿哥呀！什么老成持重呀！甚至说，今年遇灾减收，唯独他们大租户的三千多甲良田大丰收呀……

"老板！"简宏顺还在回想，还想回顾一下，一年前这后生离开家里前的情形。却见一个被太阳晒得黑糊糊的后生已经站在大厅外面。

"阿光吗？"尽管天气很好，光线充足。但是，简宏顺的视野里，此时眼前的后生与一年前离开的阿光已经判若两人，个子长高了，黑糊糊的脸上成熟的情形增加上许多，嘴唇上已经明显地长了许多胡子，一眼看去活像一个庄稼汉子。

简宏顺在阿光站立的地方转了两三圈，他的目光从上到下、从前到后、从左到右地对阿光进行了一个全方位的大扫描。末了，他面对面地站在阿光的对面，好像是在认识一个从未谋面的陌生人。

"老板，阿叔……"阿光从老板的眼神里看到简宏顺对自己一种关心，一种怜爱，一种莫名的深情，心里一阵发酸。一年多，三百多个日日夜夜，自己没日没夜，吃尽了千辛万苦，终于有了今天的收获。但是，这一切都是当初老板给他一笔垫底钱外，却从没来看看老板，从没再来看看自己心目中令人敬仰的阿叔。因为，他始终记住，对长辈的关爱，对恩人最好的报答，那就是在自己的人生道路上做出成绩，做出非凡的成绩。

以前自己曾在梦中不断地想念老板。可是今天，当老板站在自己跟前时，看着他，阿光鼻子有点发酸，眼睛有点发热。但他却竭力控制自己的情绪，叫完老板后，叫了一声阿叔。他想，在自己的心目中，这个在台南乃至整个台湾都小有名气的老板就跟自己的阿叔一样亲，一样令人敬佩。

"坐！坐呀，阿光。"简宏顺看到一年未见却迅速成长的后辈，"有困难吗？"

"不，老板，我今天来，只有一件事。"阿光的语气中有一种成就感。

"噢！什么事呀？阿光。"简宏顺饶有兴趣地看着阿光。

"是这样。"阿光说，"今年，我包租有二千二百甲田丰收了，收了一百石的谷子，除了我们几个人几个月的粮，足足还有八十石左右要全部卖给宏记。"阿光有些兴奋。

"多少？"听了阿光的话，简宏顺微微吃了一惊。

"八十石左右。"阿光话语十分肯定地回答。

"哟！好小子，这一年不见，想不到阿光也变成小老板了，想不到我已在愁到头发发白的时候，你帮我解了围了。"简宏顺异常高兴，心想自己建了宏记，先先后后想扶助一些后生，可是，有出息的却不多，像阿光这样老成持重，立竿见影的更是少数。

"阿叔，"听了简宏顺的话，阿光改换了一下称呼，没有你帮我垫底就没有我的今天。一年来，我不敢见你。现在，有收获了，我是来卖粮，更是来报喜的。"阿光心情似乎有些激动

"这样，不简单，不简单。我高兴，我高兴，我同意你的想法，成功就是对我最大的报答。"简宏顺还想表达什么，突然调转话题："你阿叔，对！那个魏永富他们现在怎么样啦？"

"阿叔他们非常好。"阿光说，"他是我的救命恩人，本来我应该好好报答他们。可是，他们却闲不住，现在师傅开了一间永丰楼酒店，生意很不错，每天都有不少进账；阿叔和海英，种菜、养猪、养鱼，他们一刻也不停歇。我那家呀，热热闹闹，加上今年又丰收……"阿光如数家珍，一件件事向简宏顺介绍得清清楚楚。

"好啊！阿光，这一年你进步真大。我啊，也好几次想去看看你们，但实在走不开。"简宏顺听了阿光的叙说，手一摊，脸上流露出某些遗憾。

"我知道的，阿叔生意这么大，不会有闲时间的。"阿光很体谅长辈。

"闲时间倒是有，但都没下决心。"简宏顺看了看眼前这后生，好像突然想起一件事，便问："今年上半年丰收了，下半年年景不错，丰收也一定成定局，那以后还有别的想法吗？"

"是啊！我也在想，包租这田的时间是三年，但人总不能独画一棵梅。所以今天来一是卖粮，我知道今年粮行购粮缺货，也算是我对阿叔的一种感恩；另外，阿叔眼观六路，耳听八方，不知有没有另外的创业之路。如有想请阿叔指点一下，我想去闯一闯。"阿光讲得很诚恳。

"你想干哪行呀？"简宏顺把目光转向阿光。

"阿叔，我年轻没有经验，你指点一下？"阿光像一个孩子，双手托腮在期待长辈的教导。

"去拓荒有信心吗？那可是非常艰苦，却又是一件千秋之业。"简宏顺拿起旱烟杆。

"去哪里垦荒？"阿光眼睛一亮，赶紧拿起老板身边的洋火，"嚓"的一声，帮他点上了烟。

"我前一段时间了解到北边还有一个叫竹桥的平原，大约可垦出万甲良田。"

"那为什么现在还没有去开垦呀？"阿光问。

"是啊！那里条件很好。就是一个问题，那旁边的山上居住着一个少数民族部落。他们本身无心，也无力开发，可是外人进去他们又百般阻挠。已进去好几批人，都因他们的阻拦，斗殴之事不断，最后便不了了之。"简宏顺若有所思，接着说："只要能处理好那里的少数民族部落的关系，那这事准成。"

"处理好与少数民族部落的关系？"

"对，阿光，我看你一定有办法。"简宏顺对阿光满怀信心，"这样，你自己先带那两个小兄弟去，你阿叔他们三个便留在南投继续包租那三千多甲稻田，三年后，这边租期到了，你们那里的荒也垦出了成绩，便又团聚了，岂不很好？"

"这样啊！感激你阿叔。我回去考虑一下，再跟阿叔、师傅他们一起商量。"阿光站起来想告辞。

"吃午饭再去吧！"简宏顺阻拦住阿光。

"阿叔，下次吧，你的消息对我太重要了，我赶快回去找他们商量。"阿光有些激动，年轻人有事业心，遇事总是风风火火。

"那，我不留你了，有困难随时告诉我，比如缺少银两时，尽管来拿。"简宏顺看到阿光如此着急，亦发喜欢这后生。

"还有，阿叔，那八十石粮食可随时派人来拉。"阿光告别完简宏顺，顺手在街道上小食店买了两个包子拿在手上，一边走，一边吃，一边细细琢磨着简宏顺刚才讲的一席话。

垦荒，千秋大业。

千秋大业，垦荒。

他反反复复地思考着，觉得这是人生面临着的一个新机遇，也是人生的新挑战。

"去闯一闯，去搏一搏，不论成功和失败，闯也罢，搏也罢，人生便没了遗憾。"阿光吃完了两个包子，一路走在回家的路上，深深地感觉到，此行台南尽管时间不长，但与简老板的一席谈话，收获甚多。人哪！唯有脚踏实地去拼搏，才能收获成功的喜悦。从自己懂事开始莫不如此。尤其是去年，天旱，倒春寒，自己与阿海他们尽管吃了这么苦。但通过努力，通过集体的智慧，最终取得了胜利，人家包租大减产，自己却得到了意想不到的成功。

人的办法和点子总比困难多，任何困难总可以通过自己的智慧和努力战胜的，去年和今年是这样，人生也是这样。竹桥拓荒，老板说有困难，这里显而易见，如果没有困难，早被先行者开垦完了，哪里还有可能把那块万甲平原留到现在？肯定有许多困难需要自己去克服。但如果这一困难解决了，那肯定是一笔巨大的财富。

机遇与挑战并存，希望和困难同在。

"回去与阿叔他们一起想办法。不！还有黄福寿他们一起研究，想出应对之策，好好地在那挖他一大桶金。"主意一定，阿光似乎心情特别爽快，内心特别自信。他迈着步子，哼起家乡那南音中陈三五粮的片断。尽管五音不全，歌词也记不住，哼哼哈哈。但却淋漓尽致地表现了此时自己的内心无比的畅快心情。他的脚踩在地上"咚、咚、咚"地作响，一种前所未有的心情油然而生。

为了学习人家拓荒的经验，阿光还顺便绕道看了沿途几家拓荒的工地，看了他们的可能遇到的困难，沿途看，沿途思考。

返回南投，已是三天后夕阳西下的时刻。

阿光离开永丰楼去台南的这几天，最难过的莫过于海英，尽管他与阿光没有任何约定，仅仅是心里明白却没有当面表白过。但是，那天，屠户阿叔的一次谈话却戳穿了隔在两个人中间的一层薄薄的纸。姑娘的心早已有了归属，她想更亲近、更体贴阿光的生活，却后面有许多双眼睛在看着。每想做一件体己的事，总有许多羞涩，许多难以启齿。

这几天，阿发和阿海到东海岸去看看，准备进一步扩大租一些土地，阿光则去卖粮。一晃五六天，家里只剩下阿爸和屠户阿叔，海英尽管忙里忙外，但那心好像已经追着阿光去了台南，干活也没了心思，晚上睡觉眼睛一合上便没完没了地想着阿光。那脑子呀，好像在放电影，眼里老晃着阿光的笑容、阿光的一切，做事丢三落四。

是啊！豆蔻年华，正是姑娘家多情的时光。现在，夕阳即将西下，她把今晚的饭菜都准备好了，招呼阿爸两个老人先吃。自己却顺着阿光归来的道路翘首以待，她多么希望阿光的身影早点出现在那夕阳之下呀。

就这样，一天，两天……

今天是第七天了。这阿光该回来了吧。海英把脚跟踮了又踮，那脑袋抬了又抬。此时，她才感到自己已经完全离不开阿光了。自己的心已经百分之百属于他了。想到此时，不知是夕阳余晖的缘故，还是别的缘故。海英突然感到自己的脸热乎乎的，而且一直热到脖子跟。

"海英！"正当海英陷入无限美好遐想的时候，远处传来了那熟悉的声音，那是分别六七天后，令她魂牵萦绕着阿光的声音。

阿光踏着晚霞回来了。

"阿光……"海英顾不上太多，她不再羞涩，她不再犹豫，使尽全身力气，朝着风尘仆仆的阿光冲了过去……

"海……"阿光看着海英扑上来，正要打一声招呼，却见她已扑向自己，并且把自己抱得紧紧的。那撩人的女人气息，那充满女性芬芳的气息，刹那间像一团火，一团炽热的足以让人熔化的火把阿光熏得有些呼吸急促，甚至有些不能喘息。

"阿光哥……"

"海英……"阿光再也控制不了自己的感情，不知是因为天气炎热，还是两人相拥那种情感的喷发，那穿着单薄的单衣早已被彼此的汗水所湿透，肉身—单衣—肉身紧紧地贴连在一起，给人的难以言表的舒适。海英那丰腴的肌肤像岩浆一样融入了自己的滴滴血液当中，激动了每根神经末梢，她那两颗富有弹性的双峰顶在自己的胸口，随着急促的呼吸而起伏、而颤动。

"阿光哥……"海英那像小猫一样的声音从喉咙深处颤颤地流出来，抬起头樱桃小嘴一张一合着，似乎像那久旱的稻田，像那龟裂的田野期盼着甘霖，她的一双手不时地没有规律地在阿光的胸脯、肩膀、胳膊胡乱地抚摸着。阿光刚刚还在那崎岖坎坷的山间小道赶路，他的思绪还在盘算着如何集中大家的智慧和力量到竹桥平原拓荒，想不到海英在这里迎候他，更想不到迎接他的是如此突然而丰沛的感情，像狂风骤雨，等到他感觉到这些只有梦中才能遇到的浪漫时，开始有些无所适从。但他一旦了解这是现实，这是梦寐以求的现实时，就这么一会儿，他的身子好像被海英这爱情之火烤得热汗淋漓，以致浑身酥软，仿佛随时都会被熔化。

他双手迎接海英，紧紧地把她搂在怀里，汗在彼此间单薄的衣服中流淌着，呼吸一阵比一阵急促，他手忙脚乱，但却极力让自己的思绪平静下来，努力做一个大丈夫的老练和从容的样子。可是，无论如何，他奋力从感情上挣扎，却越挣扎越手足无措，他的脑子一片空白，真想不到，此时此刻，自己哪些该做？哪些不该做？哪些先做？哪些后做？

"阿光哥……"小猫似的叫声又从耳边响起，海英这喃喃的叫声，让阿光从纷繁的思绪中理出了头绪，他稍稍低下头，把自己的嘴唇迅速地贴在海英那张开的小嘴上，使尽全身力气吮吸着海英的舌头，顿时，全身热血澎湃，满口生津，一股甜丝丝的，似乎酷暑中一般甘泉润身，舒服极了，舒服的每一神经末梢……

"海英……"

"阿光哥……"

两个人，两个青年男女，就在这荒野像两条蛇一样相互缠绵着，阿光意犹未尽，他突然想起了还有一件事没做。于是，抽出一只手伸进海英那胸脯前，猛然感觉到那里的神奇，感觉那富有无穷的魅力。

"别，阿光哥！以后，以后……"海英突然感觉到阿光那长满老茧的大手在自己胸前胡乱地摸着，一阵阵快感铺天盖地而来，一边叫唤，一边用情意绵绵、毫无力气的手阻止着。阿光听出这叫声，好像做了不应该做的事，立马抽回了手。但，他全身的血在一个劲地往上冲，但他终于下定决心，竭力克制住，努力让自己冷静下来。

双方就这样痴痴地对视着，两个人的心情仍停留在刚刚的狂风暴雨当中。

"阿光哥，你真坏！"突然，海英打破了两个之间的尴尬，用那多情的眼睛在阿光的身上瞟了一下，便迅速转过身拔腿往永丰楼快步跑去。

"海英……"阿光心中又掠过一丝无限的甜蜜，他整理好自己身上的衣服，露出满身的欣喜之情，正好快步追上去。突然，又放慢了步子……

还没回到永丰楼，却见永丰小炒店已经生意兴隆，周围乡村的庄户人家正享受旱季的丰收之后，又要投入耕种劳作，大家便偷得一点闲暇，下了工便来这里享受屠户操刀烹饪的闽南小炒和闽南小吃。

这永丰小炒店规模并不大，但在屠户的细心打理下，却办得红红火火。庄户人家也只图个热闹，尝个新鲜，尝个味道。永丰楼隔了一间原来放农具的房子做厨房，那些食客便在屋外露天下借着星光和月亮品尝着闽南的风味小吃，喝着台南酿造的米烧酒。因此，卤猪头皮、卤鸭、肉粽、米果、面线糊、春卷、五香花生米之类的东西应有尽有。

阿叔和正在匆匆忙忙提前一步赶回来的海英帮着屠户在紧张地张罗

着，热情地招呼客人，看出阿光风尘仆仆从台南回来，，那正在吃肉喝酒又熟悉阿光的人都站起来与这年轻有为的阿哥打招呼。

阿光也面带笑容，一一向大家拱手致意。

"海英，你阿光哥回来了，打一盆水给他洗脸。"阿叔正在忙着招待客人，看见阿光进门，放下手中的活，便叫了一声海英。

"来啦！"海英应了一声，从屋里走出来，她接过阿光手中的行李，眼睛向阿光多情地扫了一下，便进了屋。

"师傅！"阿光没有去洗脸，径直走进厨房，看了看脖子上围着一条毛巾擦汗的师傅正挥汗如雨地炒菜，深情地向师傅招呼了一声，才走进客厅。

此时，海英已将一脸盆凉水放在木脸盆架上，看见阿光过来，娇声地说了一声："阿光哥，你先洗脸，等一下客人走了，再洗一个澡，臭死了。"

"你怎么知道！"阿光动情地伸手摸了一下海英的手。

"别，都是人。我刚刚闻到，全身酸臭。"海英说完，转身忙别的活去了。

阿光胡乱擦了一把脸和身子，又钻到厨房里舀了一瓢凉水咕噜咕噜喝了半瓢。看到一年前冷冷清清、老鼠纵横的永丰楼现在变得如此红火，如此热闹，心里充满着一种喜悦，煮东西他搭不上手，转念便想上前帮阿叔招待一下客人，却见门外，阿叔又在大声吆喝："阿发、阿海回来了"及海英打水洗脸的声音。便兴冲冲走出门外迎接。兄弟从去年团聚以后，每日朝夕相伴，只有这六天分开，尽管只有六天，但恍如分开六年，现在见面，又蹦又跳，格外亲热。

夜深了。

夏天的夜晚，山风阵阵，田间的蟋蟀声，那山间不知名的小鸟声此起彼伏，让人觉得这皎洁星空之下的田园周围更加风景宜人，更加浪漫，更加温馨。

一家人忙碌了一天，现在围在门口那石桌子上聊天喝茶，让人萌发无限的遐想，让人对生活的未来充满着无限的向往。

"阿叔、师父、阿发、阿海、海英。"看着大家都已坐定，阿光挨个

第十三章 竹桥平原待开发

叫着这个特殊的家庭成员每一个人的名字。

"噢！"大家看见阿光今晚一本正经，想必有重要的事情一块商量，将不约而同地将脸朝着他，等他继续往下说。

"是这样，我去台南见到了简宏顺老板，他给我指了一条发展的道路。那便是，北边有一个叫竹桥的小平原，因为诸多原因还未垦发，那里土质肥沃，水源充沛，易于垦发，如组织千人，不需一年便可拓出万甲农田。我一路思前想后，便想去那里垦荒。"阿光说了自己的想法。

"去北边垦荒？"阿海似乎有些吃惊，他把眼睛瞪得老大，问了一声。

"那这里已包租二千余亩田怎么办？"阿发也问了一声。

"我们两个老的也一起去吗？"阿叔也关心地问了一句。

"是这样。我想，那垦荒肯定是一件十分辛苦的活。"阿光指了指阿发和阿海，"先走一步，去打前锋，阿叔、师父、海英三个继续留在这里，一方面管好这二千二百甲的包租田；一方面继续经营好你们现在的活，包括小炒店、养猪、种菜。"

"那我们这个家不是要分开了吗？"海英有些着急。

"是的，那是暂时的。最多分开一年，待到那边一有眉目，你们就往那搬，"阿光很自信。

"这里不是干得好好的吗，一年将近一百石的粮租收入，我们的日子过得很好了，为什么还往北边拓荒呀！我想不通。"阿海第一个站出来表示反对。

"这边再好也是租的，三年一过，田还是人家陈吉祥的。如果按照阿光的计划，我们去竹桥垦荒，那开发出来的地则是我们的。到时，我们便是陈吉祥，甚至等于十多个陈吉祥。还可以在那建属于我们的永丰楼，建属于我们的永丰酒楼。"阿发用眼光瞪了一下阿海。

话一开头，便出现了分歧。

阿光看见两个老人没有吭声，阿叔却在不停地吸着旱烟。

"师傅，你的意见呢？"他想到师傅，尽管他屠户出身，但在农村这屠户走村串户，而且天天在集市上卖肉，自然见多识广，思想比较活跃，阿光想听听师傅的意见。

"阿光的想法很有眼光，用我们闽南人的话说是有'目屎'，人总是要向前看，求发展的。到北边去拓荒，那地方我没去过。但困难肯定不少，你们年轻，只要有解决困难的信心和办法，自然是好事，自然应该去闯一闯。"屠户坦率地讲明了自己的想法和态度。

"阿叔，你的意见呢？"

"听师傅的，他见的世面多，他的话在理。"阿叔没有多言语，他持赞成的态度。

"我也同意，但为了争取多一些力量，我想能不能听听老爷爷的意见，如果黄福寿能去则更好。因为，那边的地，阿光哥说有万余甲，人少了还不行。如黄福寿也一起去，还可带一批黄厝村的乡亲去。"阿发看着大家意见基本一致，他也觉得是一个很好的发展路子。

"我不去，我留在这里。要去，你们去。"这阿海有点牛脾气，他头一歪，便跑到田头去了。

"阿海，有事要商量，不能这样……"阿发看见阿海离去，有些生气。

"这样吧！到北边垦荒，我主意已定。阿海现在想不通，我相信以后他会想通的。阿叔，明日我去请教一下黄爷爷和黄福寿，如果没问题，争取后天出发。因为，下半年正是垦荒的好季节。不然，一到春天，这台湾便进入雨季。"阿光还想说什么。想想，这个事不可能一次商量便能达成一致意见。

对，这件事情阿光看准了，便下定决心。他想，只有让时间、让事实来慢慢统一大家的认识和看法。

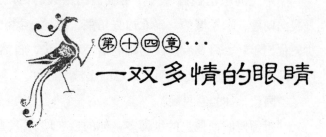

第十四章···
# 一双多情的眼睛

人们常说，一个人要发达的时候，气势如虹，各路神仙都会前来相助，而那些大鬼小鬼却会退避三舍。这些话虽有些封建迷信的色彩，能不能应验自然只有天才会晓得。

这不！阿光便是这样，这个嘴上绒毛还未褪尽的后生仔，身无几分银两，却气壮如牛要去开发那近万甲的竹桥平原，而且那还是好几个富翁老板想干还干不成的事情，消息不径而走，不少人都持怀疑的眼光看着这天不怕地不怕的后生仔。

这里有两个人值得一书。

一个是陈吉祥。也就是那一千二百甲土地的老板。那年他看到只穿一条大裤衩子的阿光领着两位兄弟求见，进门便要一口气包租他所有的一千二百甲土地，着实让他吃了一惊。那次，要说，也只能说这后生有运气，那是在黄福寿这混混想讹他，而他在万般无奈的情况下，才违背租赁规矩，提高条件，预交十两银子当押金。这样既可以减少自己租地的风险，又可将死磨烂缠的黄福寿拒之门外。想不到，这个其貌不扬的阿光，就有那狗屎运气，七凑八凑，还真凑了十两银子，让他打掉门牙往里吞，以每年二升五斗一甲的租子，将所有土地一口气包给了他。

这还不算，去年到今年天灾不断，又是干旱又是倒春寒，到处的地主均因庄户减产收不上租了。而自己的大租户硬是用点火堆等办法，不但不会造成减产，而在灾年获得了好丰收。

交租之日，一粒租子不短缺，几百石租子颗粒归仓。这件事，足足让同行羡慕得五体投地，都称赞陈吉祥有眼光，找上这么一个讲诚信、有本事的大租户。

后来，竟然听到那黄福寿还成了阿光的好兄弟，全然没了以前的恶习，足足让他大吃一惊。

这件事，乐得陈吉祥心里高兴了好一阵子。想到人家有情有义，又听说阿光这后生仔要去北边垦荒，陈吉祥思前想后，一个刚出门的后生哪有本钱去干那么大的事业呀！帮帮后辈也是情理之中。于是，便让管家请阿光到厅堂叙谈一番，同时做了个顺水人情，将作为押金的十两白银全数退还给阿光，并鼓励他去大展宏图。

另一个，便是宏记粮行的老板简宏顺。当初阿光领着阿发、阿海求见，表达要辞职出去创业，他觉得年轻人有这样的志向难能可贵，一个以发白银二两作为垫底用，高高兴兴送他们出门。让简宏顺意想不到的是，一年多时间，这后生仔竟然在自己粮源短缺的情况下，将自己获取的近一百石粮会不讲价钱全部卖给宏记粮行。

虽然，偌大一个宏记近一百石粮算不了什么大数字。可是，一个年轻人如此吃苦，如此用心创业，而且又如此有情有义却为数甚少。尤其是上次阿光来访，谈及北边拓荒的事，他却如此执著，如此充满自信，就更让他这位久经商场、历尽千辛万苦的长辈刮目相看。为体现对阿光的支持，亲自交代，提高对阿光卖粮的价格。同时，还预支下半年收粮的银两。

这样一来，这阿光从陈吉祥退回的租田押金，加上简宏顺给的卖粮款和预付的秋粮定金，足足凑足了百两白银，有了第一批足以投资的资金。

一切条件俱备。

阿光带着阿发、黄福寿选择了吉日吉时准备出发。

那天，阿叔听说阿光要北行了，一直视自己如儿子的老人心情非常激动，他起了一个大早与屠户、海英在永丰楼设了一个祭台，备了"双三牲"，这是乡间拜菩萨、拜天地的最丰富高顶级的祭祀规格：两头鸡、两头鸭、两条活蹦乱跳的鱼……渡海靠妈祖，安居靠真人。他点上香，虔诚地请求保生大帝能庇护阿光兄弟和他的同伴，让他们北行顺利，发富发贵。

接着，屠户还点燃了一串预祝一路顺风的鞭炮。

阿光看到长辈们如此用心，眼眶里的泪水直打转，看着阿叔和师傅及海英那依依不舍的眼光，他"扑通"一声跪在地上，深情地给二位长辈叩了三个响头，"阿叔、师傅，你们保重。阿光去了，你们多保重。待那边一稳定，我再回来接你们。"他说完，趁人不注意用手拂起了眼角的泪水，再恋恋不舍地看了海英一眼。沉思片刻，便带着一拨人马，头也不回地出发了。

他的身后是阿发和黄福寿。

黄福寿的身后还带了二十几个黄厝村的后生仔包括那个阿六，远处则是为他们送行的父母姐妹。

阿海没有一同出发。

这个性格倔犟得像一头小公牛的后生仔，此时，呆呆地从山包上看着刚刚阿叔为阿光他们送行所举行的祈祷仪式。他看着、看着，眼前的一切，却触动了他内心深处那根痛苦的神经。出身孤儿的他，四处漂泊，这几年和阿光结拜为兄弟，终于尝到了人间的温暖。苦，尽管没有少吃，但心里却充满着幸福，充满着喜悦，收获着成功。阿光要走了。不！阿光哥已经走了，自己则要留在这里。他扪心自问，离开了阿光、阿发，自己还能做什么呢？二年多前，阿龙离开兄弟们到另外一个地方去了。想起来，至今仍痛苦万分，阿海想着、想着，禁不住伤心地哭泣起来。他又怕自己这种矛盾，伤心的哭声被人听见，只是将自己的脑袋深深地埋在大腿上，不断地抽搐，让那泪水尽情地流淌。因为，到现在他还没弄明白，到现在他还想不清楚，这南投的事业刚刚开始，这包租的田才收到半年的租子，还有二年半的租期呀。美好的生活刚刚享受不了几天，阿光哥却要到北边去拓什么荒，非要往死里折腾自己。

此行北进拓荒一切都那么顺利。

唯独自己的患难兄弟阿海没有同行，让阿光内心留下了深深的遗憾。但，一个人持不同意见很正常，切不能让一些不一致的意见左右了自己，迈出去的步子决不能抽回来，这正是阿光内心世界和他那不屈不挠的性格。

现在，他们一行人一路北进。一路走来，阿光没有太多言语，更没有往日的笑声。因为，他的心里还不时地想着阿海，他的心还在想着阿叔、师傅，想着一闭上眼睛就会出现的海英。

"阿光哥！休息一下吧。"阿发看到阿光一路默默行走，他理解此时兄弟的心境，便建议道。

"好！"阿光看看天色，应是过了晌午时刻，走了大半天了，大家坐下来休息一下，应该吃些干粮、喝些水，下午再继续走路。

"阿光，我们到竹桥要走多久才会到呀？"黄福寿个头大，饭量也大。一坐下来，便迫不及待地要补充能量。此时，他刚坐下，身边寸步不离的阿六将自己身上背着用竹筒装着的水和干粮递了过去。眼尖的阿发看到这一切，心中有了些许的不爽。但碍于面子他那种不快只是在脸上一掠而过。

"不知道，那地方呀，我们都没去过。但路在嘴边，又在脚下，大家下决心，总有一天会走到的。"阿光也不经意地将黄福寿的行为和阿发的脸部表情看在眼里，他自信地露出笑脸。"福寿兄，你来也坐着休息一下吧。"

"好！好！好！"黄福寿乐呵呵地顺势坐在阿光身边的草地上。

"阿光哥。"正当阿光想继续与黄福寿交谈起来，阿发从十余里远的地方大声叫唤着，阿光抬头望去，他的身后有二十几个年轻人，污头垢脸，满脸倦意，不知出了什么事情。

"阿发，怎么了啦？"阿光立即起身跨了几大步赶过去，想看个究竟。

"阿光哥！这些都是我们家乡来渡东的，他们刚到台湾，还没找到工可以做，现在正往北边走，被我碰见了。心想，我们垦荒也需要大量的劳力，于是，想带他们来见你。"阿发很兴奋，好像抢捡了一块大银锭。

阿光看着眼前一拨渡东的乡亲，年纪除个把四十多岁外，大部分与自己相仿，一股浓浓的乡情便涌上心头，两三年前自己不是跟他们一样渡东的吗？他沉思了片刻，问了一声："阿发，你是怎么发现这些乡亲的呀？"

"我……"阿发看着众人，摸了摸脑袋，有点不好意思启齿似的。

"怎么回事？"阿光有点纳闷，阿发这小子平时言语流利，有话就说，今天怎么吞吞吐吐起来了。

"我有点内急，一停下脚便匆匆忙忙想找一个地方，结果还没……"阿发又结巴起来，"便发现了他们，于是……"

"好，念你有功，赏你拉二泡。不，拉三泡。"阿光心情突然高兴起来，自己需要劳力，正愁得不行。这不，一口气来了二十八个乡亲。这么说，这阿发还真立了大功了。

"谢谢老板。"

"谢谢乡亲照顾"

……

这二十八个一路风尘的渡东乡亲，看到眼前这个一嘴绒毛，可是却充满自信，处事果断的阿光说要收留他们，个个高兴异常，感激地不断向阿光鞠躬表示感谢。

"各位乡亲，不要客气，我不是老板。讲实话，我实际上也是跟你们一样来渡东谋生的，只是我比你们早来两三年而已，今后啊！大家有缘在一起，便同心同德，多赚一些钱，多发一些财吧。保生大帝在云端保佑着我们。"阿光心情很好，口才也变得十分流利。他说完，便叮嘱了黄福寿："将大家带到旁边休息一下，先发给每人一份干粮，万万不能让乡亲们饿着。"

"好！放心！我一定办好．"这个黄福寿虽然年纪比阿光大了一些。但自从那次不打不相识之后，又经过近一年的相处，对阿光一方面是崇拜得五体投地；另一方面，他有自己的小九九。因此，任何时候阿光交代他办的事，他都是满口答应，而且总是想办法办得滴水不漏。现在听到阿光的安排便指了身边的阿六说："快按照阿光哥的意见办，要快！"

"好！我马上办。"那阿六却像个应声虫，听了黄福寿的话，像得了个圣旨，屁颠屁颠地去办了。

这次北上拓荒黄福寿非但自己成了阿光的忠实追随着，还在村里挑选了二十二个最能干的后生。现在，又收拢了二十八个刚从家乡渡东的乡亲，连同阿发、福寿和阿光自己足足有五十三个人的队伍，走起路来，虽然称不上浩浩荡荡。但，确实有番气势。

"你这位阿叔，尊姓大名。"看着福寿和阿发将来人安排妥当，阿光看见那位四十开外的中年人便笑笑向前问道。

"啊！老板，我们庄户人家，免贵。姓林，叫水土。"中年人便回答说。

"噢，水土叔，以后别叫我老板了，就叫我阿光吧！你府上？"

"阿光？好！好！好！我们是漳州府海澄人士，听说渡东好赚钱便赶来凑热闹。但庄户人家没上学，没文化，以后请阿光老板多照顾一些。"林水土看着阿光没有一点老板的样子，穿的跟大家一样，粗布衣、免裆裤，有说有笑，没有一点架子，自然没有一点惧怕和陌生。

"这样行吗？水土叔，你带来的这二十八个人，还是由你领着头，包括现在旅途的食物分配和以后的垦荒，你把这些人带好、管好，当然还要照顾好。有什么困难可以找阿发、福寿兄，也可以直接来找我说。"阿光像后辈一样，跟林水土交代了今后的注意事项。

"好！好！好！这样好。"林水土也是老实人一个，他很感激地回答阿光的交代，头不停地点着。

阿光带着这一拨人经过半个多月的跋涉，终于到达了竹桥平原。

那是一个中午时分。

当大家登上山包往前看时，几天来，长途奔波的劳累立即烟消云散。他们站着的山包大约几十丈高的海拔，站在那里往外望去，眼前呈现的是一派广阔的平原，就像漳州那平原一样。这平原上没有房屋，没有牛羊，更没有人影，只有绿茵茵的一片草地，一眼望去碧绿、碧绿。天上却有许多白鹭在飞翔，地上则有一群群的鹭群在觅食。在阳光的映衬下，还能偶尔看见这绿草中间有些闪光的东西反射着太阳的光辉。不用问，那便是水，那便是流淌在这绿草丛中的水流。是这些潺潺流水保持了这块平原的湿润，让这些绿草一年四季常青常绿。

这碧绿的平原旁边却是一座座山峦。这山峦层层叠叠，那最高的山上偶尔有一丝袅袅的炊烟。可以肯定，那山上便是简老板说的少数民族的平埔族人的山寨。这块环山围抱的平原，就像母亲拥抱着孩子，那么舒坦，那么安宁，那么宁静……

阿光转过身，认真地看那山峦叠翠的群山，除住人的那座山峰外，其他山体尽管一座连着一座，但都只有几十丈高的海拔。而且，那每座山上植被都保护得很好，各种大树、小树长得密密麻麻，把每座山的山体掩盖得严严实实。再看那主峰山头上一股不小的瀑布从天而降。尽管离得远，难以测定那山泉有多大水量的水。但可以肯定，光那股山泉足以养育这块土地的人，养育这块土地上的一草一木。

"阿光哥，怎么办？我们选什么地方安营扎寨？"阿发看见阿光已经被这迷人的景色深深地吸引住了，便询问怎么安排落脚点问题。

"大家看一看，选个避风向阳、风水比较好的地方吧！"阿光看看大家。同时抬起头向周围看了看。此时，一只喜鹊从头顶飞过，落在他们站立的小山包的一棵树枝上，站立枝头"喳、喳、喳"地叫个不停，再看脚下，是一片不小的开阔地，搭个十间八间工棚没问题。于是心中不免大喜，"你们听，喜鹊登枝，喜事临门。我们就选择在这里安家吧。"

"选在这里？"阿发补充问了一句。

"对！今晚随便，明天开始，先花几天搭工棚。你们看，这里到山包下，最多几十丈远，那里有一汪清水，正可为我们食宿提供用水。"阿光一阵兴奋。

"好！就这么定了。"黄福寿手一挥，他话音刚落，那帮手下便紧张地忙碌起来。

夜幕降临了。
一抹月亮照在这山包上，
照在这山包的开阔地。

经过长途奔波的兄弟们已经进入了梦乡，这一片开阔地没遮没拦，已疲惫不堪的乡亲们或用衣服将自己的脑袋遮住，或干脆折了几棵树枝往头上一遮。因为，乡间的人们都知道，秋后的雾很浓，山上的雾很邪，脑袋一定要保护好。否则，很容易得病。

在这乡间拓荒，缺医少药，身体无论如何得保护好呀！

夜渐渐地深了。

这本来宁静的小山包今天却多了一种声响，那就是五十几个男人的轻重不一、杂乱无章的呼噜声。

这声音高低不一，此起彼伏。

阿光没有睡意，他坐到离乡亲们睡觉十余丈远的高地上，静静地坐着，他在欣赏着这竹桥平原幽静而美丽，富饶而充满神奇的夜色。看着头顶上的星星，看着那秋天的月色，他的内心却像一只展翅飞翔的小鸟。他在想念阿叔、师傅，想念海英，想念那一时想不通还留在南投的兄弟阿海……同时，他看了看东倒西歪、蜷缩一团已经入睡的这帮兄弟，想到明天，将迎接不可预料的困难，他越想越兴奋，越想越没睡意。

"阿光哥，你怎么不睡啊？"突然，他身后响起了阿发的声音，跟着他的还有黄福寿。

"你们怎么也不睡？"看到兄弟走过来，阿光指了指身边的位置，叫他们坐下。

"布谷！布谷！布谷！布谷。"正当阿发和福寿坐下，那山上突然响起了布谷鸟的叫唤声，一声接一声，划破了这群山的宁静，回荡在这平原当中。

"哦！现在是秋天了，这布谷鸟不是春天才叫的吗？"阿发听见布谷鸟的叫声，觉得有一些奇怪。

"是啊！我听到的也是这种情况呀。"黄福寿也在附和。

"这布谷鸟是一年四季都会叫的，我以前在庙里听师傅说过。可是，由于各种人对布谷鸟的理解角度不一样，所以，内容也不一样。比如，开春了，庄户人家听了这种鸟的叫声，便理解为'布谷！布谷！'于是便预示春天来了，要开始春耕了，要播种了；而大户人家，则不大相同了，听到这布谷鸟的叫声，便理解为'提壶、提壶，'便想起来应招呼朋友提壶喝酒了。现在，我们呢，从南到北来拓荒，要创业，要争取时间。因为，过了春节便是雨季，雨季自然就不好垦荒了。现在，这布谷鸟便是在催促我们'不误、不误'说：我们要抓紧时间赶快干活。"不知道阿光讲的是真还是假，但他先声明是从他老和尚师父那听来的，带有相对的权威性，足足让阿发和福寿心悦诚服。

三个人面对面，漫无主题，漫无目的地畅谈着。突然，一声蟋蟀的声音传入了耳边。阿发正当站起身来看个究竟，阿光用手比画了一个姿势，三个人便停住说话，趴在树丛中，认真观察周边的情况。因为，初来乍到，他们不了解这一带的情况，保持必要的警惕性非常重要。

三个人趴在地上，一动不动。

那山上的花蚊子可能平时都是吃素的，今晚送来那么多荤的，也不失时机，争先恐后，如饿虎扑狼一样，接二连三凶猛地朝他们攻击。

一个黑影，两个黑影，三个黑影……阿光用眼光看着一共十一个黑影从密林里蜂拥而出，朝他们的宿营地扑来。

"糟糕，这里山上的平埔族人趁我们脚跟没站稳来袭击我们了……"阿光他们心中暗暗叫苦，那个黄福寿想爬起来，冲上去都被阿光用手死死摁住了。

"稍等，我们不能先动手。"阿光尽管心里很着急，再次制止福寿的行为。

这十几条黑影穿着少数民族的服装，从他们眼前鱼贯而过，走近了，借着月光似乎看见他们的脸上一个个都涂着彩妆。他们看见兄弟们一个个横七竖八躺在地上，手拿刀枪棒棍正要杀过来。说时迟，那时快，阿光一跃而起，他那矫健的身影像幽灵一样在这黑影中晃来晃去，他手脚并用，看似没有用多少力气，但只要被他贴近的，或一个个立马就东倒西歪，或一个个像木桩一样杵在原地。就这样，还没等阿发和黄福寿看清楚，那十余条人影已没有了声息。

"喂！你们哪里来的，为什么要杀我们？"黄福寿走近一个杵在那的人，用手拍了拍那人的脸颊，可是那个人一动不动，没有任何的反应。

"阿光，怎么回事？都死了吗？"黄福寿转过身百思不得其解。

"福寿哥，别管他们，他们都被我点穴了，待天亮后，我才给他们解穴。现在，我们睡个安稳觉吧，离天亮应该还有一两个时辰。"阿光不慌不忙，将双手反垫在脑门下，平静地躺下休息。

树上的鸟儿开始"吱吱喳喳"地叫唤起来，天亮了。

庄户出身的人们都起得很早。当他们睁开眼睛，发现站在自己身旁的一个个脸上涂着彩妆，身上穿着少数民族衣服的人，一动不动地杵在那里，都大吃一惊。大家你看着我，我看着你，一个个面面相觑，不知道昨晚当他们已经熟睡时这里到底发生了什么事。

林水土最紧张了，他一边踉踉跄跄地跑着，一边语无伦次地喊着："阿光老板，阿光老板……"

"水土叔，出了什么事？"被林水土一叫，阿光正在做好梦，梦中正梦见自己与海英在山坡上拥抱，正在兴奋和愉快当中，却被吵醒了，他揉了揉惺忪的眼睛，有些不快地看了看阿叔。

"你们看，那里有怪人，十几个……"林水土浑身哆嗦，讲话也不甚流利。

"噢！别急，我去看看。"阿光说罢，轻轻推了推身边还在酣睡的阿发和福寿，从容自若地站起来，走进那已经被点穴、形若僵尸的人身边，用手轻轻地在他身上拍了拍。你说怪不怪，就那么轻轻一下，那人便立即僵尸复活了。

"你为什么要暗杀我们？"阿光脸无怒色，他想看看这位复活僵尸的脸色，他那满脸涂着浓浓的彩妆，很难看得清楚他的真面目。于是，用极为平静又心平气和的口气问了一声。因为，从刚才帮这人解穴的那一刹那，阿光的手触及这人肌肤的瞬间，感到这手中有些异样的感觉。因为，男人的肩膀肉很结实，而面前站着的人似乎没有那种感觉。至于什么感觉，阿光也很难表达清楚。

"哼……"那人立马换了一副不屑一顾的样子。可是，恰恰这一"哼"，更让阿光生起疑虑，尽管那彩妆涂得非常厚实，尽管在阿光看他时，他故意低下头。可是，在阿光故意虚晃一枪将头摆开，却又迅速转回来的瞬间，阿光看清他那投来热辣辣的一瞥，这一瞥，尽管是那么短暂，可是正与阿光正对着，男人都有一种感觉，那就是那么多情，那么热辣。

"我们是朝廷派来帮助你们的，帮助你们发展经济，保护你们不受海盗的侵害。你回去后告诉酋长，我们是朋友，是兄弟。杀了我们，谁来保护你们呀？"两次目光相遇，阿光心里似乎有了几分数。但仍没有百分之百的把握。但那多情的眼光却让他留下了难忘与深刻的记忆。

"你……"那少数民族的神兵似乎故意把一双眼睛瞪得比牛眼还圆。但，又似乎怕露馅，停止了挣扎。

"听见了，以后别再来骚扰我们。否则，我再点你们的穴，而且，不给你们解。"阿光说完，又依次将那十几个人的穴一一解开了。然后，又一一重复了刚才的话，让他们回去。

被解穴的那十几个人，好像被捡了一条命似的，拔腿往山上跑去。

"哈！哈！哈！"人群中爆发了一阵欢快的笑声。

"阿光老板功夫如此了得，真让我们大开眼界呀。"不知谁说了一句。

"是啊，他一个人便制服了这一帮番鬼。"

"跟了这样的老板，我们便再安全不过了。"

……

大家你一言，我一语，小山包上的空气异常活跃，个个兄弟喜形于色，有点忘乎所以起来。

# 第十五章

# 十人一结，十结一围

平铺族的那些神兵走了。

阿光不失礼数一路相送到三岔路口，末了还彬彬有礼地拱手向他们道了一声"平安，保重。"

那些昨晚如狼似虎的汉子，此时一个个耷拉着脑袋，头也不回地走了。唯独刚刚与阿光对视良久的那位，却走一步三回头，几次回头，他那疑惑不解的眼光不时地看着阿光那一脸洋溢着友善的笑容，慢慢地朝那山寨走去。

"对那些手下败将何必那么恭敬。阿光！"黄福寿见阿光这样礼让，露出一丝不解。

"是啊！阿光哥。"阿发也有同感。

此时的阿光脸上却非常严峻，简宏顺老板说的话没有错。这一个平原如此肥沃而且水源充沛，之所以至今未开发，就是山上少数民族的阻拦。自己来了，第一回合尽管侥幸取胜了，但绝不表明，以后每次都能取胜。我们在明处，他们在暗处，他们是坐山虎，我们是来山虎；硬打硬斗绝不是他们的对手。况且，他们在这里是世代居住，是我们破坏了他们的宁静，影响了他们的生活，我们理亏在先呀！

"阿光哥！你又在想什么呀？"阿发见阿光站在那里一言不发，知道他又在考虑更深层次的问题，便好奇地问了一声。

"我在考虑，应该抽时间，先去拜访山上的乡亲。我们都要讲道理，讲礼数，取得人家的理解和支持，和气才能生财。"阿光口气十分坚定，停顿了一会儿似有感悟："另外，我们的宿营地应该作一调整。在这山包尽管风景不错，绿树环抱，却暴露无遗，如再碰到昨晚这样的情形，肯定会吃大亏的。"

"怎么办？"黄福寿是昨天晚上那可怕一幕的见证者。尽管这事情已经过去了，如果不是他们三个人正在聊天，突然发现情况；如果不是阿光有了不得的拳脚功夫，其结果将不堪设想，这少数民族的慓悍和疯狂让他不寒而栗，他也觉察到阿光心中的疑虑，睁着一双焦虑的眼光。

"阿发，我们研究一下吧。"阿光一贯很冷静，此时有了昨天晚上的经历，他更感到摆在自己面前的事情甚多，但轻重缓急自己必须听取大家的意见，把握分寸，集思广益。是啊！要处理好与少数民族的关系，要将定居点确定下来；还要组织这些庄户人家安营扎寨；要努力组织好，进行开荒……万事开头难啊，一开头千头万绪，哪件都很急，哪一样都很重要，哪一件都要准确把握，不能有丝毫的差错。

"阿光哥，什么事情那么着急。"阿发也正为昨晚的事着急，他希望自己能多为阿光分点忧愁，刚才到人群中去走了一下。听到阿光一叫，便快步走过来。

"坐下吧！"阿光自己先坐在山坡上，"昨晚平埔族人被我点了穴，现在虽然解了穴，让他们回去了。可以肯定，今后这事情没有那么快完。我们面临的事情很多，除赶快想办法去拜访平铺族酋长，取得他们的支持外；还要赶快确定定居点，从昨晚看，在这山包上不安全；另外，还要将这一块地做好规划，组织大家上工，不然这么多人闲着，无事可干，必然坐吃山空，还免不了出乱子。"

"我刚才跟大家商量一下。认为，定居点应放在这竹桥平原中间，你们看那里有一条河流从中穿过。虽然现在只有几十个人，可开发起来，可能会有几百人，甚至上千个人，在那安居比较合适。"阿发指了指前方几里路远的地方。

"拜访平铺族酋长，我陪你去，尽管我跟你比，充其量只能是花拳绣腿，但总算还能抵挡一阵。"黄福寿真诚地说道。

"我们去是交朋友，而不是去打架。当然，不能指望去一次就能化解矛盾。"阿光看了看自己身边的兄弟说："走，我们到那个点看一下。"

一拨人纷纷拎起随身携带的那些简单行李，朝那二三里的路的平原中心走去。经过昨晚一场惊魂，今天人群中的说笑声少了许多。大家对这种神秘而美丽的平原既有一种向往，又有一丝恐惧。因为，今早当大家睁开眼睛看着那杵在地上身着奇装异服，脸涂彩妆的人时，一个个吓出一身冷汗，都为自己生命的安危而担忧。因此，当听说将定居点定在平原中央，大家都有同感，都表示赞同。现在离开这小山包的密林犹如离开狼窝，离开虎口一般的兴奋。

这平原土质真是肥沃到极点，松软的土质，黑黝黝的，茂密的青草一茬烂了又接着长一茬，形成一层又一层的腐殖质，一脚踩下去，陷了一个个明显的脚窝。"这样肥沃的土地，闭着眼睛随便种上一颗苗也一定能大丰收。"队伍中不知谁嘀咕了一下。

"这山蛮，自己不去开荒，又不让人来开荒，为的是哪般呀？"又有人在议论。

"别管他们，我们开我们的荒，他们敢再来骚扰，打死他们，直打到他们断子绝孙不可。"那一帮年轻人，年轻气盛，火气很足，真有一点天不怕，地不怕的感觉。

……

三里多路程，也没消耗多少时间。

现在，阿光领着大家此时已经伫立在这宽阔的平原中央。大家贪婪地吸取着那带着腐殖质，又带着绿草芳香气息的平原，真有点心旷神怡。

离他们不足半里路的地方，从那平铺寨流下的山泉水形成一条清澈的小河，静静地在那平原上流淌着，河床不深，水流也不急，一条条叫不上名字的鱼儿有巴掌大小的，也有拇指大小的在这里尽情欢快地畅游着。如果不担心平埔族人来袭扰。这，绝对是一处举世无双的人间仙境。

"阿发、福寿，就定在这里吧！"阿光站在人群中间，轻轻地舒展了一下身子，顿时感到一阵的轻松。"这里留足土地，现在先搭工棚，等这个平原开发成型后，我们在这里建一座新城，我们便成为这座新城的开基始祖，在这里世代养育着子孙后代……"阿光满脸通红，对前景充满着信心，回过头："阿发，你负责组织搭建工棚；福寿，你是负责规划垦荒。工棚搭完，先安居，后乐业，大家马上行动吧。"

"好！"阿发、福寿手一招，那五十多名壮汉便一拥而上，在各自的领头人的带领下，投入了搭建工棚的工作。

再说留在南投没有随阿光同行的阿海，看见阿光走后，心里却是空荡荡的，他白天无所视事，晚上彻夜难眠，那用木板搭起来的临时床铺，每翻一个身总是发出"吱吱呀呀"的声响，而这声响又使他更加心烦意乱。

三兄弟，走了二兄弟，自己一个人留下来无非是一种折腾。现在，阿光他们已经走了九天时间了，他在九个日日夜夜都是在坐卧难寝中度过的，越这样，越是焦虑不安。

今天，他反正睡不着，他早早起床跑到那小山包上发起呆来，这一切都未能逃得出阿叔和屠户的眼睛，二位老人心里也挺急，但他们对阿海的性格了解比较透。这家伙属牛的，如果他没有想通。想用九头牛来拉都没有那么容易回头。既然如此，那就让他冷却几天，等有了回心转意时再说吧。因此，此时当阿叔看着阿海坐在山包上，那痴痴的眼神看着阿光出发的路子发呆时，便感觉到这后生应该有所感悟了，便扯了扯屠记的袖子："我们去跟阿海聊聊吧。"

"嗯，应该是够火候了。"屠户心领神会，便和魏永富一起走近阿海。

"阿海，你在想什么？"魏永富用长辈的口吻关切地说。

"我！我……阿叔，我有些后悔。"阿海也不想隐瞒此时的悔意。

"后悔什么？"屠户用眼光紧盯着他。

"我不该留下来，而应该与阿光哥一道走，去帮阿光哥一臂之力。"

"既然这样，何必那么痛苦呀？马上出发，赶上去便是了。"屠户用温和的眼光鼓励他。

"现在就去？"阿海有些吃惊，他抬起头看见两位长辈鼓励的眼光。

"对！越快越好，追上他们，因为，万事开头难，阿光这个时候工作千头万绪，最需要兄弟的力量来帮助他。"阿叔点了点头。

"那……"阿海还是迟疑了一会，看着阿叔和屠户，"我马上走吧！"

那晚平铺族派了十几个年轻彩妆的神兵袭击阿光他们那支拓荒队伍。应该说，这十几个人都是山寨当中功夫最了不得的汉子了，酋长阿力凡原以为都能像以前一样，班师回朝。想不到，待到被派出去的人回来一相告，说这帮人有神仙保护，功夫十分了得，其神力无人可以抵挡。听着他们的话，让阿力凡着实吃惊不小。

阿力凡看看十个后生，尽管毛发无损，但被点过穴的部位都有一块发紫的痕迹，他曾在早期听人讲过大陆那边有高手会点穴，只要这么轻轻一点，再强悍的人都会变成木头一根。现在，百闻不如一见，他实打实看到了这么神通广大的功夫。"这一定是哪路神仙庇护着他，才有如此法力无边的功夫。"阿力凡在心里默默地想。

思考了几天，越想越复杂，越想越没头绪。因此，他只好叫寨里的祭司开堂拜神，祈求神仙菩萨的保佑。

"阿爸！那帮汉人真是个个武功盖世，他们在云端飞来飞去，像幽灵一般，我们几个人一到，连反映都来不及，就那么被他手指稍微一点，便失去知觉像木头一般，尤其是那个被称为老板的后生仔，神力无边。"阿力凡正想找祭司开堂开祭，他的耳边传来了女儿山花的声音。

这是他惟一的女儿，在山寨里是众所周知的假小子，她年方十八，尽管是女儿身，由于父亲是酋长，又是百般宠爱，可是非常任性，生就一副天不怕，地不怕的性格。

"你没见过，怎么知道的？"女儿的话，让酋长非常警惕，昨晚就派了十个后生去，莫非这个宝贝也跟着去？不然，怎么会如此有鼻子、有眉毛地说了一通。

"听说的……"山花自知自己说漏了嘴，酋长猜得没有错，昨晚他只派了十个人，便有一个女扮男装的山花，她亲历了昨晚惊险的一幕，感受了被点穴的惊魂之夜。

"听说的？有那么具体。"阿力凡目光如炬，他知道女儿在说谎。

"阿爸，您别那么凶好不好？"山花自知自己的一切逃不过父亲的眼睛，何况刚才自己还说漏了嘴。

"你呀！能捡回一条命回来就算烧高香呐。"阿力凡心里很不是滋味。自己与族人在这山间世代居住，繁衍生息，以前有人来拓荒，只要他派这些青年下去吓一次，他们便落荒而逃。而现在，自己和族人没有得罪哪路神仙呀？却来了这样的一拨人，功力盖世，自己的人员倒是落荒而逃。这还不算，你看，才几天的功夫，那竹桥平原不但已经搭了十几栋工棚，还拓出了好几甲土地。再这样下去，还了得呀！

"我愧对列祖列宗呀！"阿力凡有些痛苦地叹息着说。

"酋长，升堂拜神仙菩萨，我们主要是要请哪路神仙呀？"正当阿力凡与山花商量没有丝毫的思路时，祭司进门来，确保请哪路神仙的保佑。因为，他听说，这支汉子已经有神仙保佑，那平铺寨要请就得考虑请一路更神通广大的神仙，才能镇得住他们，才能取得胜利。

"这种事还问我吗？哪路神仙灵，就请哪路。"阿力凡心烦意乱，没有好的心情。

"是的！酋长，我去办。"祭司的内心也在暗暗着急，这竹桥平原列祖列宗都保存得好好的。现在，自己派出去的神兵竟然会被打得落荒而逃。要知道，昨晚出征前，自己还虔诚地一跪三叩头，祈求各路神仙保佑，这么多路神仙，难道昨晚都全部打瞌睡了不成？

不管酋长和祭司怎么想，反正他们面对这拨汉人的到来，是哪路神仙保佑？猜，猜不着；想，想不清；吃，吃不好；睡，睡不香。

"酋长，"正当酋长阿力凡和祭司六神无主的时候，一个神兵匆匆报告："寨外有一个自称是阿光的年轻小伙子带着两个人，要进寨拜访。"

"拜访？几个人？"阿力凡有些吃惊，昨天晚上点我们穴，今天还敢来拜访？这神仙呀，莫非专门保佑外乡人呐？

"是，总共有三个人。"神兵紧张得一边说，一边擦着额头的汗水。

"在什么地方？"阿力凡又追问一句。

"在外寨门。"部兵补充一句。

"有带武器吗？"

"没，赤手空拳。"

"真是奇了怪了，赤手空拳，敢进山寨门？"阿力凡不禁怒火燃烧，"叫神兵队全体出动，万箭齐发，打出寨门，看他哪路神仙可以保佑！"

"是！"神兵领了命令匆匆出了门。

顷刻间，这平铺族山寨想起了号角声，那些平时被族人引以自豪的，称之为骁勇善战的神兵手持弓箭、大刀、长矛从各个角落向外寨门口涌去。

而此时，待在山寨门外的阿光、阿发和黄祝寿，正翘首以待，还以为那神兵进寨通报后，会有一个好消息，尽管他不指望这次拜访便能轻松进入寨门与酋长促膝详谈，但按照礼数规矩，最起码不会有什么危险和意外。

就这样，他们选择了一个有利的地形，可看，可防，可守之后，便按捺不住焦急的心情等候那报信的神兵能带来积极的消息。

可是，时辰一个一个过去了，没有任何音讯。突然，山寨里号角声，接着看到各山寨的神兵匆匆结集，阿光觉得大势不好，便叮嘱旁边的两位兄弟做好防护，以防不测。

果不其然，又过了将近半个时辰之后，那些神兵各就各位之后，来了一个像领头的神兵，嘴巴唧唧咕咕说了一些什么，接着一阵箭雨向阿光他们站立的地方倾泻而来。

"当心。"阿光眼疾手快，一把压住左右两个兄弟，将身子隐匿在一块山岩之下，这时，那箭如蝗虫一样呼啸而来，在他们的藏身的岩石四周乱射，溅起的尘土和败叶在他们身边旋转着，飘拂着。

"干妮姥的！番鬼。"阿发狠狠地骂了一句，将拳头捏得咯咯作响。

"我冲上去，抓一个神兵捏死他。"福寿那火爆脾气也上来了，他正准备往上冲去。

"别动！现在的问题是如何保护好自己，这样的情形冲上去一个，便死一个。"阿光左右观察情形，他心里在想，目前的形势对自己非常不利，现在关键的问题是如何认准时机，利用他们换箭的机会赶快撤离，等回去后再想新的办法。

终于经过一阵狂风暴雨般的乱箭飞舞暂时停了下来，"撤！快！"阿光抓住这一空当，拉了拉身边兄弟的手，迅速离开了平铺族外寨门，飞一样地向山下奔去。

他们顾不得那坎坷突兀的乱石；

他们顾不得那盘旋曲折的羊肠小道；

他们也顾不得在头顶上盘缠的各种荆棘野藤，不顾一切地往山下跑。

他们记得非常清楚，保护好自己，留得青山在，不怕没柴烧。这平埔族人的工作要用细火慢慢攻。

风在耳边呼呼作响；

山寨神兵在身后呐喊；

箭还在他们四处乱飞；

棘刺把他们的脸划出一道通红的血痕；

他们三个人全然顾不得，相互照应，活像要逃出地狱，逃出牢笼，逃出魔爪的人一样。

经过半个小时的狂奔，

他们上气不接下气地回到了工棚，回到了兄弟们之间。

可是，他们还没坐定，来不及喘一口气，也来不及喝上一口山泉水。突然，那林水土急冲冲地进门报告："阿光老板，那山上来了一大拨人。"

"来了一大拨人？"阿光听着，不知所措，紧张得从凳子上跳了起来。他以为，那平埔族人追上来了，如果这样难免要迎接一场恶斗。

"多少人？"阿光叫住林水土问。

"一百多人，可能还更多。总之，黑压压朝我们来了。"林水土紧张地喘着粗气。

"阿发，福寿召集大家，拿起工具准备迎战。"听了林水土的脑海瞬间浮现起这批人是冲自己而来的。既然来了便是来者不善，便要有应对之策。

五十三个人，五十三条汉子，大家拿起工具，迅速占领有利地形。阿光作为老板，却从来没见过这种阵仗，他边指挥兄弟，边叮嘱大家如何保护自己，来回奔跑，来回叮嘱，直累得汗流浃背。

　　那阿发和黄福寿也在大声叫着、喊着，想尽快组织力量，抵御平埔族人的袭扰。可是，一切都是那样无力。这些平时大话连篇，气壮如牛的庄户人家，现在看到那山包下出现一百多号人，早已吓得东奔西跑了，叫也不听，指挥也指挥不灵，活像一群无头苍蝇一样。

　　阿光正有点束手无策，却见好几个小青年蹲在工棚内不停地发抖，不要说去应战，连站起来的力气都没有，甚至吓得连句话也讲不清楚了。

　　"完了！完了。"黄福寿着急的两个眼珠通红通红的。那黑压压的一百多人呀，我们总算全才五十三号人，虽然阿光功夫了得，但那一群熊包，吓得尿了裤子。还不是砧板上的一块肉，任那番蛮宰割呀。他很气，很着急。"叭"的一声，将身上的衣服脱了下来，狠狠地丢在地上，大喊一声"阿光，你多保重，我黄福寿跟这番蛮拼了。"那声音是那么悲壮，惊天动地，听了着实让人感到为之动容。

　　"福寿兄……"阿光想制止黄福寿，可是他早拿着一根粗木棍冲出去了，便大吼一声："兄弟们，冲啊……"

　　"冲啊！"阿光这一声大吼，唤醒了众兄弟，也唤醒了吓得浑身发抖的那些庄户人家。老板都上去了，谁还敢畏缩不前。因此，五十三个人各自操起棍棒，呼呼啦啦一拥而上，个个都使尽浑身力气，仿佛一定要把来人杀得血流成河才罢休。

　　"阿光哥……"正当大家奋不顾身冲向来人的时候，戏剧性的情节出现了，那山包上冲下来的领头人居然是阿海，当他看到工棚里拥出一帮人马，个个手挥棍棒也吃惊不小，正着急得不知如何是好，却见阿光大吼一声，想必是一场误会，便大声呼喊起来。

　　阿海这一喊，让阿光马上止住了脚步。他停下脚步，把眼睛擦了好几遍，发现那领着一拨人马赶来的是自己日思夜想的兄弟阿海时，顾不了许多，大喊一声，"阿……海……"

　　"阿……光……哥。"阿海也在大声呼喊着。

两兄弟冲上来紧紧地拥抱着，互相捶打着对方的肩膀，这分别不到一个月，却恍如隔世。

随行两兄弟犹如两军大会师，一起欢腾雀跃着……

"阿光哥……"阿海紧紧抱住阿光哽咽着，忍不住哭出声来。

"阿海，别哭了，一切都过去了。你看，我们不是团聚了吗？"阿光的泪也在眼眶里打转着，但他坚强地忍耐着，不让它掉下来。突然，他想起了一件事便对阿海说："你是怎么追到这边来的，怎么带上这么多人呀？"

"阿光哥、阿发、福寿，我一路追，一路问。路上又一直想，这里搞这么大工程的垦荒一定需要人，正好遇上这批泉州府渡东的乡亲，便将他们带来了。"阿海破涕为笑，就像自己做了一件大好事。

"阿海，你真了不起呀。你看开发这么大面积的平原要多少人呀。你可是立了大功了。"阿发高兴地说。

"阿海，这总共有多少人呀？"福寿也问。

"一共一百五十九个人。"阿海很兴奋。

"好！现在我们已经有两百多个人哪。阿发，阿海，福寿，从这几天的情况来看，加强我们这些兄弟的组织管理非常重要。"阿光想到刚才那一盘散沙的样子，不觉得一阵后怕，如果真遇上强敌，必死无疑。老天保佑，保生大帝保佑，刚刚来的是阿海，否则，后果不堪设想。

"怎么组织呀？阿光哥？"阿发问，"你说，我来办。"

"好！这一路我一直考虑，要建一个乡勇团。这个团白天、晚上负责保护我们这些兄弟的安全。这个任务交给福寿兄。"阿光沉思了一下，指着黄福寿，接着说："你当团总，选十个功夫最好，身体最棒的当团丁，日夜站岗放哨，防范一切可能的袭扰。以后，如果人数增加，你这里的人再加强。"

"好！阿光，你放心。"福寿应了一声带着阿六开始去挑选人员了。

"其他人负责垦荒。"阿光看了看阿发和阿海，"这些兄弟十人一结，十结一围。每结选一个结长，每十结一个围长。现在人数较少暂定二围，你们各当一个围长。"

"阿光哥！你放心。"阿发、阿海很兴奋。

"告诉大家，全力开发。可以每开发一甲，预发一分工钱，年终总算；也可以用劳动工钱日后折算抵折土地。到以后，让每个兄弟们都有一份属于自己的土地，每家每户都有几甲田。不过，现在食宿费用归我们支付。"阿光讲得很顺畅，讲得很具体，让在场的二百号兄弟都非常激动。

　　"感谢，感谢阿光老板。"大家都纷纷下跪叩头，表达感谢之情。

　　"请起，请起。乡里乡亲不必客气。只要大家尽力，多贡献，以后则多分一甲田。"

　　"好……"二百多号兄弟高兴万分，欢腾雀跃。

第十六章…
# 一股复仇的烈火

　　自从阿光带着一帮人从竹桥平原垦荒后，酋长阿力凡便不断派出神兵进行袭扰，而每次派出去的人都是落荒而逃。可是，令他百思不得其解的是，每次跑回来的神兵几乎都是受点皮肉之伤，并无生命危险。

　　为这事，神兵士气低沉。而身为酋长的阿力凡从自己继任酋长以来，既是闻也未闻，更是绞尽脑汁想不出其中的奥秘。这一切，实在让他伤透脑筋。

　　昨夜，被这件事折腾了好一段时间彻夜未眠的阿力凡，一反往常早睡早起的习惯，今天早上太阳升了一丈多高了才擦了擦惺忪的眼睛，连伸了几个懒腰才从床上爬起来。

　　酋长的宅子自然是整个平埔族山寨当中占据地风水最佳的位置。这栋坐落在山寨中间，又对山下那一马平川的竹桥平原，山下一举一动都能一览无余的小楼，只要坐在门口，只要没有山雾，那一切尽可收到眼底之中。阿力凡连早餐都没来得及用，便走出门外想看看山下那里的动静。

　　"奇了，怪了。"阿力凡不看不知道，一看吓一跳，不过几个月的光景，山下那拨人已经建了近百栋木楼，开垦了近千甲的耕田。更重要的是来的时候只有几十号人，现在已接近六、七百之众。

"到底哪路神仙菩萨在保佑他们哪？"他心里有些焦急，这件事如果再不阻止，再过半年，谁都没有阻止他发展的能力呐。

"阿爸。"正当阿力凡在苦苦思索应对之策的时候，一阵银铃般的声音传进了耳朵。阿力凡没有回头，因为，不用看都知道，那是他那宝贝女儿山花。

"阿爸……"见到阿力凡没有答应。山花故意放轻脚步，直到走近父亲身后才突然一跺脚大声叫了一下。

"哎呀，姑娘家文静一些好吗？"阿力凡没有好心情，用眼睛狠狠瞪了一下女儿。

"阿爸，别那么凶好吗？"看见父亲用眼光教训自己，山花扭了一下身子，撒娇地说："人家是看见你心情不好，想给你出出主意来的，还那么不识好。"

"哟，宝贝女儿，你还会出主意？别添乱就好了。"阿力凡最见不得女儿撒娇了。看到她撅起嘴巴便立马改变了一下容颜。

"阿爸，我想干脆派人下去跟那些领头的谈判。我们也参与垦荒，等垦荒成功，我们全寨一起搬到上下去居住算了。"山花振振有词。

"放肆，这山寨是老祖宗交给你阿爸管理的，那山下也是老祖宗交给你阿爸管辖的，还能跟人谈判？"阿力凡不觉一股怒气，于是加重了语气，"哼"了一声。

"对，酋长说得对。这山上山下都是我们平埔族人的，绝不容许外人踩进一脚。"正当阿力凡和女儿在对话的时候，他们身后传来了一个青年人的声音。阿力凡对山寨里的每一个人都非常熟悉。这个便是山寨里祭司的儿子叫阿山高，这青年后生，身材高大，黑糊糊的，身上长着一身结实的肉疙瘩。他现在是寨子里神兵队的队长，几次去袭扰山下，却是败仗而归。

"癫蛤蟆假硬气——逞强。"山花听了阿山高的话，被父亲挨骂的怨气便被点燃起来，正好朝这冤鬼发了出去，"有能耐，不要被人轻轻一点便像一头死猪，杵死在那一动不动，有本事不要被人一打，抱头鼠窜；有本事……"山花口不积德，净挑一些让这神兵队队长最难堪的话语刺激他。可是，话还没说完，就被阿爸狠狠地瞪了一下。因为，阿力凡了解阿山高这小伙子是寨子里最优秀的青年，之所以这样，这阿山高特别动情于山花，有事没事总会过来站站，他是很相信阿山高的忠诚与功力，只是这次不知道碰上什么样的人，竟然有如此神功而已。

"你就不能少说一句话吗？叽叽喳喳，吵得我脑袋都昏昏沉沉的。"看到山花被眼睛瞪了一下还不服气，阿力凡补充了一句。然后，转过身问了一句阿山高："山下汉人如此强大，而且发展势头之猛，你们神兵队难道就没有办法了吗？"

"老爷，昨天晚上我们商量了一下，决心再出击几次，非把他们赶出竹桥平原。"阿山高信心百倍。

"我们不能做不肖子孙呀！列祖列宗把这块平原交给我们，不要说发展，连守都守不住，惭愧呀。"阿力凡尽管看到阿山高信誓旦旦。但，这一段时间山上山下的几次较量，他已经感到预计要取胜山下的汉人，心存忧虑。

"不会的，不会让祖宗失望的。"阿山高看到酋长心情如此沉重，深感责任重大，他上前一步孝顺地说："老爷，这山寨风大，你回家休息去吧，相信我们神兵队不会让你丢脸的。"

"好！有种，我就在这里等着你们回来给我报捷。"阿力凡说着，手一招，管家已将那毛竹制作的竹凉椅上铺上厚实的虎皮垫子，伺候酋长躺下，一边拿出点心，一边做好一壶香喷喷的高山茶。

"阿爸，神兵队又要下山啦？"阿山高走出大门，山花才从屋里出来，问了一句。

"你呀，给我安静一些好不好？"阿力凡心疼这个心肝宝贝，"你就静静地陪阿爸在这里看就行了。"

山下的情况却是另一番景象。

为了赶在春雨季节到来前，让垦荒的兄弟们能有一个安居乐业的生活、生产环境，正在将原来的茅草屋改成木屋。

因为，这半年时间，已有四百多垦荒的兄弟加入，这竹桥平原的人气立即旺了许多。那木屋已经按照阿光几个兄弟的规划在海边建成了一条街道的雏形，而那条街道两边已经拓开了二千余甲的土地。

按照"十人一结，十结一围"的组织方式，加上可以通过开拓获得自己的耕地，兄弟们垦荒的热忱空前高涨，大家起早贪黑，没日没夜。这样自然大大加快了垦荒的速度。

"阿光哥，没想到就那半年时间，垦荒速度如此神速。"阿光正在木屋里与黄福寿商量如何跟平埔族人谈判的事情。对这件事，几个兄弟显得束手无策。阿海满身泥土走进屋里，一进门便从水缸里舀了一勺泉水"咕咚、咕咚"喝个不停。

"阿海坐吧，我一直在想，工程发展如此之顺，可是与山上的谈判却一直没有进展。我心里不安啊。"阿光欠了一个身，叹了口气。

"我们也在着急，但脑袋快想破了，一直找不出办法呀。"阿发也附和了一声。

四个人屋里不停地叹息，不停地抽烟，但冥思苦想就是想不出一条良策。

"这样吧，现在垦荒的土地大约有多少了？"看到几兄弟都想不出办法，阿光换了一个话题，问身边的阿发。

"应该在二千甲左右了。"阿发应道："我们现在修水渠，争取春季时先插上水稻，不然，几百号人，都要靠买粮，不得了。纵使有钱，运都来不及。"

"有这样的顾虑很好的，阿发，现在人多，事情也多，既要开垦，修渠，还得安排明年的耕作，千头万绪。除你和阿海外，要在兄弟中挑选一些耕作能手来帮帮你们。"阿光感到有压力，他深深地吸了一口气接着说："如果条件成熟，可以鼓励这四、五百兄弟有条件的，先成为第一批租户，这样可以减轻我们的压力。"

"这一点，我们还没考虑到。"阿发细细地琢磨了片刻："如果能将第一批垦复的土地先租出去，当然最好，我们试一试吧。"

"对，你们现在已经没再当围长了，便要认真带好各个围长，再把四、五百个兄弟组织好。万万不能乱了。"阿光感到人越多，越容易乱。如果本身乱了，再加上山上的关系都还未处理好，那就乱上加乱了，到时不可收拾。因此，心里总是忧心忡忡。

"我们再来讨论与山上联系的事情吧。"黄福寿看见阿发、阿海的工作都很有成绩，而自己这一块还是没有动静，心急火燎起来。

"报告团总……"正当兄弟要研究山上联系的节骨眼上，阿六在门口喊了一声。在随着垦荒人数的剧增，再加上山上的神兵队不时袭扰，这乡勇团扩大到七十多号人，这一段时间黄福寿严格操练，而挑选的这些人当中，原来都多少有些拳脚功夫。因此，尽管山上神兵袭扰不断，但屡战屡败。

"怎么啦？"看到站在门口的团丁满头大汗，又看正巧太阳西下的时候，黄福寿立马站起来，他知道，这一报告，绝没有好消息，一定是那神兵下山了，便拿起身边的大刀和长矛要出去。

"慢点，福寿。"阿光沉思了一会："不管山上的神兵如何袭扰，我们都要尽量克制，以赶走作为目的，万万不可伤其性命。知道吗？"阿光最担心的是，如此袭扰不断，越闹结怨越深。如果有一天擦枪走火而伤及人命，那麻烦就大了。和气生财呀！这整天提心吊胆，总不是个头呀。

"怎么回事？"听了阿光的话，黄福寿问了站在门外的团丁。

"山上的神兵下山了，今天这人好像比任何一次都多。"团丁答。

"比任何一次都多？到底有多少人呀？"黄福寿没有好心情，天天袭扰，打又不能打。不然，那山寨上满打满算就五、六百个人最多，还有不少老弱病残。如果不是阿光每天交代，任何情况下都不能伤人性命。讲实话，那些人还不够打一次牙祭。说不准性子上来，让那些人连种都不能留下来。现在呢？天天跟这些番蛮捉迷藏，躲猫猫。真是有劲使不上，有力无处使。那五六十号乡勇团的小伙子，个个每天憋得满脸通红，脖子上青筋直冒，憋得不得了。

"看不清楚……"阿六被黄团总大声呵斥后，便有些慌乱地回答。

"出发！"黄福寿像个将军，将那把明晃晃的大刀举过头顶，带着团丁应战去了。

黄福寿出去还不到一炷香的功夫，那小山包脚下便响起了此起彼伏的厮杀声，这里离阿光他们居住的木屋相距不到二里远。坐在这里议事却听到不远处叮叮当当的刀枪声，让他如坐针毡。原本想与阿发、阿海商量一下包租问题，现在无论如何再也没有心情了。

"阿发、阿海，你们两兄弟赶快前去看一下，如果我们要吃亏，便组织一帮兄弟去助阵。记住，千万别伤人性命呀。"阿光的眼睛累得通红，但还不忘记反复交代他们兄弟俩。

"好！我们立即出发。"阿发，阿海抬脚就去。"你就在家里，要当心。"阿海还交代阿光一声，因为，上次他们反复了解，这山上的神兵似乎已经发现阿光是这里的老板，每次目标都是直冲他来。

"我不会有事的，你们去吧。"阿光有些忧伤，看到兄弟们与山上的神兵每日在周旋，又苦于找不到有效的处理办法。这舞刀弄棍的，今天没有伤，明天难免受伤；今天没有亡，明天不可避免会有人亡。采集好一些刀枪药，也算有一个防备。他庆幸自己好在原先学了一些医药知识，学了一些保生大帝的偏方，此时也算可以发挥一下。

想到这里，阿光的心底里轻轻地叹息着，他麻利地卷起裤脚。然后，快步走出门去。

等到阿光采集一大把草药时，黄福寿那边两军已经在厮杀得灰尘满天。虽然，乡勇团住这已经半年多，地形也了解了八九不离十。可是，山上的神兵队毕竟是坐山虎，他们地形熟悉，而且长期生活在这崇山峻岭，翻山越岭如同猴子一样敏捷。这天，也许是阿山高几次失败后又被山花当着酋长的面数落一番，憋着一股劲，大有孤注一掷的样子，出动了六十多个神兵，他们躲躲藏藏，东攻西防，逐步引诱，把黄福寿的乡勇团从平原引进山里，以便顺利用他们熟悉地势的优势，置乡勇团于被动。

当阿光赶到小山包下时，已有好几个被打伤的兄弟，鲜血淋漓地被抬了下来。阿光看在眼里，急在心头，迅速地将手里的刀枪止血药交给受伤的兄弟，抬起头看见那黄福寿早已杀红了眼。这家伙，像一头发怒的狮子，仗着自己身材高大，又有一些拳脚功夫，左右开弓，一连打伤好几个

第十六章　一股复仇的烈火

神兵后，又马不停蹄在追赶一个身材不高的神兵。

那神兵也多少有些功夫，只是身体和体力上处于劣势地位，已处于被动应付之势。

一个左冲右撞，

一个东躲西藏；

一个气势正旺，

一个疲于应付。

不要说，再这样僵持下去，那神兵坚持不了多久便会打伤，甚至必死无疑。而黄福寿看到自已兄弟被鲜血淋漓地抬下来，一股怒气正没地方发泄，便朝这神兵倾泻而去……

"不好！"阿光看见眼里急在心里，这样下去如不制止，那神兵必然成为黄福寿的刀下之鬼。可是，那小个神兵也偏偏是一个不服软的角色。尽管已处于疲于应付状态，却还声嘶力竭地一边应付，一边嘴里骂个不停。直骂得黄福寿越发火大，手中的大刀下手越发狠起来。

就在这时，情况发生了急剧性的变化。那神兵队长阿山高，看到小个子神兵被黄福寿围困得不能脱身，转过身来援助。黄福寿也非等闲之辈，他虚弄一枪，将阿山高赶得后退了几步远，转过身抢起大刀朝那小个子神兵砍了过去。

"福寿兄……"阿光看到，如果这刀下去那小个子神兵肯定没命，便大声制止。

也许是那小个子神兵命不该绝，黄福寿此时已经杀红了眼，正想一刀结束了这小个子神兵，以解心火之恨。而阿光这一声呼唤，让他稍稍愣了几秒，而这几秒钟却让这灵活的小个子神兵一个翻身，说时迟，那时快，黄福寿的大刀刀尖仅仅在那人的肩胛下边划破了一个口子，顿时鲜血从那汩汩地往外流。

阿山高看见小个子神兵负伤倒地，又撑着长矛刺了过来，黄福寿一个回身，未等阿山高缓气过来，一刀过去，那阿山高肩胛上的皮破了一块，倒在地上痛得哇哇叫。然后，顾不得身边负伤的小个子神兵，也顾不得捡起自己身边的武器，爬起身鬼哭狼嚎地边叫边没命地往山上逃去。

"还敢叫？如果不是阿光哥交代，我早就要你这条胳膊。"黄福寿正杀得起劲，已顾不得阿光的招呼，也顾不得再去理睬躺在地上的小个子神兵，一溜烟去追赶杀其他人去了。

这一次，阿光都看在眼里，他非常着急，两军相战，鲜血淋漓，令人触目惊心，他多么希望能尽快停息这一次又一次的厮杀呀。"快救他，快救那倒地的小个子神兵。"他沉思片刻，几步冲上前，顾不了许多，伏下身子，看见那小个子神兵如同一头惊慌失措的小鹿，尽管涂抹了一身浓浓的彩妆，但那惊恐的眼神，那额头上一颗颗往下淌的汗珠，那肩胛上汩汩往外流淌的鲜血，那小个子神兵痛得几乎变了形的脸庞让他顿生恻隐之心，便不顾一切地扑过去。

再说，那小个子神兵，被黄福寿的大刀划了一下肩胛，顿时疼痛难耐。看到阿山高转过身来拼死相救，结果又被黄福寿割去了肩胛皮落荒而逃。心里狠狠咒骂这个银杆腊枪头，在父亲面前一派慷慨陈词，却在战场上一副不中用。于是暗暗叫苦，深感此命休矣。现在看到阿光冲上前来，她第一次已被这人点过穴，深知这人功夫非常了得。既然他冲上来，已经没有任何生还的希望。因此，干脆闭起眼睛，静静地等死。

"死，眼睛一闭便省事了，可是，还有一个可怜的阿爸。"想到这里，这小个子神兵的痛苦内心多了一份忧虑，他痛苦地闭着眼睛，静静地等着死亡的来临。

阿光冲上前，敏捷地在这个小个子身边半跪着身子，看见鲜血不断地从肩胛处流出来，恻隐之心让他将声音变得特别柔和，尽管眼前的是与自己兄弟刚刚刀枪相见的敌人。"兄弟，忍着，别怕，我给你上刀枪药。"阿光说。

那小个子神兵自然闭着眼睛，一动而不动。

这是一个年纪很小，甚至可以说得上是稚气未脱的年轻人，因为有了上次的经历，他深知自己不是对方的对手，自然躺在那一动不动。

阿光看着这个青年人，先将随手携带的且已打成药泥的刀枪药放在身边。可是，这神兵尽管个子小，身上穿着的衣服却包扎得结结实实，似乎像那端午节的粽子一样，尽管看到那鲜血不断往外流，还真找不到包扎的

173

第十六章 一股复仇的烈火

地方。

"兄弟，你且忍耐着。"看到那神兵一动不动，阿光揪住神兵的那衣领，就在那里轻轻使了个劲，"唰"的一声响起，却让这位七尺汉子吓得目瞪口呆，让他张开的嘴巴合拢不上。

"啊！你、你、你……"阿光被眼前的一幕惊得表述不顺畅。原来，这衣服撕开，展现在他面前的是一个妙龄少女的胸部。那粉嫩而洁白的肌肤，那微微隆起的乳房，还有那粉红色的乳头，毫无遮拦地出现在他面前，这是阿光连想也未曾想到的。

怎么办？阿光的脑袋里迅速出现了个大问号。帮她重新穿上衣服，送她上山？不行。因为，该看的也看了，不该看的也看了，反正已经一览无遗了。帮她上好刀枪药，还得帮她包扎。帮一个受了伤，而且和一个姑娘家肌肤贴着肌肤地包扎……

难啊，左右为难！

阿光此生遇见的问题很多，吃的苦很多，但还没有碰到过这样的难题。他的心比任何时候都痛。因为，他的心已有归属，现在又看到一个纯洁而无辜姑娘的酮体，他深感内心的负疚，深感内心的折腾，内心痛苦的挣扎……

"别动，换药吧，我这药是保生大帝传下来的刀枪药，只要贴上去，疼痛将立马消失，过个两炷香你便可回山寨了……"阿光此时很有一点婆婆妈妈，往日那种大男人的阳刚之气似乎已经烟消云散。他的汗水从额头不断地往下流出来，他顾不得去擦一下；旁边黄福寿他们拼命厮杀声，似乎也与他毫不相关……

在伤口上贴上刀枪药，阿光想从自己身上的褂子上撕下一块布给姑娘包扎，不然她一动这药泥便会掉落。于是，他一咬牙又是"唰"的一声，也许是心慌，也许是用力过度，他身上的褂子被扯了一半。

"糟糕。"阿光心里在骂自己，怎么自己一点邪念都没有，却会像做贼一样心虚。于是使了使劲，突然"唰"的一声，终于，那褂子撕成一条布条。

"别动！"阿光鼓足勇气，将那布条从姑娘的胸部绕了一圈，再绕过肩胛，如此而已。直到认为包扎的很结实才松手。然后，他小心翼翼地帮她恢复衣裳，轻声地说："姑娘，我没有别的意思，如有冒犯，请勿见怪。但是，现在你便可放心回去，并请转告酋长，我们前来拓荒并无恶意，如有可能，请酋长恩准我前去解释。"这阿光平时快言快语，而此时却唠唠叨叨，甚至有点娘娘腔。

从阿光上前到包扎完毕，约摸远远超过一炷香的功夫。从头到尾这姑娘从不言痛，尽管惊恐万状，却没有出声，没有一丝反抗，反而像一只绵羊，一只温顺的绵羊一动不动。只是当阿光帮她料理这一切的时候，她才睁开眼睛，对，睁开那漂亮而又传情的眼睛向阿光投上深情的一瞥。开始，阿光感到这目光有些熟悉，脑海里一翻腾，他突然想起。这，眼前这位姑娘正是刚到那后被点穴，又是第二天早晨被解穴的那位。

"噢！你就是那天早上被我……"阿光的心情好像突然好起来了。他搭了一把手，将姑娘拉起身，不失温文尔雅地叮嘱："回去吧，不然你阿爸会担心的。注意这几天别碰上生水，也别再伤着了……"

"嗯……"姑娘没有言语，只是从内心里发出了一个单调的声音。听起来若有所思，给阿光鞠了个躬，便急冲冲地往山上的路上跑着。

其实，这位姑娘正是平铺寨上酋长阿力凡的宝贝女儿山花。

其实，阿光刚才抢救山花的一幕都被黄福寿砍伤，落荒而逃躲在岩石里躲藏的阿山高看得真真切切。

因为，只有他知道，那肩胛上受伤涂上浓妆的小个子神兵便是山花。

因为，这多少年来他一直在梦中追寻着这山寨仅存最靓丽的，又最扎手的杜鹃花。

因为，只有他清楚酋长只有这个宝贝女儿，如果扔下受伤的她，自己回去见阿山高，也不得好报，也会无法做人……

因为面对强悍的汉人，面对力大无比的黄福寿自己不得不服输。更重要的是要跟眼前救山花的阿光相比，更是不敢相提并论。他见识过阿光的武艺，尽管阿光满口阿弥陀佛，但那腿脚功夫实在望而生畏。上前救山花，显然飞蛾扑火。

但是，当他看到阿光撕下山花那衣服，露出山花那洁白粉嫩的胸脯的一刹那，他感到自己无能，感到自己的失败，感到作为一个神兵队长，作为山寨引以为傲的男人，作为多年想讨取山花欢心的男人，而不能有效保护山花而无地自容。

他的牙齿咬得咯咯响，那充满野性的绿光，眼睛冒着两团火，恨不得冲过去，咬死阿光，烧死阿光，以解除自己的心头之恨。

可是，他与阿光有过多次的较量，他十分清楚，自己不论明的、暗的，都不是阿光的对手。

阿山高从心里燃起一股复仇的火。

光阴荏苒，秋去冬来。

阿光到竹桥垦荒整整一年时间过去了。

这一年，阿光他们吃尽了多少苦，熬过了多少个不眠之夜自然不必赘述。而留在竹桥的海英及阿爸、阿叔也过得不轻松。

尽管彼此都非亲非故，但是，这种萍水相逢的情感却似一条无形的红绳子紧紧地把他们连在一起，拴在一起。因此，说起来，过得最难的莫过于海英了。

海英这个年纪是个多梦的年纪，那次临去竹桥前，阿光去台南回来，阿英去接他。两个青年人在路边一阵亲热，虽然就那么一会儿，可是却给姑娘多情的心留下那深深的烙印。

这一年，匆匆忙忙地过去了。

这一年，阿光兴许是那里忙，那里有千头万绪的工作充斥了他每一个可以利用的时间，他始终没有回到南投来一次。虽然，每次有人从竹桥回来都托上口信，带上那边的一些土特产。可是，那些东西都是给阿爸和阿叔的，就是没有一件给自己的。

这一年，海英和阿爸、阿叔也丝毫没有停歇。

阿爸养猪，养鱼。

阿叔还是经营他那红红火火的永丰餐馆。

海英则负责收租，买粮，筹集银两，然后定时送到竹桥去。因为，她知道，竹桥垦荒工程那么大，竹桥有六百多张嘴天天要吃饭，竹桥每日都要支付一大笔的银两。姑娘家尽管不识字，但老一辈的指点，生活的逼迫，促使她迅速成长，迅速成熟。因为，在南投这边，除了二位老人，她最年轻，必须承担起这里的大事小情，必须不容选择地当起后勤部长这一角色。

"真累呀！"望望星空，望望客人已经散去的永丰餐馆，望望那永丰楼已经进入梦乡的阿爸和阿叔。此时，海英望着永丰楼山后的小山包上，那山不高，去年的傍晚，她就是在这里等着阿光哥，等着他从台南方向回来。可是，今年却不一样了，阿光哥是朝着北边的方向走了。

走了一年，整整的一年。

这一年，海英始终未见过阿光哥。

这一年，海英的内心把阿光装得满满的，结结实实的。

"阿光哥现在也许已经睡了，也许他正在与他的阿发、阿海兄弟在商量事情。也许他正在与那山上的平铺族的神兵在搏斗……"海英的心里想着一百个也许，一千个也许。她处于多情的年纪，富于幻想的年纪。她多么想赶快到那竹桥这鬼地方走一走，走到阿光哥身边，甜甜地叫一声一年未见，却在梦中相随的阿光哥。但是，理智告诉她，不行。因为，自己与阿光哥算是什么关系？兄妹？夫妻？都不清楚。因为，姑娘家要出门阿爸没开口，阿叔没开口，肯定不行。因为……太多的因为，想来想去，海英不知不觉感到有些害羞，感到自己脸上滚烫、滚烫的。

这是深秋的夜晚。

这秋天的雾特别浓。坐着，坐着，海英觉得身上有些凉。穿在身上那薄薄的衣服随着露珠的湿润紧紧地贴在她那丰腴的身上。她看看天色已经不早，便想起身回家。但刚要站起来，发现阿爸、阿叔不知什么时候已经站在自己的身后。

"阿爸，阿叔，你们什么时候来的，吓我一跳。"海英娇嗔地佯装生气，瞪了阿爸一眼。

"怎么样，海英，有心事？"阿叔先开口。

"没，没有啊。"阿美慌忙遮掩着说。

"别说了，你的心情能逃过我们两个老人？"阿叔开了一句玩笑。

"阿叔……"海英扭了一下身子，撒起娇来。

"是不是脸红啦？"屠户估计自己的话中了海英的要害，笑了一声说："其实，我与你阿爸也是非常想念阿光，只是这边的事放不下。现在，秋收过了，租也收清楚了。而且，也都是换成银两了，我们的事情便告一阶段……"

"那，我们便可以去竹桥啦？"海英听到阿叔的话到这里，便迫不及待地打断他的话。

"你看，你看。永富哥，你这女儿迫不及待了不是？"屠户又打趣地补充了一句。

"阿叔，看又作弄我了。"海英听出了话中的意思，心情顿时阳光灿烂起来。

"是这样，刚刚我与你阿叔商量了一下，想过几天出发，到竹桥去看一看。如果那边有活干，我们便留下。如吃住不方便，又没活干，我们便回到这里来。"魏永富看着女儿，一脸严肃、一脸正经地说。

"是吗？好。"海英看看天色，快乐得像一只小鸟，"这天都快亮了，那我们都不睡了，立即出发吧。"

"哪有那么急的？一个姑娘家，做事不稳重。"魏永富心疼自己的女儿。他很理解女儿的心，尤其是每当傍晚时节，海英那副总是心不在焉的样子，那脑袋总是自觉或不自觉朝北方张望。不错，他是在盼望早日看见自己思念的人，盼望看见心爱的阿光。只是，姑娘家不管他内心如何翻山倒海，可是只会千方百计表面上装扮成风平浪静。现在，虽然已经到了凌晨，当二位老人提出要去竹桥，再也抑制不住她那跃跃欲试，将要展翅飞翔的心，她恨不得立马飞到阿光的身边。

"反正现在天快亮了，回去也睡不着。"海英听到父亲的批评，嘴巴撅得老高，显然有点不高兴。

"你看，永富哥。"屠户看到这样子，想做一个顺水人情，向魏永富投去征询的眼光。

"你呀！……"魏永富心疼这孩子，况且自己也巴不得早点出发，加上屠户开口了，也顺势做了一个人情。

"哇，出发啦！"海英从阿爸的应道声中已经领会到老人的意思，高兴得一脚蹦了起来。

这边，魏永富、屠户、海英火急火燎连夜出发，还带着刚卖粮结算的银两。

那边，山花一身血迹跟随阿山高带的一帮残兵败将，垂头丧气回到山寨。酋长阿力凡早从探子回来报信，得知神兵队大败而归，而且山花和神兵队长阿山高十一个人负伤的消息。气得脸色发青。他站在山寨二道门口，浑身发抖，那握在手中的拐杖不停地在地上戳着，半句话也说不上来。

"老爷，我……"阿山高看见酋长那神态，想上前解释一番。

"……"阿力凡没有吭声，只用手一挥，接着便往自己家里去。

"老爷……"跟在身后的管家看到这些伤了一半的神兵队，再看到气得浑身发抖的酋长，手向祭司一招，尾随酋长回到屋里。

在平铺族山寨酋长、祭司、管家是核心人物，每逢大事小事都由他们商定，然后付诸实施的。

"你们看，难道我们已经居住几千年的平埔族就这样被人当作豆腐踩扁了吗？"刚坐定，酋长便用手指着祭司和管家，厉声斥责。

"这……"管家是一位七十多岁的老人，长期养成的习惯便是唯唯诺诺，被酋长斥责，便一时语塞。

"那你说，下一步怎么办？"酋长看着低头垂手的祭司。

"这些汉人到底是哪路神仙在庇佑，武功如此高超，我现在还弄不明白，这一点老让我也食不甘味，睡不安卧，思虑了许久，我想……"这祭司眼睛滴溜溜一转，手一招管家，便在酋长耳边商量起一个对策来。

"这样做不失为一个良策，有把握吗？"酋长听了以后，那已经打成死结的眉宇开始舒展开来，反问了一句。

"老爷，当今之势，这也是最后一招了。这不，汉人也太强大了。"管家非常赞同祭司的谋划，好像胸有成竹一般。

"那好，从现在开始，你们……"酋长用手指了指祭司和管家说："要认真做好二件事。一件呢，组织人力上山采集刀枪药，赶快将神兵队的伤治好。要内外伤兼治，这是我们的希望呀。"

"二呢？"看到酋长满腹伤感，话到此处早已哽咽，便轻声地问了一句。

"二嘛，按照刚才商定的计划，选一个良时，一不做，二不休，将他们彻底赶出竹桥平原。"

"是！"管家和祭司退出去了。

"快去办吧，别再让我生气。"酋长说话似乎感到很累。这位世袭数代的酋长眼看自己精心建立的神兵队如此惨败，而且是屡战屡败，精神受到严重创伤。他为自己没能守护列祖列宗交给的这片土地而感到内疚。可是，面对强大的对手又觉得无策，他整个人就像霜打的茄子蔫蔫呼呼的，他感到特别的累，心特别的烦。

"老爷，你吃点东西吧。"仆人往前端上一碗银耳汤，怯生生地站在一边。

"唔……"躺在躺椅上正眯着眼睛打盹的阿力凡疲惫地半睁着眼睛，好像没有任何兴趣，只是懒懒地将手一挥，示意仆人端回去。

"老爷，你还没吃早餐呐。"仆人总是尽忠尽责的，看到酋长如此伤神，还想劝他多吃一点。

"滚出去，别烦我。"酋长还一肚子火没地方发泄，对着仆人吼了一声。

"阿爸！"酋长吼声刚落，门外传来女儿山花的叫声。这山花做什么事都是风风火火，她刚步进客厅，却恰恰跟端着银耳汤的仆人撞了个满怀，稀里哗啦，那银耳汤洒了个满地。盛汤的瓷碗砸在地上，摔了个粉碎。

本已气得浑身发抖的酋长"嚯"地起身，本想大发一通火，却见自己的宝贝女儿山花全身血迹地站在自己面前，顿时恻隐之心涌上心头。他傻愣愣地看着女儿："你，你，不在家好好呆着，下山去干什么呀？"

"阿爸，没事的，你看，我不是平安回来了吗？"山花故意要耍性子，撒起娇来。

"这，这，还算平安吗？"酋长气得话都说不出来了。

"阿爸，你别生气。"山花倒是心平气和，她用另一只未受伤的手搬了张凳子靠近父亲身边坐了下来说："阿爸，我倒看出来了，山下那些人心特别善良的，尤其是那阿光老板，不但功夫高超，而且天生一副菩萨之心……"

"你讲什么？"

"阿爸……"山花看到父亲又想发火了，拉长声音接着说："你听我说嘛，那阿光老板年轻，武功好，而且还精通医术……"

"你替汉人说好话？"

"不是，阿爸，你看，我被一个大个子团总砍伤，如果不是阿光老板在制止，我早就没命了。那阿光老板不但救了我，还亲自给我施用了神药。你看，都是受伤，他们现在痛得嗷嗷叫，而我却是阿光老板亲自给敷药，我一点都不痛。你看，这伤跟没受伤没区别。他的药，太神奇了。"山花张开嘴巴，滔滔不绝，在她的口里，阿光简直就是一个神明，一个超级的无所不能的神仙转世。

"你的伤是那个叫阿光敷的药？"酋长听了女儿的话，把眼睛瞪成牛眼睛似的。

"是啊。你看在这里。"山花单纯得不能再单纯，用手指了指胸部边。

"哎哟，还指给我看。你呀！你呀！不知羞，不知臊啊！"酋长看到山花指的部位，还说明这是汉人阿光亲自敷的刀枪药，痛心得又大喊起来。

"阿爸，你到底怎么啦？难道阿光对女儿的救命之恩，不但不谢，还有罪过吗？"山花百思不得其解，心里涌现了满腹的委屈。

"你呀！女儿家，让一个外人在那给你贴药，你还光彩呀。"酋长声音没有减低："我给你讲过多少次，男女授受不亲，你这是为哪般呀？"

他再也平息不了内心的气愤，又为自己作为父亲，作为酋长无力保护自己的惟一女儿而更加负疚，更加痛心。

"阿爸，难道你就宁可让女儿流血而死，让人家杀死才好吗？"山花看到父亲发那么大的脾气，伤心得又哭又闹，犟脾气也上来了。

"还敢哭？还敢叫？"酋长的心情本来就不好，现在听了山花对当下情况的叙述，尤其是听到汉人阿光竟然在女儿最敏感的部位上敷药，定是让自己作为酋长的父亲蒙羞，让自己感到羞耻。

"女儿受伤你不管，人家的救命之恩你不报，就一天到晚派那个见死不救的阿山高去袭扰人家，这算怎么回事呀。"见到父亲发火，任性的她也不甘示弱，她也大声嚷了起来："既然你不管我，那好，我也不怕，我现在就搬到山下去跟那汉人一块住，一块开荒……"说着，说着，一把鼻涕，一把眼泪起来。

"你敢……"阿力凡怒火从中燃烧起来，大吼一声，顺手抓起身边的一把茶壶用力砸在地上。那个跟随他不知多少年，平时珍贵得爱不释手的紫砂壶砸在地上，立马变成碎片，飞溅到四处的各个角落。

"小姐，小姐，山花、山花……"在屋外的管家听到屋里酋长和女儿在争吵，跟着仆人进来，想千方百计地劝住。

可是，这个酋长的宝贝女儿，这个山花谁的情都不领，边哭泣着，边冲出门口去了。


这一段时间阿光特别的忙。

新开发的土地第一次种上水稻，并且取得了晚季水稻意想不到的高产，取得了意想不到的丰收。

那收成的谷子整整堆满二间木屋。

而且，已开垦的土地已大大超过二千甲，一眼望去近百栋的木屋，连同那充满泥土芬芳的新田让人感到一种兴奋，一种欣然，一种辛勤劳动获得成果后的欢愉。

"阿光哥！该叫阿叔和海英搬过来了，养它一批猪，种它一片茶，让大家每天都有猪肉吃。"阿海控制不住内心的激动，见到阿光便建议说。

"对！不光是阿叔和海英，还有屠户师父，将永丰餐馆搬过来，晚上喝一些小酒，不然，大家一年之中日出而作、日落而息的日子已经过一段落了。"阿发对未来充满着希望。

"对！对！对！我们兄弟之间也很久没有喝一口了。"黄福寿还是手不离枪，听到兄弟们聚在一起，也赶过来凑热闹。这一段，这黄福寿心情特别好，自从上次带领乡勇团大战山上的神兵队，砍伤他们十几个人后，便大伤了平埔族神兵队的元气。这一段，山下风平浪静，他们便暂时无力下山来袭扰了。

"坐吧！我们这一段各忙各的，都很久没有坐下来议事了。"阿光拿起一只旱烟，点上火轻轻地抽了起来，那淡淡的烟从他口中飘出，形成一个又一个烟圈，在屋里飘散开来。这一段，真难为阿光了，工作千头万绪，但每一件事都与他紧紧相连。尤其是前几天，山上平铺族神兵队下山与黄福寿的乡勇团对阵。虽然，一场搏斗，山上的神兵队伤了十多个人，战斗力伤了三分之一，而乡勇团才轻伤三个。表面上看，自己是胜利了。因此，这几天这竹桥平原出现了少有的安宁。但，阿光是一个有思想的人，他冷静地分析，眼下的安宁是暂时的，表面的。这生性慓悍的平铺族人只是奈何不了自己力量的单薄和暂时的失败。

这短暂的安静之后，一定还会有一场更残酷、更惨烈的厮杀。

那天，但他看出十几个平浦族神兵鲜血淋漓，或被搀着，或被扛着从那崎岖的山路返回山寨时，身边的乡勇团兄弟欢喜雀跃。而他的心却十分的沉重，兄弟之间，手足之情，这种厮杀，实际是手足自残，于山上、于山下都不利呀！

家乡小时候，不论从母亲身边，还是后来在庙里，师父都不止一次告诉自己，和气生财，只有和气才能发展，只有兄弟都发展，才能真正的发展呀！

可是，尽管自己一直在寻找上山拜求酋长，一直在寻求和解之道，可是一年过去了。这山上山下都非但寻找不出一条沟通的渠道，寻找不到和解的办法，反而，越打越狠，这仇越结越深。这一切都使这位年轻的当家人感到肩上有着沉甸甸的责任，他的内心有着一种只有自己才感觉出的难以言表的压力。

"只有找到与平埔族兄弟和解的办法，才能从根本上实现安宁，山下的开发与建设才能得到顺利发展。"阿光自言自语，将那旱烟锅里重新添上一锅烟丝。他压力太大了，这一段，为了释放内心和体力的压力，他狠狠地吸口了旱烟。

"阿光哥，你瘦了。这一段，你太疲劳了。"阿发看见阿光还在为旱烟锅添烟丝，关心自己的兄弟。

"是啊，阿光哥，有事你言一声，我们会拼了老命去解决的。"黄福寿也一边劝阻，"你少抽一点，这烟不是个好东西。"

"阿光哥，你说，我们应该怎么办就行了。"阿海也提醒着说。

"没有关系，兄弟们，我们到竹桥平原一年时间已经过去了。这一年承蒙各位兄弟努力，取得很大成绩，我非常地感激大家。刚才，你们进门的话提醒了我。当前有几件事确实很急，要马上去做。一是，大家多想想主意，如何尽快与山上的平埔族兄弟沟通和解，这是件火烧屁股的事情，必须马上做。不然，目前这种关系再下去，大家都不得安宁。"阿光的声音讲得很沉，不难看出，此时他内心的一切。

"阿光，此事已没有什么问题了，我谅他们一段来不了了。如再来，我便组织乡勇团往死里打。就是灭了他们，也绝不是难为之事。"黄福寿刚刚取得了胜利，却还沉浸在喜悦之中。

"不！福寿哥！这件事绝不能这么简单地处理。我们借人家的地皮垦荒发财，自然应取得人家的理解和支持。这一点，我们工作没做好，礼数不够，理亏在先。现在，最重要的是设身处地，为山上的兄弟考虑，不可意气用事。"阿光看了看大家："另一件事，也在我心头压了一段时间了。去年，走时我们都答应阿叔和师父，有条件马上去接他们。现在，条件已经成熟了，时间已过了一年多。这一年，我们都没回去过，虽然有一些口信捎回去，却不知道他们如何。因此，应该尽快把他们接过来。不然，留了两位老人一个姑娘，我心始终不安。此外，开垦的土地已经种了一季晚稻，有了好收成，应尽快将这地包租下去。前几天，有一个家乡来的朋友，告诉我，在竹桥平原种蔗效益很好。包括竹蔗、红蔗和蜡蔗。"

阿光将自己的想法向兄弟们讲清楚后，便说："现在，我们商量商量，这些事大家怎么来一起做好。"

"山上的事，我也绞尽脑汁。但那些番蛮硬是软硬不吃。我也试图摸进山寨直接会会酋长，可那山寨地势十分险要，一条崎岖曲折的山路，直通到惟一的山寨门，真是古书里面讲的，一夫当关，万夫莫敌呀。如果不是他们同意放行，我们纵使三头六臂也无论如何进不去的，自然，连酋长的脸都见不着，沟通和谈判无从谈起。"黄福寿终于说起了自己的担忧和难处。

"我们能不能从那些受伤的神兵的方面下功夫？"阿发提出了自己的想法。

"对！我正是这样考虑的，那天我给一个伤兵敷药，从那伤兵感激的眼神中看，就收到了一定的效果。有时候，刀枪不能解决的问题，可能用一些关心、一句语言来发挥的作用会更大一些，福寿兄，以后你可在这些方面多用一些心思。"阿光有些语重心长。

"好！阿光，你放心，我记住了便是。回去之后，我向乡勇团的人都强调一遍。"黄福寿感到阿光、阿发的话非常在理，心里也非常乐意。

"那阿叔的事……"

"那阿叔的事就交给我吧。"阿发说，"这事你就别再难为了。反正，现在是冬闲季节，来回一个月，我也很想念他们。"

"可以。"阿光点了点头。

"最后一个是种蔗的事。"阿光看到前两个问题都解决了，心里似乎减轻了压力，说起话来也轻松了许多。

"这个事交给我。最近我抽空去附近走一走，看看他们种什么品种，技术上有何困难，便请些人过来。"阿海自告奋勇地接过任务。

"不！首先要了解一下，我们这五六百个兄弟当中，谁原来有种蔗经验的，如果有现成人才岂不一了百了。"阿光看着兄弟们也认同此看法，轻松一笑。

"对！对！对！"还是阿光哥考虑问题周到。阿发不禁欣慰地笑了起来。

"阿发，你准备什么时候出发？"阿光看出兄弟准备出门，问了一句。

"阿光哥，既然决定了，那明天吧。我明天一大早便出发，如何？"阿发看着阿光，装了一个鬼脸，然后压低声音，装着神秘地说："把我的嫂子接过来？"

"别乱说。"阿光装着一本正经，眼睛瞪了阿发一眼。

正当阿光和阿发在屋里逗乐时，已经出门的阿海和黄福寿都扯开喉咙大声喊着："阿光哥！阿光哥！……"

"什么事？"听见他们的叫声，阿光吃了一惊，问了阿发一句。

"阿光哥？"阿海一走进门，一把拉着阿光的手冲出门外。正在考虑问题的阿光丈二金刚摸不着头脑，他以为又有什么紧急的事情发生了。

"你看？"阿海用手朝前指了指。

"看什么？"阿光从屋里出来，顺着阿海手指的方向，那正是夕阳西下的地方，那刺眼的阳光正射在眼里，他未看清是什么东西。

"阿叔、师傅、海英。"黄福寿在一边解释。

"是吗？"阿光用力拭了拭眼睛，看见他们三个身背包袱、笑吟吟地站在哪里。

阿叔、师傅笑得很开心。

海英躲在他们的身后，羞羞答答，可是却笑得非常阳光，非常灿烂。

"阿叔！师父！海英！"阿光忘情地冲上去，他眼里的泪水随着那山飘了出去……

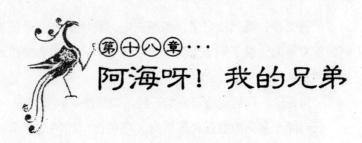

第十八章···
阿海呀！我的兄弟

魏永富一行的到来，让阿光兄弟的心情兴奋达到了极点。他们精心准备，为阿叔三个人组织了一顿美餐。自然，这些美餐当中的鸡、鸭、鹅和青菜都是他们自养、自种的。

平时紧紧张张，难得坐下来聊天，更难得喝上一杯酒。今天，总算凑齐了，大家左右把盏，原本就不善喝酒的他们，除屠户外，没一会儿便一个个脸红耳赤，声音也越说越大。

一年多，三百多个日日夜夜啊！

这场离别，让这帮彼此没有血缘关系的人更感到亲情的珍惜，感受到分离的思念，感悟到分离后团聚的珍贵。

"没有想到，这一年时间，你们这些后生仔那么有能耐。"魏永富又喝了一杯酒，擦了一下嘴角的鸡油，伸出大拇指赞扬阿光几个兄弟。因为，作为老人，他不敢想像，就这么一段时间，这里已经人气这么旺盛，几千甲农田成井字形，横有横样，竖有竖样，那几百栋木屋井井有条。

这竹桥已经成为初具规模的小城镇。

"我看了看，好像有不少家庭住户了？"屠户也感到奇怪。领头开垦的这帮后生仔，个个都是小光棍，可是那边都有不少携儿带女的家庭出现了。

"阿叔、师父。我们呀是托你们老人家的福呀。现在，你们都来了，这竹桥会变化得更大。"阿光看到老人突然地到来，释怀了一年多对他们深深的眷顾之情，最近一段的压力也稍稍得到缓解，他用感激的口吻说。

"是啊！那些家庭户都是从南边上来的租户，来时几乎都是家庭户。"阿发也接过话题向他们解释。

"师傅说得对。人家租户都有家庭了。我们还是光棍一条。看来，该解决这些问题了。而且，阿光和海英的婚事更应先办。这条件不都是现成的吗？"阿海把眼光在阿光身上扫来扫去，又向海英装了个鬼脸，这使师傅哈哈大笑。

"笑什么？师傅，你是海英的干阿爸，又是媒人，就等你一句话。"黄福寿这个急性子，他把目光盯住师傅，逼他表态。

"这件事，还得问老泰山阿叔的意见。"这老滑头，把话锋一转，引向魏永富。

"呵！呵！呵。"魏永富心里乐不可止，却用简单的语言，回答一个个迫不及待想得到答案的人们。

"不行，阿叔你要明确表态。同时，还得限定时间，明确什么时候当阿公。"这个阿海，平时话不多，今天却把一些让人难以回答的问题。

"对！对！阿叔要表个态度。"阿发和黄福寿也跟着起哄。

"永富哥！这是好事呀！你表一个态呀？"屠户看出魏永富也咧着嘴傻乐，却就是不表态，便出门逼他表个态。

"这个嘛，要他们两个自己决定。"魏永富心里很清楚，阿光喜欢海英，海英也钟情阿光。前一段，大家忙着创业，而且条件也不成熟。现在，尽管条件好了不少，但仍然在创业的起步阶段，结婚条件是否成熟，只有他们两个人心里才有数。老人就这么一个宝贝女儿，何尝不想让他们早日成婚，自己早抱孙子呀！

"不行、不行。阿叔，你今晚一定要表个态。"还是阿海又起哄。

"我看呀！"屠户看了看一个晚上阿光都没说几句话，活过了大半辈子，他预计这孩子心里肯定有心事，海英尽管坐在一旁满脸绯红也一言不发。是啊！都是患难的孩子，一年多没有见面了，今晚应该早点结束，让出一点时间让他们彼此交流一下。况且，现在已经全部搬过来了。冬至不出年外，条件成熟随时都可以办。选个良辰吉日，购一床新被子、请一桌酒，不就解决了。因此，他看了看大家便建议："我们一起走了半个月，也疲劳了。大家先散吧，以后再抽一个时间好好商量？"

"师傅言之有理，大家都在一起，那个时间不好商量？况且，我的问题都解决了，那你们呢？"屠户的话替阿光解了围，他用手点了点阿发、阿海两位兄弟。"另外，现在一切都比以前好了，过一段，福寿你回一趟南投，将你家老婆接过来，都快三十岁了，也该给我们生个侄子了。"

"对！对！对。"阿发话音刚落，大家一致拥护。

"好吧，我们留一点时间给阿光哥和海英嫂子叙叙情吧。"大家听了阿光的话，便准备离开。离开屋子之前，阿海还不失时机开了一次玩笑。

"这家伙！"阿光被阿海几句话说得真有点不好意思。但心里却甜蜜蜜的，这是兄弟之情，手足之情呀。想到这里，他感到一种深深的压力在自己的肩膀上，垦荒，种植，处理山上的关系。现在，还有一个非常重要而且十分迫切的问题，要尽快解决二位兄弟的家庭问题。没有当家不知油盐贵，当了这家比扛一座山还难受呀！突然，他又想到一个问题，叫住他们："福寿，这几天，乡勇团要多加留心，站岗的、流动哨万万不能掉以轻心。你看那几栋装着谷子的房子，这几百栋房子还住着几百号兄弟呀！都需要你们保卫他们的安全。"

"好的！我马上去查一下明哨和暗哨。不过，阿光，你放心，那山上的鸟人都被废掉快一半了，没有一两个月他们缓不过气来的。"喝了几杯酒，再加上前一段的那场胜仗，黄福寿这小子讲起话来有些轻飘飘。

"福寿兄，万万不能掉以轻心。"阿光感到黄福寿的话中有些麻痹大意，便立即警觉起来，提醒他。

"好！你放心吧。我马上去查哨。"黄福寿迈着大步走出去了。

大家都出去了。

两个老人去歇息了。

这块刚开垦、处处充斥着泥土芬芳的处女地，已经进入深秋的宁静。阿光看见还在门口徘徊不定的海英，心里想，她一定有什么话要跟自己说。是啊！分离一年多，自己也有许多话想跟她说一说，便走近她低声地说："海英，我们出去走一走吧？"

"嗯！"海英轻轻地应了一声，用手扯了扯衣角跟着阿光走出屋外，走进那数百栋木屋丛中，走向那充满泥土芬芳的阡陌之地。

这是一个宁静而多情浪漫的夜晚。

尽管这里的居民全部都是来自大陆闽南的兄弟，但讲的却是一色的闽南话，生活习惯、节庆习俗、民间信仰都一模一样。

这里也包括年轻人的追求，年轻人的志向。

这个季节，虽然已近深秋，并没有给人以太多的凉意。头顶是皎洁的月亮，天上没有一丝云彩，那如同白昼的月色洒在这广阔的竹桥平原上，这边是刚刚开发充满泥土芬芳的土地，那边却还是长得郁郁葱葱、充满春意的草地。它的背后，是一座座连在一起的群山。月色之下，黛绿黛绿，充满着神奇和宁静。

这里没有文化生活。

那让阿光一直发愁的平浦族山寨早已没了灯火，也许前一段那场血腥的厮杀，那里的人们似乎已经人人恐惧，家家不安，早早入睡了吧！而身边刚刚盖起的几百栋木屋，尽管还有木头的香味，但劳累了一天的兄弟们也应该已经歇息。如果，每天、每时、每刻都能这样平静，都能这样相安无事，让山上山下的人们和谐相处、以礼相待多好呀，阿光的脚在不停地机械地走着，他的脑子里却一直回旋着这样一个问题。

海英紧紧地跟在身后，两个人一前一后，就这样紧紧地、机械地走在路上，走在田野中。

"阿光哥，你……"看到阿光这种心事重重的状况，让海英有一些纳闷，有一些不解。原来有说有笑的阿光却变得如此沉默，让海英的心有点忐忑不安，自从自己与父亲踏上这片土地开始，就发现往日有说有笑的阿光哥变得沉默寡言，甚至几乎没有看她几眼，没说过几句话。难道是自己的到来，让他感到不快么……海英不敢再想下去，话刚出口，又咬下了后半截。

　　"噢，海英。"海英的一声叫唤，把阿光从思绪中唤醒过来。月色下，他看了看海英撅着嘴巴，没了以前那奔放的激情和高兴，这才感到自己这一段太忙，压力太大，自己走神了，尽管在这月色中不能十分清晰地看清海英的表情。但从他刚才的叫唤中已足以感觉到自己冷落了他，以至于让她误解了。于是，迅速掐断了刚才的思路，转过身以无限的深情将海英搂在怀里，轻声地说："海英，这一年多，你们吃了不少苦吧"？

　　"不会！"海英被阿光那猛然转身的拥抱抱得全身瞬间兴奋，连声音也变了调。女人的心很细，海英从内心深处感到阿光这一抱，力度比一年前还大，而且还更情深意切。

　　"这一年，我们碰到太多的事，太多的困难，所以没有回去看你。阿英，你和阿叔、师傅不会怪我吧。"阿光终于把自己的思绪归集到正题上来了。

　　"我知道。"海英感到难以言表的幸福，她把头靠在阿光的胸膛："阿光哥，你变了，你变得太多……"

　　"真的，变得不喜欢说话，不喜欢笑。你看，人家阿发、阿海和福寿哥都没变。"海英有些埋怨。

　　"真的吗？"海英的话真是说中了阿光的要害，这些话平时没敢说，今天出自海英的口，让阿光心里暗暗吃惊。看起来，面对重重困难，自己确实变了。"那我马上改。"阿光还不待海英反应，紧紧地把海英抱得更紧，他那长着老茧的手不停地在她的背上、身上的各个部位不断地抚摸着，嘴里不断地说着："海英，其实我、阿发他们非常想念你，希望把这搞好，让你们早点搬过来，让我们能天天在一起……"阿光感到浑身上下有一股燥热向全身扩张，讲起话来，也有点像婆婆妈妈一样。他的手没有停歇，不停地在海英的身上抚摸着，抚摸着她的手，抚摸着她的背。最后在她胸前停了下来，海英的身子在剧烈地颤抖。如果说一年前，当他第一次碰触到敏感位置的时候，那还是两颗刚刚隆起的是小山包的话。今天，当他再次将手放在这里的时候，这地方更加丰满，更加挺拔，更富有魅力，足足可以称得上是一座挺立的大山了。

这足足让朝思暮想，而且对这个一年多没有碰触的地方，更富有诱惑，更加爱不释手。

海英的身子像筛糠一样地抖动着，她把阿光抱得更紧，伏下头，死死地咬着阿光的肩膀，似乎想把这一年的思念，把对阿光的爱，通过这尖利的牙齿发泄出来。

是啊！过了年，自己已经二十岁了，海英也已经18岁。该到了结婚的时间了。

一朵云彩从他们的头顶掠过，似乎特意为这分别了一年的情人遮羞，为他们打掩护。

天啊！天注定这个时候正是多情而浪漫的时光；天注定这正是年轻人幽会的好时光。阿光有些忘情，感觉在这个竹桥平原广阔的天地间只有他们两个人的存在，只有他们两个人的呼吸，他变得很贪婪，贪婪得欲望毫无满足的可能，他的手久久地在海英的胸部停留了下来。这是女人身体最神秘的地方之一，也是最诱人的地方之一。他的耳际一直回荡这海英哼哼叽叽的呻吟，他这双粗糙的手不停地在两个乳峰中游动，去体验那令人无限遐想的触碰留下的舒服和快感。

如果一旦结婚，这里将分泌出那神奇的乳汁，养育着自己的儿子、女儿，繁衍自己的后代，阿光的脑子一片混乱，脑子一片空白，前一段时间积累的压力，仿佛从自己拥抱海英的那一刻已荡然无存。

"阿光哥！你别那么用力，我受不了了……"海英没有挣扎，没有拒绝，她已经心甘情愿将自己的身子交给阿光了，这一切迟早都是属于他的了。只是，刚刚阿光那粗糙而有劲的手反复搓着那小奶头的时候，刺激得让海英难以自制，她咬紧了牙，既享受那无尽的快意，如同一只小绵羊任由他去拨弄。

"海英，这几天你稍稍休息几天，安顿一下，回头叫阿叔和师傅挑个日子，你嫁给我吧。"阿光语无伦次。

"嗯！我等着这一天，到时我一定给你生许许多多的儿子……"海英的眼睛有些湿润，她的胸部被阿光摸得特涨，特舒服，她的嘴里不停地喘着粗气……

　　"乡勇团集中……"正当两个人卿卿我我，亲密无间之时，突然，黄福寿那洪亮的声音划破了夜空。"出发了，走！"

　　"海英，快！回去。"阿光听了那喊声，敏感的神经让他放下手中的一切。不用猜，山上那神兵险又利用夜晚来偷袭了，他拉起海英迅速地往自己的木屋走去。

　　他们一边走、一边看见那小山包的丛林中一枝枝火箭朝木屋间三栋放粮食的地方射去。

　　那一枝枝只有山上平铺族人才会用的火箭，向一只只扑来的蝗虫，横七竖八地划破了星空的朦胧，划破了深夜的宁静。

　　那可是这几百号兄弟辛勤一年，用无数汗水换来的几百石稻谷呀！如不及时挽救，即将化为一堆灰烬，使兄弟们的希望变成泡影。

　　阿光手拉着海英的手，一口气跑回家里，把他交给已被惊醒的阿叔和师傅："你们在家，别出去，那山上的神兵下山了"。说罢，人已冲向夜色。

　　竹桥平原上这几百个兄弟都起来了。

　　阿光看到那存放晚稻的三间屋子已经开始着起火来。一大批人已经拿来自家的水桶、脸盆往火里泼水，更多的年轻人都手拿扁担、木棍，甚至厨房里的菜刀从家中冲出来，冲向小山包……

　　"一队从后面包抄，二队正面进攻，三队跟我来。干妮姥，绝不能放跑一个，今晚非杀得他断子绝孙不可。"黄福寿一边指挥他的乡勇团，一边手持武器冲在最前面。

　　上百号人哪！很快将神兵队包围得水泄不通。

　　"阿发、阿海。"阿光看到这个新兴的小镇一派混乱，阿光看了以后，感到万分的忧虑。他大呼一声把阿发，阿海叫到身边。

　　"阿光哥……"阿发一边喘着粗气，一边跑了过来。

　　"你快把周围的兄弟组织起来，救那谷仓里的粮食，这是兄弟们的血汗，绝不能烧掉一粒。"阿光大声吩咐阿发。

　　"放心，阿光哥。"阿发已经去招呼人去了。

　　"阿海，你叫上两三个兄弟在家保护阿叔、师傅和海英。"

　　"好！阿光哥……"阿海刚走两步，正好遇见一帮兄弟便手一招：

"跟我来。"领着他们到了阿光的家里，把几个人的任务分配完毕："你们就在这死守着，不能分心。"话完，便匆匆忙忙赶到阿光身边，因为，他感到这种夜间袭扰，神兵队一个躲在暗处，而且都用火箭，我们则在明处，防不胜防。尤其是阿光到处组织指挥，身体完全暴露在人家的视野之中，不能有半点差池。

"阿光哥身边必须有一个人。"一个念头闪现在阿海的脑海中。他操起一根木棍，在混乱的人群中寻找阿光。但是，在月色朦胧的夜间，加上有救火的，有准备与神兵队交战的，还有一些惊恐万状像无头苍蝇一样无所适从的人，一个小镇乱糟糟的，如何找到阿光都成了一个问题。

"阿光哥，阿光哥……"阿海越着急，越是找不着，急得他满头大汗，大声叫唤。

而此时，同样有一个人非常着急。

一个是阿海急着寻找并希望提供保护的阿光。当他看见黄福寿手举那明晃晃的大刀，带领乡勇团，包围神兵队时，他的心越发不安。他相信，如果明打明地搏斗，神兵队绝对不是乡勇团的对手，因为乡勇团人数多，一色都是二十多岁的小伙子。而且，这一年变得非常团结，勤练武功，战斗起来十分勇敢。而那些神兵队毕竟受山上人口的限制，三十多个队员。平时少训练，年纪也参差不齐。阿光担心黄福寿如果一时兴起，难免有个把神兵队会被砍伤，甚至死于刀下。而在这月色之下，防不胜防，他也不想自己兄弟被神兵队砍伤，因此他想追赶过去，提醒黄福寿赶走为目标，见好便收，不要伤及人命，以防怨恨越积越深。

另一个则是阿山高。这个平铺族神兵队队长，一直在暗中相恋着山花。因为，在这大山当中，最有竞争优势，最有条件娶上山花的男人中非他莫属。只是追归追，暗恋归暗恋。而那心高气傲，像一个假小子一样的山花却从没正眼看过他。尤其是上次战斗，山花被黄福寿大刀挑伤倒地，他本以为可以英雄救美，赢得姑娘的芳心。结果，人没有救着，自己的胳膊被削掉一片肉，如果不是阿光喊了一声，兴许那削掉的不是一片肉，而是一整条胳膊。想到这里，他恨黄福寿恨得牙齿咬得咯咯响，发誓非报这一刀之仇。然而，让他更蒙羞的是，那次战斗，山花女扮男装，阿光又不知她是女儿身，在抢救帮她上刀枪的时候，竟然解开她的上衣，让他对这女人的胸脯一览无余。这一切，那天躲在山洞的阿山哥看得真真切切。他觉得，作为山寨的儿子，作为神兵队长，作为苦苦暗恋山花的平埔族男子汉，不报这仇，这辈子肯定难以抬头。

这次战斗是由他祭司的父亲一手策划的，尽管这两件事压在他的心中让他无地自容，但他却没有勇气说出口，这口恶气留到今天，只有一个愿望，杀死阿光，杀死黄福寿。

神兵队被黄福寿追得漫山遍野地跑。乡勇团的那些年轻人举着火把四处搜索，阿山高已经难以控制局面。他躲在一块巨石的石缝中，把手中的弓箭死死射向山下向山上拥的人群，睁大眼睛在搜寻着他希望得到的猎物。

黄福寿举着大刀，在他的乡勇团兄弟的簇拥中，呼啸而过了！

阿山高没有抓住机会，他感到后悔，跳出巨岩，想追赶过去。

"福寿、福寿。"突然，阿山高听到了阿光那熟悉的声音。他睁大眼睛一看，没错，送死的上来了。他心里暗暗一乐，赶快躲进刚才的石头后面。

这一切，后面追来的阿海看到，他也看出阿光的身影，又看出那一刹那躲进巨石后面的神兵。感到阿光哥可能遭遇不测，便加快步伐跑到阿光哥的身前。

"阿光哥，小心，小心神兵队的箭。"阿海提醒自己的兄弟。

"没事，快叫住黄福寿，万万别伤人，赶走了便好。"阿光交代阿海。

"知道！"阿海应道着，突然，借着那火把的光线，看见刚才隐身岩石后的阿山高举起弓，搭上箭向阿光射来。

"啊！"阿海来不及叫一声阿光哥，便用身体挡住飞来的箭，应声倒在血泊当中。

阿海一声叫，周围的兄弟立即汇拢过来，却见那枝箭不偏不倚地射在他的胸部，一股热血像海水一样从他的身体里流了出来。

"阿海！阿海！我的兄弟。"阿光俯下身，半跪在地上，将阿海半抱着靠在自己的大腿上，声泪俱下地呼喊着，呼唤着自己兄弟的名字。

正在追赶神兵的黄福寿听到阿光呼唤着阿海的名字，预料出了大事，便放下前面的神兵队。返回头，看见阿海半倚在阿光的大腿上，已经气息奄奄，立即怒火冲天，大吼一声："还我兄弟来。"便又高举大刀冲进神兵队中。

一帮兄弟除留下几个将阿光、阿海团团保护住外，全部随黄福寿冲了出去。

"杀到你们断子绝孙！"黄福寿怒火难挡，正看见仓皇想往山寨逃的阿山高，手起刀落，阿山高没来得及吭一声，便身首分离。黄福寿还不解恨，左拼右杀，顷刻间已有五六个神兵不是掉肉，便是掉了零部件，一个个倒在地上鬼哭狼嚎

黄福寿此时已经杀红了眼，他觉得不解恨，"我的兄弟是金命银命，死了一个兄弟你们必定用几个，几十个人来抵命。"他好像发疯的公牛，疯狂地向通往山寨的崎岖山路追杀过去。

这山路到处都淌着血，到处都流着血。

阿光把阿海紧紧地抱在怀里。他知道，自己的命是阿海用自己换来的，他无声地哭泣着，他发现怀里的阿海的身体慢慢变得僵硬起来。

天终于亮了。

黄福寿两个眼睛红得像火，红得吓人。他的身上溅满了污血，他看见地上已经逝去的阿海，抹了一把眼泪，和阿光、阿发一道轮流把他背下山来。

第十八章 阿海呀！我的兄弟

# 第十九章···
# 瘴疠之气在流行

　　可能是平铺族山寨历代酋长都没有经历过这样的衰运，都没有经历过这样的倒霉运。

　　这一场战斗，原来策划的条条是道，神兵队出门前还叫祭司作了三天的祭祀。阿力凡梦寐以求就是将山下的人立即赶出竹桥平原。以往几次战斗，无非几个皮肉之伤。这次可能是那些已经供奉几代人的神仙都睡觉了？也可能是把山下的汉人惹急了，除最引以为傲的神兵队长阿山高死于刀下外，还有八个神兵不是被砍断手便是伤了身，而这些死伤的神兵队个个都是壮得像头牛似的后生仔呀！

　　悲哀笼罩着这个有着几百年历史的寨子。

　　阿力凡那时听出这消息，顿时像一摊烂泥倒在地上，足足几天没有起床。

　　死了儿子，祭司也不会再有能力履行自己的职责，他受不了老年丧子的打击，立马变得疯疯癫癫，整天胡言乱语起来。

　　寨子里没有了往日的笑声，没有了往日的生气，变成死一样的沉寂。

"阿爸！你起来吃点东西吧，你已经很久没吃一点东西了。"山花很幸运。因为前一段跟阿爸赌气，也跟阿山高怄气。以前每次都是女扮男装冲在最前面的山花，这次没有下山，侥幸地躲过了一劫。那时早上天刚朦朦亮，当第一个浑身污血的神兵连滚带爬逃回来报信，说有八个神兵被大刀劈死劈伤的消息时，山寨的上空如同晴天响起霹雳。当那些被刀劈成血肉模糊的人被抬回山寨的一刹那，山寨上下哭声一片，捶胸顿足一片，弥漫着一种前所未有的悲哀气氛。

　　有了前几次的经历，此时的山花却头脑异常冷静，她坐在阿爸的床头，反复劝说阿爸："造成惨败，一定是我们有错在先，是我们先杀害了阿海，他是老板之一，才激起他们的愤怒，起了杀人之心。"

　　"哼……"阿力凡从鼻子里喷出一个字。

　　"阿爸，听我的话，别再杀下去了。再杀，还是我们吃亏。"山花反反复复地劝说躺在床上的阿爸。

　　"咳，老天爷，你怎么不帮助我呀？"阿力凡听了女儿的话，也感到不无道理。如果上次听了女儿的话，就此收手，这八条活生生的生命绝对不会死伤。现在，一切都迟了……阿力凡的心里无声地哭泣着，如果不是女儿在跟前，如果不是自己贵为酋长，他一定会仰天长叹，对着苍天痛哭一场。

　　然而，祸从来不可能单行。

　　好像老天要惩罚他们一样，那天晚上神兵大败而归之后，便是雷声大作，大雨倾盆，那雨下得邪乎，下得让人心惊肉跳。而且，这一下，便是七七四十九天。

　　那如注的雨，落在地上，更落在每个山寨人的心中。雨，下得太大，下得太久，山寨向山下延伸的路，出现了不少路段的坍塌，路边几棵要几个人才能环抱得过来的神树也轰然塌下来了。

　　"莫非这是神的报应，是老天的惩罚吗？"阿力凡躺在床上，辗转不安。这一段时间的折磨，他灰白的胡子凌乱地长着，两个眼睛深深地陷进去，身上的皮也开始松弛开来，他的眼睛无神地看着那风雨之下的群山，不住地叹息，不住地摇头。

199

第十九章　瘴疠之气在流行

"老爷！"正当阿力凡在坐卧不宁的时候，管家弯着腰，进门轻声地叫了一声，然后说："寨子里这几天不少人上吐下泻，已经有几个人快撑不住了。"

"那是得了什么怪病呀？"平铺族人最信神，最讲命。他不敢相信自己的耳朵，难道这神仙菩萨真是不饶恕我们平铺族的乡民吗？

"我看那样子，这症状跟二十年前发生的瘴疠病一样。"管家补充道，"而且，这几天病情发展很快，每天都有新病例，若这样下去，不出几天……"

"现在多少人得病了？"这回阿力凡听清楚了。他大吃一惊，这瘴疠之病可是最严重，最恶性，流行最快的传染病，山寨的人都称为瘟疫。历朝历代，朝廷百姓，历来大家都谈瘴色变。

锅里没米兼闰月——雪上加霜。

前几天，刚死了阿山高，伤了七八条后生，全村还笼罩在悲伤之中，现在又来了个瘟疫。

"老天呀，你就不能原谅你的子民吗？"突然，那阿力凡站了起来，歇斯底里大嚎一声，便昏了过去。

"阿爸！"山花见父亲昏倒在地，大喊一声。

"老爷……"管家连忙叫上家里的仆人，七手八脚，把阿力凡扶到床上歇息。

山上悲伤笼罩，山下也笼罩着悲伤。

那场战斗，阿海为了保护阿光，挡住了阿山射来的箭。那一箭正中心脏，阿海没有来得及吭一声便离开了他的阿光哥，离开他的生死之交的兄弟，离开他正在发展的事业，到另一个地方去了。

四个兄弟当年在青礁龙湫庵结拜渡东，事业一切刚刚开始，却先后失去了阿龙和阿海，这让阿光和阿发陷入无限的悲痛之中。

那天，阿光把阿海死死地搂在自己怀里，和阿发、黄福寿一起，一直到他的身体从热变温，再由温变冷，他就在众人的包围下，一直木然得像一尊木雕，一言不发，眼泪从双颊往下流着。

阿叔听到噩耗老泪纵横地赶上来了。

师傅听到噩耗痛苦的连胡子也在颤抖。

海英哭得像个泪人一样。她知道，阿海是阿光的左右手，视自己为亲妹妹。现在，却在年纪轻轻之时，离开他的追求，他的事业，到另外一个世界去了。

这一天，竹桥平原拓荒的男女老少都没有下地，大家紧紧地围着阿光几个兄弟。除了哭泣，除了叹息再没有了别的声音。

"阿光，阿海已经去了，我们选择一个宝地让他入土为安吧。"许久，许久，阿爸擦了擦脸颊上的泪水，哽咽着劝说阿光。

"阿光，听阿叔的，让阿海入土为安吧。"师傅从阿光手中接过阿海，为他梳妆打扮，让他体体面面离开他的兄弟，离开这个世界。

"阿叔！师傅……"看见师父和阿叔要将自己怀里的阿海接走，沉寂几个小时一声不吭的阿光那感情堤坝好像突然坍塌，他大呼一声，撕声裂肺地大哭起来。那哭声惊动了山上的小鸟，惊吓得"扑棱，扑棱"没命地逃离，这哭声打破了这群山的安静，这哭声也像化学反应一样，带动了这几百个男女老少一阵阵的哀嚎……

"人死不能复生，活着的人要保重。"魏永富提高了嗓门，看出周围都几乎是清一色的年轻人，便以长者的口吻告诉大家："你们要好好地活着，命是无价的，有命就一定能将竹桥平原开发好，才会让阿海安息。"

阿叔尽管努力提高了嗓门，但却难以掩饰那白发人送黑发人的悲伤，每一个字都很有分量，每个字多像一次一次重锤敲打着阿光的心田，他这才感悟出阿叔尽管表面上说的是给大家听，但是每句话，每个字都针对自己。是啊！阿海是自己的生死兄弟，跟着自己历尽千辛，现在事业刚刚开始，却为了救自己一条命，他却含恨而去。现在，整个竹桥平原几百双眼睛看着自己，自己的一言一行都会引起强烈的连锁反应，甚至会出现失控的局面。到时，局面会更难收拾，到时几百号兄弟付诸的血汗变成西去的流水。

千钧之担系于一身呐！想到这里，阿光似乎了解阿叔讲话的真实而丰富的含义。他站起身，冷静一下头脑，理清了自己纷繁而无限悲痛的内

第十九章 瘴疠之气在流行

心，告诉兄弟们："大家不要再悲伤了，阿海是为竹桥平原开发而死的，为大家而死的，让我们好好安葬他，让他安息，让他在九泉之下保佑我们。"

安葬了阿海，却安葬不了阿光对自己朝夕相伴兄弟的无限思念之情。每当夜深人静，他总是独自流泪，他尽管知道人死不能复生的道理。可是，转眼之前，一条活蹦乱跳的生命就这样离弃，却让他久久难以释怀，夜深了，在煤油灯下，那昏暗的火苗在山风的吹拂下一跳一跃，这让他对阿海的思念之情有增无减。他不时地擦着脸颊上的泪水，海英也生怕阿光伤心，陪伴在一旁，深深地看着阿光哥，深深地为阿光祝福。

"咚！咚！咚！"客厅的木门被吭吭地敲了三下，海英赶紧去开门。

"阿光哥！"阿发和福寿被一阵细雨夹杂的秋风推进门来。

"请坐吧！"阿光请二位兄弟坐定："这么晚了，莫非有急事？"

"嗯！……"阿发的声音从喉咙里挤出了一个含糊不清的字，用头点了点。

"怎么啦？"阿光有点不安。

"那天跟平铺人打了一仗之后，这几天有不少人又拉又吐。而且，发展迅速，现在已有二十多个人的症状非常相似的病。"黄福寿的眼光有些惶恐，接着说："这几天，为了防止山上派人来袭扰，我每天都派出一些探子了解，发现山上也出现了类似的病情。而且……"

"而且怎么了？"未等黄福寿说完，略知医术的阿光已经感到大势不妙。因为，这种病早年在师傅管教下学了不少保生大帝的医方。这又拉又吐，而且迅速传播，肯定不是好事。但，他了解不全面，不敢妄下结论。

"已经出现死人的现象。现在山上一片悲哀，人人自危。"黄福寿终于将话表达清楚了。

"阿弥陀佛，难道是瘴疠爆发啦。"阿光脱口而出，这台湾是最容易发生瘴疠的地方，也就是大陆民间所讲的霍乱，或者瘟疫，这是来台湾前常听长辈们说的。

"那怎么办呀？"阿光话一出，着实让阿发和黄福寿大吃一惊。

"海英，你赶快把阿叔和师傅叫起来商量一下。"阿光紧锁眉头打起一个结。他感觉到人祸的阴霾尚未褪去，天灾又将来临。如果黄福寿的话是真实，那么自己将面临一场非常大的灾难。

一会儿，二位老人都已起床。实际上，同在一栋木屋，这几天二位老人也没有睡好，刚刚谈论的一席话已经让他们听得清清楚楚。

还没等海英叫，他们已经穿衣走出房间。

"阿叔、师傅……"阿光正要张口说话，魏永富做了一个手势。

"别说了，你们的讲话我都听清楚了。"魏永富和屠户脸上毫无表情，"这瘟疫是一种非常可怕的疾病啊！而且，现在我们一无医生，二无药物，真是个大事情呀！"

"是啊！以前我在澎湖也常听说有这种病，但没见过。"屠户也非常着急。

"阿叔、师傅。我原来在庙里倒是听过师傅说过，山上有一种叫大青叶的草药，熬成药汤给病人当茶喝可以预防。而得了病的人，严重的可以采取放血的办法。"阿光说："但，这仅仅是听师傅说过，那次师傅还专门带我们认了那大青叶，而这大青叶后山便很容易采集到。"

"大青叶，我倒认识，是一种解毒驱邪的药，从药理上可有一定道理。但我不懂医术，不敢乱说。"魏永富拿不定注意。

"这样好吗，死马当作活马医。这里找医生，找别的草药也不容易。幸好我懂得一些扎针放血的规矩。明天，阿叔你带上几个年轻人上山采集大青叶。我呢，带几个人去先给已染上病的人扎针放血，我们双管齐下，现在没有别的办法了。只求保生大帝保佑了。"阿光说。

"好！只能这样了。"魏永富表示赞同。

"这样吧。福寿，你们乡勇团还要派出探子不断了解那山上的情况。如我们刚才商量的办法有效，那么我们便上山去为山上的兄弟治疗一下，也可借机了结冤仇，化解积怨。"

"上山去救那些番蛮？"黄福寿不理解。

"福寿，阿光说的有道理，冤家宜解不宜结。现在，该是解冤的时候了。"屠户觉得阿光这后生有气量，而且有眼光，对阿光的主张给予明确的支持。

第十九章　瘴疠之气在流行

"对！阿光的想法很对。"魏永富也表示支持。

"阿叔、师傅你们放心，我一定会听阿光的话。"阿海刚刚死去，黄福寿一肚子的怒火还未发泄，很明显他对阿光要去救山上的人是很难理解的。但是在服从阿光指挥这个问题上黄福寿不会含糊。

"那好，已经很晚了，最近大家身心疲惫，早点休息。明天，天一亮我们各行其是。阿发，你管开发和今冬明春包租的事不能放松。"阿光感到目前太多事情等着自己，那一块工作只有全部托付给阿发了。

"放心，阿光哥。"阿发心情非常沉重，也不想多言语。

送走阿发和黄福寿天已经开始放亮。

新的一天，又是朝霞初露的时候，在迎接阿光他们。

果不其然，竹桥平原拓荒的兄弟们正像阿光所预料的那样，得的是霍乱病，正是民间所说的瘟疫。而且，发病和传染的情况比预想的还要严重。

阿光按照那天晚上几个人商量的办法，一方面用六口大铁锅不停歇地熬着大青叶等几味草药合成的汤药，大凡竹桥平原拓荒的人们，不论男女老少一律当茶喝，而病情重的，则由阿光带着几个助手采取针灸放血的办法，紧急救助，加上用火烧、开水烫等办法做好患病病人呕吐物、粪便的消毒处理，很快遏制了这种恶性疾病的流行。

竹桥平原很快恢复了平静，焕发了生机。

正当阿光舒展身子，想躺下睡一觉的时候，突然，一个中午，他们家门被一个年轻女子推开了。

"阿光哥！"来人一见阿光就"扑通"一声跪在地上嚎啕大哭起来。

"你是？"阿光看着这个陌生女子，仔细看看又似曾相识，便问了一句。

"我是山花。"那女子泣不成声。

"山花？"说山花更让阿光丈二金刚摸不着头脑。因为，在他认识的人当中，压根儿没有认识一个叫山花的女孩。因此，对方说出自己名字时，更让阿光暗暗吃惊。

这一切，也让站在客厅里的魏永富、屠户和海英大吃一惊。

"对！就是被你点穴，被你用药救过的，山上神兵队的山花呀。"

姑娘哭诉着，原来想用手比画着胸部受伤的部位。但看到这屋里还有两个老男人和一个与自己年纪相仿的姑娘，也感到微微地吃惊，感到诧异。于是，原来伸出准备比画的手刚提起来，还不到一半便放回原处。

"噢！我想起来了。"阿光揉了揉自己的眼睛，再看了看眼前的女孩，他的脸瞬间便情不自禁地，"刷"地红了起来。他的记忆神经被激活了。他想起了那次厮杀当中，一个矮个子神兵被黄福寿大刀划伤，鲜血直流。自己原以为这一群涂着彩妆的山上神兵必定个个都七尺须眉。因此，他毫无顾忌以人道精神猛地撕开他的胸部，帮他上刀枪药。就在这时，展现在他眼前的却是一个女儿身。顿时让他无所适从。这一切，让他许多个夜晚都无法入睡，一直为自己的毛躁而感到深深内疚。当时，当他为这位山上女神兵敷完刀枪药后，以为会引起她的激烈反抗，可是，没有，一切都那么安静。临走时，那姑娘还投以一种只有男人才能感觉到的那种脉脉含情的眼神。

她！就是眼前跪在地上的山花。

但，今天的山花没有穿着神兵队的服装，也没有涂着彩妆。那娇小的身材，多情的眼睛，白里透红的肤色，却多了一点女人的妩媚，多了一些女儿的风情。

这，是一件让阿光终生也不会忘却的心情。只是，十几天前的战场对手，今天，怎么会不请自来，甚至跪地求援呢？这，不得不让阿光感到纳闷，感到手足无措。

"山花？你从山上下来吗？"转念之间，阿光觉得很坦然。因为，那时自己专心于救人，并无任何杂念。

"是的，我来求阿光哥了。"山花也学着竹桥平原几百个兄弟一样称呼阿光，而且边说边哭泣着。

"起来，山花，你碰到什么困难了？"阿光把山花引到椅上坐下。

"山上的乡亲们受大灾了。阿光哥。"

"山上受灾了。"阿光重述了山花的话，"山上受什么灾了，可是受灾我上不去，怎么去帮忙呀。"阿光看着山花哭成一个泪人似的，边哭边抽搐，心里十分着急。

第十九章 瘴疠之气在流行

"阿光哥！山上得了瘴气病，十几天已经死了好几个人，而且得病的人数天天都在增加。"

"哦！那得了瘴气病酋长不管吗？"阿光有些不解地把眼睛睁得很大，山民得病，酋长自然要担负抢救之责。

"酋长便是我阿爸，现在我阿爸也得了这病，已经两天了。"山花说着说着，说到伤心之处竟不住嚎啕大哭起来。

"莫急，莫急，山花慢慢说。"阿光这才感到问题的严重性，他接过海英递过的一杯热开水，转递给山花，安慰着说，"莫急，莫急，你把情况说清楚，我来想办法。"

原来，是前半个月山上山下还没打那仗时，山上就已经有了这种病。那次打仗，山上死伤七个神兵，山寨的人从来没有一下死伤那么多人，全寨人都被悲伤所笼罩着。过了一天，两天，便出现又拉又吐，死了。山上的人都以为神仙相助，是神仙保护山下的人，而惩罚他们，个个惊恐万丈。后来，问题越来越严重，甚至连酋长也得了相同症状的病。于是，山花想到几次交战，阿光的药非常灵，比祭拜神仙菩萨还灵，便跪在阿爸面前苦苦求阿爸，允许她下山请阿光修善积德，上山帮助大家一把。

"你阿爸同意你下山来的？"阿光有些怀疑。

"不，开始他不同意，直到今早，他已病得不轻，我又死缠活磨，他才勉强点头。"山花说着，为了让阿光放心，又补充说，"你放心，我带你上山，我阿爸病了，我的话寨里的人没人敢不听。"

"好！你先坐下休息。"阿光稍稍整理了一下纷繁的思绪，然后转过身，走近阿叔和师傅跟前交换了一下眼神，"你们快去，把阿发和福寿叫来，告诉他们准备一下，随我上山抢救山上的乡亲。"

"这……"阿叔不放心，生怕其中有诈。

"阿叔，你去吧，一切我都会全面考量。"阿光不再与阿叔争论。因为，从保生大帝济施天下、大爱无疆的精神，在这人家危难时刻出手相助是修善积德、宽以待人之道。从另外一个角度看，帮人摆脱危机，却是化解积怨，铸铁为犁的千载难逢的机会。尽管此去难料山花讲话的真实性，也难料上山潜藏着种种危机，但以诚相见，以心换心，取得山寨兄弟理解和信任，化解一年多来的冤冤相报是必要的。

阿光反复思忖，觉得无论如何，上山，哪怕是山上设下陷阱，也一定要下定决心。

阿光决定带几个人上山走一趟。

第十九章　瘴疠之气在流行

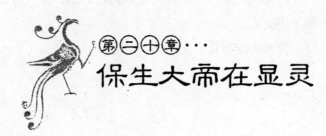

第二十章···
## 保生大帝在显灵

听说山上的酋长女儿下山求助，最难相信的莫过于黄福寿。当她听到阿叔来叫赶到阿光家时，阿发已经先到一步。

三位兄弟，连同阿叔和师傅，海英和山花，本来客厅不大的木楼显得有些拥挤。

大家没有高兴的情绪，一方面是十几天前阿海战死，悲伤还占据着每个人的心头，另一方面，眼前求助的是与自己厮杀了一年多的老冤家平埔族酋长的女儿。但，既然阿光哥叫他们来，他们还是老习惯，一切听阿光的。

"坐吧，我们一起商量上山帮山上兄弟的事。"阿光在兄弟面前历来都是直来直去，坦诚相见。

"阿光，你看谁来了？"阿光话音刚落，魏永富看见门口站着两个五十多岁的老人，正乐哈哈地朝着客厅里的人在笑。可是，就是站在门口，不肯进来。

"老板。"阿光抬头一看，宏记粮行的老板简宏顺站在门口。他们身后还有一个与他相仿的人。

"阿叔！"阿发也叫了起来。

大家赶快起身，出去迎接客人。

"阿光哥！这就是我们以前给你说过的救我们的连永福，连阿叔。"阿发兴奋异常，拉着阿光见过连永福。

"阿叔，你对阿发和阿海的救命之恩，我们矢志不忘。只是，这几年我们在创业，在打拼，无力报恩，有朝一日有能力了，一定厚报您老人家。"阿光看到兄弟的救命恩人，内心充满着感激之情。

"对！对！对！阿海呢？我来了咋没有看见阿海呢？"连永福左看右看没有发现阿海的影子，问阿发。

"叔！……"阿海去世才半个多月，人们对他的思念之情才稍稍平缓，连永福的话又挑起在场人们对这位英年早逝的兄弟无限的思念与伤感。阿光的泪水从脸颊上簌簌流下来。刚说了个"叔"子，便哽咽地难过再说下去。他紧紧地拉起连永福的手，引着宏记粮行的简宏顺老板，走到客厅里摆设的两座神龛面前。

这里，分别摆放着阿龙和阿海的灵位。

"我们给二位小兄弟上一炷香吧。"简宏顺的内心充满着对阿海这位小兄弟的怀念之情，向连永福和在场的建议说。

"阿叔，阿海他……"阿发想向连永福解释，向他说明阿海去世的一切。他刚刚张口，却被连永福用手制止了。因为，他和简宏顺到台北采集一些商品，已经从街边了解了这里半个多月发生的情况。可是，让他悲痛的是，这位在双方拼杀中丧生的人，可是自己在海上救起，却又是在这英年早逝的阿海。

这是一条什么样的命呀！连永福不禁在内心哀叹着。

"从老祖宗的明朝开始，我们闽南的祖祖辈辈就开始来往台湾拓荒，有多少人在这里走向天堂。我们记住他们，让他们平平静静地走吧！但我们活着，就要继续打拼。这几年你们兄弟成器，为我们闽南兄弟争了光。从心里永远记住他们，继续专心你们的事业。"简宏顺毕竟是走南闯北的粮行老板，见多识广，在台湾拓荒的闽南人当中有着不可替代的影响力，

第二十章 保生大帝在显灵

一席话讲得很在理，也很平静。他的眼光最后落在阿光身上，给予一种莫大的信心和鼓舞。

"我一定记住你的嘱咐。老板，我们事业刚刚开始，但这一切都是跟你们的支持分不开的。我会记在心里。"阿光感激地看着简老板，最困难的时候，他的到来，那意义是毋庸置疑的。

"阿光，你们不是要种甘蔗吗？"简老板想起来，用手指了指门口，"我和连永福阿叔已经给你拉了一车的蔗种。"这时，阿光才发现在门外，一辆马车上堆着实实在在一车蔗种。

"这些蔗种，有果蔗，也有糖蔗，等一下连永福阿叔会给你讲清楚。"简宏顺说，"这些蔗种的钱我已经垫付，还是跟以前一样，等你收成了才结算。"简宏顺这人，做事历来很公道，尤其是对后生一代的培养那往往是不计成本的。

"老板！阿叔……"阿光感激不尽，不知用什么话才能表达自己的感激之情。

"不要再说那些客套话，事实已经证明，你阿光几个兄弟不是扶不起的阿斗，我相信你。"简宏顺转过头，看见山花还垂着头站在那里一言不发，有些纳闷，便问："这是……"

"噢！我刚才有些慌乱。这位是山上平埔族山寨酋长的女儿山花。"阿光对冷落山花表示歉意："对不起，刚才忙着跟老板交谈，忘了介绍你了。"

"酋长的女儿山花？"简宏顺看了看脸上还有泪珠的姑娘，心里有些纳闷。

"嗯！"阿光点了点头，从简老板那不解的脸色上看到他的疑惑，"山上出现了瘴气病，她下山求救……"

"那为什么不赶快去？那是一种急性传染病，救人一命，修善积德。这是保生大帝精神风范。"简宏顺直言相告。此次他们是到台北采购，是听说半个月前他们山上山下打了一个大战，两方都死伤了一些人。后来又听说这里得了瘴疠病才临时赶过来的。到了这里才解到山下这边已经被阿光治好了。现在，又听说山上下来求助，便鼓励阿光："冤家宜解不宜结，快去，帮助那边的兄弟。这事情刻不容缓。"

"那你们才到呀？"站在一旁的山花已从话中了解到他们与阿光多年不见，也不忍心催促他们立即动身上山。

"我也一起上山，治这病我多少有些经历。走，上山去吧。"简宏顺站起身。种蔗的事也不能耽搁，"阿发，你留下，连永福阿叔指导你们赶快把蔗种种下去，否则，便误了季节。"

"不！老板，你们去，不安全。如果……"阿发看到老板和阿光都要上山，心里不踏实。他怕那山上的人使计，出现阿海第二。

"不会的，不要担心。有我在。"山花听见阿发的话，心里一急，又要跪下求助。

"对！简老板，我也有点不放心。"魏永福看见阿光执意上山，而且连简宏顺也极力支持，有些不解，想出面阻止。

实际上，简宏顺远道赶来正是听到这位后生遇到的困境，过来看看，过来帮帮。当他听到山上下来人求助，已经看到了化解矛盾，解决困难，破解困境的机遇。他一同上山，在人家最需要帮助的时候，伸出援助之手，这是我们民族的美德，最能够令人终生难忘。尽管他不能判断山花的话是否真实。但凭他的影响力，凭着民间拳头不打笑面人的古训，简宏顺可以判定，此行上山利多弊少。无论从山上山下和解还是帮助阿光解套，正是适逢良机。

"走吧！山花。你领路。阿发、阿叔、师傅你们放宽心，在家按照连阿叔的要求，组织兄弟将蔗种赶快种下去。"阿光去意已决。

"那我也一定去。"黄福寿执意要去。

"可以，但不能带任何刀枪。可以带几个人去帮助熬药，扎针。"阿光叮嘱说。

"好。"黄福寿手一挥，一群后生仔拥了进来。

"不，只带两个人吧！"阿光用眼色制止了黄福寿。

"好吧！"黄福寿从阿光眼色中了解了他们的用意。第一次进山，不让我多带人，不能带刀枪，目的在于用真情善意去化解矛盾。

"阿光哥！你真是菩萨心肠呀！"这一段，山花没有多少说话的机会，看到阿光为此执意，考虑问题又如此周详，这位山上酋长的宝贝，平埔族人的公主，平时天不怕，地不怕，任性得谁也不敢惹，看到眼前的一切。竟然当着众人的面，不顾一切扑向阿光，她似乎旁若无人，死死地把阿光抱在胸前。

"别，山花。有话好好说。"阿光没有这样的习惯，又没有思想准备。一个山寨姑娘为此大胆在众目睽睽之下，去搂抱一个昨天还是站场上敌人的男人。阿光想退后一步，可是，没有办法，他的身子已被山花抱得严严实实，便稍稍用力把她推开。

这一切，海英看在眼里，心里涌出了一阵酸溜溜的味道。

"走吧！姑娘。你领路。我们赶时间。"简宏顺看出了其中的隐秘。这位走南闯北的生意人已从山花的眼神里，多少觉察出一些东西，但他不去揣测，也不去制止，只用一种巧妙的方法为阿光解困。

语音刚落，简宏顺举步出门。

阿光没有再说什么，只是用眼神跟海英交换了一下。

海英张了张口，终于没有说出话来，只是默默地跟随阿光的身后，久久地用她那深情和依依不舍的眼神目送着他们，看着他们走出街道，进入屋后面的小山包，隐身在那茂密的热带雨林之中。

她的心已经随着阿光而去。

因为，这山上到底是怎么回事？谁也没去过，谁也不清楚。

因为，阿光他们此行到底凶多？还是吉多？谁也难以料定。

因为，自己的心尽管早已属于阿光。但毕竟没有过门。而且，闽南的女子贤惠，长辈的教育，传统的习惯，夫为妻纲，闽南女子以丈夫的话作为圣旨。丈夫要做的事，妻子只有遵循的份，思念的份，默默相随的份。

阿光六个人的身影已经消失在从林中。但那弯弯的山道之间，绕了一个盘，又隐隐约约看见他们越来越小、越来越模糊的身影。可是，海英还木然地站在那儿，痴痴地看着。心里感慨万千，前几天，要不是阿海挡了那一箭，替了阿光。可能此时走在那山上的人就会改变，那就是另外一番结局。

这一切，让一个心爱阿光的女人怎么能释怀，怎么能不着急呢？

山风在吹着，吹得海英那身上肥大的裤管"啪啪"地响着。她不知道，未来的几天，自己在看不见阿光的情况下会怎么难过。自己在这山下，还要熬过多少个不眠之夜……

"海英，回去。这风大。"屠户看见山风中木然站立的海英，走过去，用长辈爱护后辈的关切之心，提醒海英。

"嗯！阿叔，我没事的。"海英忍不住嘤嘤地哭出声来，一次又一次擦去脸颊上流下的泪水。


再说阿光一行六人进入山寨时，比原先预想得要简单得多。除了进第一道山寨门时有几个神兵在吆喝时，被山花照骂一顿后，便不在有喊声外。一进入山寨，那男男女女，听听汉人上山寨来了，一个个躲在家里不赶出门。

有几个好事之徒，也仅仅是在家里，在路旁做一个探头的姿态，便缩着头，唯恐躲闪不及。

因为，作为平埔族人世世代代把自己的儿子送去神兵队，在那训练，以守护家园。神兵队是山寨人的骄傲，是山寨人的保护神。同时，更是山寨人心目中的英雄，是一支战无不胜的队伍。

是的，这支队伍在每个人的眼里，每次出战，每次凯旋而归。可是，只有这一年，每战每败。尽管前几次，他们污头垢脸，偶尔受了一些轻伤。但，这都是历史上没有过的。听回来的人说，这次虽然山下也伤了几个人，死了一个小老板。可是山上也有八个神兵队员死伤。

而这八个死伤的人都是山下乡勇团总一个人干的。

这乡勇团团总一定是神的护身，具有神的魔力，不然哪有这么大的神功呀！

更重要的是，听说那个叫阿光的老板还会点穴，一个武功再高强的人，经他轻轻一点便成为一根木桩，而轻轻一点又能解穴。

这，不是神仙附体，又是什么？

这种消息，这种传言在山寨走东家闯西家，越传越离奇，越传越神秘，越传越夸张。

"你看，那走在最前面的便是阿光老板，那简直是一个神的化身……"一个曾被点过穴，然后又被阿光解穴的神兵回忆自己的经历，一边对乡亲们讲，一边还瑟瑟发抖。

"那个走在最后的便是乡勇团团总黄福寿，就是他一个人砍了我们八个神兵队。他那大刀挥起来像一阵风，又像是一尊神。来无影，去无踪。呼呼作响，狂风大作，只要被风卷着，头立马发晕，四肢无力，大汗淋漓，武功全废。"另外一个神兵队队员趁机添油加醋，把黄福寿说得神乎其神。

总之，山寨人平时三步不出，五步不走，没见过多大世面，也没多少见识。如今，见到六个人由山花带着闯进山寨来，以为山寨将大难临头，兴许有更多的人将要脑袋落地……

"山花，先去看你的阿爸吧！"阿光看了看周边一个个惊慌失措的脑袋，心里也大约可以猜测出几分情况，要在这里呆得安稳，要积极化解山上山下的纠葛，只有做通酋长的思想工作。

这叫打蛇打七寸，牵牛牵牛鼻子。

"对！山花，先到你家去吧！"简宏顺没有正面回应阿光。他感到阿光的思路十分清晰，为这个后生老成持重而暗暗作喜。

"好的，肯定要先到我家。"尽管山路崎岖，除了山花之外，几个人已经大汗一身。唯独山花这姑娘长期在这羊肠小道上奔跑生活，没有一点疲劳的感觉。大约是她想极力证明自己能将山下的汉人请上山的那种能耐，红扑扑的鸡蛋脸洋溢着一种成就感。

在酋长门口观望的管家，看见山花领着汉人走进山寨，紧张得走路都有点不稳，他跌跌撞撞走进阿力凡的床前，赶快向酋长报告。

"老爷，老爷……"管家浑身哆嗦。

"什么事情，这样慌张。"阿力凡有气无力地躺在床上，看见管家平时一贯做事稳重，现在慌成这个样子，有些不解。

"山花领着六个汉人，上山来了。"管家说。

"来了？"阿力凡听了吓一跳，挣扎着想爬起来。他心情矛盾地摇了摇头，对自己这个女儿真是爱恨交集，最后无奈地重新躺回床上。

"山花领着六个汉人上山来了。而且，朝家里来了。"管家擦了一把额头的汗珠。

"啊！……"阿力凡身子似乎受到强烈的打击，重重地靠在床背上。

"阿爸……"这边管家和阿力凡还在惊恐之中，那边门口却传来了山花的声音。接着，又听见一群人的脚步声跨进了家门。

"这个……"阿力凡心里真想骂出声音，那山花早已一脚蹦了进来。

"阿爸！我把山下的阿光老板请上山来帮你和寨子里的人治疗瘴疠病了。"看见阿爸躺在床上，虽然昏暗的室内看不见父亲惊恐的脸色，但山花却从自己三呼五唤父亲都不应的现象中，感觉到父亲不快的心情。但，她以宝贝疙瘩那种特有的手法，走近父亲唠唠叨叨地在他耳边解释，"阿爸，你不知道，山下也患瘴疠病。可是，经过阿光老板用药汤治疗，现在已全部好了。"

"哼……"阿力凡从鼻子里，喷出了一口怒气。

"阿爸！你看，还有台南宏记粮行的老板也来了。"山花见阿爸"哼"的一声，对阿光不屑一顾。便把简宏顺的大名给搬了出来。

"唔……"听到山花说出简宏顺的名字，阿力凡的身体动了一下。

"对呀！台南宏记粮行老板也来了。"

"宏记？"阿力凡迟疑地重复了一句。

"对呀！宏记简老板。"宏记在整个台湾都很知名。尽管阿力凡没见过。但一听到鼎鼎有名的宏记粮行，而且宏记的简老板不但上了山寨，而且还进了家门。这对阿力凡实在是一种刺激。这个宏记粮行，有多少人想攀都攀不上，而今天简老板还登了我山寨的门，进了我阿力凡的门。

平埔族同样也是一个热情好客的民族，讲礼数、仗仁义的民族。听到女儿说宏记老板登门了，阿力凡怎么还能躺得安心。

"那！还站着干什么呀。叫管家看茶。"阿力凡感动了，他支起疲惫又虚弱的身子，想起床，但支了几次身子，最后都终于力不从心地躺回床上。

"阿爸，你别逞强，我叫阿光哥给你看病。"山花着急起来。

"嗯……"阿力凡见女儿如此着急，也不再拒绝，但又不好意思表示

第二十章　保生大帝在显灵

支持、显得有点模棱两可。

"酋长，我们听山花说你和山上乡亲身体欠安，便专门上山来给你们看病来啦。"未经山花同意，阿光一脚踏进阿力凡的卧室。

"酋长，阿光这小伙子挺能干的。你要相信他一定能治好你的病。我简宏顺也在此有礼了。"阿光的身后，简老板作了一个拱手礼，表示对主人的问候。

"啊？！简老板光临寒舍，蓬荜生辉。我阿力凡失礼了。"阿力凡看见二人已经进屋，赶快叫管家"快，扶我起来。快……"

"是，老爷。"管家唯唯诺诺地照办了。

阿光非常谦卑地坐在阿力凡的床前，诚恳地告诉阿力凡说："酋长，请把手伸出来，我帮你号号脉。"他知道，自己不是一个医生，那丁点医疗知识，那学的一些偏方、秘方是在庙里学徒时师父教给的。只是，前几天，山下出现霍乱病时，自己在原来的基础上，作了一些探索。现在，在山上正经八百地要给酋长看病，一定要更加小心谨慎，更加用心才是。

"嗯……"阿力凡尽管心里不情愿。但看到阿光这后生还真诚恳，况且那还有一个宏记粮行的老板简宏顺，还是将手伸到阿光眼前。

"酋长，你仅仅是初患，病情不重，我给你治疗一下。你把心放宽，一定很快好的。"阿光用眼光给山花交换了一下意见。为了让阿力凡的身体早日康复，以便为救治山上乡亲打好基础，他准备采取针灸和放血治疗兼用的办法，辅之汤药，尽快解除酋长的病症。他从口袋里取出银针。首先在几个部位施以针灸。然后，对十个手指和十个脚趾实施放血。

"你……"看到阿光手上银晃晃的银针，阿力凡似乎有点迟疑，想抽回手。

"不要紧，酋长，就像被蚂蚁咬一样，不疼。但请你相信，这效果非常地好。"阿光用一种自信的眼光告诉阿力凡。

"那……"阿力凡还不放心。

"阿爸！你上山狩猎都不怕，还怕什么呀。"山花在一旁鼓励。

看到周边那么多眼光看着自己，阿力凡也感到没有退路，闭上眼睛，俨然有一种视死如归的感觉。

阿光看准穴位，又扎针，又捻针，边轻声地问酋长："有酸酸麻麻的感觉吗？"

"嗯……"

"好，完了。"阿光在几个穴位施完针灸后，便开始实施放血。他先把酋长的手放在自己的大腿上，一只手抓紧手指，一只手持针朝指尖一扎。只见阿力凡的身体微微颤抖，立即那指尖冒出了黑糊糊的淤血。

几双眼睛一动不动地注视着阿光的一举一动，生怕阿光失手，给以后的工作带来麻烦。阿光感到全身上下有一种莫名的压力。他努力控制自己的情绪，不时地用手擦着额上淌下的汗水。山花赶快拿了一块热毛巾帮他擦汗，被阿光轻声婉拒了。

"山花，你赶快将福寿带来的草药熬上一大盆，等我放完血后，请酋长喝下。"阿光聚精会神。从十个指头，然后十个趾头，一一放完血，再轻轻推揉了一下，才满身大汗结束自己的工作。

"阿光哥！药熬好了。"正当此时，山花不迟不早把熬好的汤药端了进来。

"好！先喂你阿爸喝下一大碗。然后，让他静静休息个把钟头。"阿光交代山花，转过身告诉酋长："喝完药，先安心休息一下，一觉醒来一定会神清气爽的。"

"费神了。"阿力凡经这一针灸，直觉得全身上下顿时轻松起来，他感激地对眼前的小伙子开始有了一些好感。心里在想，怪不得山花这疯姑娘这一段天天将阿光的名字留在嘴里，这后生实在不一般呀。

说来也怪，这阿力凡被阿光这么一来二去地又扎针，又放血，等他一觉起来，便能起床行走了。

阿光一行人在客厅里喝着山茶。突然看见已经躺在床上几天的阿力凡从床上爬起来，站在他们面前，几个小时前那灰暗的脸色还有一些微微的红润，都感到十分欣慰。尤其是那管家围着阿力凡身边转了好几个圈，一个劲地赞扬："老爷，真是神仙保佑，你又康复了。托天上菩萨的福呀！"

说罢，立即在门口又是烧香，又是点烛，心里还念念有词，那一片虔诚之心，实在让人感动不已。

217

"恩人！贵人！简老板、阿光老板。我阿力凡有礼了。"阿力凡又是拱手，又是作揖，还要下跪谢恩。

"万万不可，这是阿光老板应该做的。山上山下都是一家人，都是兄弟。兄弟有难，相互帮助理所当然，顺理成章。酋长言重了。"简宏顺看到阿力凡病好得如此神速，心里也十分愉快。他给阿力凡还了一个礼。接着说："现在山寨里到底还有多少人染上这样的病，快告诉我们，以便去施救。"

"这个……"管家似有心思。

"这个什么？快说。"阿力凡眼睛一瞪。

"他们表示，纵使病死也决不喝汉人的药。尤其是前一段死伤的神兵队员的家人。"被阿力凡一训，管家只好和盘托出。

"去！传我的命令，都得听阿光老板的，人家上山来救我们还不领情？"阿力凡发怒了："如果谁不喝他们的药，给我撬开嘴巴，也要灌下去。你——"阿力凡指着管家和山花："你们全程陪着他们挨家挨户去救治。"

"是！老爷！"管家领命。

"等一下，叫几个神兵队员过来保护他们的安全，如有问题，唯你是问。"阿力凡补充道。

"酋长，费神，费神了。"简宏顺心里一乐，这生死之怨，竟然被阿光这一针给化解了。

"阿光老板，你还有什么困难要我帮助的吗？"阿力凡眼睛发亮。不难看出，他从内心里已经十分喜欢这后生仔了。

"这样！寨里患病的人不是少数。熬汤药用小锅远远不够。我建议，如方便在这门口支个三、五口大锅，让大家都来吃药。有病的，治病；没病的，防病。你看？"阿光回答得很认真。

"管家！"阿力凡大声叫了一句。

"在！老爷。"

"阿光老板的话听见了吗？"阿力凡问。

"听见了！"

"好！就在我家门口支五口大锅，熬药。传我命令，全寨上下，男女老少都要按阿光老板的要求喝药。有病治病，没病防病。"阿力凡发布了酋长的命令。

"是！我一定办好。"管家掉头便去落实了。

听完酋长的话，阿光轻轻舒了一口气。他回头，正与简宏顺欣满的眼光交汇在一起，一块压在自己心头一年多沉重的石头终于落地了。

这真是保生大帝在显灵。

第二十章 保生大帝在显灵

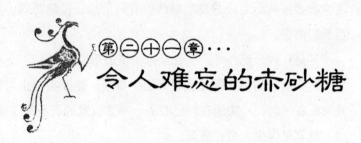

第二十一章···
令人难忘的赤砂糖

　　阿光一行在山上一住就是五天。

　　这五天，管家和山花形影不离地陪同，而且由神兵队的全程保护，走进山寨各个山头每一个家庭，治好了每一个得病的乡亲，驱走了笼罩在山寨、笼罩在每个乡亲心头的悲伤和忧愁。于是，那山寨又恢复了生机，又恢复了活力。

　　"酋长，请多保重，得闲时到山下走一走，看一看，如不嫌弃，我们携手一同来建设这竹桥平原。把它建成跟台南、台北一样的新城。"那是一个雨后阳光明媚的日子。清晨，阿力凡带着山寨的男女老少将阿光他们一路相送，一直送到第一道寨门。阿光想想五天前的心境，再看看眼前的一切，心里难以抑制欣慰与喜悦，他举起手，不停地拱手，向酋长告别。

　　"后生可畏，后生可畏，让我老朽五体投地。我以后一定拜望。以前的事一笔勾销，一笔勾销。往后，山上山下联手创事业。"不难看出此时的酋长已完全摆脱内心的灰暗，与五天前判若两人。他看着阿光，又看着简宏顺。最后，把眼光落在他们身上，他的嘴巴张了又合，合了又张。

"祝山寨众乡亲好运！"简宏顺似乎觉得酋长有话要说。可是，看到他欲言又止，也不再追问。有些话，只有等到水到渠成时才会出口，既然他说不出口何必勉强？于是，再次拱手告别。

"再会！再会。"阿力凡犹豫不决，还了一个礼。

"走吧！简老板。"阿光退了一步，做了一个手势，让简宏顺告别。黄福寿倒是个很称职的乡勇团团总，这几天他神经绷得紧紧的，与阿光寸步不离，像一个保镖，忠诚地履行保护老板的职责。此时，尽管他面带倦容，可是与另外两个乡勇团丁，用机警的眼光观察四周，走在简宏顺和阿光的后面。

"简老板！简老板！借步说话。"正当阿光和简宏顺走了十几步远，内心矛盾的阿力凡终于开口叫了一声。

这一叫，让黄福寿的神经高度紧张起来，五天都顺顺当当过来了，莫非这阿力凡还想节外生枝？他站在阿光当中，想阻止简宏顺回头。

"不要着急，不会有事的。"福寿看到脸无表情的阿光，又看了看脸色绷得生紧的黄福寿，简宏顺拍了拍黄福寿的肩膀，低声地嘱咐了一声。

"借步说话，借步说话。"见简宏顺回头，阿力凡拄着拐杖快步上前，把简宏顺叫到一旁。那样子有点神秘，有点让人暗暗发笑。

"酋长，有何见教。"简宏顺还是笑哈哈的。因为，从这几天工夫当中，他发现开始时这阿力凡从开始对阿光有些不屑，慢慢地又产生了好感，最后这两三天发现他视阿光为一块宝物，恨不得立即把他揽在怀里。这里，除了几天所见所闻外，也包含着他的女儿山花从中做工作有很大的关系。

"老夫有句话难以启齿，考虑再三，拿不定主意，不知该说不该说。"阿力凡憋得脸红红的，看样子真难为这个山寨之主了。

"兄弟之间有缘相识，那是缘分，也是福分。但说无妨，酋长。"简宏顺此时倒不知什么事让这平时在山寨呼风唤雨的酋长如此难为情，便豁达地回答他。

"你这阿光老板，是否已经婚配？"忍了许久，阿力凡终于把话吐了出来。

"哈！哈！哈！"听了阿力凡的话，简宏顺似乎证实了自己的猜测，爽朗地大笑起来。

"怎么啦，简老板，老夫这……"被简宏顺一笑，着实让阿力凡感到窘迫，他感到有些不知所措，忙自我解嘲："我真不该问这个，我……"

"酋长，阿力凡兄。无妨！无妨。"简宏顺发现自己的笑声让阿力凡有些误解，让他感到难堪，便加重了亲情和兄弟之情的口吻说："这阿光倒是尚未婚配。你的意思是……"

"那好，那好。"阿力凡脸上露出了喜悦之情。

"但是。"简宏顺生怕又造成新的误解，便赶快接上话头："阿光老板已经有了一个称心如意的姑娘，那是他救命恩人的女儿。只是，等到良辰吉日而已。"

"噢！噢！噢！那便当我没问此事，没问此事。"阿力凡刚刚的兴奋之情只点燃一下，便黯然失色。

"阿力凡兄，你是想？"简宏顺已完全把握了这位酋长的心思，他是想自己亲自出马，将自己的宝贝女儿许配给阿光。结果，阿光的心已经有了所属，自然觉得失望。

"我……"阿力凡的情绪有些低落。

"阿力凡兄，我也是为父之人，我当年也曾为女儿的婚事操碎了心。我理解你，我理解做父亲的心。"简宏顺十分理解一个父亲此时此地的心情，便左一个兄、右一个兄努力从感情上靠近阿力凡，以增强他的信任。

"是啊！是啊！那令媛后来呢？"阿力凡听了这话，好像找到共同语言。

"后来，我帮她找到了我手下的一个伙计。"简宏顺讲得很真诚，"现在，哟，上个月已经给我抱了一个孙子。"

"是吗？我女儿要是有你这样的父亲就好。只可惜，他的父亲每天呆在山寨充耳不闻，孤陋寡闻。"阿力凡似乎中气不足。

"阿力凡兄。"简宏顺看见阿力凡一脸沮丧，笑了一笑说："如果你和你家山花不嫌弃，请我当大媒如何？"

"请你，我家山花有这个福分吗？"阿力凡有些受宠若惊，"你简老板可是台湾鸿福齐天的人啊！"

"见笑了！阿力凡兄。你何出此言呀。"

"……"阿力凡用眼睛看了简宏顺，无声地摇了摇头。

"这样，阿光还有一个结拜兄弟叫阿发，与阿光同岁，是这里的二老板，如阿力凡兄不嫌弃，我回去跟他说一说。然后，给你一个准信，如何？"简宏顺觉得现在双方已不必客气，也不必绕圈子。如能促成这桩婚事，就是对阿力凡这位父亲的一种安慰，也是对竹桥平原下一步的开发、发展形成一种助推力。自己担当此责，实在是义不容辞。

"那好！那最好！那就拜托简老板了。"阿力凡响简宏顺不停地拱手，不停地弯腰，表示诚意。

"好！一定，你等我的消息。"简宏顺看看这年岁已高的老人。自己已经在这里呆了五天，得赶快下山，安排妥当后，还得赶路回台南。

因为，那里还有很多生意，许多业务等着自己去处理。


山上，顺顺当当，满心欣喜，凯旋而归。

山下，海英他们都翘首以待，牵肠挂肚。

这几天，阿发领着一帮兄弟在连永福的带领下，按照要求种植甘蔗，这一批蔗种是连永福从大陆运过来的良种，包括竹蔗、红蔗和蜡蔗三个品种。其中，竹蔗用来熬糖。"要说是良种，是这竹蔗含糖量特别高。其他地方要种三点八甲地的竹蔗才能熬两千斤的红糖，而我们这竹蔗呢，只要一点七甲便可熬两千斤红糖了。"连永福一边指导他们种蔗，还一边教他们以后怎么施肥等技术。

"那红蔗和蜡蔗呢？阿叔。"阿发认真记着不停地提问。

"这红蔗和蜡蔗主要供生食。"连永福说："这蔗也一样含糖量很高，水分足，又脆。咬一口，就有三四口的糖水，有营养，又清火，是一种经济价值很高的作物。种一亩蔗要比一亩水稻的价值高一倍呀。"连永福不停地介绍。他知道自己不停地在海峡两岸转悠，要经常来竹桥是不可能的。来了一次，要尽自己的可能，将栽培知识最大限度地传授给他们，让他们在以后整个栽培过程中，尽量减少一些麻烦。

第二十一章　令人难忘的赤砂糖

"那要种多少竹蔗才可以建一间糖厂呢？阿叔。"连永福一边介绍，阿发已点点滴滴记在心间，他心里萌发了一个新的想法，产生了一种新的追求。阿发在想，如果等到这竹桥平原都开发完毕，那肯定是一个巨大的粮仓。可是，种粮主要解决吃饭问题。有饭吃了，还得要有别的作物，还应有新的追求。小时候，有一次，自己看到人家小孩在吃一块小糖砖时，那津津有味的样子，让自己不停地咽着口水。可是，因为没有吃过，一直不知道那是一个什么样滋味的东西。后来，他用心跟那小孩玩了好几天，搞好了关系，那邻居小孩最终只允许他的舌头在那小糖砖上舔了一口。就那么轻轻地舔了一口，那清甜的味道让他至今也没有忘记，让现在也记忆犹新。如果有朝一日，自己在这里种上几百甲、几千甲的甘蔗，再建一间糖厂，那是何等的享受，那便可以放开嘴巴饱吃一顿那清甜的糖块呀！想到这里，阿发情不自禁地咽了一口口水，似乎这口水是那么的清甜，那么的沁人心脾，那么让人心旷神怡。

阿发直起腰，看看周围已垦发的数千甲良田，眼前好像瞬间长满了郁郁葱葱的甘蔗，那甘蔗又粗又高，秋风吹拂，形成了一片绿色的海洋。而且，他的身边还建起了一间那么大的糖厂，那源源不断的糖水经过熬煮、冷却成了金灿灿，堆成小山似的红糖。永丰城的乡亲们争先恐后地品尝，个个露出开怀和爽朗的笑声……

阿发的心被陶醉了；他对未来充满着自信，充满着无比美好的憧憬。这时，他的耳边响起了山上清脆的鸟鸣声。

"噢！"那是一阵清脆的布谷鸟叫声传入耳帘。

"布谷、布谷，"那鸟儿叫得更欢，阿发蓦然想起，清明快到了。那些包租户已经开始耕种，已开始投入了新一年的耕种活动当中。这是新的一年，新的春天。一年之计在于春，一日之计在于晨。可以料定，随着土地的进一步开发，今年可耕种的面积将进一步扩大。这充满泥土芬芳，充满春天希望的田野总是令人信心百倍，给人以无限的期待。

"祝福、祝福"。还是那布谷鸟的声音，可是随着心情的起伏，随着这思绪的变化，这鸟儿的叫声也似乎变了音，变了调。上次阿光哥谈论的一点没有错。同样的鸟儿叫，不同的人，不同的时候，不同的心情就会有不同的感悟，不同的体会。

祝福我阿发什么呢？

阿发站在田头，思绪万千。他的心情有着前所未有的畅快，从四个孤儿渡东，过了几年，已经走了两位兄弟，吃尽了苦头，现在终有一些成就，一些收获。人生呀！总有许多磨难，许多收成。他抬起头，突然，眼睛一亮，这一段压力太大，每天都低着头在思考问题，每天都是起早摸黑。现在当自己抬起头看到竹桥平原后面的群山，充满着生机，充满着活力，充满着无限的希望。你看，那层层叠叠的山头，绿树成荫，古树参天，而那起伏的山峦当中却绽放着灿烂的山花，黄色的、粉红色的、红色的还有白色的，争姿斗艳，璀璨绚丽。他以前听人说过，那黄色的，粉红色的和红色的的花叫杜鹃花。那洁白无瑕、一尘不染给人以素雅，高贵的白花是梧桐花，这花是闽南先民早期开发台湾时带过来的，现在这花成了台湾装扮春天的一种不可或缺的风景线。这些花充满着野性，充满着无限的生命活力，妩媚得很，妖艳得很。春风吹拂，那花瓣不时落下，纷纷扬扬，此起彼伏。像朝霞，又像是夕阳的余晖，在那碧绿的山野中起伏、飘荡、翻腾……

五天的时间过去了。

阿光哥应该回来了。

这五天时间，几年来朝夕相处、情同手足的兄弟一直等不到他上山后的消息，真让人牵肠挂肚呀！

真难为阿光哥了！

阿海去了，兄弟的心至今仍然笼罩着悲哀，可是，自己头上的虱子没抓清楚，却为了未来，到山上去帮仇人抓跳骚，去帮他们治病。

这是一种何等的情感煎熬呀！

阿发的思绪在漫无目的地思考着。他出神地望着那漫山遍野的杜鹃花。好像多看几眼便会拂去悲伤，增强自信，增强幸福和快乐。从而，产生无限的快乐，无限的力量，无限的智慧。

这时，一丝莫名的情绪涌上心头，阿发突然想起那天早上来到阿光哥家的那个自称是山寨酋长女儿的山花。个子不高，圆圆的小脸，一对小小的酒窝镶在两边的脸颊上，一对眼睛大而有神。虽然，她也沉浸在悲哀之中，但如果驱去那悲哀，想必是一个妙龄而又多情的姑娘，让人一看便很难忘怀……

他的思绪有点乱，乱得有点没有头绪，真有点胡思乱想。阿发为自己突然萌生这种情绪而感动不安。是啊！自己已到了谈婚论嫁的年龄。但事业刚刚开始，况且这里几百号人，除了已婚而且还少得可怜的女人外，还有个别未成年的孩子，可以谈婚论嫁的姑娘更是屈指可数。

阿发想着，想着，有些发起愣来。转过身，他远远看见海英正从屋里出来，朝那山上看去。阿发深有感触，阿光真有福气，尽管他深受这么多压力，也吃了那么多苦，但他背后却有一个疼他、热他的姑娘。

这几天，弟兄们看到海英那魂不守舍的样子总是在议论，此生能娶上这么一个女人，将是八辈子修来的福。你看，她天天朝山上张望，进进出出，简直把自己的脖子张望成长颈鹿了，阿发越想越羡慕，越想越有一种酸溜溜的感觉。

"阿光哥回来了！阿光哥回来了。"当阿发在胡乱地思考的时候，他的耳边响起了海英的叫声。抬头看去，这不，太阳正值头顶，阿光他们已经从那小山包的丛林里往下走来。

阿光哥真的回来了。

阿发抑制不住内心的激动，放下手中的活，不，正巧田野的甘蔗正好种完，便招呼大家一声，连手也顾不上洗，兴冲冲地朝家里走去。

阿光哥此行不知顺利吗？那山花真的如她所说的酋长的女儿吗？阿光哥这次能化解山上和山下的矛盾吗？一个个问题，阿发都想急切地得到回答。因为，这一次会关系到竹桥平原下一步的开发和发展呀！

阿发一边跑一边在脑海里折腾着。

"阿发！"阿发还有一只脚在门外，阿光已经高兴地叫起了自己的兄弟。看他那兴奋劲，阿发闪出一个念头，阿光哥此行一定非常顺利，一定有重大的收获。

"阿光哥！五天了，我们天天在牵挂着你。可是，最牵挂的还不是我。"阿发看着自己的兄弟，先呵呵一乐，接着又想起了海英。

"谁？阿叔吗？"阿光很有兴趣。

"错！你没看见海英，这几天没有变化吗？"

"我！没变化呀。"阿光有点摸不透阿发话中的意思，可是，一旁的海英早已脸颊绯红，朝了阿发瞪了一眼，轻轻地责怪阿发："阿发哥，别拿我开心！"

"你看！海英的脖子都变长了。她每天探着头十几次，这脖子呀足足长了一尺多。"阿发说了一句。

"哈哈!哈!"大家突然大声地笑了起来。这一笑，把海英吓得赶紧跑回房间去了。

阿光此时的心情特别好，他滔滔不绝地把五天来在山上的一切，向家里人讲了个大概。

然后，又似乎郑重其事地向大家报告，"此次上山，保生大帝保佑，一切顺利。而且，还有一个重大收获。"阿光的话嘎然而止。

"什么重大收获？"大家被阿光的话给蒙了。

"嘿！嘿！嘿！"这死阿光，就是故意卖关子不肯明说，只是一个劲地向阿发眨巴着眼睛，把阿发搞得非常难受，却又不知为什么。

"阿光哥，你今天怎么啦？"阿发看在眼里，知道这阿光说出来预计很难，便将眼光投向黄福寿问道："福寿哥，你告诉我们吧！"

"阿光哥说过，不能说。这个重大消息，要请简老板发布。"黄福寿也不愿透风。

阿发在左看右看觉得这所谓重大的消息一定与自己有关。但，又不知道是哪一方面的内容，而阿发越想早点知道，黄福寿那眼神越是琢磨不透，可奇怪的是，简宏顺老板也不紧不宽招一招手把魏永富、屠户和连永福叫到房间里，那神神秘秘的样子，好像不把阿发烤得浑身焦黄不罢手似的。

厅堂里，阿发一会将眼光投向阿光，一会儿又投向黄福寿，这两兄弟似乎压根儿没有兄弟之情一样，故意脸无表情，一声不吭。

"好！好！好。我看可以。"屋里没有消息，屋里却开始热闹起来了，那是连永福阿叔的声音。

"这是一件绝顶好事，好事。"这是魏永富的声音。

"既然有这等好事，我们不如抓紧办了吧！"这是屠户的声音。他的年岁也不小了，有钱人到这等年纪，早抱上儿子啦。

怎么说起抱儿子的事情啦，只言片语传入了阿发的耳朵，更让他如坠云雾当中。

"那就这么办吧！"简宏顺说着："那我便宣布了。"老人们一个个脸带喜色从屋里走出来，简老板终于开口了："各位坐定，我今天要发布重大消息。"

简宏顺看着大家都坐定了，才拿出旱烟杆，装上满满一锅烟丝，燃上火，慢条斯理地说："我简宏顺这辈子最喜欢的事是帮人做好事，成人之美。此次上山，我很有收获，我想再做一件好事、善事。"绕了一个大圈子，他又美美地吸了一口烟，然后，吐了一个个小烟圈。这简老板也是个乐天派，也是一个喜欢逗乐的人。

"古话说，大凡人的婚事，都得父母之命，媒妁之言。而且还有男大当婚，女大当嫁的古话。我来一次不容易，这次来想成两件事。一件是阿光和海英的事，大家都很清楚。这是一件非常般配，非常美满的事；第二件事，是阿发的年岁也不小了，又是与阿光同年。这次上山，山寨酋长跟我商量，将他的宝贝千金许配给阿发，我考虑一下，这又是天生一对，地上一双。阿光、阿发父母都去世了。今天，我们以长辈的身分，大胆做主，同意了这两桩婚事。刚才和与其他三位长辈商量了一下。原本，我决定今天离开这里的，可是，刚才一掐算后日正是黄道吉日。于是，我决定再留两天，后天把阿光和海英，阿发和山花的婚事给办了。"

"好！好！"黄福寿第一个鼓掌。

"行，后天将他们的婚事办了。大后天，你随我一道回南边，将你的妻子接过来。"简宏顺将目光投向黄福寿，你不能娶了人家，让人家守空房，今年之内，你们三个人都要给我们这些老辈们生个胖儿子。"

简宏顺讲完，那坐在厅堂里的年轻人没人再鼓掌了，只有另外三个老人笑眯眯，乐得眼睛眯成一条线。

"怎么啦？不乐意？"简宏顺把目光投向三个年轻人，然后，定位在阿发身上："阿发，你不乐意吗？"

"我……"

"我什么？直说。"简宏顺的眼光咄咄逼人。

"我乐意，但没有准备呀！老板。"事实上，此时阿发心里早乐得甜滋滋的。他暗暗在想，怪不得今天看到那杜鹃花心里那么畅快。原来，大帝保佑，喜事临门。但，他不敢过于喜形于色。

"乐意就好！准备由我们负责。"简宏顺好像对自己的儿子说话，不留给阿发任何余地。因为他知道，阿发这边答应了，其他事情则一了百了。"阿发答应了，阿光呢？"

"我听长辈的！"阿光此时却没有了往日的声音，那声音有点怯生生的。

"海英呢？"

"我听阿光哥的！"

"好！黄福寿呢？"简宏顺一个个问过去。

"我早就想回去接，只是这里走不开。现在，我自然高兴地早点走了。"黄福寿有点不好意思。

"那再想走，也不差那一会半刻，总得等我们办完婚事再去嘛！"阿光听见黄福寿一说，心里倒是着急起来。

"简宏板不是说迟两天走吗？"黄福寿离开老婆也一年多了。正当年轻，火气旺得很，哪有不想老婆的，只是想在心里，这一年多，早已憋得难受。一是看到两位兄弟还没有一个家；二来这垦荒工作千辛万苦，还得应付山上不时侵扰，大事小情，千头万绪，每当看到阿光压力之大，他几次想张口，但话到嘴边只好往回吞。这次简老板开了金口，正中下怀。而且，这里的事情也暂时稳定下来了，他早已迫不及待。

"你们三位阿哥看看，这样办可行？原来呀，我的任务就是明天再去一趟山寨跟酋长回一个话，便完成了。我的意见也表达清楚了。"看到三位后生仔都答应了，简宏顺如释重负，好像他已经完成了一件具有划时代意义的大事。拿起旱烟秆美美地吸了一口，将话题交给了另外三个长辈。

"没怎么办呀！反正呀，我们不是大户大家，不娶老婆会被世人取

229

第二十一章　令人难忘的赤砂糖

笑，娶老婆不请客顺理成章。剩下的事情交给我们三个办吧。"魏永富非常开心，说是局里人可以，说不是局外人也说得通。因为，他是海英的父亲，又是阿光未来的泰山。苦了大半辈子，女儿即将出阁，而且这女婿也挺中意的，他何尝不乐？

"说来我也是局里人，海英是我的干女儿，这一来，我也了却了一桩心愿，一切按简老板的意思办吧。"屠户也呵呵一乐。

"对！对！对！"连永福连连称是，他感到几年前海上救起阿发、阿海，也算是一种缘分。现在阿海走了，阿发他们如此吃苦耐劳，尽管非亲非故，但情在其中，缘在其中，也足以让自己欣慰。

第二十二章
山花盛开情满山

这几天，山花的心情特别的好。

缘由大致来自四方面。一是自从第一次女扮男装随神兵队下山去袭扰阿光他们，被阿光点了穴，然后又被他解了穴，她第一次见到了现在竹桥平原领着汉人拓荒的年轻有为的老板；二是，第二次下山，她被黄福寿追赶，如不是阿光及时制止，自己险被黄福寿砍成两段，那是毫无悬念的。关键是后来，自己被黄福寿用大刀划伤，阿光不计前嫌，亲自司药包扎，一同负伤的神兵队半个月刀伤未愈，疼痛难忍，自己则三五天伤口便愈合了；三是，最后那次阿山高报仇心切，又率兵去袭扰阿光，在阿海为保护阿光负箭身亡的情况下，阿光仍极力阻止黄福寿和他的乡勇团砍杀神兵队，使山寨的兄弟们才最大限度地少成其刀下之鬼。四是，当山寨出现瘟疫时，自己冒着被山寨人戳脊梁骨的危险，独自下山向阿光求助，他再次不计前嫌，立即带人带药上山治好了山寨乡亲的性命，给足了面子。

这四招，足以让山花对阿光留下了难以磨灭的印象。

山寨的人，莫说是姑娘，就是小伙子，平时几乎不出门。因此，很少见到山外人的情况，也不了解山外人的性格、习性。讲实在话，这几年，那阿山高明里暗里追求自己，山花不是不知道，不是不了解。可是，在山花看来，那阿山高都上不了档次，其余的人就别提了。另外，山寨的人与外界几乎隔绝，通婚更是屈指可数。男婚女嫁几乎都是自产自销。自从见了阿光，山花这位山寨姑娘的心便无数次产生过冲动。虽然，每次都是在生死悬一线的战场上见面，但每次见面，她都忘却自己置身于战场。每次总是将自己贪婪的眼光一次又一次地把阿光看个够。而每次偷看阿光的时候，她的心都怦然直跳，甚至满脸羞红。幸好，山寨神兵队出战都有浓浓的彩妆，这彩妆便成了山花的保护色。

还让山花更难忘，又难启齿的是，那次受伤，阿光不顾一切冲向自己，当他看到自己胸前汩汩流血时，"唰"的一下撕开了自己的衣服。那次，她记得十分清楚，就那"唰"的一声，自己半个胸脯一览无余地展现在阿光眼前的时候，阿光这个汉族汉子，一刹那间被眼前突然出现的画面惊呆了。他迅速转过头，想将自己的胸脯重新包好。但，想到眼前是一个受伤而又亟待施救的女人时，沉思片刻，立马将药泥贴在离乳房不远的地方。然后，迅速撕下自己的衣服，熟悉地将自己包扎清楚。随后，以兄弟才有的口吻示意自己赶快离开战场。

山寨的人几千年来保持着非常传统的生活方式和习惯，男女之间授受不亲，自然是最基本的要求。一个姑娘家在一个汉人男子面前，把那平时包得密不透风的宝贝袒露得清清楚楚，无论如何是一种耻辱。记得当时，自己的胸脯被撕开后，山花想使尽浑身力气挣扎起来拼个鱼死网破。可是，他已经领略过阿光那高超的武艺，尤其是那点穴的功夫，纵使自己那拼命，毫无疑问也不堪阿光那轻轻一点。可是，当山花闭着眼睛准备受辱时，却感觉到自己身上的一切都那么静悄悄的，她偷偷睁开眼睛看了一眼阿光当时那犹豫不决的心情时，她那悬在喉咙的心才放了下来。她在思忖，眼前跪在自己身边的阿光断然是一个谦谦君子，是一个高尚而且正直的男人。

纵使将自己的一切交给他，自己也不会有丝毫的后悔。于是，这个山寨的姑娘，这个多情年龄的姑娘回到山寨后无数次地失眠了。她似乎认识了有生以来最完美的男人。她断言，如果自己此生能拥有这么一个优秀的男人，那将死而无憾。

无数个夜晚，

无数个白天，

山花都对自己的梦想充满着憧憬，

对自己能得到阿光也充满着自信。

于是，回到山寨她改变了以往冲呀、杀呀的习惯，能够冷静下来，认真思考着山下的那一拨人，认真思考着那一拨人的老板阿光。可是，山花毕竟是山花，山寨的公主，酋长阿力凡的掌上明珠，多年来，山寨上下的宠爱养成了她敢想敢干的直爽、率直、执著和倔犟的个性。

山花为此为自己获得阿光策划了几项措施。

以山上乡亲流行瘟疫下山求助为借口，恳求阿光上山医治乡亲，制造条件，靠近阿光，然后嫁给他。这是一条用情感获取的途径。

培训几个拳脚功夫好的兄弟，在他不同意上山的情况下，想方设想把他绑上山来，这是用硬办法。

死缠活磨，动员阿爸老脸出面，通过化解山上和山下矛盾的办法，将自己许配给他。对！这应该是最行之有效的办法。阿爸在山上有着至高无尚的权威。他的女儿，人家三求四请还娶不到，如他老脸出面，将自己的宝贝女儿下嫁给一个汉人，那是他的造化……

想到这里，山花心情特别的好，特别的爽。

现在，一切都是菩萨保佑，一切都那么顺利。今天，当阿光他们到山寨大门，便有意将山花支走。看来，是真想谈自己的事了。

要知道，为了说服阿爸老脸出面，将宝贝女儿下嫁出去。这几天山花无数次在阿力凡的耳朵旁唠叨。因此，当阿爸把她支开时，山花尽管表面上一千个不乐意，可是心里却乐开了花。

山花转了一个圈，趴在寨门的大石头后面，竖起耳朵，伸长脖子在偷听阿爸和简宏顺老板说自己的事。但是，这山风特别大，而且山花又处于逆风的方向，只能断断续续地听到阿爸"阿花……阿光老板……"的声音和简宏顺用手比画的姿势。

233

第二十二章 山花盛开情满山

连一个完整的话都听不全，这让山花这猴急猴急的心，比猫抓还难受。

送走了阿光他们。

山花便迫不及待地绕着路，一路小跑赶回家里，端坐在客厅，等候着阿爸回家后告诉她一个令人热血沸腾的好消息。

不一会儿，阿力凡拄着文明杖回到家里，山花一返往日那假小子的风格，温顺地倚在阿爸的身边，温顺地靠在阿爸身边，轻声地问："阿爸，你给阿光讲了吗？"

"讲了。"阿力凡有一点心不在焉。

"他们答应了吗？"看到阿爸那情形，山花的心"咯噔"一跳。

"人家阿光已经有对象了！"阿力凡没有好心情。

"那他不是还没有结婚吗？"山花开始着急了。

"那对象是他救命恩人的女儿。这阿光呀，真是有情有义的后生仔呀！"阿力凡尽管有了某些遗憾，但对阿光的为人却充满着敬意。

"那我……"山花有点按捺不住了。

"那简宏顺老板要给你当媒，想将你许配给阿光的结拜兄弟阿发。"阿力凡说着，将眼睛转向山花："这个阿发怎么样啊！"

"阿发倒也是很好。但，我要阿光。"女儿就那么任性，噘着嘴巴说。

"人家都有对象了，怎么还要阿光呀？"阿力凡不理解女儿，怎么就在战场上打了几次仗，却就非阿光不嫁啦。

"有对象也要，不能做大，我做二也可以。现在多少男人都有二房、三房。"这山花呀，就这样任性，这样固执。

"你呀！山花……"听了山花的话，平时对女儿百依百顺的阿力凡，有点生气起来了。

"算了，你没有办法，我自己去找阿光。"山花不容父亲再说，站起身子，嘴巴嘟嘟哝哝，拂袖而去。

"你回来！"阿力凡怒火上来，将文明杖在地上用力戳着，想制止女儿的鲁莽。可是，这山花却不顾一切走出了山寨门。

再说阿光、简宏顺一行从山寨下来后，便直奔竹桥平原，当晚将众人召集起来，商量了阿光和阿发的婚事，经过大家讨论一致同意后，便决定第二天由简宏顺当大媒，再返山上向阿力凡提亲，回一个话。

这几天，在山上为了抢救山寨乡亲的生命，几个人日夜辛劳，疲惫不堪，但想想经过几天的努力遏制了瘟疫的流行，保住了乡亲的性命，更重要的是化解了困扰山上山下一年多的危机，心情却显得十分轻松，疲劳也似乎消去了大半。

第二天，简宏顺决定重回山寨给阿力凡回个话，将阿发答应与山花结婚的事告诉酋长，并送去一些薄礼，告知他们成婚的黄道吉日。

这是早餐过后的竹桥平原，正值春夏之交，到处生机盎然，苍翠的古树，正在怒放的洁白的梧桐花，在相互映衬着，给人以无限的快意。一行人谈笑风生，陶醉在这充沛的负氧离子的热带雨林当中，话也变得慢慢轻松起来。

"简老板，这次能让危机得以化解，全靠您的帮助呀。"阿光发自内心地说出自己的无限感激。

"阿光，不能这么说。能有这样的结果，全靠你们自己的努力，我之所以来，只不过是给你壮壮胆而已。"简宏顺做人历来低调，听了阿光的话，诚恳地回答。

"老板，那阿力凡酋长说他女儿的事，你看能成吗？"阿光想起山花的事心里总有一种慌乱。真的，自己是一个非常本分的人，对魏永富阿叔父女的救命之恩矢志难忘。尤其，这几年，每当想起他们因为受自己连累，背井离乡，历尽艰辛，总是有一种难以言表的愧意。况且，在那南投的黄昏，自己一时冲动，对海英又搂又抱，又亲又摸，尽管没做那事。可是，阿光已经从内心深处把海英当作自己的人，当作自己的妻子了。

"这不好办吗？"简宏顺的眼光里透出一种诡秘："阿光你倒是时来运转，摊上海英这么一个贤惠漂亮的姑娘不说，那阿力凡还要将山花许配给你，真是艳福不浅呀。"

"老板别说这个了。你一说，真让我难堪。"

"怎么难堪？这男人呀，有女人爱，那是一等的幸福。"简宏顺看了看阿光："实际上，那天我一看山花的眼神，就知道，这山寨公主已经喜欢上你了。我只是……"

"只是怎么啦？"阿光听了简宏顺留了半截的话，心里有些着急。

"只是怕山花还不肯放手，这姑娘性格非常直爽，但又很任性，你可要把握得住哟。"简宏顺语重心长。

"唔！"阿光感到简宏顺的话十分在理。因为，打从看到山花的胸脯那一刻起，阿光一直有一种负疚的心情，他苦思冥想，希望有一种办法来化解它。因为，尽管乡间都有一种说法，未结婚女人的奶子是金奶子；刚结婚的女人的奶子是银奶子；结完婚正在喂奶的女人的奶子是狗奶子。也尽管自己主观上并没有想去看山花姑娘的奶子，那是在战场，是在救死扶伤，却不经意中去见了人家姑娘的金奶子，无论如何都不能原谅自己的过失。

"你是不是有心事。"简宏顺是一个见多识广的人，看见阿光"唔"了一声，便没了动静，他觉得这小兄弟心里似乎有些想法。

"没，没有。"阿光努力掩饰着内心的不安。

"现在，我已经下定决心，给你们办完喜事再走，这也了却了我的一桩心事。"简宏顺灵机一动，"把阿发和山花的婚事给办了。"因为简宏顺想，这几天他还在竹桥，把年轻人的婚事办了，省得节外生枝。同时，又可稳定和巩固山上山下的关系。

"好，我看这是一种最好的处理办法。"阿光应道。他觉得，山花与阿发一旦结婚了，一旦生孩子了，随时都可能掀开衣服喂奶，到那时自己深藏在内心的不安和秘密自然而然便会消失殆尽。

一行人有说有笑，顺着崎岖的山路向山寨走去，还没出小山包上，却听见海英在后面一边招手致意，一边不停地喊着什么话。阿光感到纳闷，便问道："海英在喊什么呢？"

"是啊！这山风很大，听不清楚。"简宏顺应道。

"阿光哥……"海英边喊边跑过来。

"海英……"阿光扯开嗓子，伸出手在空中摇摆着回答。

"阿光哥，隔壁家一个租户的孩子因为贪玩被火烫伤，你认识烫伤药吗？"正当阿光着急时，海英上气不接下气地跑过来，着急得胸脯上下起伏，话也不流畅。

"严重吗？"

"好像很严重，两条腿到大腿都烧伤了，痛得嗷啕大哭。"海英说。

"你先回去，叫他用凉水冲淋，我去采集烫伤药，完了马上赶回去。"阿光转过头告诉简宏顺和几个乡勇团丁，"老板，怎么办，你们稍等一下，我先采一些药，叫海英带回去？"

"这样吧。"简宏顺看了看阿光和海英，稍稍思考了一下说："我带几个人上山，你安心采药，山上说定，我便立即回来。"

"这样做行吗？"阿光有些担心。

"你说还会有问题吗？大媒进山，阿力凡说不定还要用猪脚面答谢我呢？"简宏顺轻松地笑了笑。猪肉面答谢之说，这也是闽南流传世代的习惯，大凡媒人替人介绍，男女双方一旦事成，双方家庭除包红包谢媒之外都得以猪脚面答谢的。

"那老板，只好辛苦你老人家了。"阿光说。

看到简宏顺和乡勇团的团丁身影慢慢在丛林中消失。

阿光在这小山包后面认真地搜寻烫伤药。他正入神地搜寻着，蓦然间，似乎一阵山花的幽香扑鼻而来，无数只小蜜蜂在来回穿梭，这使他不由自主地放慢了脚步，抬头望去，这小山包的周围，已是被姹紫嫣红的山花覆盖着。你瞧，那高高的梧桐盛开着白白的梧桐花，铺天盖地；那山杜鹃，要比家乡闽南长得更高，更苍劲，朵朵红花、白花、紫花、黄花争奇斗艳，层层叠叠，前一段阴雨天，气温低，推迟了花期。这几天，太阳出来了，气温上升了，原本急不可待的山花便争先恐后，一齐怒放，把这崇山峻岭装扮得分外妖娆，充满着芬芳。

"阿光哥……"正当阿光陶醉在这花的海洋，花的世界的时候，阿光的耳朵里传来了山花的叫声。阿光有些吃惊，自己刚到这里，山花怎么又跟下来了。莫非简宏顺的话是那么神嘛。

不容阿光多想，正当他抬起头看看山花声音传来的方向时，那山花早已像一头母鹿一蹦一蹦地从那山间小道飞驰而来。你看，她那红扑扑的脸庞上满是汗水，她那胸脯上的两个小山峰不安分地上下起伏着，无拘无束

第二十二章　山花盛开情满山

地跳动，这足以让阿光的眼球拔都拔不出来。

"怎么啦？山花。"尽管阿光的眼光不想离开那迷人的地方。但理智告诉他，必须冷静。必须冷静地应对这个匆匆忙忙急驰而来的野姑娘。

"阿光哥，我要嫁给你！"你看，这就是山花，此时，尽管她是一个姑娘，却没有一丝姑娘的羞涩，直通通、无遮无掩地向自己梦中追逐的爱人赤裸裸地表白自己的爱意，表达自己的仰慕之情。

"不！山花……"阿光被刚才山花的言行所惊呆了，一时之间愣在那里，不知如何回答。

"我就要嫁给你。"山花又无遮无掩地张扬着她那任性的个性。

"我已经是有主的人哪！山花，对不起。而且，简老板已跟你阿爸商量将你介绍给我的兄弟阿发，刚才简老板已进寨向你阿爸提亲，难道你没碰见。"阿光看到山花那一副激动的表情，心里有点发毛。此时，这位汉族小伙子，却像一位大姑娘，低着头，怯生生地对着山花说。

"我知道，我嫁给你做小也行。"你看，这山花似乎有着非阿光不嫁不罢休的样子。

"咳！山花，我一个穷小子，哪可以跟那些老板对比娶妻纳妾呀！"阿光有些无奈地看着山花。

"我就要，跟你要饭我都甘愿。"山花似乎要吼出来，一把冲过来，紧紧地抱着阿光，死死地抱住，好像从此生怕他从怀里挣扎跑掉似的。

这一抱一搂，让阿光无所适从。因为，他知道海英也在附近采草药，如果被她撞见，怎么向她交代呀。"山花！我的好妹妹，阿发是我的兄弟，是一个虽不是同胞兄弟，却胜似同胞兄弟的同胞兄弟。他老成持重，样样都比我优秀，嫁给他，你既是我的弟媳妇，又是我的妹妹，不一样吗？"阿光看到山花如此狂热，整个脑子一片混乱，他语无伦次，真不知找什么最合适的言语来说服山花。

"我就不！"山花抱着阿光的手死死不肯分开，她踮起脚跟将自己的嘴死劲地往阿光的嘴上贴着，嘴里一边喃喃自语。

春夏之交，经过这一路走来，又让山花这紧紧抱着，两个人单薄的衣服挡不住双方身体散发的炽热，瞬间彼此早已浑身汗水涟涟，烤得阿光的脑子晕乎乎的，身上早已没有了什么的气力。

其实海英送走简宏顺老板，刚转到丛林里采草药，走没多远，又担心阿光有什么危险，便掉头过来。刚走不到几步路，却见山花死死地抱住阿光，两个男女在山野上拉拉扯扯，顿时慌了手脚。她想不到，自己日夜思念的阿光，自己几年来追随，并奉若菩萨的阿光哥原来也是一个伪君子。你看，前一段还是双方战场上刀枪相见的男女，就那么上山几天，却在这荒郊野外搂搂抱抱，真让人难以入目。

海英怒火冲天，想一走了之，回到阿爸胸前痛哭一场。但她又不忍心，自己一直心爱的阿光哥就这么容易被一个山寨姑娘夺走。因此，强忍着内心的痛苦和不安，一边哽咽，一边擦拭着脸颊上的眼泪，蹲在树丛中看他们怎么表演。

"山花！松手，快松手。"被山花搂得紧紧的，似乎有点窒息的阿光竭力地挣扎着她的双手，可怜巴巴地哀求着说。

"我不！我不！"山花撒娇地扭着身子，她那胸脯上长着的两个小山峰来回碰蹭阿光那宽大的身躯，这几乎要阿光这位血气方刚的汉子崩溃了。他越来越感到呼吸急促，越来越感到气短，越来越感到无法再支撑下去。

"山花，好妹妹，我求你了，放了我。"阿光的脑袋很沉很沉。

哀求不行，

接受不行，

给她点穴更不行。

怎么办？真让这位英雄气短，阳刚不再。一位七尺汉子此时却反变成了山花这个形如母老虎口中的羔羊。

海英躲在树丛中，急得一身大汗，阿光刚才说的话一切都清晰地听进去了。还好，阿光哥还是她的阿光哥，阿光哥是那么诚挚、纯洁。她感到自己拥有这样的男人而感到宽慰和自豪。可是，却又为如何化解山花对阿光哥的追求而苦于找不到办法，苦恼不已。

她急得束手无策，由蹲转坐，呆呆地在树丛中，看着阿光和山花的情感纠缠，忍受着只有闽南女子才独有的贤惠和宽容，冷静和大度。她只想，姻缘也好，爱情也罢，缘分第一，如果是自己的丈夫，命中注定，谁也抢不走，谁也争不了。反之，尽管到了手，也会飞掉，也会跑掉。

"阿弥陀佛，菩萨保佑，阿光哥永远属于我。"海英在痛苦地承受着内心的一切，只要心里默默地向菩萨祈祷。

"山花，放手吧。荒山野岭，孤男寡女，被人看见了多不好。"阿光已乱了方寸，没有了办法，一味地哀求。

"我不要！阿光哥，我不想松手。因为，一松手，我再也没有办法这样抱着你了。"山花开始嘤嘤地哭了起来。

"你可以做我的妹妹，成了阿发的妻子，我们每天都可以像兄妹一样生活的。山花……"阿光声音越来越小，不难看出，此时他的身心已经疲惫至极。

"妹妹，妹妹，妹妹的奶子，哥哥可以看的吗？"突然，山花有些歇斯底里地狂叫起来，她的情绪激动到了顶点，多少有一些失控。

"啊……"阿光叫了一声，身体微微一颤，山花这句话无异于一根巨大的针深深地扎在阿光内心的痛处，犹如一双巨手无情地揭了他心头痛苦的伤疤，他的脸上出现了无比痛苦的表情。被刚才山花这么一声嚎叫，阿光的内心深处也在共鸣着。那是一种在战场上的救死扶伤，尽管自己自始至终都不曾有一丝的邪念，却给彼此留下如此深刻的烙印，如此刻骨铭心的记忆。他那一直挣扎着、希望推开山花的手也一刹那松开了。

"阿光哥！阿……"山花毕竟是姑娘家，尽管性格很倔，又很任性。但心地善良、淳朴。她知道，自己女扮男装被砍伤，是阿光救了自己，是自己的救命恩人。刚刚看到向他表露自己的爱慕之心却已无法达到目的的情况下，希望用这句话来激怒他，结果却深深地刺动了他那颗善良的心。从阿光"啊"的一声和那迅速发软下垂的手中，山花猛然感到自己的话已经深深地伤害了阿光，感受到眼前这位男人内心的痛楚，也赶紧松开了搂住阿光的手，呆呆地站立在一旁，像犯了错误的孩子不再吭声。

丛林中，刚才紧张的氛围瞬间变得静悄悄的。

只有几声不知名的小鸟的叫唤，还有便是山风呼呼的吹拂。

山花站在那，为自己的唐突和冲动感到不安；

阿光站在那，为以前那偶遇感到内疚；

海英则蹲在原地，内心充满着矛盾。她为阿光感到痛苦，心里在琢磨，男人呀，多么不容易。在外挡风挡雨，心里却装着无限的压力与委屈。可是，在人前还得装着笑脸，装着平静。她想走，她为自己偷听、偷看、引以为傲的阿光感到耻辱。可是，此时她走不开，她还想留，她想为自己心爱的男人作证，分担自己男人内心的那分痛苦。可是，此时她蹲不住了。

"山花妹妹，我理解你。听话，以前的事让它过去吧。你已经为山上和山下的团结作出了巨大的贡献。希望你以后，从心里彻彻底底把我阿光当作你最可信赖的哥哥。阿发是我此生惟一的兄弟，希望你成为我最心爱的妹妹和弟媳，大家一起生活，一起发财。行吗？"许久，阿光看见眼前站立的山花，缓了一口气。深情地走过去，将自己的手搭在山花的肩膀上，像大哥一样，充满深情地安慰山花，并用手擦拭着山花脸颊上的泪水。

"嗯！"山花的心情此时已经平静下来，变得温顺起来。

"听话，人生是非常美好的，但人生有很多因素在制约，不可能一切都能按照自己的意志去办。但只要大家真诚相待，那么，大家都能平平安安，幸福美满。海英，是一个很好的姑娘，我希望以后你们既可以成为好妯娌，更能成为好姐妹。"阿光说着说着，眼睛开始红了起来。

"阿光哥……"正当阿光与山花交谈之间，丛林里响起了海英的叫声。

阿光和山花大吃惊，朝声音看去，却见海英满脸泪水扑了过来。

"海英……"阿光有些手足无措，他想张口向海英解释眼前的一切。但话刚出口，被海英用手制止了。

"阿光哥，别说了。你和山花刚才的一切已经被我看到了，听到了……"海英嘤嘤地哭着，扑向阿光。

"海英姐……"山花觉得有些难为情，也赶快想解释一番。

"山花……姐理解你……"海英赶快放下手中搂着的阿光。

两个姐妹紧紧拥抱着，默默地流着眼泪。

第二十三章…
四喜临门降人间

风调雨顺，必然是丰收之年。

过了年末，这竹桥平原真是添财添丁。先说添财，经过两年多的开发，万甲良田已经初具成型，原来的几千甲也是边开垦边包租，今年要风有风，要雨有雨，租户个个收个盆满钵满，家家木屋装满了粮食，自然作为大地主的阿光他们更是五谷丰登了。而那几百甲甘蔗呢？种在那肥沃的土地里，更是每根长得比胳膊还粗，比两个人还高，远远看去，好像这平原里长满了苍翠的森林。

垦荒者们乐得个个合不上嘴。

再说添丁，海英、山花和福寿妻子，竟然争先恐后，十天之内先都后生下一个胖小子。

初为人父，又看见田里有了如此收成，阿光、阿发和福寿每天咧着嘴笑。有事没事嘴里都哼着那五音不全的南音来。

庄户人家都说收成的季节最快活，但最大的快活莫过于家里添丁。添丁可以延续香火，添丁便是后继有人，那自然身上有一股使不完的劲，想尽千方百计为后代多积攒一份家产，使后代有一份更丰厚的财产。

阿光还是那么忙，这几年事业发展太快，以至让这孤儿出身的老板有点吃力。他暗暗庆幸，好在小时候吃过那么多的苦，好在当年被和尚师父捡到庙里，学了一些知识，包括识了一些字，懂得一些医学常识和耕作技术，庆幸自己一路走来，都有高人指点，贵人相助。因此，尽管人生道路坎坷，尽管艰难曲折，但是跌跌撞撞，还是不断进取，不断地发展。现在，这位年轻的父亲坐在床头，看到妻子扎着纱巾躺在床上，正掀开那丰硕的乳房给儿子喂奶，看到儿子那胖嘟嘟的小嘴正在胡乱地拱着乳房寻找奶嘴吸吮的慈劲，正呵呵直乐。是啊！人生拼搏，历经风雨，历尽千辛。为了啥？不就为了子孙后代吗？现在，后代就在眼前，那几百石的稻谷就堆放在隔壁的几栋木屋里，不正是自己多年来的追求，多年来的期盼吗？

"呵！呵！呵！傻儿子。"阿光看看妻子，看看儿子，乐不可支，动情之下，伸手轻轻捏了捏儿子那粉红色、胖嘟嘟的脸蛋。那儿子正开心地吮吸着母亲的乳汁，被阿光这一捏，奶头从小嘴上滑落下来。海英奶水很足。一会儿，那奶汁如泉水一般从奶嘴头上涌了出来，射在儿子的脸上。可是，这傻儿子还用嘴巴乱拱乱拱寻找妈妈的奶头。

"哇！哇！哇！"为此两次三番，儿子有些生气，哇哇地哭出声来。"你别那么用力，我们家宝宝正要吃饱饱呢！"海英看着自己的丈夫那么忘情，娇贵地朝阿光瞪了一眼，轻轻地打了一下丈夫的手，嗲声嗲气地说。

"你的奶子好大！"阿光被海英轻轻拍打了一下，侧身而躺的妻子的乳房被充沛的乳汁撑得闪亮，这个曾让他婚前产生无限遐想、婚后让他爱不释手的东西，只要那手一碰触便感到无限满足，无限自豪。他趁海英不经意的瞬间，掀开她的衣服，学着儿子在另一只乳房上用力吮吸起来。

"你这家伙，不害羞。这么好色，别把儿子教坏了。"看着丈夫这种让人忍俊不禁的样子，海英佯装生气，不时地推搡着阿光那吮吸自己乳房的脑袋，心里却充满着幸福的甜蜜。

"咕噜，咕噜！"阿光还在学着儿子吸乳房的样子，还故意装着吞咽乳汁的声音，海英急中生智，伸出手来"咯吱"了一下，阿光终于忍不住笑出声音来。满口奶汁喷了海英和儿子一身。

"你这个……"海英话没讲完也笑出声来。

"阿光哥！阿光哥……"正在小家庭嬉闹的时候，门外传来了阿发的喊声。

"真是不懂事。"阿光余犹未尽，心里嘀咕了一句，赶快把妻子的衣服将乳房遮好，盖上被子，朝妻子装了一下鬼脸，赶快走出房门。

"阿发，怎么啦？"阿光看见阿发满脸春风，知道此时此刻，这位兄弟也一定有着与自己一样的幸福与快乐。

"哈！哈！哈！"阿发看了阿光，莫名其妙地发起笑来。

"干吗？干吗？笑得那么开心？"阿光以为自己刚才与妻子、儿子嬉闹，这衣着上面留有什么破绽，便赶快整理衣服。

"哈！哈！哈！笑死我了。"可是，阿光越整理，阿发笑得越大声。最后，蹲在地上一会儿捂着肚子，一会儿擦着眼泪。

"你，你，你发什么神经呀！"阿光被阿发笑得莫名其妙，仿佛坠入云雾当中。

"哎哟！你看，你自己看，你那满嘴满脸都还是奶汁。"阿发终于说出了大笑不止的原因。

"乱说，我嘴上哪有乳汁。"被阿发点破，阿光还强词夺理。但毕竟心虚，顺手往自己的嘴角上一擦，发现刚刚被他一叫，慌乱之中忘记擦干嘴角的奶汁。顿时脸上热乎乎烧起来。可是，心里还是不服气，轻轻地嘟哝着："少见多怪。"

"你说什么？"这阿发耳朵很贼，连这小声的嘟哝都被听清楚了，于是，两个人彼此彼此，心照不宣，又打又闹，对视一笑。

"坐下说吧！"阿光看着兄弟，开心得很。

"我在想，今年各方面都顺风顺水。现在，要着手规划这几年的工作了。"阿发看着自己的老大。

"你有什么想法呢？我这几天一直也在考虑，这不，这几天，大家都生儿子，忙翻了，顾不过来。"阿光实际上这一年都在考虑，田都包租出去了，这些租户都有丰富的经验，这方面不必再操太多的心。甘蔗，这一年长势之好，那是作为蔗种培养的，那么明年，这些蔗种进行大面积推广种植，那可就不再是一件小事了。可是，这就面临着原蔗的销路问题。那就是必须在明年甘蔗收成前建一间糖厂。无农不稳，无工不富。建一间糖厂，让甘蔗能几倍地提高附加值，这样明年的日子定能上几个台阶。于是，阿光直言了自己的想法。

"真是英雄所见略同，我们都想到一块去了。"阿发心情极好，讲起话来也充满激情："我是想，前一段，师傅已经在那办了一间永丰餐馆，生意比南投还好；现在，我们不如建一间永丰糖厂。以后呀！我们还开一件永丰商行。"阿发说完，眼睛瞪在阿光的脸上，一动不动，等待他的反应。

"看不出，你阿发生了儿子之后更有才了。"不知是阿发的想法与自己不谋而合，还是阿发的想法很有气魄，阿光有点神采飞扬，开了一句玩笑。"我看应该这样，我们这个竹桥平原开发到现在也还没有一个名字，从此以后，一切以永丰命名。永丰城，以后也可以叫永丰市；屠户师傅那酒楼叫永丰楼；糖厂由你负责建，考虑发展产量大一些，叫永丰糖厂。如自己的甘蔗不够，可以去采购；以后还可以永丰命名的。"

"阿光哥。你呀，事情一到你这里就顺了。以后，你就是永丰市长了。"阿发说着说着，越说越兴奋。讲实话，这是内心话，没有奉承，没有做作，一切都是发自内心的。

"少来，不仅刚才说的几件事要做，还有几件事要考虑。一是这街道要有永久建筑，以后不能再盖木屋了；二呢，还要考虑建学堂，我们这辈子吃亏都吃在没文化，我们没法补救了，但儿子决不能没文化。"阿光若有所思。

"建学堂没有问题，先生不好请呀？"

"不好请也要请，台湾请不到，回闽南请。工钱可以加倍，但先生一定要请上等的。"阿光语气十分坚定，"另外，你现在是山上人的女婿，考虑问题，不能光考虑这边，这办厂、办学堂也要将山上的亲戚考虑进去。地要留足，房子要建大一些，不要那么小气。"

"我知道，我会办好。"阿发伸了一个懒腰，"我们出去走一走，边

第二十三章 四喜临门降人间

走边看边谈如何？"

"好啊！"阿光饶有兴趣。

这永丰城经过二年多的开发，人气很旺，街道上人来人往，大家难得看见这大老板和二老板肩并肩走在这里，都纷纷与他们打招呼，有些知情的还拱手向他们祝贺天赐麒麟，阿光满面春风，一一还礼。

师傅的永丰楼建在城市中心，一栋新建的木楼。这老人家就是闲不住，不管阿光怎么阻拦，还硬着开间餐馆。一来，他忙了大半辈子，一闲下来就会生病。二来，他大半辈子杀猪，每天吃肉喝酒惯了，开间餐馆也可顿顿新鲜，餐馆可以喝上两口。魏永富阿叔呢，看到女儿有了依靠，外公也当上了，女婿也选得很中意。跟屠户一商量，便到餐馆当账房，也算乐在其中了。

阿光两兄弟还没走进永丰楼，那里的兄弟早已站起来迎接。因为，在大家的心目中，他是这几百居号民的福星、恩人，是他带着大家来这里来创业，来这里享福的，大家对老板都充满着无限的感激之情。

"阿光来啦。"阿光还没进门，站在柜台上的阿叔便出来迎接。

"阿叔，你看，叫你们休息，你们不听话。不欠吃不欠喝？年岁这么大了，还在操心。"阿光一脸孝意，见了阿叔便埋怨。

"阿光、阿发，来啦。"师傅正在忙得不亦乐乎，看见阿光两兄弟进门，也将手头的活交给身边的助手，走上前来。

四个人在包厢坐定，师傅看着两个兄弟破天荒这么悠闲，觉得奇怪，便问："你们今天是……"

"师傅，我今天正好有空，阿发便叫我随便走走。"

"这样啊！你不来，我正想找你们去的。"师傅一脸严肃。

"怎么啦？师傅，有事？"阿光有些不解。

"我想呀！去年你们结婚是为了赶日子，简单得不能再简单了。今年，三个儿子出生，又是喜获丰收，那叫四喜临门啊，因此……"

"因此，你师傅想在孩子弥月之日，举办一场喜宴，增加一些喜气。"魏永富还未等屠户说完便抢过话去。"到时，把山上和山下的亲戚都接来，喝一杯喜酒，热闹一下。"

"这是你们二老的意思吗？"阿光问。

"那当然，不然我们这么大岁数了，眼巴巴就指望有这一天呀。"魏永富语重心长。

"好！阿叔，就按照你的意思办。只是，简老板和连永福阿叔这么远接不来，要不，就尽善尽美了。"阿光说到这里，似乎心里有某些遗憾。

"今年春天，简老板到这里的时候不是说过，等到秋收后，他会和连永福大哥一块来收购粮食吗？"屠户说。

"说，倒是说过，但这一段没联系，路又这么遥远，况且简老板是生意人，四处奔波，纵使派人去说，也不一定碰得上呀？"阿发有些担心。

阿发的话，让大家感到有些为难。

包厢里静悄悄的，大家你看看我，我看看你，谁都想不出新的招数。

"要嘛这样。这简老板到台北分号是常事，而且，宏记台北分号跟台南联系也比较密切，派人到台北去方便多了，留下一封信，请他想法赶来捧场一下。他是我们大家的恩人哪！"魏永富不断地吸着旱烟，终于想出了一个办法。

"那这样，阿发你派一个人去吧，越快越好。"阿光把眼神投向阿发："我写一封信带上。"

"我马上去办！"阿发听了阿光的话，心里暗暗思考，这兄弟真是有仁有义，凡事都是这么认真，这么细致，自己虽然与他同岁，这些点点滴滴的东西还要好好学习。突然，他脑海里浮现了一个问题，便问了一句："这几天，黄福寿连影子都没见到，他在忙什么呀？"

"唔！你不提也罢，我也几天没见着了。"魏永富也有同感。

"反正，今天闲着，我们一道去看看吧！莫非生了儿子，在家洗尿布？"阿光开了一句玩笑。

两兄弟便告别永丰楼，朝着街道向黄福寿家走去。

进了黄家大门，福寿的妻子正坐在厅堂上给儿子喂奶，见了阿光和阿发，赶紧起身让座，"嫂子，福寿哥呢？"阿光问。

"上午便和阿六出去了，已经好几个时辰了，还不见人影。"福寿的妻子有点怨气，"老板有急事找福寿？"

"没有，我们今天闲着，随便走走。"阿发说，"那我们继续往下走，兴许能碰上他。"既然黄福寿不在家，反正也没有急事，阿光也没在意。但有一点他心中有些疑窦，这黄福寿尽管表面上工作热情很高，但常跟那阿六形影不离，神秘兮兮，多少让人感到吃不准。但仅仅是怀疑。他一直秉持用人不疑、疑人不用的原则，记在心里，留心观察。现在听说黄福寿又与阿六出去了，他心里觉得有必要跟阿发沟通一下。于是，便停住脚步看了看阿发问："这黄福寿的为人你有数吗？"

"你怎么突然问起这件事来？阿光哥！"阿发也几次想开口，只是看没机会，今天阿光一提起便有些纳闷。

"我直观感觉有些异样。"

"不瞒你说，我早有疑心。"阿发直言不讳地说。

"这样啊……"阿发的话让阿光叹了口气。

话出了口，两个人的想法不谋而合。反正没有什么证据，也没再说下去，于是两位兄弟继续朝新开垦的田地走，兜一圈，看见那郁郁葱葱的甘蔗园。阿光突然来了兴趣，指着那对阿发说："听连永福阿叔介绍，这甘蔗的糖分比别的要高出两三倍，我们过去看看，如何？"

"走。"阿发一声应道，领着阿光朝甘蔗园走去，两兄弟一路交谈，没有一会功夫，便到了甘蔗地，仿佛听到那甘蔗地里有隐隐刷刷的声音。阿发大喝一声："谁？"

这一喝不要紧，那甘蔗园便没了动静。不一会儿，却见那阿六从甘蔗地里走了出来。

"阿六你干吗？"看见阿六出来，阿发有些不解。

"没，没有，我随便走走。"阿六看到两位老板同时出现，似乎有些慌乱，便借故走了。

"阿发，你干吗，神经质似的。"阿光朝阿发笑笑。

"不！阿光哥，我刚才听见那甘蔗园里似乎有男女窃窃私语的声音。"阿发压低声音，伏在阿光的耳边说。

"是吗？那我们进园去看一下。"两兄弟蹑手蹑脚兜了几圈，又看见一个男人的身影迅速朝甘蔗园深处跑去，过一会儿，又看见一个年轻女人擦身而过。

阿发用手示意叫阿光蹲下，自己稍稍地走过去，"阿光哥，这黄福寿坏小子……"

"怎么啦？"阿光问。

"刚才那男的身影好像黄福寿！"

"是吗？"阿光有些吃惊。

"还有一个年轻女人。"阿发说。

"谁？还有一个年轻女人？"阿光张开嘴巴："谁家的？"

"好像是最近搬来的一个租户的老婆！"

"没看错吧？叫什么名字？"

"没错。但叫什么名，我谈不上。回去一问便知道了。"阿发自信满满。

"这狗娘养的，没良心。老婆白白给他生了个胖小子。"阿光为嫂子打抱不平，心里狠狠地斥责这个没良心的兄弟。这么苦都过来了，有了这么一点成就，便胡思乱想，胡作非为，实在令人感到不齿。但，又一想，这抓奸得抓双，捉贼得捉赃，自己毕竟没有将他们摁倒在地，也不可过早下结论。

"如果真如你所说，莫看兄弟之情，非把他打到生活不能自理。"阿光心里非常气愤。但脸上仍装出若无其事地叮嘱阿发："刚才所说的事，我们没有证据，除我们兄弟俩知道外，绝不可以外扬。兄弟切记。"

"嗯！"阿发默默地点了点头。

于是，两兄弟又转了一圈，对建糖厂、学校的土地大致察看了一下，直至很晚才回到各自的家。


今年风调雨顺农业大丰收，除了阿光一样类型的地主或租户外，最高兴的莫过于简宏顺之类的粮行老板和往返于两岸做粮食生意的连永福们。

这不，连永福的商船刚靠台南港码头，一大帮商人便拥上前又拉关系，又推荐自家产品。这个叫哥，那个称老板，那种亲热劲别提了。但，这连永福跑两岸生意也绝非一朝一夕。今年台湾粮食丰收，粮价自然下跌了一些，而大陆年景倒是一般，加上市场大，这生意人讲的是利润，这种利润的空间差异不会轻易放弃的。因此，连永福除了原有的两条商船外，抓住这个机会他又投资添置了第三条商船，准备好好赚他一笔。

看到这么多商人围着自己转，连永福还是那一套，一个劲地向大家拱手还礼："费神、费神。感谢各位老板帮助。小弟此行的货源宏记粮行已经商定，各位的货改下趟吧，改下趟吧。后会有期，后会有期。"听起来，好像真有那么回事。其实，连永福的心里有数。一则宏记粮行的简宏顺是大半生的合作伙伴。二人情同手足，纵使有钱赚也要兄弟联手；二来呢，竹桥平原开发的阿光、阿发他们肯定存粮不少，要收购也要先收购他们的。这一点，他的宗旨历来都是坚定不移的。

这当时，连永福挤过熙熙攘攘的人群，送去给那些商户们无限温情的笑意，却径直朝码头不远处的宏记粮行走去。他要赶快到那里见简老板，这一段太忙了，二兄弟只有两个多月没见面，对市场情况要进行一番分析。

"连老板，请停步说话。"正当连永福匆匆行走，他的身后传来了一声陌生的声音。

"噢？老板贵姓？"听到叫声，连永福转过身，看见不远处有一个五十岁左右的中年男子匆匆忙忙赶来，看那面孔似乎很生疏。他心里在打鼓，这台南一带大凡做生意的几乎没有生分人。而眼前这个却没有任何印象，便以试探的口吻对来人说。

"敝人姓张，叫张云飞。"来人长着一脸肥肉，古铜色的脸庞上透着光，一看便知道。这位兄弟长期在海上生活。

"张老板，有何指教？"当时，整个时局比较乱，尤其是海边，海盗出没。最近一个时期，大清朝廷为保护沿海百姓的安宁，派出清兵多次出海清剿海盗，尽管胜仗打的不多，但多少给海盗以震慑。因此，这些海盗经常混迹在商人、农民中间伺机抢夺钱财，大凡生意人，看见陌生面孔，总是十分戒备。

"哪敢？哪敢？小弟对连老板久仰大名，今日才得一见，万分荣幸，万分荣幸。"那来人也是礼数十足，这让连永福更加紧张。"我想，连老板在商场行走多年，想必人脉很广。因此，想向老板打听个人来。"那人似乎十分谦虚地给连永福行了一个九十度鞠躬礼，这一行为，却让连永福大吃一惊，那人一只耳朵被刀割去了。

"莫非……"连永福是一个老江湖了，他想起阿光在澎湖的经历，心里便有了防备："请问打听谁呀？说来看看，只要我了解一定奉告。"

"费神，费神，打听一个叫阿光的，或者叫魏永富父女或叫屠户的人。"张云飞挤着一张笑脸。

果然没有错，早有戒备的连永福似乎用眼前这个人印证了自己的猜想。他装着认真思考和回想的样子，淡淡地告诉张云飞："我认识这么多朋友，没有，绝对没有这么个人。"他话说得肯定，语气也十分坚定。

"这样！"张云飞有些失落。

"不知道张先生要找这几个人是做什么生意的？"连永福灵机一动想套出张云飞的一点用意。

"不知道，我们是朋友。我刚到这里，想会一会这几位兄弟。结果……"那张云飞双手一摊，表示有些无奈。

"那么，云飞兄等我了解到这方面的消息再告诉你吧。"连永福心知肚明，便趁势摆脱这位张云飞后，继续朝宏记粮行走去。但是，他边走边思考，应该赶快将这消息与简老板商量，并及时告诉阿光他们，让他们有一个应对之举，省得被动。

宏记粮行就设在码头附近。

连永福心里一急，便止不住那汗水从额头"吧嗒、吧嗒"地往下滴。走进大厅，正巧遇上简宏顺送客出门。兄弟几个月不见，自然亲热得不必多说。

"请坐吧，连兄，先沏一壶茶喝喝。"简老板和连永福是情同手足的兄弟，在生意场上的配合默契，在品茶方面也志同道合。

"好！"连永福示意简老板把门关上。然后，才把刚才的事情一五一十地告诉了他。问道："难道这阿光小有名气了，这海盗也嗅上味道跟踪上来了？"

"嗯！"简老板点了点头，他赞同连永福的分析，并告诉他，这个人前几天来过宏记，也同样打听阿光他们的行踪。"看来，我们应该把这一消息告诉阿光他们。"

"现在收粮时间又那么紧，这种消息还不便托口信。"连永福有些忧虑。

"那只好我们亲自走一趟吧。何况今年整个台湾粮食收成好，他那边定然收获甚丰。更重要的是，听说那三个后生，同在十天之内都生了儿子，如果没有错应该在最近满月。我们不如不请自去，讨口酒喝？"简宏顺顿时来了兴趣。

"那好啊！"连永福满口答应。

"一言为定，我们一举三得。我叫他们备好马车。"简宏顺做事历来干净利索，因为生意场上几十年不允许他们做事拖泥带水。

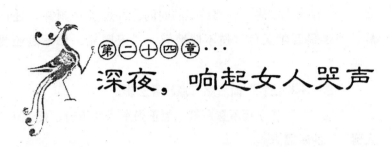

第二十四章···
# 深夜，响起女人哭声

"那么，我们晚上便连夜出发吗？"见简宏顺如此着急，连永福也火烧火燎。因为，他十分清楚，尽管朝廷通知两岸海边官员联手打击海盗，这海盗已经元气大伤，四处逃窜。但这些亡命之徒，狗急跳墙，一旦了解阿光已非昔日名不见传来的无名小辈。而是当前台湾小有名气并占据永丰新城的老板时，一定会不顾一切前去报复。那么后果则不堪设想。

"这倒没有那么着急，晚上我们好好喝几杯，明早再出发吧。"

"这……"连永福有些不解，想抢在海盗之前，应该赶快出发，越早告知阿光越好。

"永福哥！再急也不在乎那么一个晚上。你听我的，今晚我再请一个朋友一起喝酒，也许比你匆匆忙忙赶去更有用。"

"哪个朋友？……"见简宏顺讲的有点玄乎，而且胸有成竹的样子，连永福有点怀疑。但，兄弟之间相处几十年了，这简宏顺为人处世之道，和丰沛的人脉他是非常清楚的。在海上颠簸了两三天，在这里休息一个晚上，哥俩又能喝上几杯也真是一件美事。

当晚，由简宏顺坐东在宏记酒楼上安排了一桌丰盛的酒席，除连永福之外，并没有别的客人。离约定的时间已经过了一刻钟，还没有一点动静，连永福看看天色，便不解地问："宏顺兄，你不是还要请一位客人吗？"

"嗯！不相信？"简宏顺有点故弄玄虚。

"我……"连永福不置而笑，他正当东张西望时，楼下传来了"陈大人到！"的吆喝声。

两人相视一笑。

"去，永福兄，我们下楼去迎接贵宾吧。"简宏顺手一比划，让连永福先行一步。

连永福赶忙下楼，只见门口早有侍卫把门，片刻间从马车上走下一个身材高大的朝廷官员，简宏顺向连永福介绍："这位是台湾府的海防官员，专管打击海盗工作的陈祖康，陈大人。"

"噢！久仰，久仰。陈大人请。"连永福恍然大悟。心想，这个简宏顺呀，能耐之大，简直可以呼风唤雨。

"哈！哈！哈！"陈祖康哈哈一笑说："我知道，你老兄请我准没好事，你的饭是最难吃的。"陈祖康爽朗笑过之后，低声地问："你老哥。最近是不是又有准确的情报了。"

"职业病，职业病。"简宏顺手牵着陈祖康，介绍了身边的连永福："他就是我常和你讲过的连永福，连老板。几十年，他呀！为两岸的发展可立下了汗马之功。"

"哎呀！连老板，你肯定给了简老板不少银两。不然，他在我耳边说你如何如何仗义，如何如何善交朋友，说得我耳朵都长茧子了。"陈祖康又哈哈大笑起来。

寒暄过后，几个兄弟轮流把盏，几壶酒不知不觉早已下肚，个个喝得满脸通红，满嘴酒气。

酒过三巡之后，简宏顺向他详细介绍了海盗残余同党在台湾追杀阿光的情况，还望海防官员能够鼎力相助，派出兵力帮助阿光这个年轻有为的后起之秀，促成永丰城加大开发建设步伐，说罢，从公事包里取出一大包的黄金："祖康兄，这是一点经费，给弟兄们买点茶点。望您笑纳。"

"不可！不可！这朝廷有令，需要办的事，我陈祖康一定竭尽全力，这也是我们的工作，但这个……"陈祖康却执意不收。

"祖康兄，见外了。兄弟之间已有几十年交情，如此见外，让我简某何以做人？"简宏顺佯装生气。

"对！陈大人，这阿光实在是我辈之后生才俊，保护他的发展，乃大清朝廷的希望，更是你我共同的愿望，既然如此，又何必如此拘礼。"连永福也在一旁劝说。

"那，恭敬不如从命，这样，明天你们出发我便派出六个高手随你们而行，到时便留在永丰城，专司保护阿光之职。二位仁兄，属意为何？"

"甚好，甚好。"简宏顺、连永福眉开眼笑，毕竟是手足兄弟，得以陈祖康这样的支持，简宏顺很有面子。举起酒杯："那我们就暂且用这杯酒，代阿光敬你一杯。"

"嗯！好！"陈祖康举起酒杯一饮而尽，然后说："不过……"

"怎么啦！"听到陈祖康转话锋，简宏顺以为他要变卦，心中略噔一跳。

"不！是这样，派去的人武功一定是数一数二的，但因永丰城这么远，而且又不了解这海盗残余势力有多少人，这六个人到时注意身分保密，对外只称是阿光老板雇来的保镖，伺机开展工作。"

"这样！还是陈大人高瞻远瞩。"简宏顺称赞了一句。

"如有重大事件，你们还可以拿我的令箭到台北去求援。"说完，陈祖康为此这般地交代了一番。

这一夜，三个人便喝得淋漓畅快，自不必说。

第二天，简宏顺、连永福带着陈祖康委派的六个保镖乘做两辆马车出发。紧赶慢赶，到了永丰城，阿光兄弟儿子的满月酒正好燃鞭炮要开席。

看见风尘仆仆、远方而来的恩人，阿光、阿发和黄福寿自然高兴得乐翻了天。

你看，那永丰楼早已家家灯火通明，酒席因为客人太多，从楼里摆到楼外，一直延伸到街道上，几乎是整个永丰城的人家都在这里，所有的庄户人家烟囱上都没有冒烟，这是永丰城里有史以来第一场喜事，也是第一件大喜事。因为，这是这座新城开建以来诞生的第一代生命。

魏永富、屠户在厨房忙得不亦乐乎。看见简宏顺和连永福来了，只是行了一个大礼，便又转入厨房忙去了，老人呀！活了五十多年，这是他们第一次遇上的大喜事，自然乐得眼睛眯成一条线。

山上的酋长阿力凡和乡亲们只要能走的也都全部下山了，这位在山上呆了大半辈子没有下过山的老人，此时也为自己的外孙满月第一次踩着山下的这片土地。中午当他走进这个永丰城的时候，他简直不敢相信，两三年前这还是一片荒凉，野兽出没的竹桥平原，现在却变得如此繁华，人气如此旺盛，他深深感叹阿光和自己宝贝女婿这些年轻人巨大的创造力，更为当年山上和山下相互残杀而深感愧疚。

三个年轻的月婆也来了。

海英生了孩子，整个身躯更加丰腴、白皙的皮肤更折射出少有的韵味；山花，当年风风火火的假小子，现在却变得如此稳重，犹如那漫山遍野的杜鹃花移植在家园后，得到驯化，变得更加妩媚；福寿的妻子，倒是一个闽南女子特有的沉稳，看见如此贵客盈门，要不是有前面的海英、山花领路，肯定会变得无所适从。

三个孩子，三张粉红色、胖嘟嘟的脸，一融入人们的眼前，贵客们一片赞扬之声。大家纷纷从袋中去取出见面礼往孩子身上塞。这见面礼呀！正是按照闽南风俗给孩子的见面礼。那是用一张红纸包着的碎银，或整个元宝，送给孩子的祝福，祈祷孩子托各位神仙、菩萨的洪福，保佑孩子健康成长，成为永丰城新的主人。

轮到简宏顺和连永福了。

二位老板见到三位后代新人，笑吟吟走上前，双手奉上早已准备的见面礼，再附上一整套吉利话，"孩子，让你的寿年与天地同长，让你的智慧比天还高。"他亲昵地抚摸着阿光儿子的小脸，心情激动，充满着无限的期待。

"阿光！"一切礼仪过后，简宏顺和连永福拉着忙得不可开交的阿光，"筵席过后，我们和阿发一起商量几件事。因为，明日我们还有其他事情必须要离开永丰城。"

"真那么急吗？老板。"阿光从简宏顺那脸上严肃的表情中似乎觉察出了什么，心里"咯噔"一跳。

"嗯。现在集中精力喝酒吧。"简宏顺轻松地露出了笑脸。

席终人散，一个个喝得酩酊大醉的客人都离开永丰楼，回到各自的家里。

热闹了一天的永丰城慢慢归于平静。

阿光把简宏顺、连永福和阿发领回家里，魏永富好像不知疲倦似的，与屠户一道又慌忙不迭地给客人沏上一壶热茶。因为，心里有事，今晚简宏顺和连永福并没有喝多少酒，看到魏永富端上来的香喷喷的热茶，美美地品上一杯。问道："那六个兄弟休息的地方安顿好了吗？"

"已安顿了了，根据你的要求，安排在左右厢房住下来了。"阿发说。

"老板，莫非有要事？"一个晚上阿光在心里一直回味着简宏顺的话，他猜不透这位如同长辈，又如同父亲的恩人今天那神神秘秘的话语，隐含着什么意思。

"嗯！"简宏顺示意将客厅门关上，把这几天在台南经历的情况，一五一十详细告诉了阿光和阿发。"可以肯定，你们开发永丰城名声在外，这海盗闻到香味了，这些亡命之徒啊！什么事都干得出来。这次我和永福大叔昼夜不停地赶过来，给小孙子满月送礼是一回事；还有一个重要的目的，就是在陈祖康大人的帮助下，带来六个保镖，帮助你们做好防范工作。"

"这样啊！"阿光倒吸了一口冷气。几年前的事情，他的记忆虽然没有淡忘，但他一直以为，这件事大致不会再有后患。现在，听简老板这么一说，心里倒紧张起来。"老板，那你说我们应该怎么办呀？"阿光心里挺着急，原先自己一个人，赤条条来，赤条条去，无牵无挂。现在可不一样了。自己和阿发都有了家庭，有了孩子，上有老的，下有小的，前面一匹马，后面拖着一连串的拖斗，切不能像以前那样毛毛躁躁办事了。

"你们的乡勇团实力如何呀？"连永福突然提问，"今晚好像只看见黄福寿晃了一下，他可是团总呀。"

257

　　真是，连老板这一提问，倒让阿光记起来了。今晚是他儿子满月之时，这当爹的好像就那么晃了一下，便没了踪影了。

　　"他晚上没别的事吧？"阿光回头问了阿发一下。

　　"没有啊！"阿发也感到有些蹊跷，这兄弟在大喜之时会晃到哪里去了呢？

　　阿光和阿发的一对一答，足以让简宏顺引起警惕，他毕竟是见多识广的人，并不露声色。便交代阿光："你去请一个叫林胜天的兄弟进来商议一下，这兄弟飞檐走壁，武功了的，而且人品不错，是我亲自向陈祖康，陈大人那边要来的人，还是我的远房侄子。请他进来一块商量。"

　　"好！我去。"阿发不等阿光回答，已起身出去。

　　"阿光，这乡勇团可是你的禁卫军，可万万不能有闪失呀。"简宏顺语重心长。

　　"老板，我清楚了。"话讲到这里，阿光感到压力很大，他的言语当中已经表露出这种情绪。

　　"当然，你也大可不必有那么大的压力。兵家自古以来都有兵来将挡，水来土掩这一说，只要我们有所准备，就可以防患未然，甚至万无一失。"连永福看到阿光年纪轻轻，要承受这么大的压力，心起恻隐之心，安慰了一番。

　　一会儿，那林胜天由阿发请了进来，大家相互问候，阿光请他坐定。

　　"胜天，你有何高见？"简宏顺也不客气，开门见山问了他一声，看来，这叔侄间关系非同一般。

　　"阿叔，刚刚我带着兄弟们以观看垦荒田地的名义去察看了地形，觉得这永丰城地势倒是不可多得。因为，重要部位只有两处：一处是三栋粮仓；二呢，是二位老板的家眷。关键是这后山是茫茫大山，而且通过山上与山下联姻，纵深都非常广阔，可进可退。如果一旦有事，我们退到山上，便万无一失。"林胜天毕竟是陈祖康手下的强将，说起话来条条是道，滴水不漏，让人感到心情宽松了许多。"现在的问题是，你们的乡勇团倒底靠得住，靠不住？这支力量能不能百分之百掌握在你的手里。如果力量能够由我来调遣，那我可以保证万无一失，当然，如你把握不了，那我就说不准了。"

"阿光哥！昨天我从一位乡勇团的小头领那里得知，前两天，黄福寿还在乡勇团里招了两个来路不明的乡勇。"阿发说。

"有这事？"阿光反问。

"黄福寿没报告吗？"阿发显然有些吃惊。

"没有。"阿光回答得很肯定。他在思考着简老板和林胜天的话，黄福寿平时在一块，大家称兄道弟，自然没有发现过有任何端倪而且自己对他也很信任，把乡勇团交给他便几乎没有过问过。譬如刚才阿发讲的，他招新乡勇团丁，是一个什么货色，也没报告一声。而旁观者清，莫非他们看出了什么问题？

大家在蜡烛火下，认真思考着，商量着即将碰到的问题。加上前几天，自己和阿发在甘蔗田地，阿发看到的问题，阿光心中的疑团越来越大，越来越感到面临的问题非常严重。


"哎哟，要死呐……"正当大家讨论得十分紧张的时候，这宁静的永丰城传来了年轻妇人的哀嚎声。阿光心里一惊，看了看阿发一眼，问道："看看，发生了什么事情？"

"好！"阿发没有迟疑，提脚便出了门。

那女人的哭声一声比一声大，一声比一声尖。可以肯定，在这夜深人静的夜晚，一定发生了什么事情，阿光坐不住了，站起身看了看几位老人："你们先休息，我们出去看一下。"于是，手一招："胜天兄，我们一同去如何？"

"嗯！"林胜天不敢怠慢，叫醒了几个已经入睡的兄弟赶出门外，径直朝女人哭声的方向走去。

他们从家里出发，走到街道，朝那女人哭声的方向走去，慢慢地感觉到不大对头。因为，越走近，越清楚，那女人的声音就像是黄福寿老婆的声音。

"黄福寿怎么啦？"一种不祥的感觉出现在阿光的脑海，难道……阿光边走边加大步伐，他不知道，黄福寿这个家倒底发生了什么事情。

259

第二十四章 深夜，响起女人哭声

没有错。

哭声是从黄福寿家传出来的。

那哭的便是黄福寿的老婆。

等到阿光一行快到黄福寿家门口时，却见阿发匆匆忙忙往回赶，便着急地问："福寿家发生什么事情呀？"

"阿光哥！我们原来预料的没有错。"阿发告诉阿光，"今晚我们在请客的时候，黄福寿跑到那个包租户家里去会他的老婆了。结果，那包租户早就已经怀疑他了，席间叫了几个兄弟回去，将黄福寿痛打了一顿，又将他扎扎实实捆绑了起来。刚才，才将他扔到家门口。"

"伤得很重吗？"阿光有点着急，尽管黄福寿可恶、可恨，毕竟是兄弟一场。

"阿光哥！伤的不轻，可能以后黄福寿不再是男人了！"阿发叹息着。

"走，看看去。"阿光心事重重。现在，他才感到这简宏顺的眼光多么犀利，还有这林胜天，怎么就见了一两次面，便看穿这黄福寿的五脏六腑了呢？

"哎呀！你这没良心的。你这是干什么呀？你是自找的呀？这个东西，我的不是一样的吗？为什么还到外面去找，伤成这个样子啊？"阿光的耳朵里又灌进了黄福寿老婆那呼天喊地悲哀的哭声。听了这话，让人心酸，一个守本分，相夫教子的闽南妇女呀，就那么纯洁，那么贤惠。老公到外面找野食，心地却那么善良淳朴，那么宽宏大量。从那悲哀的哭声，让阿光感到对闽南妇女的一种同情，一种怜悯，一种莫名的心酸。

"快采一些草药，帮他疗伤止血吧！"阿光感到有点累，他自言自语地说了一句。

"天还未亮，到哪里去找草药呀？"阿发有些为难。因为，刚才在黄福寿家门口，他看见黄福寿躺着，他的脸上、头上，还有下身都在汩汩地淌着血。可是，这永丰城是刚刚开发的，这里没有医生，更没有医院。而且，除了阿光略懂一些医术外，便没有其他人识得草药。如果不及时给他止血疗伤，恐怕这小子不死也得废掉。

阿光有些心烦，他不再招呼别人，只是自己将手反扣在背后，加快步伐朝黄福寿的家走去。

他的一帮兄弟默默地跟在后头，也不再妄加一句评论。

在黄福寿家门口，他还是那样浑身上下都是血，一动不动地躺在地上。只有他那刚生完孩子的老婆坐在冰冷的地上，怀抱着不懂事的孩子，一把鼻涕、一把眼泪非常无助地嚎哭着，反复地叨念着："这东西我的不是一样的吗？你何苦呀？"这女人，她无论如何都不能理解，那女人身上的东西是一样的，用自己的东西，与用别人家老婆的东西不是一样的滋味吗？何苦呀，别的女人的东西，那有自己家女人的东西那么方便呀！玩一次，一次就那么短的时间，就被打成这样，如有三长两短，自己和年幼的孩子怎么活呀。

他们的身边尽管都围着一圈的人，但大家围观归围观，却不上前帮忙，只是七嘴八舌，指手画脚。因为，人们都很清楚，做人有做人的规矩，去搞人家的老婆，算什么东西。你身边放着自己的老婆不用，去勾引别人的老婆。被打伤，活该！被打死，也活该。

这是人们生活当中最不齿的事情了。

阿光把这一切都看在眼里，他的鼻子一阵阵发酸，他为嫂子的不幸而发酸，他没有说什么，伸手将黄福寿老婆扶起来，叫她回房间歇息。然后，切了切黄福寿的脉搏。

还好，弹跳都十分有力。估计倒没有生命之虞。只是，那黄福寿伤着了身体，伤着了面子，伤着了自尊，他无颜睁开眼睛看自己的兄弟，干脆闭着眼睛，躺在地上，任凭处理。

真是死猪不怕开水烫呀！

"阿发，我刚才记起来了，家里还有一包粉末，那是上次我制好的，应付不时之需的，你跑步回去，叫海英找出来。"阿光看了看眼前的死猪："福寿，你呀！叫我怎么说呀！起来吧，我扶你起来，回家去。这地上凉，天更凉。"

阿光手一挥，叫身边的几个朋友一起把黄福寿抬回家里。转眼间，他发现阿六在人群中一闪便不见了影子。正想叫住他，阿发返回来了，还带来了草药，阿光的心像打翻了的五味瓶，甜酸苦辣一齐涌上来。心里一次又一次地臭骂着黄福寿，以前生活如此艰辛，现在一切刚刚开始，你却忘记了过去，自找苦吃呀。他的心有着难言的痛，自上而下，帮他细心检查了一遍，并施上止血药。当帮他下身施药时，才发现他那宝贝已经被人用刀割得只剩下一层皮连着了。

这家伙，这下真的废了，今后不再有男人的自尊和自信了，不再有男人应有的威风了。看到这里，阿光的心一阵阵地痛，一滴一滴地流着血……

忙完这一切，天已经大亮了。

折腾了一夜，大家都疲惫不堪。简宏顺和连永福因为还有生意上的事不能久留，准备早饭后离开永丰城。听完阿光介绍完昨晚的情况，这二位老江湖觉得有些沉重，他反复交代阿光、阿发和林胜天："乡勇团团总黄福寿已经不能胜任，必须另找一个靠得住的人。"

"是啊！我已经感觉到了。但找谁最合适呢？"阿光把目光投向简老板。

"天赐良机，保生大帝已经给你送上来了。"简宏顺笑了笑。

"噢！你看，我愚钝之至。"阿光恍然大悟，转过身，看了看林胜天："胜天兄，此重任非你莫属了，拜托！拜托！"

"好！我和永福兄另有任务，不便多留了。请你们三兄弟同心同德，齐心协力。"简宏顺、连永福告辞后，便各自登上一辆马车正欲扬鞭而去，简宏顺回过头，叫过阿光："这里的粮食总数有多少？"

"大约千余石吧！老板，你何时来载呀？"阿光问道。

"近日，近日我便安排人来拉吧！"

"好！费神了。老板。"阿光充满着无限的感激之情。

"后生，遇事心要热，头要冷。不要着急。重大事情三兄弟，再加上魏永富、屠户和酋长一起商量。"简宏顺语重心长。

"放心，我会的。"阿光招招手，站在那里目送着简宏顺的马车飞奔而去。

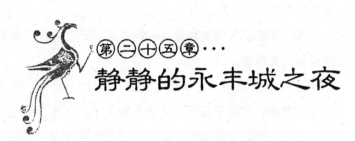

## 静静的永丰城之夜

目送着简宏顺和连永福的马车消失在永丰城外，阿光和阿发、林胜天仍一动不动站在那里，倒是随林胜天而来的五个兄弟非常尽责。他们或是佯装采草药，或是像做捡柴火，在保卫着他们的安全。

眼下的任务非常艰巨呀！垦荒还远未结束；糖厂要兴建；学校亟待要办好；海盗更要防好，那是涉及上千号人的身家性命的大事呀！阿光感到头有些沉。

"阿光哥！你先回去休息一下吧。脸色不太好。"阿发自己也感到很累，尽管年轻，一夜没合眼，还为这么多杂事操心，哪有不累的道理？便在一旁劝说阿光。

"是啊！先休息一下。要不晚上，要不明天我们再研究一下？"林胜天是简宏顺介绍来的，此人年纪比阿光略大一两岁，身材比黄福寿还高，还壮实，从这一两天接触看，处事挺稳重，而且还挺仗义的。看来，挑选这个人，简宏顺和陈祖康应该是经过深思熟虑的了。

"不急着休息，我们还是赶快把事情商量一下，分头落实，这样睡起来也安稳，才踏实。"阿光的声音有些沙哑，但精神头却十分旺盛。"我们还是回去商议一下吧。"

"那听你的。"阿发和胜天没有异议，三个人便又回到阿光的客厅，继续品茗商量事情。

阿光的心有些痛，这不是为别的，只为黄福寿，恨这小子这么不争气，毁了家庭，也毁了自己，还让人看没了。他在为黄福寿的老婆担心和不平，年纪轻轻，生活刚刚开始，以后便要同虚设一样的老公过日子，那是活守寡呀。

"真他妈的，狗娘养的。"阿光从嘴里蹦出了一句粗话。

"你说什么？阿光哥。"阿光话音不高，阿发却听得真切。他尽管在问，但已从阿光那表情看到此时很难过，为黄福寿的不争气而难过。

"没什么！没什么！"阿光感到自己失言，慌乱遮掩着。"两件事，我想咱们一起商量一下。"阿光大口地喝了一杯茶讲出了自己的想法。

"第一件事，防海盗。现在开始乡勇团团总胜天兄负责。你要抓紧整治队伍，加强功夫训练和队伍扩充。同时，还要清理一下，队伍里面的杂质。这样，阿发，你立即派人上山，请你的老泰山下山，将山上的神兵队中比较优秀的集中起来，统一整编成几个分团，各负责一块，任命分团总。带来的五个弟兄，各带一团，分点驻扎，注意重要部位，如粮仓、水源等等。

"第二件事。建糖厂和学校，由阿发负责，地址我们上次已确定了。学校要好办，糖厂事拖不得。现在永丰城建设到处都要银子。我倾向以全城的人合股经营。以牛力带动石碾，必须三头黄牛并驾，叫做'一拉'，按时换班。走外圈的那一头负担最重，称为'头挂'，必须最强壮的。人力则按各人能力分工为砍蔗、运蔗、饲蔗、司火、赶牛及煮糖师傅等。这个可以按原来开发时那十人一结、十结一围的组织形式进行。

"因为土法制糖的设备是在露天平置一个石盘，石盘上竖置两轮大石碾，上头装一根笨重的木杠杆，用三头壮牛拉木杠杆，在场地上循环齐驱，带动二轮石碾。一人将蔗茎按续推进两轮石碾的夹缝中，榨出蔗汁，流入煮糖房的蔗汁池。然后，提入大锅里煮熬。炼至适当浓度，放入少许石灰，等到糖成块，又投入花生油渣。待火候适当时，用勺将之舀入木槽。用棍子搅拌，至逐渐冷却凝固打成砂糖或捏成团。这便是市场上销售的赤砂糖和乌糖丸。"

阿光将自己的想法讲了一通。然后，告诉胜天："胜天兄，第一件事由你全权负责。"

"好的，阿光老板。"林胜天点头同意，不难看出，这个本来就是军人出身的兄弟，对这一切已经胸有成竹。

"不要客气。胜天兄，以后我们还是以兄弟相称吧。"阿光朝胜天笑了笑。"这样大家会更自然一些。"

"嘿！嘿！我照办便是了。"

"阿发，第二件事你来办有困难吗？"见林胜天满口允诺，阿光的心似乎放下一半。因为，只有首先保证这永丰城的平安才能谈得上建设发展。否则，前面有保障，后面的工作只能是纸上谈兵。

"阿光哥！这建糖厂啊！我不听不知道，一听头皮都发麻了，我连糖厂都没见过。讲合股还可以。但熬糖的工艺，实在没把握。"阿发讲的确实是实情话。阿光感到自己也一样。刚才讲的这些话，也是昨天晚上从简老板和连老板两人那里现买现卖的。

这确实是摆在自己面前的一道难题呀。

"阿发，你的话我理解，我是想，在永丰城这上千号兄弟当中总不至于没有一个不懂糖的人吧？"阿光沉思片刻说道。

"这倒是一个办法。阿光哥，我这五个兄弟当中原来府上也有漳州的，曾经在糖厂干过。要么请他们介绍一些熟练工，或者技术工人，或者干脆张贴广告，公开招聘？"林胜天告诉阿光。

"阿发，你的意思呢？"

"当然最好。"阿发听了林胜天的话，心里突然开心起来："明天，对！要么现在，你介绍我跟他交流一下。"

"行！"几个年轻人做什么总有一股火气。

"那我们便分头落实吧。不过，现在大家先休息。"阿光感到有些疲惫，他打了一个哈欠，送二位兄弟出门后，准备睡一个觉，待天亮了再去黄福寿家看一看。

这边，阿光他们正在讨论发展防卫的大计；

那边，黄福寿却躺在床上，痛苦不已。阿光的药粉尽管非常灵，洒下去以后血便立马止住了，疼痛也逐渐减轻。但，他的心里很清楚，有一个部位已被那骚女人的老公割断了。尽管连着一层皮，却再也无法吻合了。那便是命根子，那是男人的象征，男人的自尊，是男人一生的快乐所在。

想到这里，黄福寿有一种前所未有的沮丧，前所未有的后悔。

"大哥！"正当黄福寿在后悔莫及之际，阿六像幽灵一样出现在床前，他的身后还有两个陌生面孔，黄福寿一看便知是前几天刚招进来的新团勇。

这二个团勇前几天突然由阿六带来，一个人送黄福寿一锭白银，当时他有些不解，当一个团勇还要送一锭银子，这不是自找苦吃？但想了想，人家甘愿，又人不知鬼不觉，自己白白赚了二锭白银，便睁一眼闭一眼招了进来。

"大哥！"阿六三个人又往前凑。

"……"黄福寿没有好心情，手一挥让他们离开。看到阿六走了，黄福寿又接着思考自己的事来。此时，他的心非常乱，乱得一团糟。

但，不管如何。再后悔也无济于事。他知道，那骚女人一家连同帮凶已经卷起铺盖远走他乡。自己已经不可能有后悔药吃。只有从长计议，来日再报这奇耻大辱。

老婆此时还抱着刚满月的儿子，趴在床上嘤嘤地哭着。她哭得那么伤心，那么无助。她左手抱着孩子，右手却掀开已剪开口子的丈夫的裤裆。当她看到丈夫那宝贝因为被剪断了根，尽管连着皮，却已失去了血脉的滋养，渐渐失去血色，慢慢由红变白，由白变黑，而且已经变得冰冷冰冷时，伤心至极。善良和无知的女人啊！她使尽自己的力气，希望以一种女人的温情，一个劲地把那血肉模糊的宝贝摁在那伤口上。希望通过自己的呵护，让那已经断了根的东西能有神仙的保佑重新长上去，恢复往日的活力，重振昔日的雄风。

可是，似乎天上的各路神仙，各方菩萨都不大关心这件事，都没有伸出援助之手，都有点熟视无睹。

时间一个小时，二个小时，三个……几个小时过去了。那宝贝却再没有了活力，已经与像一个没有魂魄的士兵逃离了队伍，再也雄不起来了。

"呜！呜！呜！"女人伤心地哭着，尽管哭了这么久，眼泪已经干了，嗓子也哭哑了。但她仍然不相信，昨晚还那么雄去扑野食的东西，今天却变得如此懦弱，昨日粗得如同一根木棍的家伙，今天却冷冰冰、软塌塌跟小指头一样细了呢！

黄福寿躺在床上，他不敢正视着自己的老婆。他知道老婆的手搁在自己的私密处，却不知道她的手还死死地捏住那早已没了感觉的东西……

门外，突然传来了一阵"咚！咚！咚！"的敲门声。这是老婆来了之后，第一次有人敲门。这声音让他心惊肉跳。他不怕死，但他担心那个女人的老公今晚再来当着自己的老婆羞辱他，收拾他……

"咚！咚！咚。"敲门声一声比一声高，他老婆不得不去开门。可是，门闩刚打开，一下子拥进四个身穿夜行衣的人来。

"你们是谁？我家男人有病在身。"老婆哆嗦地问黑衣人。

"知道，我正是来看他的。"来人声音很低，他转过身便立即反手关上大门，借着灯光看清楚了，他身后的两个年轻人便是黄福寿收了二锭白银新招收的团勇，另外一个便是阿六。

"你，你们……"女人家哆嗦得厉害了。

来人不再跟女人啰嗦，径直走到黄福寿的床前，黄福寿原来以为是阿光或阿发来看他。可是张开眼睛一看，站在自己面前的却是完全陌生的两个人，一个人似乎还缺了一只耳朵。他感到不对。他浑身伤痛，他已经没了挣扎的力气，只好像一只待宰的羊羔，等待挨刀。

"别怕，怕也没用。"来人说话了，"我是张云飞，就是你的老板阿光四年前割掉一只耳朵的海盗。为了报这一刀之仇，几年来我到处寻找他。现在，终于找到他了，就是你的老板，就是这永丰城的老板。我来拜访你，就是要你答应今后配合我报这一刀之仇。配合好了，我自然不会亏待你。否则……"那张云飞停顿了一下，眼露凶光："后果你不会不明白。"

267

第二十五章　静静的永丰城之夜

"你！你！你。"黄福寿浑身颤抖："我已是残废之身，我能帮你什么呀？"

"不急，一切都从长计议。"张云飞补充道，"反正你已经废了，我的兄弟早已安插在乡勇团。更重要的是，现在乡勇团团总也已被林胜天取代了，你已经没前途了，尽管你在永丰城已付出了血汗，现在你已经一无所有了。"张云飞看了看身后的阿六。这一看，黄福寿已全然明白了。

"谁说的？"黄福寿有点不相信，但转念一想，自己已是残废之身，而且身败名裂。团总的威风将不可再属于自己。因此，本能地浮现出一种失望，一种怨恨。他恨那骚女人，贪恋自己之时含情脉脉，柔情似水。事情败露之时，却装着一种可怜悲伤相，任由他老公的一帮狐朋狗党伤害自己。自己图一时新鲜，图一时痛快，落了个残废之身；他恨阿光，原本充其量是一个混迹乡村间的二混混，靠纠集乡党，敲诈勒索换取一些不义的收入，而压根就不准备吃苦耐劳，发家致富。那是第一次见面，也是第一次较量，他便觉得无论从逻辑思维，还是为人处世，或是腿脚功夫都绝不是他的对手。本想退避三舍，退而求其次的。可偏偏这人又笼络人心登门拜访。于是自己便考虑再三。便想约束自己，在他手下先谋个饭碗，争取他的信任，等待时机取而代之。因此，从那以后，凡是有难有险，他总是冲在前面。当被委任自己当乡勇团团总后，他便觉得这一天终于一步步临近了，管着几十号人，前呼后拥，外人如不知晓，都会以为自己是永丰城的三老板呢。现在，一切快到手的果实，却被这一件小事，鸡飞蛋打，一切又重归于零，一夜之间便被抛到九霄云外去了。

人生路漫漫，今后的路子更久远，男人一生劳累、一生奔波就为那么一点东西最快活。现在这一切已离自己而去，连同事业、家庭、老婆和儿子……他不敢再往下想。他感到那骚女人太绝情，他感到那阿光对自己不起；老婆对自己不起，假如她能有那骚女人那般姿色，如果她能像那女人有着那莺歌一样的声音，有那似水一样的柔情，何至于自己落到如此可悲的下场呀！

黄福寿的怨恨之火被点燃了。他开始恨永丰城的一切人。他觉得这人世间情比纸薄。自己当乡勇团团总时，多少人追随在后点头哈腰，除了那个随她老公逃跑的骚女人，还有几个女人长得比自己老婆还好看；每次都给自己抛媚眼，可是自己现在落难了，她们竟然站在旁边袖手旁观，甚至还有几个鸟人在窃窃私语，暗地里指责。还有那阿光、阿发就那么给自己洒了一点药末，将自己扛到床上了之……

倒是觉得，自己在这落难之时，这位不知名的陌生人能深夜看看自己，虽然他有他的目的，尽管言语缺少一种兄弟情谊，倒是入情入理。

还是仁兄阿六和那个新乡勇，他在自己落难时，至少还能在身边转转，多少给自己长一些面子。

落难见真情呀！

黄福寿在内心深处挣扎着，眼角里开始湿润，对来人开始有了些许的感激。

"信不信由你。反正，你很快就会知道我讲的话是真还是假；反正，我会叫阿六他们跟你联系。"来人脸无表情，说完扔下几根"黄鱼"便要出门。但正要拉开门闩时，又转过身来："这些元宝给你治伤养伤。这些事你可以说出去，也可以不说出去。但说出去，对你，对你的家庭百弊而无一利。"说罢，四个像幽灵一样的鬼影便闪身消失在夜幕之中。

"砰"的一声门被关上了。这声响不大，但倒把黄福寿吓得不轻，吓得浑身上下都冒出了虚汗。

"啊！妈呀！"没见过世面的老婆对这一切看得清楚，听得真切。她真想放声嚎啕大哭。但被黄福寿瞪得如牛眼一样的眼光制止住了。因为，作为家庭妇女，她的胆子比黄福寿还小。

从客厅大门到房间就那么十来步远，她的腿却吓得发软，浑身像筛糠一样在发抖着。她想爬到床上劝劝自己的老公，绝不能做任何昧着良心的事。可是，她没有一丝勇气。家庭妇女，尤其是闽南乡村的家庭妇女，历来逆来顺受。当年父母双亡，她被邻居转卖给黄福寿为妻，尽管成婚时间不长，但她却看到这男人的种种劣迹。这个年龄可是一个渴望老公，对老公的需求是一个如狼似虎的时光呀，可是她压根儿没有享受过一丝甜蜜。在她从南投到竹桥这一年多时间里，黄福寿连一个音讯都没有。当她独守空房，常常望着灯火思念丈夫时，总是暗暗落泪。直到一年前这黄福寿突然回家来接她到永丰城，女人这才感到大喜过望，以为跟随阿光这小子长进了，有良心了。

可是，谁又想到，这时光却是如此短暂，如此一逝而过。

"哇啦，哇啦！"宝贝儿子哭了。她想爬到床上偎依着儿子躺下。可是，挣扎了好几次，这一双腿却软得如此邪乎，竟然连上床的功夫和力气都没有，而且连双手都像棉花一样的软，连一丝力气都没有。

"哇啦！哇啦。"孩子哭得更凶了，她万般无奈，只好哆哆嗦嗦掀开衣襟，俯下身子，将那白白的奶子塞到儿子的嘴里，半站半跪在床前。

这一夜，黄福寿。不，包括她的老婆就是在这种惊恐万分当中度过了的整整一个不眠之夜。

在永丰城，与黄福寿一样彻底未眠的还有好几家。当然，他们夜不能寐的原因是不一样的。团总林胜天，受上司陈祖康之托，又受阿叔简宏顺之邀，他率领五个兄弟到这新开发的永丰城做防海盗的工作。一到这里便接管乡勇团团总之职。这种新区人头杂，而且乡勇团内成分也一时难以一一甄别。尤其是海盗在前一段被朝廷重兵打击下四处逃散，他们都是亡命之徒，而且往往又有较强的武功，随时混迹社会的各种场合，真有一点防不胜防呀！

他不知道这永丰城的乡勇团有多大的战斗力，更不知在这乡勇团成员当中到底混入多少海盗的成员。保护阿光、阿发，保护这上千号居民的任务，要切实做到万无一失。

不容易呀！林胜天自言自语，感到从未有过的担子压在自己肩上。

那天晚上，阿光开完会后，根本无心休息，便立马召集各位兄弟，将整个乡勇团召集起来，进行整编。按照工作重点制定任务：仓库、老板、日常和应急四个分团。五个兄弟除留一个作为自己的助手外，其余四个兄弟各担任一个分团的分团总。同时，制定规定，统一住宿，分布在各个重要部位，实行二十四小时站岗盘查。

为了做到万无一失，还选拔了十余个便衣负责海盗侦查工作，选拔了六个功夫顶尖的素质较好的乡勇住在阿光家左右厢房，确保万无一失。

几个不眠之夜下来，林胜天瘦了一圈，眼睛布满了血丝。安排完这一切，他终于舒了一口气，脱下衣服，顾不得几天都没有洗澡，想躺下稍稍休息一下。

"咚！咚！咚！"刚刚躺下，有人在敲房门。林胜天不得不披衣起床。

"谁！"胜天有点不耐烦，但想一想，这已是接近黎明。此时有人敲门必定有重要的事情。

"我，胜天哥！"门外传来了他的一个兄弟的声音。果不其然，这便是他派出去侦查的便衣，此时来访，必定有要事报告。

"进来吧。"林胜天打开大门，寒风把两个小伙子推了进来。林胜天一脸感激地看着兄弟如此尽责，便非常关切地指着客厅里的凳子说："怎么啦？"说完，便忙着给他们倒一碗热水喝。

"胜天哥，我们按照你的要求，潜伏在黄福寿的斜对面观察。凌晨时分，他家进去两个黑衣人，其中一个便是阿发老板说的那个阿六，大约一个多时辰便像幽灵一样出去了。"

"噢，他们有讲什么话吗？"

"没有，听不清楚。但凭这四个人鬼鬼祟祟的样子，断定其中一定有问题。"

"这些人往哪走？"

"我们随后跟踪，但这四个人腿脚功夫十分了得，就十几步路，便把我们甩了。"小兄弟有些愧意。

"好！加强监视。但如没有确凿证据，不要打草惊蛇。"林胜天听完报告，心中更加有数。因为，在南边他们的情况很熟悉，黄福寿是什么角色大家一清二楚。现在，到了永丰城却一夜成了乡勇团团总，着实让林胜天担心，万万不要让这家伙跟海盗勾结在一块。如果是这样，那下一步永丰城的保卫工作将更加复杂，更难应对了。林胜天默默地想。

"这大冬天，天气很冷，你们要多穿衣服。注意身体，更要保护好自己。"林胜天感到自己肩上的压力更大，这些海盗飞檐走壁，功夫个个十分了得。如果一旦黄福寿与之勾结，功夫好，再加上情况了解，要解决他们难上加难呀！

"放心！胜天哥。"两位兄弟又消失在茫茫的黑夜当中。

而这么一折腾，林胜天的睡意也被带走了。

在这冬天寒冷的永丰城之夜，还有一户人家没有睡好。

那便是阿发这间小木屋。

孤儿出身的阿发，吃尽了人间的苦难，现在，在阿光的带领和众多长辈的扶持、指点下终于有了出息，建立了一个温馨的家，还有一个胖嘟嘟令人羡慕的小儿子。

酋长的女儿，山寨公主的山花，长期以来如父亲的掌上明珠，任性惯了。按乡间的话说是野惯了。当酋长听从简宏顺的建议，将山花许配给阿发后，便在新婚筵席上当众宣布，将竹桥平原的所有开发权授予阿光和阿发。同时，动员山寨全体居民全力支持开发永丰新城。

阿发和山花的性格截然不同，一个非常内敛，一个却十分张扬；一个相当沉稳，一个则任性。不管是父母之命也罢，还是媒妁之言也罢，反正没有任何了解便成了婚，生了个胖儿子。

儿子弥月的喜筵，带来了无限的欢乐。可是，当晚听说黄福寿那档臭事，却又让大家的高兴劲大打折扣。尤其是简宏顺和连永福二位老人通报，海盗正伺机袭扰永丰城之后，阿发的脑子便一直在思考着一个问题。与山花成了家，酋长便等同自己的生身父母，现在，海盗袭扰尽管谈不上人人自危，但自己应该尽儿女之责，将老人家接到永丰城，一方面这里生活条件较好；另一方面也可以在乡勇团的保护下把老人照顾得更加周全。

可是，这个想法却遭到山花的强烈拒绝。原因很简单，阿爸在山上生活惯了，那边有他的父老兄弟，有他陪伴一生的生活起居习惯。两个人目标都一致，但思路却不一样，争着争着便斗起嘴来。

"你这人狗咬吕洞宾，不识好人心。"阿发见山花有些生气，感到这老婆不可理喻，自己一片好心，却得不到她的支持，嘴里难免一句牢骚。

"什么？你敢说我是狗？"平常一句话，可是山花历来就是让人家适应她的，听到老公说的这句话，便怒目以对。

"说你狗又怎么样，狗还是很会理解主人的呐。"阿发见山花生气，又半开玩笑。

"我是狗，你还跟狗睡在一块？"山花感到委屈。一转身生气把孩子抱到床的另一头睡觉去了。

"谁怕谁呀？"看到山花搬到床那头去，阿发虽然感到有些不妥，但他知道山花那个性格，便不冷不热地添上一句气话。

"你别先求我！"山花还了一句，搂着孩子便一声不吭了。

两个人都出于好意，两个人个性都很强。可是，两个人又如此深爱着彼此。平时，搂搂抱抱一块睡习惯了。现在，突然山花搬到另一头睡觉去了，却感到空落落的，彼此同样都有一种感受，有一些不习惯。

鸡一遍又一遍地打着鸣；

阿发却又一次地翻着身；

几乎没有失过眠的阿发，此次却浑身燥热，烦得翻来覆去。

看不出，这老婆竟然有那么大的魅力，阿发忍不住叹了一口气。

那头，儿子早已熟睡，山花的境况却与他大相径庭。平时被老公搂在怀里，蜷缩得像一头小猫，睡得舒舒服服，现在，身上没人抚摸了，也感到浑身的不自在。

可是，山花的个性就是不认输，别说在老公面前，便是在阿爸面前也一样。

就这样，一张床上两头睡着的两个大人，

一天晚上则罢，

二天晚上也勉强，

三天晚上却有种欲火难耐的感觉。

到了第四个晚上，一张床上便响起了

不断的翻身声；

不断的叹息声；

却又谁都不服输，谁都不先找一个台阶下；

在相互之间僵持着，比耐力，比意志。

鸡又打鸣了，

也许天就要亮了。

两个人彼此都感到困倦，但都迫切地希望得到对方。而谁都不愿说出

第一句话劝对方，让对方有一个台阶下。

"喔！喔！喔！"那该死的鸡，人越睡不着，它却将鸣打得越勤。

"搬！"阿发终于忍不住了。他想了想，罢了，罢了，男子汉大丈夫，何苦跟一个女人较劲，未免太没出息了。他在心里想着，想抛砖引玉，能引起山花的感情共鸣。

可是，那羁得像一个母牛的山花却反而一动不动。她把耳朵竖起来，静候着这阿发说这"搬"字是一个什么意思。

"决定搬。"看到另一头没有反应，阿发把声音提高了好几个分贝，表述从一个字，增加了二个字。心想，这山花纵使再沉得住气，也该有些反应了吧。

可是，床那头还是纹丝不动，这使阿发多少有些失望。打心眼里更佩服这老婆，别看平时风风火火，但关键时刻还是很有耐力的。

"决定马上搬！"阿发似乎已经黔驴技穷，他将嗓门再次提高了几个分贝，把文字从三个提高到五个，并且"唰"的一声坐了起来，就在这一瞬间，他却竖起耳朵，瞪大眼睛看着床的另一头的老婆。

"搬到哪里去呀。"原来，在静静听阿发不断从嘴里蹦出几个字的山花，看到另一头的阿发字数越蹦越多，分贝越来越高，吓了一跳，情不自禁地应了一声。

"搬到你那头去睡。"阿发终于全部完整地表达了自己的意思。

"扑哧。"那山花听完竟然忍俊不禁地笑出声来，深深地感到尽管风俗不同，成长道路各异，但老公收敛不失幽默，沉稳不失深情。

于是，小夫妻便不失时机地扑了过去，又一阵翻云覆雨起来。

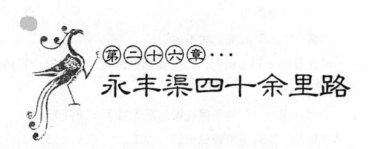

第二十六章···

# 永丰渠四十余里路

林胜天毕竟是海巡总管的得力干将，他熟知海盗的活动规律，经过一段时间的努力，将永丰城的乡勇团进行了整训，调整了一批新人，强化了管理，使之更有战斗力。重要部位的保卫力量得到保障，尽管那海盗屡次派人与黄福寿联络，但一到永丰城便会感到很难有下手的机会。

自然，这一段时间整个永丰城出现了难得的平静与安宁。阿光终于松了一口气，他感到自己每前进一步都离不开长辈的帮助，离不开贵人的指点，离不开兄弟们齐心协力和鼎力相助。

这一天，天气特别晴朗。不，应该说，好几个月都是这种天气了。听说台湾的其他地方已经变成干旱了。可是，这永丰城依赖着那山寨奔腾不息的山泉水，确保了沿河两岸的田地得到有效的灌溉，这足以让大家开心。

"今天，我到田里去走一下，你们在家，别走远。"人出名和猪怕壮都有可能共同面临着危机。现在，阿光出名了，家眷同样有一种潜在的威胁。他每当出门总会叮嘱妻子和岳父及师傅少出门，以尽可能减少不必要的担忧。

"你自己一个人去吗？"海英有些担心地问。

"不！还有阿发。"

"两个人？"海英仍然不放心。

"还有胜天兄弟他们。"夫妻俩很默契，海英总会将情况了解得清清楚楚。

"早点回来。"妻子用妩媚的眼光看了一下阿光。

"好的。"阿光带着兄弟们出去了。

走出街道，很快便进入那一片连成一片的新开发的土地当中。这些租户大致来自泉州府和漳州府，由于他们的勤劳和精耕细作，这每块足有二、三甲一块的田地，田坎的杂草除得干干净净，田里的土地已耕耘得非常平整。是啊！又到布谷鸟鸣叫的季节，那一块块秧苗地的秧苗已经破土，长出了嫩绿的秧苗。掐指算来，不足半个月就得要进入春插阶段。

春耕就要开始了，包租户们已经做好准备，进入到一年当中最为繁忙的阶段之一。

那甘蔗地里的租户却下田更早一些。他们将去年种下去的红蔗、竹蔗和蜡蔗都砍了下来，作为种苗，开始了更大规模、更大范围的甘蔗种植当中。

"阿叔，你包租地今年准备种几甲的甘蔗呀？"走近一家包租户，阿光蹲下身子，向他了解。

"喔，老板。托你的福。今年光景很好。我准备种上五百甲的甘蔗，其中果蔗一百甲，竹蔗四百甲。"包租户是一个四十来岁的中年人，看到这个老板跟别人不一样，田已包租出去了，还经常关心备至，问长问短的，心里充满着感激之情。

"好啊！恭喜你呀。"听了中年人的话，阿光脸带喜悦。

一行人转了几个圈，刚到一个地势高的地块，却看到包租户正在用简易的提水工具从水沟里向稻田提水。父子俩浑身是汗，一勺一勺地往田地倒水。

"难道这田没有水吗？阿叔。"阿光有些不解。

"噢！老板。今天雨水少，这河里的山泉水位低了。平时可以灌上水，现在却不得不靠人力提水，费力呀。"租户看见老板来了，便如实道来。

"这不是很费力气？"

"种田人，费力是小事。老板，这年景还不错。如果再旱下去，这几千甲地的用水将是大问题呀。"中年租户边说，边用手一指。阿光抬头看去，是啊，这一片地足二、三千甲，由于地势稍高，这山泉水灌溉短期还可以；如果雨水不足，那灌溉便成了问题；假如遇上天旱那么除河岸边的土地不成问题的话，将近八成的土地将会受到干旱的威胁。

"八成？"中年租户这句话深深地击打着阿光，千余个壮劳力，历时三年多时间，开垦了上万甲土地，如果灌溉设施不完善，将近八千甲土地将成为"望天田"，那么这么多兄弟经历几年的辛劳将会大打折扣。

开发永丰新城的效果也会大打折扣。作为开垦者为租户提供旱涝保收的土地，是促进每家丰产，确保每年稳定收益和发展的必备条件。先垦荒造地才是自己应做的第一件工作，下一步还有许多事情等待自己去做呀！

这一天，阿光和兄弟们足足走了一天。既走了自己开垦的土地，还看到了与自己相邻的土地，那里的情况与自己这片土地的情况大致相同，情况不容小视。

一路上，阿光没有再说话，他仅仅是默默地思考着，如何解决这万甲土地的灌溉问题。

"阿发，你知道隔壁这一片土地是哪个老板的吗？"阿光问。

"前一段有人了解告诉我是陈吉祥老板的。"

"是南投的那位陈吉祥吗？"

"是的。"阿发答。

"噢！"阿光点点头。

"阿光哥！"阿发看见一路走来，阿光默默无语，似乎在思考着什么问题，便在身边提醒兄弟："你在思考什么问题呀。"、

"水！水的问题。"阿光听了阿发的问话，若有所思，他的话语也变得很严肃。

"莫非你想……"阿发看到阿光那神态，预计这位兄弟心里已经在酝酿着一项重大决策，想问一个清楚。

"回去吧！找阿叔他们和你岳父，请大家一块研究一下。这项工作迟做不如早做。"阿光没头没脑地说出了一句话。但他的思路已经十分清晰，要切实把永丰城建设好，投入资金，开发一条渠道，将平埔山寨的山泉水延伸灌溉，确保万甲土地旱涝保收已经刻不容缓。

听说要开凿一条水渠，灌溉这万甲良田，酋长阿力凡天刚亮便带着山上的七老八十下山来了。这个昔日三步门不出，五步门不迈的酋长，女儿出嫁没有下山，那是山寨有规矩，嫁女儿父亲不能去女婿家，山花母亲去得早，那次他将自己女儿送到山寨的第一道门，便趁人不注意，偷偷抹了一把老泪回山寨去了。去年底女儿生了一个小外孙，老人便按捺不住内心的喜悦，下山走了一趟，看到昔日荒凉的竹桥平原变成比山寨还热闹的新城，看到那儿百栋新建的木屋，看到了那永丰酒楼、杂货店、粮行一应俱全的永丰城，打心里佩服阿光和自己的女婿这后生仔惊人的创造力。

想到阿发，老人有一种莫名的欣喜和满足，这孩子尽管孤儿出身，但勤奋吃苦，有孝心，对女儿山花也体贴，选到这个女婿让自己感到放心，也感到开心。这一年多时间，阿发无数次派人来要接老人下山去居住，以享受天伦之乐。可是，阿力凡有自己的想法，也有自己的生活习惯。尽管妻子几年前去逝了，除了山花之外，又没有别的儿女。山花一出嫁，尽管身边还有管家和仆人，但难免感觉到家里越来越觉得冷清。"哎！这也是命，这是命中注定的。"阿力凡轻轻地叹了一口气。

"老爷……"随从见阿力凡在想着什么，心里有一些担心，便有些惶恐地叫了一声。

"没事。"阿力凡看了看身边的随从，在家他是仆人，十几年忠心耿耿，伺候左右。是啊！平埔族人已在山上住了几十代，自己大半生都在这里生活。习惯了，故土难离。这里住得高，也看得远，空气清新，又那么宁静。尽管躺在床上一闭上眼睛总会浮现女儿山花和那胖乎乎的小外孙的脸蛋，但老人一直没有下到山下居住的决心。

他又想到自己的女婿，想到阿发这后生仔，老成持重，又能吃苦。所差的便是他是汉人，自己是平埔族人，与外族通婚可是前无古人呀。阿力凡用双手合十，对着群山，更是对着老祖宗在祈祷："不孝之孙，破了规矩，列祖列宗你们在九天之外可要宽恕我这不肖子孙，为你们找到了一个称心如意的女婿呀。"想到这里，阿力凡觉得自己这般年纪了，还如此动情，有些出格，不觉得哑然失笑。人这东西，人这感情真是说不清，道不明。不打不相识，山上山下原来打了两年多，却打出了一个金龟婿呀。阿力凡领着一帮人算是第两次下山，却在这群山之颠触景生情，浮想联翩。

永丰城就在自己的脚下，那是一座崛起的新城，人员众多，对！比山寨还多好几倍的汉人。

"老爷，我们走吧，直接到山花的家？"随从在一边催促，他们怕老爷禁不住山风而受凉。

"我们绕一点路吧。"阿力凡有了自己的打算，山寨倚山而建，那群山因为植被很好，群山中流出的山泉汇集成一条河流从山寨经过，弯弯曲曲经过竹桥平原，流向大海。这是历经千秋万载，凝聚了山寨祖祖辈辈历史和沧桑的河流，也是孕育平埔族子孙万代成长的生命之水。昨天，女婿阿发派人请自己下山商量准备从这半山腰开挖一条渠道，将水引向高处，灌溉这一方土地，这是平埔族人几千年来想都不敢想的事情呀！

这崇山峻岭，古树参天的大山。开挖一条渠自然是一件好事。但要架渡槽，挖凿隧涵，那是一项耗资巨大的工程呀！这些后生仔，真是天不怕，地不怕。

站在半山腰，阿力凡驻足观看。如果按照阿光和阿发的思路，就应该在这脚下将山涧水进行截流。然后，从那半山腰开凿一条渠道，那里最好能架渡槽。这渡槽最好既能引水，又能当桥走人，这样便可一举两得。

还有，这座山地势险峻，又是石灰岩山体，最好能凿一隧道，让这渠水穿山而过。不然，绕这山体一圈，足足五六里路程，投资不小呀！

春天的山风很大，吹在身上冰冷冰冷的。那山风一阵又一阵，把阿力凡的长衫卷了起来，便有一股凉飕飕的冷风直窜身躯。这还好，那风硬是不给酋长面子，又一阵风吹来，把他戴在头顶上的帽子刮飞起来，飘了很远。随从看见大风吹跑了酋长的帽子，不敢怠慢，拔腿在那树从中追赶，跑了几圈，好不容易将帽子捡了回来。

"老爷，这风太大了，我们赶快下山吧。"随从怕山风大，让老人家着凉了。

"好！"阿力凡终于点了点头。

再说阿光和阿发听说阿力凡带着一帮人要从山上下来参加开凿引水渠的事，便几家老少全到路口迎接。

魏永富、屠户和海英；

山花、阿发一家老小；

还有林胜天的一帮兄弟在迎接着山上的客人下来。

几个月不见，自然亲热的不得了，这里不再一一细说。

一帮人进了阿光的家，海英给大家沏了一壶上等好茶。阿光便将自己的想法跟大家报告了一番，最后说："开挖一条灌溉水渠，确保这万甲农田能够得到充足的水源，是租户的期待，也是千秋大业，值得我们去打拼。"

阿力凡自然最有发言权，这主要是他在这块土地上土生土长，对这里的一切了如指掌。另外，刚刚他下山时作了大致的估摸，便接过话题："阿光老板的打算真是让我们这些老辈佩服之至。只是一条，开凿这条水渠，工程量之大，耗资不可能少于十万两白银，这可是一笔大资金呀！"说罢，老人有些担忧。

"开山挖渠，创立大业自然是一件好事，我呢？无钱又无力。但只要用得上，我便拼了老命也会支持。"魏永富表示支持。

"我和永富哥一样的意见。"听到如此浩大的工程，屠户感到自己年迈体弱，又无身家，便表示支持魏永富的意见，把后勤保障工作做好。

"阿发、胜天，你们的意见？"阿光看阿发和胜天闷着头，没有发表意见，便将目光投向他们俩。

"工程大，任务艰巨这倒不是问题。现在关键是十万两白银的投资，这数额确实太大了。"阿发开口了。

"你呢！胜天兄？"阿光问林胜天。

"我的意见与阿发哥相同，缺钱。如果有钱便没有问题。"林胜天没有提太多的意见。

"阿发，到目前为止，我们租子上交卖的钱，总数可以有多少银子？"阿光问阿发。

"那天，我们走了一圈后，回来曾粗粗估算了一下，如包括今年租子收来后，再换成白银充其量也在三万两左右，与十万两的数字相差太远。而且，这十万两是预估，可能工程一开工，这个数字还不够。"阿发有些担心。

"三万两，三万两……"阿光听了阿发的话，口里一直在默念着这个数字，"这个准确吗？"

"三万两倒是准确的，关键还有一笔投资还没有支出。"

"噢！还有一笔建糖厂的投资也要考虑进去。"阿光若有所思。

"是的，阿光哥我们上次不是计划兴办学校吗，这一笔支出也要有计划。"阿发掐指一算，这三项投资不是个小数字呀！

开挖水渠要钱，

新建糖厂要钱，

兴办学校也需要钱。

"钱"一说出口，让在场的老少没了中气，没了声音，大家刚才热烈的发言，此时已经卡了壳。又不能不办，可钱又无法变出来。大家不约而同地把眼光集中在阿光这个年轻的当家人身上。

阿光将眼光投向在座的各个人的脸上，心里在认真地盘算着。蓦然间，想起上次与简宏顺和连永福谈及兴建糖厂的事。觉得要办事业，肯定会有困难，肯定要有压力，应该有更多筹措资金的办法。

"对！"阿光脑子一转便将自己的想法提了出来，"用股份投资，按照田主的田甲数，认定出资比例。而且，那天观察了地形，如永丰渠延伸到四十里外，还可吸引那个地方叫蓝田一大片土地的田主参与投资，据说那是陈吉祥老板的，到时联系他一下，请他共同投资，按田亩受益。这样一条永丰渠便可造福一方百姓。"

"各位长辈，阿发、胜天。我这想法你们看能否行得通？"将自己的想法说清楚以后，阿光用征询的目光问了问大家。此时，他的心有些激动，顺手拿起身边老岳父的旱烟枪装上一锅满满的金灿灿的条丝烟，点上火用力地吸了一口。然后，从容地吐出了一口浓烟。

第二十六章　永丰渠四十余里路

"这倒不失为一种好办法。"阿力凡感到阿光这想法很新鲜，也很实际。

"如用这种方法去筹集资金是再好不过了。"阿发也表示赞同。

"因为，我在想，这渠是一定要开挖的，可是开渠还有一个过程，快则一、二年，慢则三、五年。不开渠，这一片田大部分会变成望天田。那么，我们辛辛苦苦开出来的田靠天吃饭，谁还会来租？只有水源保证，丰收便有了保证，租子也会更高一些。这样，今年便立即动手，边开边筹资，开一段先受益一段，收到成效了。那么，陈吉祥老板是一个明事理的人，他会投资的。"烟，阿光平时几乎不碰。但碰到了难事，碰到压力大的时候，他却有那个习惯动作，用于缓解自己的压力，理清自己纷繁的思路。

"我看也很好。"魏永富看见自己的女婿在大事的抉择上头脑如此清晰，大喜过望，心里感到由衷的高兴。

"那这样吧，下一步开挖渠道工程我亲自抓，阿发你在抓糖厂建设过程中，抽空帮帮我，三位长辈你们当顾问多给指点。尤其是那渠道走向问题。茵长务请你把山寨最熟悉地形的长辈请出来助一臂之力。此外，学校建设不能拖，这一块投资由我们全额投入。现在，孩子已经两岁了，明年幼稚园一定要开学，我们这辈人吃亏便吃亏在不识字上，请几个先生，一定不能误了孩子。"阿光叮嘱自己的兄弟。

看到长辈们一个个点头称是，他觉得还得再交代林胜天几句，便将脸朝林胜天说："胜天，你的担子很重，这一段你和兄弟们辛勤工作，让我心里踏实了不少。这里的工作能否顺利进行离不开你的保安工作。"阿光说完，拱了拱手，"拜托你们了。"

说完这些话，他的心里似乎轻松了一些，于是，又想拿起茶几上的旱烟杆，并装上一锅烟。此时，海英正好上前添茶，恩爱地摁住他的手，轻声地提醒着说："阿光哥，你已经抽过一锅啦。"这声音不大，却让周边的人听了个真切。

"嗯！好！好！好！"阿光是那样的听话，他朝妻子感激地点了点头，放下了旱烟杆。

"扑哧！"阿发看得真切，对阿光这对夫妻恩爱羡慕至极，忍不住笑出声来。

"有什么好笑的，说不定在家还会被山花揪耳朵呢！"海英被阿发说了一声，脸颊瞬间飘上一朵红晕，但毕竟平时亲如兄弟，她狠狠地瞪了一下阿发。

正当大家开心、准备吃晚饭的时候，门外传来了黄福寿老婆焦急的叫声。

"阿光，阿光老板"人未进来，但那带着哭腔的声音却已经进入客厅。

"嫂子，有什么急事，这么着急？"听到叫声，阿光已经从那声音辨出黄福寿的老婆来了，便站起来问个究竟。

"那个死鬼。昨天晚上什么时候走的，我都不清楚，到现在还没有回来？"黄福寿老婆抱着儿子，眼泪汪汪。这个家庭妇女经过这一段的身心折磨，又憔悴又苍老，满脸长满了黄斑。手上抱着的孩子也瘦得皮包骨头，很像一只小金丝猴，眼睛倒很大，但皮肤松松垮垮地附在那细细的骨骼上。让人看一眼，便立马产生怜悯之心。

"他走时没有留话吗？"阿光有些着急，一个女人家，带着一个幼小的儿子。这个黄福寿呀……

"没有……"那女人忍不住哭出声音来。

"还带走什么东西吗？"林胜天非常警觉，他又觉得非常蹊跷，他曾叮嘱过底下兄弟要留心他的行动，怎么就没发现这一情况呢？

"我早上醒来，发现他没睡在床上，到处找，以为他出去溜达了。结果上午等到下午，下午等到现在，没有任何音讯，刚刚找来找去，发现他的衣服都带走啦！"说罢，那女人伤心欲绝地哭出声来。

这哭声引得海英和在场的人们都陪着伤心地落泪。

阿光预感到问题有些复杂。黄福寿的离开绝对不是一件偶然的事情。

不辞而别，别的也罢，抛弃老婆和幼子，这是一个负责任的男人，负责任的丈夫，负责任的父亲做不出来的。那么，他抛弃老婆和幼子会到哪里去呢？去干什么呢？这是一个非常费解的问题。

"嫂子，你先带孩子回去。不要紧，今后如生活上有困难可以随时找我和阿发，我们会尽兄弟之责的。你万万不要伤心，一定要把孩子带好。"阿光的心感到一阵难过，但又想不出用更好的言语安慰她，便转过身告诉林胜天："你叫一个兄弟送她回去吧。"

"好！放心。"胜天朝门外招呼一声，便有人应声过来，"把嫂子送回家去吧。"胜天交代手下兄弟。

送走黄福寿的老婆，刚才似乎有了一点轻松的气氛，立即变得沉重起来。客厅里的每一个人都在揣摩这黄福寿不辞而别，绝对不是一件好事。可是，他会去干什么？会不会对永丰城的人们干出什么事情呢？大家都摸不清底细。因此，每个人的心都笼罩在一片乌云当中。

"胜天，你对这件事有什么考虑。"客厅里沉寂了许久，大家都没有吭声。阿光又拿起那旱烟杆，装上烟，点上火，然后问了一声林胜天。

"我很难作出准确的判断。如果按照前一段我们侦查和了解的情况看，他一定是找海盗张云飞去了。"林胜天说到这里，用手给他们稍等一下的手势，朝客厅外招呼了副团总过来，如此这般地作了交代，末了还强调一句："注意，集中队伍，加强警戒，明哨暗哨都要布置周密。"

"放心，胜天哥！"副团总出去了。

林胜天如释重负，回过头对各位长辈和阿光说："如不出意外，这两天肯定张云飞要袭击永丰城。"

"噢！为什么？"阿发听了有些吃惊。

"因为，黄福寿回南投已经不可能，他回去没脸见乡亲父老，别的地方也没有人会收留他，现在永丰又呆不下去。那么，只有一条路，投奔张云飞，而且，根据我们前一段的监视，这张云飞已多次跟黄福寿联络。说不定，黄福寿此时正在张云飞的某个落脚点上……"林胜天将所掌握的情况作了介绍和分析。

"这样，那就麻烦了。"阿光听后倒吸了一口冷气。因为，永丰城黄福寿了如指掌，如他与张云飞这个海盗同流合污，永丰城真是防不胜防呀。

"防，肯定是比较难防的。但也没有必要如此紧张。这样，为了切实做好各位的安全工作，我建议从今天晚上开始，阿光哥、阿发哥你们两家便集中在这里住宿。这一条只要你们答应了，其他的事便由我林胜天负责了。"林胜天看到大家很着急，尤其几个老人。

"阿发，你看？"阿光用眼光征询阿发。

"可以，挤一点吧，反正以前这么苦都过来了。况且阿光哥这房子这么宽畅。"阿发欣然答应。

"那，胜天，你赶快把山花母子接过来吧。"阿光想到弟媳妇。

"不急，我已安排好了。"林胜天胸有成竹。

"乡勇团的力量布置？"阿光问道。

"你把心放在肚子里，一切有我在。"林胜天满怀信心地说。

第二十七章
**绝不能手下留情**

　　林胜天是富有责任感的人，听到刚才的情况，他不敢怠慢，立即带着乡勇团的副团总去排兵布阵去了。

　　阿光倒是心静如水，因为几年前便与那张云飞有过较量。那海盗倒是有一副身板，有一副力气。但毕竟没有受过师傅指导，几乎没有一点拳脚功夫，无非是一身死力气而已。只是现在，与几年前不能一比，那时自己单身一人，可以来无影去无踪，现在上有老，下有小。凡事总有个瞻前顾后。尤其是阿发这一家子，基本上没有任何腿脚功夫。因此，待林胜天出门，便将二家老少叫到客厅，如此这般地交代一番，以应不测。

　　鸡啼了一遍，没有消息；

　　鸡啼了又一遍，这永丰城仍然静悄悄；

　　……

　　这一夜到了天亮，竟然一点音讯都没有。

　　一夜无眠的林胜天回来了，带着彻夜未眠的疲惫。

　　"胜天兄，辛苦了。"阿光有些过意不去。

"没事，这是我的职责。"林胜天见到阿光："让大家受惊了。昨天晚上，我在这房子和仓库的四周点了四十几堆火堆，把这附近照得通亮，固定哨、流动哨，再加潜伏哨，三管齐下，假如张云飞进犯，肯定难逃手掌。"

　　"这样！"阿光终于明白了，昨天晚上风调雨顺，原来是这么多措施，让海盗看到了我们已经有了充分的防备，而望而生畏，不敢贸然进犯。"胜天，这种做法，我们不可能每天这样啊！天天点火，天天让兄弟们死守，谁受得了呀。"

　　"是啊！昨晚是应急之策。"林胜天感到这阿光尽管不是搞保安工作，但看问题却入木三分。

　　"如果，你发现我们有防备，让你就这么折腾，他却躲在暗处，以逸待劳。等到我们筋疲力竭时，才发动进攻，那……"阿光没有将话说透，他的思想已经往更深层次处思考问题了。

　　"是的，我也在考虑一个长效的机制。因为永丰城的建设将是千秋基业。"林胜天是一个聪明人，他看看周围没有人，低声告诉阿光："我想派一个人进去！"

　　"卧底？"阿光有些吃惊。

　　"对，来时，陈祖康大人就有这样的想法。"林胜天说着，"我这六个兄弟中，有一位对海盗情况比较熟悉，面孔也比较生，如果循黄福寿这条线进入，难度应该不大。"

　　"安全有保障吗？"

　　"没问题的，我们这一拨人平时干的就是这些活。弄清情况，我们才能对症下药，甚至一网打尽。"林胜天说："这是朝廷，也是台湾巡抚的指令，只有这样才能保住天下太平。"

　　"既然这样，你便放心去做，有困难尽管说。"阿光感到林胜天是受上级的指令而来，又是后生才俊，为人也老成持重，便十分欣慰。

　　"阿光，我希望这些情况不要对永丰城建设有任何影响，内紧外松，一切照旧，该做的还是照计划进行。其他的事情一切有我。"林胜天脸色十分严肃。

　　"既然这样，我便放心了。"阿光向林胜天拱了拱手说："一切拜托了，我替永丰城乡亲感谢你。"

　　"阿光，你总是那么客气。"林胜天不再说什么，因为，他十分清楚，一个新城建设，人员混杂，又正值海盗被打得七零八落，他们都是一群亡命之徒，势必无孔不入，自己和兄弟肩负的担子非常的沉重啊！

　　阿发是个不要命的角色。

　　既然大家都把下一步永丰城建设的计划确定了，便不顾一切地推展开来。尽管阿光说开挖渠道他主要负责，自己配合，但想想阿光负担太重了，自己理应多担一些工作。上午指定了一个兄弟具体负责糖厂建设的事，一个兄弟则负责学校建设的工作。然后，随阿光把岳父阿力凡请到山脚下，谋划那即将开挖渠道的线路走向，尤其是几个关节点，让他有些为难。

　　"阿发，既然要开渠，山寨下山的路上都要跨过一条山涧，最好能架设一渡槽，这渡槽既可以通水，还可以当作桥梁，为上山下山的乡亲图一些方便。"阿力凡用手指了指那山涧。

　　"唔……"阿发用心记住这些话。

　　"还有，阿发哥，这渠过了山涧要绕行山腰，这路程足有五六里路，工程成本肯定很高。如果能在这山打一个隧道，让水穿山而过，成本肯定降低不少。"这是山上一位青年人的建议。

　　"唔……"阿发仍然不说话，他在认真听取大家的意见。

　　"那山岩是一个什么材质的岩体呢？"阿光默默地听着，他感到打隧道最多一里路长，绕山要五六里远，能打隧道当然更节省成本。

　　"那是石灰岩的。"山寨青年应道。

　　"这样！"阿光点点头，似乎心中有些数。炸花岗岩没有炸药绝对不成，但如果是石灰岩便可用火来烧，然后用山泉水来浇，慢慢地这隧道便能打通了，而且成本不高。但是，那山涧尽管不算深，但要架渡槽就费事了，"如架渡槽，技术上如何处理呢？"

　　这弯弯的渠道一旦开挖，可以延伸四十余里路，这样它的工程效益才能得到最大限度的发挥。那么，四十余里路，水在途中消耗，还得满足数万甲农田的灌溉，那么这渡槽的过水量就必须有一定的流量。

渡槽必须用一棵大的松木砍伐下来挖槽，这树小了，槽挖不大；树大了，则如何将这么大的渡槽架在山涧两岸，都要有很高的技术含量。

不用说，开挖这条渠，难在两点。一是山涧渡槽，而且上面还行行人；二是开凿石灰岩岩体的隧道。

解决钱的问题是一个投资的前提，

必须解决渡槽和隧道的问题才是关键。

钱；

渡槽；

隧道。

第一个问题，已采取股份投资解决，已经不是问题；第二、第三个问题，确实有难度，确实有技术的难度。阿光望着那层层叠叠的群山，看看周围充满期待的几个长辈，在冷静地思索着。

"阿爸，你的烟给我抽一口吧。"碰到挠头的问题，想抽一口烟，这越来越成为他的习惯动作了，每逢心中有难事，总会借旱烟疏解压力，产生灵感，产生智慧。

"阿光……"魏永富没有制止女婿想抽烟的要求，只是有点心疼女婿所承受的巨大压力。年纪轻轻担当着如此大的责任，干着这么大的事业，这压力不小呀！迟疑了一下，将旱烟杆递了过去。

"酋长，如果用四棵大树同时凿四条渡槽，同时架在山涧上有困难吗？"阿光用征询的目光投向阿力凡。因为，在身边的人当中，这个问题只有阿力凡大半生在这山间生活，对这个最有发言权。

"这个事情，我从来没有看过，更没有做过。但有一个问题我也在一直思考。一根大树尽管凿成渡槽，少说也有几千斤重，要横在山涧上，有把握吗？"阿力凡终于说出了自己的担心。

"不用渡槽，那怎么解决这引水过山涧的问题呢？"阿光再问几个长辈，又像再反问自己。

"还有别的办法吗？"屠户感到这个方法确实没有把握。

第二十七章　绝不能手下留情

"用竹管，穿透竹节连起来。"魏永富抬头看到那满山遍野的毛竹，似乎找到了新的思路。

"这个不行，万万不行。"阿力凡听了魏永富的话，头摇成拨浪鼓："这个做法，我以前曾试过，山涧水从高处往低处，不从低处往高处，水压很大，这毛竹经不住这么大的水压力，非常容易爆裂。"

"那……"阿光看到大家都说不出一个子丑寅卯来，又看到太阳即将下山，便请大家先回永丰城休息。然后，再谋办法。

"先回去休息吧！办法总是人想出来的。"阿光提议。在山上跑了一天，又加上苦于找不到解决问题的办法，大家回到家里又疲惫，又情绪低落，连吃饭的胃口都没有。倒是海英算得上是一个顶尖的家庭主妇，早已准备好可口的晚餐，见到一大帮老少爷们回到家里，欢天喜地，又是打洗脸水，又是泡茶让大家歇息。

阿光那宝贝儿子已经能够东摇西摆地走路，依依呀呀说一些让人捧腹大笑的话，这让辛苦一天的长辈们增添了许多欢乐。

"云生，叫恩公。"海英拉着一颠一颠走路的孩子，教着他叫外公和爷爷。

"恩公！"云生这孩子非常聪慧，尽管发音不准，但还学着母亲的话叫了一声，然后屁颠屁颠地走一边玩去了。

"哈！哈！哈！阿叔你真是福气呀。"阿发趁机说了一句，想逗乐魏永富和屠户。

"你就没福气啦？"魏永富知道这是阿发想让自己这些老人开心。实际上，他的儿子林生不是一样吗？讲实在话，这阿光和阿发虽然不是亲兄弟，但胜似亲兄弟。甚至那两个人的两个宝贝儿子如不认真辨认也像亲胞脸似的，让人一看便喜欢得不得了。

这可是人生的喜事，也是人生的何等缘分和福分呀！魏永富和屠户脸上荡漾着幸福的笑意。老人呀，他们不图荣华富贵，只图子孙能够快快乐乐，健健康康。看到女儿、女婿能够亲亲热热，看到孙子健康活泼，没有吃都开心。

"酋长、阿爸、师傅。"从山上回来阿光没有吭一声，一直在低着头吸沉烟。一锅又一锅，几个长辈看了也不便打扰他。现在，看到他开腔说话了，预计这后生想出了新的办法，便把希望的目光投向他。

"我在想，这渠是一定要开的，迟开不如早开。既然要开便无法绕开下午大家议论的两个难题。而这两个难题，尽管现在还找不到最好的解决办法。那么，我们能不能这样，渠立即动工。关键问题我们在开的过程中再寻求解决的办法。"阿光的目光充满着信心。不难看到，他的心底里已经下决心非冒这个险不可，这渠非开不可。

"那……"阿发还想提醒阿光那渡槽和隧道的事，但动了动嘴终于没有说出口。

"阿发，你还有什么想法？"阿光看到阿发欲言又止便问道。

"没，没有了。既然你决定了，我便明日组织工人上山去。"阿发有一个习惯，他百分百信赖阿光，而且百分之百地支持阿光，只要阿光的决定，他都会毫无怨言地执行。


人总是这样，一件事如果没有作抉择前心里会有压力，有一种忐忑不安的感觉。但是，既然横下一条心，豁出去了，便好像全然没有了顾虑，反而显得踏实，好像压在心中的石头放在地上了。

这一帮老少们便是这样，下午在山上看到隧道和渡槽技术问题很难解决，个个急得眼睛冒火，尽管海英做了许多菜，大家都没了食欲。现在，阿光下决心开工，而且明天便派人去上山开工，便似乎一切困难已经解决，胃口大开起来。

大家有说有笑，整个屋子里充满着天伦之乐。

"阿发，吃完晚饭后，我们一起去看一看黄福寿的老婆吧！那女人真可怜，摊上这么一个丈夫。"阿光忽然想到，这一段太忙，一直没有抽时间去看看那个女人。尽管黄福寿如此不负责，但毕竟兄弟一场，看到一个女人家还拖着一个幼子，真让人于心不忍。

"嗯！"阿发点了点头。

于是，两兄弟一阵狼吞虎咽，一餐晚饭如同风卷残云，便解决了问题。"走吧！阿光哥。"放下饭碗，阿发顾不得擦一下嘴巴便催促阿光出

第二十七章 绝不能手下留情

发。因为，他感到，这一段老听到周围几个村庄有海盗登陆骚扰乡民，去黄福寿这个家神秘莫测，早去早回，免得出什么岔子。

"这么着急了？"阿光却没有往别处想，他的思想还在开挖渠道的几个问题上思考，见到阿发如此紧张反问了一句。

"嗯，早去早回吧！"阿发回答得很平静。

"走吧！"阿光看到阿发那紧张的样子，似乎已经了解了他的心思，也迅速解决了问题，示意阿发出发。

这永丰新城，尽管已开发好几年了，但居民来自四面八方，既有从台湾各地迁移到这里的租户，也有刚从闽南刚刚渡东的新人。因此，彼此之间，除非很熟悉的有串串门的习惯外，一般都是吃完饭，便关起门来歇息。这样大概一方面对海盗袭扰有些恐惧之心，另一方面则有早吃早睡省点油灯钱的缘由。此时，阿光、阿发走出门外，那林胜天早已安排两个兄弟在身后紧随着，以防不测。

天色尽管还早，但永丰城却除了几间商户还开着门、亮着灯外，家家早已闭户大吉了。唯有师傅开的那间永丰楼尽管已交给人承包，生意还挺好，吆喝、猜拳喝酒的声音一阵接一阵，挺热闹的。

"阿光哥，再过一、二年，如果这渠开挖完了，这糖厂建起来了，这永丰城绝对不会那么早关门闭户了。"阿发看到这一片片木屋，错落有致，显得非常有成就感。

"可是，要将这渠开完，将糖厂建成却要付诸多少心血。"阿光若有所思。但如不开发，不建厂，事业就不会发展，就不会进步。人呐，总是这样，永远不会满足，永远不会止步。明明知道前面有许多困难，总是不会服输，总是不会低头。

"噢！阿光哥。我有一件事想问你，几次都忘了。"阿发似乎有什么事要问阿光。

"什么事？"阿光好像心事很重。

"这渠、这糖厂总得取个名字吧！"阿发站住了脚，他把目光盯着阿光，尽管没有灯光，不难看出，他对这名字非常注重。

"你呀！你看我们以前不是与阿海商定过叫永丰吗？永丰城、永丰阿光看着阿发那样子，不禁乐了起来。大概这兄弟太忙了，把过去兄弟间约定的事忘却了。

两兄弟边走边说，不知不觉走到黄福寿的家门口。

这屋子是与阿光和阿发的木屋同时搭建的，之所以他的屋子选择比较远，是当时黄福寿考虑到这里风水比较好。因此，尽管离阿光和阿发的住地有一段距离，阿光还是同意了他的要求。

这屋子建起来时，它的主人是乡勇团的团总。虽然，当时一穷二白，但能首先住上一栋与老板相差无几的木屋，却是令当时这五、六百个乡亲羡慕至极。加上头上冠以乡勇团团总的头衔，也算是永丰城有头有脸的人物。可是，事情的转折就在那一个关键点。黄福寿开始勾搭那包租户老婆时，便多少有些风言风语，在朴实无华的乡亲当中，欺男霸女，干那苟且之事，是伤风败俗之举，最为乡亲们不齿。后来，事情败露，一个阳刚之人顷刻间变成不男不女，黄福寿的形象像一落千丈。后来，团总也被林胜天取而代之，他的头上再也没有一丝光环，几乎被人们唾沫淹死。

真的，那阵势不被乡亲们的口水淹死，也会被淹个半死。

往日这里灯火通明，宾客满门。可是，今天当阿光和阿发走近这屋子时，已经一团漆黑，远远就感到有一股凉飕飕的寒气。

没有一丁点的灯光，

听不到一点的声响，

热闹和生气似乎已经远离了这栋屋子。

阿光原来那疾步如飞的脚步在这里放慢了速度，他的脑海里在引发着对人生的思考。一个人，正派做人，勤奋努力，关爱周边，自然得到乡亲们的拥戴，得到社会的认同。而一旦邪恶占据了脑子，背弃了信义，那将成为乡亲们的不齿，便让乡亲们所唾弃。

"福寿哥！你怎么会走这条路啊！"阿光在心底里痛心地呼唤着，痛惜这位曾经与自己朝夕相处的伙伴。

"阿光哥……"虽然，阿发不知道阿光此时在想什么，但凭着兄弟间多年长期默契的配合，阿发已从阿光刚刚匆匆疾走，而现在却驻足沉思的举动中猜测到，他此时内心一定不平静，内心一定在阵阵地痛着。

阿发也停下脚步，陪着阿光看着那栋屋子，看着那没有灯光、没有生气的房子……

这永丰城是那么的安静；

这里开垦的万甲农田不断地传来了蛙鸣的声音，"呱啦，呱啦……"一阵又一阵，此起彼伏；

那万甲农田背后的群山已经被夜幕所笼罩着，那不知的鸟儿在呼叫着；

这是在呼唤亲情？

这是在呼唤乡情？

还是在昭示未来？

阿光无从了解，也无法猜测。他只是想通过自己的分析和判断，得到一种结论。那便是，这黄福寿成了家，立了业，前程似锦，却为什么要如此固执、一意孤行地走一条千夫所指的道路，甚至，全然不担负自己一份做男人、做丈夫、做父亲的职责。

"大嫂、大嫂……"阿发赶前几步，走近黄福寿的木屋，举起手轻轻地敲打那房门，一边叫唤着黄福寿的妻子。

没有声音。

"大嫂、大嫂……"阿光看到里面没有动静，接着用手拍打那木屋的房门。

没有动静。

"大嫂……"阿发忍不住了，提高了嗓门，加大了拍打的力度。

还是没有任何反响。

"莫非……"阿光心里便有了一种不祥的感觉。他不能妄加猜测，用手招了招后面举着火把的乡勇团兄弟。那帮兄弟理解了阿光的意思，大步上前，想一脚揣门，却被阿光制止了。

"老板？"乡勇团兄弟抬起头有些不解。

"轻一点，里面有孩子，别吓着了。"阿光此时的心境非常复杂，却又把事情考虑得非常周全。

"噢！"乡勇团兄弟只轻轻一推，那木屋虚掩的门便被推开了。

屋里没有灯，黑漆漆的一片，屋里没有人，静悄悄的一片；屋里似乎已经许久没有生火，凉飕飕的一片。

阿光的心被深深地刺痛了，"走，看一看。大嫂会到哪里去了呢？"一帮人借着火把，在客厅里看了一个遍，没人。

在厨房里，看了一个遍，还是没人。

只有房间里被虚掩着。

"嫂子，你睡了吗？"黄福寿不在，孤儿寡母，阿光不能贸然推那间虚掩的门，只好在门口先叫着黄福寿老婆。

还是没有任何动静。

"阿光哥……"阿发用不安的眼光看了看自己的手足兄弟，他想用力推门进去。但，又担心自己面前将会出现什么景象，手伸出去，又缩了回来。

"……"阿光不再犹豫，轻轻地将房门推开了。突然，一股浓烈的血腥味扑鼻而来。在火把的照亮下，让人倒吸了一口冷气。眼前的一切，印证了前半个时辰阿光的猜测，黄福寿老婆衣衫凌乱，抱着自己心爱的儿子，蜷缩在床底下，她的身边淌着一大滩的鲜血。

"大嫂，大嫂，你怎么啦？"阿发发疯地俯下身体，用力摇着黄福寿老婆的身子，只见她的胸口还在汩汩地流着血，那幼小的儿子小嘴还含着母亲的奶头。

阿光蹲下来，用手轻轻地压了压黄福寿老婆的脉搏，失望地低下了头。母子俩已经远离了人间。

"一对孤儿寡母前世跟人无冤，今日与人无仇，怎么会遭此毒手？"阿光那痛心的表情之下努力地寻找答案，他为这对无辜的母子的死而感到万分的痛心，万分的悲伤。

"阿光老板，从现场的痕迹分析，她母子俩是被黄福寿杀死的。"不知过了多久，阿光的耳边响起林胜天的声音。

"畜生，对他决不能手下留情！"阿光一股怒火从身上的每一个毛孔中喷射出来，他从来没有发过那么大的火，也从来没有听见过这样的事情，更没有看过如此悲惨、如此让人伤心欲绝的血腥场面。

第二十七章　绝不能手下留情

第二十八章···
暴风骤雨永丰城

　　黄福寿杀死自己的妻子和儿子的消息顷刻间传遍了永丰城的父老乡亲中，每一个人都被这个骇人听闻的事所震惊。但，事已至此，那屋子除留下黄福寿的血手印、血脚印之外，这畜生逃到何处去都无法使人知道。因此，人们除了恨得咬牙切齿、给予谴责之外，没有任何办法。

　　整个永丰城留下的除了愤怒，便是悲哀。

　　阿光几天来，那张脸没有一丝笑意，这件事的发生让他撕心裂肺。他一直为自己一时的粗心未能保护好这一对母子而感到深深的自责和内疚，恨未能当时干脆下一点功夫灭了这畜生而感到后悔。当时啊！主要念及他年轻，给他改正自新的机会，希望通过自己的努力带一带，感悟他，唤起他的良知，唤起他对未来美好生活的追求。可是，这样已经泯灭了良心的家伙竟然连自己的妻子和儿子都不放过。

　　"阿光兄！"正当阿光在一个劲地抽着旱烟的时候，林胜天走了进来："黄福寿之所以杀死自己的妻子和儿子，可以说明，他已死心塌地投靠了海盗，已经不再给自己留下后路。"

"嗯！"阿光同意林胜天的分析。他知道，黄福寿杀死妻儿逃走后，下一步永丰城将面临着更加危险的问题，这些亡命之徒将随时发动袭击。稍有不慎，这城里的几百个乡亲受到伤害将在所难免。"胜天兄，你看我们有什么万全之策吗？"

"我这一段也一直在思考这个问题。"林胜天是一个实诚人，讲实话，永丰城这么大，这海盗的凶残本性谁人不晓，谁人不知。况且他们在暗处，我们在明处，防不胜防呀！譬如，这黄福寿家已派出专门的便衣盯梢。傍晚，她老婆和孩子还活得好好的，几个小时后，那惨剧便发生了。

毫无疑问，这一定是那黄福寿伺机已久，瞅准空当干的。因为，这小子已经孤注一掷，已不想再活在世上，便在自己赴黄泉之前，先送走自己的妻儿。

这，真是丧尽天良啊！

这边黄福寿老婆的事刚过一段落，老天好像要故意作弄永丰城的人们。上半年，大家都为久未下雨而着急，组织二百多劳力上山开挖永丰渠，工程进展倒也顺风顺水，阿光心里的疙瘩正要解开。顷刻间，那久晴的天空布满了乌云。于是，风声大作，那山包后面的大树比手臂还粗的枝杆也应声折断。一时间，这新开发的永丰城飞沙走石，灰尘满天，刚才还透亮的天空，现在是电闪雷鸣，如同黑夜。

"这老天不对呀！都已经十月份，莫非还要刮台风？"魏永富在海岛上生活了大半辈子，对这种反常的天气有一点不解。望着那乌云满天的永丰城一脸的忧虑，一脸的疑惑。

风一阵一阵地紧，那满山长满的嫩叶被刮了下来，纷纷扬扬，在灰尘满天中飘荡着。"噼里啪啦"一声声被大风刮断树枝的响声，不断地传入人们的耳朵。

"轰隆、轰隆！"一声声巨大的雷声好像在人们的头顶上炸响，吓得田里干活的人们放下手中的活，像逃命一样往家里躲。

"轰隆、轰隆！"这雷声一声比一声响，那开挖永丰渠的人们，兴建糖厂的人们尽管工程很紧，也不得不先逃命要紧。

"轰、轰……"突然，一声巨大的响声，夹杂着闪电从屋顶掠过，天地好像被撕裂了一样，正在客厅里的阿光的儿子云生吓得惊叫一声，拼命往魏永富怀里扑，嘴里还不停地叫着"恩公、恩公……"

"别怕，恩公在，云生。"魏永富一把将小孙子搂在怀里，一边安慰着，轻轻地拍打着小孙子的背部，一边惊愕地看着屋外。这天，要刮台风啦，而且，这台风刮得有点邪，有点让人感到莫名其妙。

可是，阿光夫妇都上开挖永丰渠的工地去了，屠户也到永丰楼去看看了。因为，永丰渠工程一开始，外地拥进了不少的工人。这一段，这餐馆的生意特别红火，新接收的老板，经常请屠户去坐阵。这一段，这老家伙也忙得不亦乐乎。

就在这风和雷声相交加的时间，那倾盆大雨也应声而来。

那雷声震得山摇地动；

那雨声如同瀑布而泻；

那风声如同狼一样的呼啸。

永丰城山摇地动，尽管这木屋刚建几年，好像摇摇欲坠，随时都会倒塌下来。尽管大半生生活在海岛上，这样的阵势，连魏永富的内心也一阵阵地产生着前所未有的恐惧。

一阵狂风暴雨把阿光夫妇推进了家门。儿子用惊恐的眼光看着像水中捞起来一样的父母，像小鸟一样扑上去，连声呼唤着："阿爸、阿妈……"

"云生，跟着恩公。乖，听话，爸妈去换衣服。"阿光看着宝贝儿子，一阵欣喜，朝着房间走去。

门外，狂风夹杂的大雨横着倾泻而下，从家里望着那阵势，形成一排一排的骤雨。这永丰城街道上的沙土路面，就一会儿变成了一条小河，浑浊的山洪变成了奔腾不息的河水，那整个永丰城成了水乡泽国。

"救命呀！救命……"狂风夹杂着一阵救命的喊声闯进了屋子，魏永富紧紧抱着小孙子，努力伸长脖子，想朝门外看个究竟。但这风声、雷声一声比一声紧，一声比一声吓人，还未到门前便又赶紧关上，退回客厅。

"救命呀！救命……"这哭喊声越喊越焦急，越喊越让人心惊肉跳。

"出了什么事了？阿爸。"正换上干衣服的阿光冲出客厅，有点着急。

"看不清，是不是哪家出了问题……"魏永富有点坐立不安，这位在贫困中生活的老人，尽管现在女婿事业如日中天，衣食无忧，却保持着纯朴的性格，他听不得人家的呼救。如果没有宝贝孙子在身边，不要说外面刮风下雨，便是刮着刀子、流着血也一定会冲出去，看个究竟，帮个忙。

"咣当！"门被一阵外力推开了。

阿发和林胜天被狂风打得跟跟跄跄，一头冲了进来。他们喘着粗气，浑身上下被大雨浇得湿透了。

"怎么样，阿发、胜天？"阿光看见二位兄弟进来，知道出了大事，便吃惊地问。

"阿光哥！那边有三栋木屋被刮倒了。另外，最近一批来参加开渠的乡亲原来只临时搭了一些工棚，现在全被狂风刮跑了……"阿发上气不接下气，嘴里不时地吐着雨水。

"人多吗？"阿光有些着急。

"不少，几十口人。"阿发回答。

"胜天，组织乡勇团的兄弟去帮助他们转移，不成的话，先转移到我们的家里住下来，等台风过后再处理。"阿光告诉林胜天。

"乡勇团已经全部派出去了。"林胜天回答。、

"走，我们去看一下。"阿光没有犹豫，连雨具也顾不上拿，便与阿发、胜天冲出屋子，向风雨交织的街道中冲去。

这雨刚下不足个把钟头。但这街道，这道路，这数百栋木屋前后，已完全被洪水所包围，那已开垦的农田里洪水已完全把农作物淹没。这个季节甘蔗已经长到六七尺高，但连那山上的树枝都被折断，那几个人合抱的树都被连根拔起，一片片的树木已经东倒西歪。

这是一场灾难，一场几十年不遇的灾难呀！

阿光看在眼里，内心如刀绞一样的难受。但，那些农作物淹了可以再种，人如果受到伤害却不能复活呀！老天爷，保生大帝你们在九天云外，可要保佑你们的子民呀。阿光看到这些，本来已经有些疲惫的双脚越发沉重起来。

第二十八章　暴风骤雨永丰城

走到呼救的地方，那些本来就是临时搭盖的工棚早已没了踪影，大约三十多个乡亲抱着简单的衣服蹲在一块岩石旁边，任凭风吹雨打，抖抖瑟瑟蹲在地上；原住那五间木屋的乡亲，也因那木屋被风刮倒了，逃到屋外，在风雨中呼天喊地，伤心地号哭。

"妈呀！老天爷呀，菩萨呀，保佑我们吧。"这群乡亲大抵都没有文化，面对天灾只能仰望天空，无助地祈祷苍天的保佑。

阿光和阿发都是在苦难中成长的人，他们看不得眼前的惨状，心里最能理解这种痛楚的境况，眼看那从天而降的倾盆大雨，耳听着那震耳欲聋的雷声，再看看眼前这一个个蹲在地上浑身上下没有一丝干燥的乡亲，阿光的心在颤抖，他的眼眶在湿润。

"阿发、胜天，你们把这些乡亲分别安排在房子宽敞一些的家暂住下来。首先，从我和你们的家安排下去，先度过这道难关，等风停雨歇了再另想办法。"阿光的声音很大，在暴风雨中，他似乎在嚷，似乎在吼。

"好的，我知道。"林胜天边走边领着乡勇团的兄弟帮助这些乡亲，拎起地上那少得可怜的家杂，在水帘当中，有序地组织这些受灾乡亲分头安顿在几个房子稍为宽敞的人家中。

还好！尽管这场风那么猛，这场雨那么大，农田里的作物被毁坏自然难以计较，但人员并没有伤害。

人在便有了一切，人可以创造一切。

看见那风还在一个劲地刮，那雨还在发疯地下，阿光觉得，这雨一时半刻绝对不可能停歇，灾情会更严重，现在最关键的是保人，只要保住了人命，财产损失不算什么，一切都可以重来。现在，受灾的乡亲都暂时住进了几个家庭，阿光那悬着的心终于稍稍放了下来。

这场风整整刮了两天两夜。但是，头顶上天空的那团乌云却在永丰城打转转，倒来倒去，却没有离去的意思，整整在那盘旋了十余天，这十余天时间，便没完没了地下着那如注的大雨。

永丰城在山洪当中整整浸泡了十余天时间，直到第十三天。风停了，雨停了，漫山遍野的山洪终于停止了泛滥。

当阿光和永丰城的人们从木屋走出屋外一看，个个都变得脸色严峻起来。原来如同井字形的万甲良田，现在既没了田坎，也没了田形，洪水带走了那肥沃的泥田，取而代之的是山上那随着山洪而下的滚滚泥石流。

那泥石流，

泥随着山洪走了，

留下的是如同小山一样的碎石；

那几千甲原本长得又粗又壮的甘蔗，

已经被泥浆淹没，

或已被台风刮断，

东倒西歪，

或浸泡在泥浆之中。

包租户们一个个像霜打过的茄子，耷拉着脑袋，默默地流着伤心的眼泪。

一年的辛劳。不！这是上千号永丰城人多年的辛劳，就这么被毁坏了。

"妈呀……"那田头田角，多少包租户蹲在地上伤心地落泪，有些家庭妇女，甚至悲伤欲绝，嚎啕大哭。

此时，阿光领着阿发和林胜天站在山脚下，看见那半山腰前一段已经开挖的永丰渠也有多处出现塌方，那山体的坍塌带走了泥土，也成段成段地带走了永丰渠。

"真是满目疮痍呀！"阿光看着眼前的这一切，伤心地落下了泪水，他很难平息内心的伤痛，好像自言自语，又好像对阿发和林胜天说。

"好惨呀！真没想到。"阿发的心也十分沉重，讲实在话，长这么大，碰到这么大的灾还是第一次见过。与其说这是几十年一遇的风灾和水灾，倒不如说这是一场炼狱，这是狠心的老天在阿光他们的身上扒皮抽筋呀！

"阿发……"阿光看到阿发和林胜天被眼前严重的灾难情景吓呆了，便以沉重的心情征询他们的意见："包租户们都受灾了，我们怎么帮助他们呀？"

"是啊！包租户受灾了，我们同样也受灾了。"阿发似乎又知道阿光的想法。"可是，这场灾把我们原本就十分不足的工程款，变得更不足了。"

　　阿光的脸色非常凝重，他将牙齿咬得有些发响。他从心里认真地盘算，这次台风永丰城损失惨重，眼下最重要的工作就是要帮助包租户自救，而自救的前提和关键便是重振他们的信心，减轻他们的负担。只要大家信心足了，迅速投入自救，纵使今年受损失了，明年还可以保增长。只要包租户有丰收，我们自己才能有收入，那么永丰渠和永丰糖厂的建设才有希望。想到这里，他的眉头好像略为舒展开了。转过身，他对站在一旁的阿发和胜天说："你们告诉乡亲们，今年的租子全免了，请大家擦干眼泪，增强信心，立即投入自救工作。"

　　"免一年的租子？"阿光的话一出口，阿发吓了一跳，这一年的租子那是几千石的谷子呀，那是一大笔的白银呀！

　　"对！从长计议，让乡亲们有一个休养生息的时间。"阿光用不容置疑的口气告诉林胜天："请你们的兄弟，挨家挨户把这个决定立即告诉所有的租户。"

　　"放心，我立马派人去传达。阿光，我从心里代租户们谢谢你。谢谢你，这样一个有远见、有善心的老板。"林胜天原来以为自己耳朵听错了话，眼下阿光到处投资都要钱，恰恰这场台风又造成了损失。而在这关键时刻，他还给租户免一年的租子，这可是一笔巨大的财产呀！但想到这里，用眼睛看着阿光那坚定的目光和肯定的口气时，便从内心深处一种敬意油然而生。

　　"我们再走一走吧，也许这是老天在有意考验我的善心和耐心。"阿光自言自语，这一段时间的奔波，确实大家都疲惫不堪，他抬起那已经不那么听话的双脚，继续走在那山洪刚刚洗涤过的万甲农田上。


　　这一段时间黄福寿的人生犹如坐着过山车观景色，瞬间剧变。先是得了个儿子，那是一个长得虎头虎脑的大胖小子，接着是与阿光、阿发两个儿子，一起共度弥月之喜。

　　在永丰城贵为乡勇团团总，有一栋与阿光老板相差无几的木屋，一个能与老板儿子一起做满月的儿子，一个令人羡慕的家。

　　这，是黄福寿人生最美好的时光。

可就在这满身荣耀、离富贵只有一步之遥的时候，他的命运却被彻底颠覆了。

那一夜，儿子满月，高朋满座，本应作为为人之父最为欣喜的时刻。可是，那骚女人却在喜筵开始前，尽给他暗送秋波，暗示他趁今晚大家赴筵席之时去重温那野鸳鸯生活。

"这真是人生做的最愚蠢的一件事呀！"此时，黄福寿正躺在离永丰城不足十里远的一栋房子里，这是海盗张云飞一伙亡命之徒的落脚点，也是被朝廷清剿后的藏匿地点。现在，想到那晚发生的事，这汉子尽管浪荡了十多年，每当想起那个时刻，心里却充满着悔恨。

那晚，黄福寿先是跟大家一样兴高采烈，左右敬了一轮酒，身上便出现了一阵激烈的冲动，他喝下十余杯酒后，便感到浑身的爆热，想起席前与那骚女人的约定，看看已经到了时候，便借故有事，偷偷遛出了永丰楼筵席朝那约定的地方走去。

这便是那骚女人的家。按理，她家还没有这种能力使上这么一栋木屋。只是，建设之初，黄福寿看到那女人颇有姿色，利用自己的手段和影响给了她以特殊的照顾，施之以便。于是，那女人便投入了自己的怀抱。

从此，黄福寿便在这栋小木屋里与这女人无数次地翻云覆雨，享受那种从老婆身上找不到的快意，发泄着老婆身上感受不到的快感。他记得很清楚，那天晚上，尽管他喝了十几杯酒，但却没有丝毫的醉意，只是在这种状态下，干那苟且之事，效果最佳，每一根神经末梢都特别兴奋，每根血管都令人特别贲张。

他借着夜色，推开那骚女人虚掩的大门，如同进入自己的卧室一样，径直走入她的卧室。那女人早已脱得一丝不挂，在不明不暗的灯光下，赤条条地躺在床上。于是，难得有这样的机会，去欣赏她的身段，欣赏她的肌肤，欣赏她那高耸挺拔的奶子。只是，以前偶尔在山边，在甘蔗地里，匆匆忙忙。因此，干那事，没有环境，没有场所，便没了诗意，只能是拣一些重要程序，除看那女人有着姣好的面貌，去领略她那充满野性和疯狂之外，根本无眼去欣赏这女人的其他部位。

今天，她却像一条美女蛇缠绕在那床上，洁白的牙齿微微一露，便给人以掉魂般的嫣然一笑。这是一个三十岁左右的女人，不知什么原因，没有生育过，尽管听说她生长在大陆闽南的沿海农村，却没有一丁点海边姑娘那种粗糙黝黑的皮肤。你看，那皮肤长得雪白雪白，黄福寿记得，第一次在田头相遇，他偷偷瞟了一眼，那白皙的皮肤，竟连毛细血管都清晰可见；而且，她那屁股长得浑圆浑圆；那腰细得像蜜蜂的细腰；那奶子又白又大又挺，轻轻一触摸，"啧、啧、啧"真让人刻骨铭心。

黄福寿站在这骚女人面前，禁不住愣住了，傻傻地愣在一旁。

"哥！来呀！"躺在床上的骚女人摆出一副勾人的姿态，她像一条蛇，翻了一个身，将两条雪白的大腿打了一个大叉，把那最诱人的东西一览无余地展现在黄福寿的眼前……

"嗯！我来，我来……"黄福寿与她尽管历经好几回的风雨。但这种场面，如此刺激的场面他还是第一回见到，连话也说不清楚，呼吸也变得更加急促起来，慌忙不叠地撕开了身上的衣裤，像一头公狼一样扑了上去……

就在这好事刚刚开始，一切都在云腾雾转之中的时候，"吭当"一声大门被打开了，一伙男人拿着火把冲了进来……

"狗娘养的，你这人面兽心的团总，放着儿子满月的场面不去应付，反来霸占我的老婆……"的喊声如雷，正趴在女人身上为所欲为的黄福寿原来还不知道发生了什么事，待他清醒过来时，一双手已被女人的老公反卷了过来。于是，他一用力，便把黄福寿扔出客厅。

接着便是门口那些早有准备的一帮男人，在他身上打呀，割呀，踢呀，踹呀。黄福寿还想挣扎，想逃走。但努力了几次，深感不是对方的对手，只好抱住脑袋，连吭一声的力气都没有。

这些人打了，气也出尽了，却不想让他死在自己的家里，便趁他昏昏沉沉中被扛起来，扔在黄福寿的家门口。

后来，他听到了许多辨不清声音的人在他身旁指指点点，议论不断。但却没有人出面救他；

再后来，他听到了阿光和阿发的声音；

再后来，他感觉老婆在身边不停地哭，原来哭得很大声，后来便沙哑了，甚至没有了哭声，只是不停地唉声叹气。

再后来，这海盗张云飞来了，带来了几根黄鱼，动员他参与海盗的队伍，准备报阿光几年前的一刀之仇，邀他共创大业。他考虑了十余天，觉得自己已经变成废人，在永丰城是无立足之地了。讲实在话，他深感自己是一个务实之人。此生，他最执着追求的便是两件事：一是女人，他喜欢女人，尤其喜欢貌若天仙，柔情似水的女人。现在，这一切已经跟自己彻彻底底地无缘了。二是财富，要有很多的金银财宝，供自己好生享用。自己看不惯阿光、阿发。每天一身臭汗，冬天冻得浑身没有一丝知觉，风里来雨里去，去追求事业，而自己要钱，却不想去考虑赚钱的渠道，只考虑拥有作为最终目的。

经过一段时间的反复考虑，他终于下定了与海盗张云飞同流的决心。一个人无牵无挂，走南闯北，吃香喝辣，逍遥度日。可是，他却不想让那老婆孩子被人戳脊梁骨，被世代歧视。于是，咬了咬牙，一个晚上潜回家去，将她们先送往西天，让他们先走一步。

一了百了，一刀切断是非根。

现在，黄福寿感到自己可以毫无牵挂地去博了。自己要去博钱，还要去报仇，要杀死那骚女人和他的老公，还有帮凶们，不论走到哪里，也要叫他们比自己还难受，也要将他们变成男人不男人，女人不女人。生，生不成；死，死不成。

最好，能将阿光、阿发杀死。因为，永丰城这一笔巨大的财富应该属于我黄福寿的。

就这样，这黄福寿漫无目的地畅想着。他对自己的所作所为没有丝毫的悔意。反而，累积了大股复仇的烈火。现在，他又要把这股烈火变为疯狂的行动。

"咚！咚！咚。"房门被敲了三下。

"谁？"黄福寿本能地问了一声。实际上，他不问也知道，从这敲门的节奏辨别来看，一定是张云飞。

"怎么样，福寿兄，躺在这很惬意吧。"张云飞一脸横肉，说起话来多少有一点酸溜溜的感觉。

"还好！有事吗？"黄福寿在床上仰躺着，只是欠了欠身，并没有起来跟他说话的意思。

"我们什么时候去收拾那个阿光老板比较合适呀。"张云飞问了一句。

"收拾阿光老板那么容易吗？"黄福寿有些不高兴，嘴里嘀咕了一声："真是的！"

"噢，那又是为什么？"

"现在，我不是团总，团总是林胜天。"黄福寿应了一声："你知道不？那林胜天是朝廷专门负责打击你这些海盗的！"

"这样啊！"张云飞有些吃惊，"这永丰城又是哪路背景，竟然朝廷都派人来保护他呀？"他感到有些不解。

"你还不清楚？"黄福寿看到张云飞百思不得其解的样子，索性爬起来说："这阿光人脉丰富得很，那宏记粮行的老板简宏顺，还有专门在海峡两岸做贸易的连永福都是他的救命恩人，这林胜天……"

"别说了。"黄福寿还想往下说，那张云飞已经怒不可遏。怪不得，这朝廷还派员保护这个阿光，原来有简宏顺、连永福这两棵大树在头上乘凉呀！也怪不得，当初他向简宏顺、连永福了解阿光时，他们装聋作哑，打哈哈。原来，他们彼此是一伙的，而且还在背后支持。怪不得，上次想去袭击永丰城，准备一口气将阿光全家杀个精光。结果去一看，那四周篝火通亮，三步一岗，五步一哨，连下手的机会都找不到。原来，是有朝廷高手在护驾呀。

张云飞听了黄福寿的话，倒吸了一口凉气。他那气歪了的脸，变成了猪肝色。但，这毕竟是一位在海峡当中闯荡数十年的海盗，什么事没干过？什么事做不出来？他那眼睛眨巴了一下，萌发了一个非常阴毒的计划。

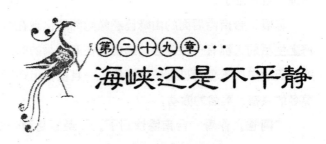

# 第二十九章···
# 海峡还是不平静

　　与往日一样，连永福的商船队从台湾载了三船的稻谷返回大陆，又从大陆运载了三船的中药和土特产向台南驶去。

　　这海峡呀！他走了几十年，到底走了多少个来回，到底运载了多少船货物，已经成为记忆，谁也没有记录，谁也不会记在心上。

　　连永福也一样，他的心是那么平静。小时候阿爸，阿爸的阿爸就是吃这行饭，就是走海峡的，到底什么缘故让他祖祖辈辈对这海浪滔天的海峡爱不释手，说也说不清楚。总之，他感觉到，这条船便是他的家，这海峡便是他的一亩三分地，住在船上感到温暖，感到踏实。船走在这海浪滔滔的海上便有了希望，便有了赚钱养活家人，成就事业的机会。因此，一辈接一辈，一代传一代。父亲是生在船上的，自己也是生在船上的。自己这一代，大概祖上庇佑不够没有生下一个儿子，只恩赐自己一个女儿，现在已经十八岁了，取名海兰。海兰虽然是是个女儿之身，但在海峡上历经许多风口浪尖，也练就了一身功夫。因为，这海峡不平静。凡是走船的，无论船长还是一船的伙计没有相当的功夫，便不可能在这里混。

这一天，连永福的三条商船从厦门起航，经历了两天一夜的航行，就将靠泊台南港了。

你看，台南港后面的山峰已经隐隐约约出现在海平面上。大凡长期在海上生活的人都有一种体会。那便是在海上呆的时间长了，对那天连海、海连天的单调景色看得有些枯燥后，一旦前面出现陆地、山峰便会有一种莫名的兴奋，莫名的激动。

"阿爸，你看，台南港快到了。"最容易激动的是海兰。也不能怪她，人生十八年，她都在这船上成长，她上陆地的机会太少了，在陆地上生活的时间太短了，她对大陆，对那诱色可餐的群山美景充满着向往，充满着憧憬。

"是啊！海兰。这次到台南干脆你到简宏顺叔叔那住一段。不！或者干脆到阿发哥哥的永丰城住上一阵，等下一个船期我再来接你回去？"父亲最了解自己的孩子，因为，这十八年海兰一直在自己的眼前晃悠。前几年是她母亲生病不能再在船上生活，便不得不留在漳州府的阿婆家，可是她还死活不下船。

"孩子大了，该找个人家，不能再在船上呆了。"看到女儿的身躯日益丰满，该大的地方也长大了起来，连永福不禁在内心轻轻地叹了一口气，这女孩毕竟是女孩，总是要嫁出去的，女孩不能留在船上，也不可能成为船长。

找个好人家，找个可靠的后生嫁出去，便可了却作为父亲的一份责任。记得，当年他在海上救了阿发和阿海，连永福一眼看到这两个后生诚实可靠，本想留下来接自己的饭碗，接这份产业。但毕竟是一面之交，况且自己刚从海里把他们两个救起，便向人家提这事，他怕被外人误解，被外人耻笑。可是，等过了一段时间和简宏顺去看他们时，虽然论证了他的想法，可是，阿发却娶了平埔议长酋长的女儿，而阿海却英年早逝……

这件事，他的内心痛苦了大半年之久，始终没有给任何人讲过，包括亲如兄弟的简宏顺，现在当孩子在船舱里进进出出的时候，他感到解决这个问题已经刻不容缓。

女儿毕竟已经成人。

女儿该找个人家嫁出去了。

连永福反复念叨着这句话。他看到此时，自己的商船已开始在台南港靠泊，心里舒了一口气。这在海上，在这浪尖上生活的人，一出海便提心吊胆，因为这大海无情，大海多变。在这天与水之间，随时都可能出现不测，出现自己预料不到的事情，只有到靠了岸拴上缆绳，那个悬着的心才能踏踏实实地放下来。

此时，正好是掌灯时分。

这台南港已渐渐被夜色包围住。

白天那些小贩们的吆喝声，

搬运工的那些揽活声，

已开始慢慢地褪去。

"再过一两个小时，这里便会进入每天的歇息了吧。"连永福一边看着台南港的夜色，一边叮嘱手下阿福的有关注意事项："动作快一些，拴上缆绳，便去报告码头的货物代理，做好货物签收。"

"放心，老板。"阿海是远房侄子，跟随在连永福身边已经当十几年的助手了，为人谦和，脑瓜子也挺活，在这船上便是连永福最靠得住的人了。

"啊！"交代完这一切，连永福走出甲板，呼吸了一口新鲜空气，畅畅快快地伸了一个懒腰。他举目望去，在那灯光不太亮的码头，今天似乎多了一份神秘。尽管，那些小商小贩，那些码头搬运工们还在各干各的。可是，便在这些人群当中，有一些似乎百无聊赖、无所事事的人却又装模做样在瞎转悠。

讲实话，这码头他每月都几次装卸货，各色人种都了解得清清楚楚。这也得益于以前上辈人们反复交代的，出门看天意，入门看人意。大凡一条船要靠岸，非得要先观察这岸上的情况，没有十之八九的把握还不可贸然登岸。

你看，那两个小伙子头戴着一顶旧草帽，那个在卖馄饨的小商贩，面孔便很生，几乎从来没见过。连永福一边观察，一边在思考分析，他的心里不停地嘀咕着。

"阿爸，这台南港多漂亮呀！"正当连永福在观察码头上的情况时，海兰兴冲冲地从船舱飞出甲板，她张开双手，快乐得好像被关了几天笼子刚放出笼外一样，吱吱喳喳得欣喜异常。

"回去！快。"连永福没有回答女儿，用很低沉的声音告诉她一声，便拉着女儿的手返回船舱。

"阿爸怎么啦？"海兰尽管经历了许多这海峡之间的风风雨雨。但看到阿爸这种情形倒不是太多，有些惊讶地看着父亲。

"叫阿雄进来。"连永福迅速从船舱中取出一件衣服，这衣服表面上看像是一件外衣。可是，这是连永福伴随大半生的一件秘密武器，那是他几十年来在海峡转悠中的隐身武器——十二把飞刀。这飞刀他平时不用，可是几次生死关头，靠着它化险为夷，保护了兄弟们的生命，保护了船上的货物。

"阿叔，叫我？"一会儿，阿雄走进了船舱，他非常沉着，看见阿叔将那外衣披在身上，预计阿叔在这码头一定发现了什么问题："发现了什么情况吗？"

"今天这码头不平静，多留一点心眼。"连永福没有抬头，只是交代了一句："还有，要提醒所有兄弟。"

"知道了。"阿雄是一个非常沉得住气的人。他岁数不大，但其过人之处，除了有一身不差的功夫外，就是遇事不乱，沉着应对。

突然，码头上一阵骚乱声响了起来，一群原本在码头上蹓跶的人像疯了一样地朝连永福刚刚停泊的商船扑来。其中有两个，应该是腿脚功夫比较了得的人，竟然一个腾空想飞上甲板，码头上的尖叫声，骚乱声，乱成一团。

"噢，还真来呀。"连永福心里明白。今天肯定有一场恶斗，不论来人是哪一路海盗，可以肯定，他们蓄谋已久，而且早有准备，这是针对自己而来的。"海兰别动。"连永福在关键时刻首先考虑的便是保护自己的惟一血脉，他推开舱内的橱子，把海兰一把推了进去，扎扎实实锁上了一把锁。然后，若无其事地走向甲板，正好，刚刚腾空飞来的两个黑影已落在他的一左一右。

"连永福，老子今天取你性命来了。"那左边的黑影大声叫唤一声。

"好汉，我连永福是一介商人，与你前世无冤，今世无仇，何故取我性命，说来听听，也好让兄弟死个明白。"听了那黑影的叫唤，连永福已经完全证实了自己的想法，他不慌不忙，在黑影听话那一瞬间，"腾"的一声，跑到圈外，他的右手早已借这黑影眼花缭乱之机，伸进外衣夹层，抽出两把飞刀，轻轻松松飞了出去。只见那两个黑影还来不及回答连永福的问题，便像两棵大树轰然倒了下去。

"夭寿。"连永福骂了一声。转过身，他看见另外两条商船上的兄弟正使尽力气在与上船的海盗们奋力搏斗，他正要跳过去，那边的阿雄似乎了解自己阿叔的意图叫了声："我们没问题，你那边多留心。"是啊！阿雄曾在以往几次应对海盗时，运筹帷幄。连永福便腾出精力来，看见那码头上有两三个汉子正向自己扑来，心想，自己已经五十来岁，本不想再杀生。看来，这些王八蛋，今天非逼你爷爷出重手了。于是，干脆一不做，二不休，接二连三，向码头上扑来的黑影飞出三把飞刀。其中，两把飞刀让那两个黑影应声落地，另一个黑影手臂中了一刀，干嚎了一声，便跟跟跄跄夺路逃命。

此时，台湾海巡听到这里出事，一帮官兵应声赶来，码头上火把把这一切照得通亮。此时，刚刚在船上船下搏斗的海盗，顾不了许多，丢下五具尸体，四散逃去……

"给你的兄弟多找一个伴吧！"连永福性子正起，看看那群乌合之众当中，还有一个似乎被阿雄打伤了腿，走路一瘸一瘸地追赶他的兄弟。顺手再飞出一刀，那小子连吭一声也来不及便"扑通"一声，倒在岸边。

海巡的官兵上前，看见受袭的三条商船是连永福的商船，官兵上船叫连永福赶快登船，希望在海巡官兵保护下登上码头，以弥补刚才保护不周。

"连老板受惊了。"官兵对连永福受惊表示歉意。他们对连永福在台南乃至整个台湾的影响都是了解一二的。

"别客气了，几个毛贼算不了什么。"连永福大风大浪都见过不少，自然对眼下刚发生的事情不会放在心里。不过，今天刚靠岸便遭到有准备的袭击，使他心中多少有些不解，他回过头问身边的海巡："这些毛贼是哪一路的呢？为什么今天指名道姓要袭击我呢？"

"我已经叫人将那五个倒地的海盗捞起来看看，如有活口，便抓紧审一审。"官兵满脸歉疚地回答连永福。

"永福兄，永福兄……"正当连永福与官兵在交谈，码头上传来了简宏顺的声音。原来，听说老兄弟竟然在台南码头受袭，这位台南大佬深感震惊，便领着一帮家丁匆匆赶来。

"宏顺兄！"连永福欣喜万分，领着海兰见过简宏顺。

"老兄受伤了吗？"简宏顺非常着急，看着自己的兄弟，再看看侄女海兰。

"可能吗，简兄，伤害你兄弟的老贼还没出生呢？"连永福开了一句玩笑。

"报告，官兵，这还有一个活的。"一个海巡在他们热烈团聚中前来报告。

"哦！看看去！"简宏顺领着连永福和海巡官兵快步前行，在码头的一角，一群海巡官兵用火把照着五个倒在地上的海盗，四个已经气绝，另外，还有一个口吐血水，但已是气息奄奄。

"黄福寿！"不看不知道，一看吓一跳，原来倒在地上、奄奄一息的那个便是他们早已熟悉的黄福寿。这，让在场的人惊得嘴巴合都合不拢。

官兵异常生气，气愤地上前一把拎起躺在地上，像一头死猪一样的黄福寿的衣领，"连老板与你无冤无仇，你好好的人不去做，为什么要与海盗为伍，杀连老板……"

"张……"黄福寿此时已经气若游丝，正想说什么，但只吐了一个字，便头一歪，呜呼哀哉了。

"张……"身旁的几个人不约而同地重述着黄福寿从口中吐出的最后一个字，认真地思考着，分析着。

这次受袭，除商船上的两个水手受了一点皮肉之伤外，连永福并没有受到其他损失。

可以说有惊无险，虚惊一场。

为了表达兄弟之情，当晚简宏顺将船上的所有弟兄都请到宏记酒楼大摆筵席，为他们压惊，连同海巡兄弟足足坐了五桌人。

　　筵席之后，船上的兄弟除连永福父女之外，都回船上歇息，海巡官兵也到军营去了。

　　"把海兰安排到家里淋浴休息。"看时间也已不早了，简宏顺叫管家安排仆人伺候海兰，便继续和连永福品茗聊天。

　　"宏顺兄，我与黄福寿没有任何过节，怎么会……"看大家都走了，兄弟品茗，连永福说出了自己心中的不解。

　　"兄弟你呀，真是聪明一世，糊涂一时呀。"简宏顺深有感触地说。

　　"怎么说？"连永福听见简宏顺的回答，疑团更大。

　　"这黄福寿已投靠海盗头目张云飞。这一点，你清楚了吗？"

　　"嗯！"

　　"这黄福寿会把我们跟阿光的关系告诉他，你相信吧！"

　　"嗯！"

　　"那么，张云飞便拉黄福寿把你作为敌人，这样岂不非常合理？"

　　"哦。"经简宏顺这么一分析，连永福心中的谜团终于解开了。

　　"永福兄，这个问题倒是提醒了你，也提醒了我。今天，张云飞趁混乱逃走了。但，他不会就此罢手，除永丰城阿光他们外，你、我都将成为他们下一步的袭击对象。"简宏顺一脸严肃，"虽然，这些毛贼没有多大力量。但，他们在暗处，我们在明处，我们还不得不防啊！"

　　"这样！"连永福平时乐呵呵的，听了简宏顺的话，也感到问题有一些严重："宏顺兄，我已到这个岁数了，死也算死得过了，但我心中还有一桩事总是放不下……"

　　"莫非是海兰？"听到连永福一脸伤感，情同手足的简宏顺早已明白他的心思。

　　"嗯，这件事我最近考虑得特别多，想得也特别多。"连永福语气当中带着一份沉重。

　　"永福兄，我们已是一生的兄弟，有句话，我不知该不该说，你在这海峡跑了大半辈子，该上岸了，给海兰找个婆家吧，颐养天年，该享享清福了。而且，海兰也该嫁啦！"简宏顺看着连永福一脸的诚恳。

"这个问题，宏顺兄我们俩想到一块了。可是，哪有合适的后生呀？我们天天在海上跑。"连永福的内心有一些无奈。

"只要你下决心，我便有办法。我只是想，你的那份家业能交给谁？"简宏顺说的是三条商船，两岸那么多的生意，那么多客户。

"这个没问题，阿雄是我的侄儿，已经跟我十多年，没有问题的。"连永福很有把握地说。

"有你这句话，我就放心了。我想，在岸上我们可以随时防备。在海上，我隔山摇剑，鞭长莫及。兄弟间很难相互照应呀。"简宏顺看着连永福："我也一直思考这个问题，永丰城的新任乡勇团团总是我远房的侄子，也是我一手拉扯大的。上次你来，陈祖康兄弟把他派到阿光身边保护他，这后生仔不错，靠得住。"

"你的意思？"连永福看着自己的兄弟，感到此生交了他真是缘分，无论碰到什么事情，总是心有灵犀一点便通，研究问题，一拍即合。

"我想，这次有惊无险。明日你便将工作交给阿雄料理。我陪同你俩父女到永丰城去。还是我做媒，将海兰许配给胜天。永丰城现在事业很发达，你可以在那办一间商行，我们兄弟南北呼应。这样，你可以干一些你喜欢做又有优势的事。海兰也有一个着落。"

"我看不错！"连永福听了眉开眼笑："还是兄弟情深呀！"

"还有，这林胜天父母早逝。海兰许配给他，即可以当女婿，更可以当儿子，岂不两全其美？"简宏顺说得连永福连连点头称是。

"如能这样，我便放心了。"连永福听了简宏顺周密的安排，如释重负。


再说那永丰城，经历了一场数十年未遇的台风暴雨灾害，使这里的乡亲们饱受了极大的损失。为了给乡亲们以休养生息的机会，阿光果断地下达了免收一年租子的决定，却又有效地调动了大家赈灾自救的热情。于是，风停雨歇之后，大家又投入到农田耕作和兴建糖厂、开挖水渠的工作中去。

还有一点不能不说。

其他地方的渡东人群，听到永丰城有这么好的开发条件，又摊上一个这么开明的年轻老板，都舍近求远，纷纷北上。就在这半年多一点的时间，永丰城的人口已将近两千人。

让人感觉到最明显的是，屠户做老板的永丰楼从早到晚生意红火的不得了。桌子每个晚上翻上几次。

人口多了，

人气旺了。

建糖厂、挖水渠的劳力得到了有效的保障，加上旱季大家齐心协力，早稻和早熟作物得到了丰收。从另一个侧面看，与其说那场数十年未遇的台风暴雨造成了永丰城的损失，倒不如说，促进了永丰城更快的发展。

阿光每天都起得特别的早，他已养成习惯，每天早上叫海英多煮一些饭。早饭完了，便带上草袋饭早早上山，与几百个乡亲一道开山挖渠，边干边看，心里踏实。

说起这草袋饭，还得专门作一番介绍。这一种做草席的草编成一个袋子。早上起来，在袋子里放上一斤八两的米。然后，留足这生米变成熟饭可能增长的空间。把草袋用绳子扎好，丢到锅里去煮，米煮熟了，这一袋便成了饭，每天带到工地，便是最好的午餐。

海英也是穷苦家出身，现在云生长大了一些，每天由外公照看着，看到丈夫每天山上山下奔波不停，一张脸又黑又瘦，便天天跟在他身后，拎着那包草袋饭，跟在他身后做些力所能及的事情。

现在，夫妻俩来到隧道工程地段，这个地段与那跨山洞的渡槽是整个永丰渠的咽喉工程，之所以称为咽喉，便是要从石灰岩中间打穿一条水渠，必须由几个乡亲每天先在打隧道的口上用干柴片点火燃烧，烧到发热，烧到那岩石发红的时候，迅速浇上凉水，使这石灰岩在一热一冷中爆裂，日积月累形成一条渠。这种方法尽管很慢，但舍此之外，又别无良策。因此，半年多时间过去了，除这两个咽喉工程还未过半外，其他水渠已修了十余里路，并且还在顺利地延伸。

"老板，这样工程进展太慢，我担心在今冬明春，这隧道还打不通。"工头阿土，对就是刚来竹桥时路上碰见的那个林木土，看见老板和太太又来了，便赶快过来报告。

"阿土，可以从两头分别开吗？"阿光昨天晚上想了一夜，这个渠的隧道工作面很窄，只能容下几个人操作，再这样下去实在是一个问题，如果两头同时推进，那进度岂不可以加快一倍吗。

"我也在想这种办法，但怕两边同时打，打不准，岂不伤身劳神，还误了大事？"工头阿木面有难色地回答。

"这倒也是一个问题。"阿光看见阿木那很实诚的回答也觉得在理。因为，自己对这些工程也了解不多。回过头，他看见有一个乡亲不时竖起拇指朝着隧道的方向，用眼光目测，觉得好生奇怪，便饶有兴趣地叫阿土："能请那师傅过来聊一下吗？"

"可以。"阿土很认真，把那师傅请了过来。

"老板，你叫我？"那师傅听说老板请他，非常高兴。

"你刚才比划这种姿势干什么？"阿光笑眯眯地问道。

"哦！老板，我是测一测方向。因为，这隧道那么长，怕偏了，浪费。经常测一测，可以随时纠偏。"那师傅回答得很简单，却回答得很认真。

"有意思。"阿光似乎懂得了里面的学问，又问道："如果我们两边同时打，你有把握不打偏吗？"

"两边同时打？"师傅问了一声。

"嗯！"阿光点了一下头。

"不行，没有把握。"那师傅说。

"为什么啊！"阿光感到有些不解。

"因为，中间是一个小山包，我站在这里无法看到山那头的位置。"师傅很坦率地回答。

"假如，我们在这小山顶两个洞口的中间，插上一个标志，让你……"阿光作了大胆的假设。

"嗯！没问题，没问题。"经阿光这么一提示，那师傅一拍大腿兴奋得跳了起来。

"怎么样？兄弟，多想办法。这人呀！他的办法总比困难多。"阿光很开心，他对着工头阿土和刚才那师傅笑了笑："你们明天开始，分两边开挖，如提前一个月打通，保证应耕农田用水，我请大家喝酒。"

"好！我马上布置安排人员。"阿木好像茅塞顿开，一拍自己的脑袋，不好意思地走了。

看见这问题尽管思考那么久毫无结果。可是，今天却在不经意中找出了一个良策，阿光心里特别高兴。他看着身后的海英也很开心，便心疼地说："你辛苦了，别总是跟在身后，就坐在那大树底下休息一下吧。我再到那架渡槽的地方去看一看，回头再接你回去。"

"我也要和你一起去。"海英不放心阿光，扭了一个很好看的姿势。

"你呀……"阿光心里一阵甜蜜，夫唱妇随，这海英呀，真是做得到位。

"阿光哥，阿光哥……"正当阿光手牵着海英的手要爬过山对面去看那渡槽架设的工地时，山坡上传来了阿发的喊声。

莫非又出什么事啦，这阿发还亲自赶来？听到阿发的叫声，阿光吃了一惊，他在心里不禁暗暗叫苦。

第二十九章 海峡还是不平静

# 第三十章···
# 南有宏记，北有永丰

阿发并没有带来不好的消息，而是告诉阿光，简宏顺、连永福父女三个人来了。而且，连永福还决定在永丰城定居。

"是吗？"听完阿发的话，阿光兴奋地大叫一声，一个巴掌用力地打在阿发的肩膀上，"啪"的一声，痛得阿发嗷嗷叫。

三个人从山上下来，刚走进阿光家的院子，那调皮的云生正将身子趴在水缸旁边，手伸到缸里捞小鱼，弄得浑身上下湿漉漉的。那小鱼很活泼，云生刚捞起一条红色小鲤鱼，正得意地张开嘴巴哈哈大笑，那鱼儿趁孩子得意忘形之际，尾巴一卷，"扑通"一声又跳回水缸里，引得一旁的老人们哈哈大笑，院子里充满着欢乐，充满着笑声。

"哎哟，宝贝，这小鱼三下两下会被你捏死的。"海英有些心痛，既心疼这宝贝儿子调皮捣蛋，身上除穿一条裤衩子和带一个红肚兜外，没有穿外衣，浑身上下都是水；又心疼这鱼儿，闽南人讲究风水，总喜欢在院子里放着几口水缸，大的、小的都有，大小不一，为了图个吉利，还一口气买了八口缸，养了一些睡莲、红鲤鱼什么的，增加院子里的一些生气。

你瞧，这小子不知什么时候发现这小鱼可以玩耍，竟然玩得那么开心。这小鱼哪经得起这么折腾呀！

"海英，想不到你这夫人当得这么优秀。"看到阿光夫妇从山上回来，浑身上下都是泥巴，简宏顺心里乐呵呵地开了一句玩笑。

"阿叔，你别笑了。虽然，云生都快三岁了，我都感到还没有进入角色呢！"海英看见简宏顺、连永福、父亲、屠户一帮老人站在一旁开心地欣赏着儿子的佳作。他们的身后还站着一个水灵灵而又有点面带羞涩的小妹妹，便问："这位是……"

"这是连阿叔的女儿，海兰妹妹。"魏永富赶忙告诉女儿，"今后，你们多了一个妹妹了。"

"是吗？海兰。我叫海英，真是菩萨保佑给了我这么一个漂亮妹妹。"

"阿叔！"大家正热闹地寒暄，林胜天听到消息也赶来了，一个院子便充满着欢笑声。

海兰正在跟海英攀谈，听到林胜天的声音，刚转过头，正巧与他的目光相遇。这林胜天，以前曾在阿爸和简宏顺阿叔那偶尔听见他的名字，从长辈那里只言片语了解到这个后生如何老成持重。今天一见，却发现他身材高大，声音洪亮，真是一个很有气势的人呀。尽管刚刚不经意当中眼光的短暂接触，却让海兰有些心慌意乱。

大家热热闹闹，自然免不了沏上一壶热茶喝一喝。院子里已有石凳石桌，加上几张小木凳，大家便围成一圈，正想好心情地享受一番，那云生平时很少看见家里同时围那么多客人，越发兴奋的不得了，正当海英把茶具放在石桌子的一会儿，这小子像泥鳅一样，早钻过人群，有模有样地学着大人泡茶的姿势，结果一不小心，将那茶壶掉在地上。

"啪"的一声，那把紫砂茶壶落在地上，掉了个粉碎。

"云生，你看！"海英看见儿子闯祸，故意提高了嗓门，斥责儿子。

"别骂孩子，这是银树开花。"魏永富忍不住笑出声来，他制止了女儿。

"妈妈，别怕，扫掉它。"这儿子奶声奶气，一点也不慌乱，一颠一颠地走进屋里，一会儿拖着一把用去掉高粱粒的高粱穗扎成的扫把，在地上胡乱地比画着。

"哈！哈！哈。"这小子的一举一动如此老练，让在场的人不禁大笑起来。

"……"阿光看到儿子那憨态可掬的样子，有点无奈地摇了摇头，叫了一声海英："你先把他领去玩吧。"因为，阿光看到现在大家都在，一定有重要事情商量。

海英将云生抱出去玩耍了，但院子里的活跃空气却仍然没有散去。看到这一切，最受启发、最令人兴奋的莫过于连永福，看看才几年白手起家的阿光和阿发，再看看自己和身边的女儿，激发他一番无限的兴趣和羡慕感。

"阿光，我此次专门陪连阿叔父女来，就是将他们托付给你，阿叔年岁不小了，而且海峡不是十分平静，他想在永丰城发展……"简宏顺将自己此行的目的说得清清楚楚。

"简老板，别说了。阿叔父女要来，我以前是想都不敢想的事。现在，决定来了，我是求之不得。撇开他来可以为我们掌舵不说，光是阿发的救命恩人这一条，就理应由我们孝顺他一辈子。"阿光还未等简宏顺的话说完，已经非常兴奋地抢了一个先。阿光心里十分清楚，随着永丰城的开发建设，这里有许多未知的行业，未知的工作要出现在自己面前，需要很多的人才，更需要像连永福这样精通商贸业务，又具有丰沛人脉的长者。他来既可以作为一个事业的参与者，更可以成为永丰城建设未来的设计师。

"阿叔，你来得正好。前一段，我们决定办一间永丰糖厂，这是采取股份制的投资模式，现在，厂房已经建成了，设备也添置了。现在，这工厂，生产什么，准备搞多大还没有把握。前一段，我们公开招聘技术人员，人倒是招了一批。但领头人，也就是厂长却没有人担当。我呢现在尽管挂着，可是一窍不通，能不能请你出山。当年，你在海上救了我一命。现在，再救我一次吧！"听到阿光表态，阿发觉得连永福是熬糖的行家，上次来永丰城讲起熬糖技术条条是道。现在来了，如同救命恩人能拯救他们于水火似的，也不失幽默地劝连永福出山帮忙。

这一席话说得众人开怀大笑，看到两个后生真把连永福当成菩萨一样，简宏顺非常欣慰。阿光看看大家，便叫住林胜天："胜天，连永福阿叔是我们的恩人，当年救阿发、阿海，是恩人；这几年经常给我指点，给我们以无私的帮助，更是恩人。我隔壁这栋房子安排他住。你去安排好。对他的保护与我们三个人一样，切不能有半点疏漏。"阿光这人的眼睛很灵，一进门，他看见林胜天和海兰偶尔一、二次眼光相碰，那羞羞涩涩，想看不好意思，不看又难以控制片刻，觉得这林胜天也该找个女人呐；而连永福的女儿海兰似乎也没婆家。感到一阵欢心，这老天爷呀，总是会保佑好人，现成的姑娘送上门了，岂不是美事一桩。于是，一本正经用布置工作的那种严肃口吻对林胜天作了交代。

"这小子，贼得很。"阿光那不露声色的工作安排，让林胜天正中下怀。讲实话，这几年在台湾东奔西跑，也不是没有看见过姑娘。但刚才一进门，眼前这海兰却很让自己对胃口，阿光的工作安排，让他感到心里乐滋滋的。而简宏顺则在心里说了一句，心里感到阿光这小子，眼光实在不一般，能够在这么短的时间，不显山不露水地把问题看出来，安排得天衣无缝，于公于私，点滴不漏，这确实不一般。

还有一个非常感激阿光的人便是海兰。当她听说派林胜天照顾并安排她与父亲的生活工作时，对阿光投去无比感激的目光。几天前，父亲把准备上岸到永丰城的打算告诉她时，曾有意无意地说到林胜天的名字，她便下意识地感到父亲和简宏顺的用意。她虽然一直在船上生长，没有机会接触过多少人，这几年随着自己的日益长大，看到跟自己年纪相仿的人都有自己的家庭，甚至有了孩子之后，便产生了某种欲望，甚至某种日益强烈的冲动。这个时期的女孩是多情而富于梦想年龄。记得那天晚上，父亲和简宏顺阿叔讲到要将她许配给林胜天时，尽管长辈不想让她听见，可那说话的声音却清清楚楚地灌进了她的耳膜。于是，这几个晚上，尽管她不了解这林胜天什么样，人品如何。但梦中她却梦见林胜天的高大和完美，老成持重，体贴温存。这，足以让她在梦中"哈哈"大笑了好几回。现在，林胜天就在眼前，这与她梦中的他几乎完全一致。你看，那阿光还那么细心，安排她关照自己一家的生活。

这一切，足以让姑娘的心里乐开了花。

"那……"林胜天看了看阿光，征求他的意见，是否马上送海兰到新居去。

"我们一块去吧！胜天留下来商量工作。"这女人呀，头发长，见识短，死心眼，海英和山花看到胜天要安排，便自告奋勇。

"真是，"看到两个夫人自告奋勇，阿光脸上出现了微妙的变化，心里责怪这两个女人对自己的用心安排一点也不理解。可是一转念，今后的日子很长，作为嫂子，她两个帮忙打理，也合情合理，便笑了笑："也好，海英你们去吧。"

三个女人，连同云生、林生两个小毛头，一颠一颠地跑出去了。

"永富哥，最觉得幸福应该是你老哥了。你看，找到了这么优秀的金龟婿，养了这么活泼可爱的小孙子。"看到这眼前的一切，连永福羡慕的不得了，他从内心里感叹："兄弟，你真是福气，福气呀！"

"哪里，哪里。永福哥，你呀，一样的，海兰如花似玉，只是缘分没到而已。一切都会好，我的命不敢跟你比，你才是大福大贵之人呀。"两个老人互相倾慕，彼此恭维，旁边的人也乐在其中。

"各位长辈，现在永丰城有两大工程，一是糖厂。对！我们取名为永丰糖厂，现在已经建好了。今年冬季便进入第一个榨季。这里有许多技术难关还得由我们想方设法去解决；二是水渠。我们取名为永丰渠，大约已开成十余里路……"

"十余里路，那总长多少里呀？"简宏顺插了一句话。

"总长可延伸至四十多里，可以灌溉几万甲的田地。"阿发补充。

"哦，阿光你接着介绍吧。"简宏顺听了不断地点头。这古人说，后生可畏一点不假。几十里的水渠他们连眉头都不皱便开工了。而且，才半年多，竟然已开了十余里长。可畏呀！台湾要是多几个这样的后生多好呀。

"这永丰渠呀，目前也碰上两个关键环节，那便是渡槽和隧道。"阿光详细地介绍了跨山涧的渡槽，又要保证供水量，又要跨过山涧，还得能满足山上乡亲的需求当桥使用。还有，就是那石灰岩上硬用火来烧烤，一块一块蹦落下来，影响了工程进度。

如何解决卡脖子的节点，推进工程进度，是阿光目前心中最急的事情呀！"我今天说出来，是希望各位长辈能给我出出主意。"阿光内心有些压力。来了这么多长辈，他感到来了靠山，中气足了，便——向他们求救。

"永福兄，你可是熬糖的专家，你先说一说糖厂的事吧！"简宏顺知道，这连永福原来曾在糖厂做过工，这十几年还在两岸经营红糖，在座的人当中，对制糖他最有发言权。

"阿光，我们的产量设计是几口锅？"一般一口锅每日夜可熬制四锅红糖，每锅红糖四百斤左右，即日产糖一千多斤。

"我们计划安装四口锅，每天产量定四千余斤。"阿发替阿光回答。

"已经不错了。"连永福听了以后点了点头。从目前市场上行情看，如果将"赤砂糖"和"乌糖丸"再进行深加工，生产白糖、冰糖，其附加值增加好几倍。因为，只要趁红糖液尚未凝固时放进漏斗内滤入锅中，叫做"糖水"，再在"糖水"上盖上泥土，约半个月左右，那"糖水"便会色渐转白，再换泥盖。经过三次换盖，便成了白糖。白糖再熬煮成块，敲成碎片，形状如冰，市场上便称为冰糖，在闽南乡间则称为"糖清"。

这"糖清"味清甜，价钱较高。

"阿叔，你的意见是？"阿光因对制糖技术不甚了解，他在期待阿叔的具体意见。

"我想，第一期工程产量就定这么多吧。但是，生产的最终产品的档次应该提高，以白糖和糖清为好。如何？"连永福看看大家，他从商这么多年，深深觉得要提高自己企业的效益，必须提高企业产品的档次，才能最终提高自己的经济效益。

"怎么样，永福阿叔的意见如何呀？"简宏顺听了连永福的一句话，感到这商场老手，将市场的意识与制造业相联系起来了，真是用心呀。但他没有袒露自己的想法，而是向阿光投去征询的眼光。

"老板，阿叔。你这一席话让我胜读十年书呀！讲实话，前一段，我与阿发正为建糖厂的事着急得都上了火。不办糖厂，今年的甘蔗种了几千甲。建糖厂呢！我们两眼一抹黑，一点都摸不上门。你来了，我可以安安心心睡个安稳觉了。"阿光非常兴奋，停顿了一下又问道："阿叔，开渠的事，如何办好呢？"

"这个呀！我外行的很，你问简老板吧。"连永福笑吟吟地喝了一杯茶，"这些事，我一窍不通。"

"老板，你看？"阿光将目光转向简宏顺问道。

"这两个问题都很难，不瞒你说。"简宏顺欠了欠身子："开挖隧道涉及到炸药，这是一个好东西，但成本太高，而且货也奇缺；另外架渡槽需要洋灰，这洋灰要南洋或者东洋才有，而且那价格高得吓人。我想呀！从目前情况看，你们还是按照原来的办法进行。"

"这样啊！"阿光看两位见多识广的长辈都想不出办法。只好沉默了许久，看起来，这条渠的开凿绝不能心急，应该有一个长远打算，长远的计划，心急吃不了热豆腐了。

"阿光，你不是说，那山上是石灰岩吗？"突然，简宏顺似乎想起了刚才阿光说的话。

"是啊！那开凿的乡亲告诉我的。"阿光不知简宏顺问题的用意，信口答来。

"如果将石灰岩用火来烧，那便成了石灰，石灰价值不错，可以用来建房，刷墙壁，也可以用来砌水渠，防止漏水。"简宏顺说。

"是吗？"阿光听了简宏顺的话，似乎发现了新大陆，找到了一个生财之道。

"嗯。"简宏顺点了点头。

"老板，永丰城这木屋也绝非长久之计，如能在这永丰城开个石灰厂，既可以解决永丰城下一步建设永久性住房的建筑材料问题，还可以向外销售，岂不是一条发财的路子？"阿光非常兴奋。

"你看，你看，阿光又要发财了。"简宏顺哈哈一笑，"看来，我都要搬到永丰城来定居了。不然，所有的财源都要流向阿光了。"

"老板，你呀！就别笑话侄儿啦。"阿光谦逊地笑一笑："你们把话讲到这里，倒让我茅塞顿开，永福阿叔来了，我想自然不会专干糖厂之类的事。我倒有一个想法，师傅在台南办了一个宏记粮行，如果阿叔在永丰城办一间永丰商行。这样，大家联手，南北呼应，将所有的信息、优势都能结合起来。那么，就可更快将生意做大，将生意做强。"随着大家的思路一直往下延伸，阿光的思绪越来越活跃，情绪越来越激动，信心也越来越足。终于，和盘托出了自己几年来一直追求的愿望和打算。

阿光这话一出口，院子里立即静悄悄的，原来热火朝天的话题嘎然而止。

因为，这句话已经讲了出来，它的含义已超过永丰城建设的含义，具有长远的战略意义，是一件实实在在的大事呀！

"老板，阿叔。你们以为我的想法行不通吗？"面对眼前院子里出现的突然沉寂，阿光的内心感到非常的不踏实，他问长辈，也在反思，难道自己的想法不切合实际吗？

院子里还是那么沉静。

几位长辈在彼此相视着，认真思考着阿光的计划与打算。

"我看，不但符合实际，而且很大胆，很有见地，与我和永福兄的想法不谋而合。"许久，简宏顺终于开口了。在永丰城兴办永丰商行，收购粮食、糖制品，购进这座城市众多居民的生活所需，表面上它是永丰城的商行，实际上又与自己的宏记形成南北呼应，一南一北，各方面的优势都可以发挥，都是自己人，彼此联手，大家都可以得益。这件事，如果连永福没来，条件显然不成熟，连永福来了，便水到渠成了。

"老板，你真的是这样认为吗？"听了简宏顺的话，阿光又惊又喜。讲实话，这件事，他琢磨了很久，但想归想，尽管有这份心思，却没有这份力气。自己在商场上见识不多，人脉缺乏。现在，连永福阿叔来了，正圆了自己的想法。

"是的，你们下一步便可放手去拼搏了。我们闽南人，从先祖开始，便靠白手起家在这台湾创业。现在不是已经历经无数代人，取得了这么大的成就了吗。后生人就要有这样的闯劲，我们都有一把年纪了，指望的就是你们后生一辈，能将老一辈人的吃苦耐劳，敢搏输赢的精神发扬下去。"简宏顺此时绝对不再是一介商人，而是一个名副其实的导师，一个引路者。

这边阿光他们在长者的引导下谈开发，谈创业，谈未来；那边海英、山花和海兰却将简单的行李整理好，一个简单的家便建了起来。除海兰小

第三十章 南有宏记，北有永丰

三岁外，海英、山花都年纪相仿。三个女人一台戏。尤其在当时，这永丰城呀，女人特别少，女人在这里像一块宝，一块金子。在这数都数不尽的光棍汉人群中，只要有一个女人的身影出现，总会引来无数邪淫的眼光，那贼男人的眼光，像苍蝇贪婪地追逐女人那身影，瞪着那女人身上两个高耸的部位，拔都拔不出来。据说，台湾巡抚前一段采纳了一些开明人士的建言，听了一些成功商人的建议，考虑到目前台湾从大陆来的后生太多，而女人却少得可怜，准备有计划地从大陆引导一些女子过来与这些光棍汉匹配成婚。不然，那些光棍汉一个个都过了成婚的年龄，连饱饱眼福、见见女人的机会都很少，谈婚论嫁那简直是白日做梦。

这海兰呀，尽管已经十八岁了，而且生在船上，长在船上，几乎没在陆上生活过，却是长着海边姑娘少有的白皙的皮肤，圆圆的脸，长着两个小酒窝，张嘴一笑露出两排洁白的牙齿，很是好看。别看她那个子长得不高，但匀称丰腴，该大的部位很大，该小的地方恰如其分。这种身材在闽南实在难得一见。莫说是男人见了喜欢，连女人见了都会增加一分嫉妒。现在，三个女人料理完家里的一切大小事情，看见隔壁家的那些男人还在谈得热热闹闹，便也搬来凳子，海阔天空地聊了起来。

"海兰，你长得那么漂亮，让我们这些当姐的呀，都矮了一截。"海英首先说话，这话真是出自真心实意。

"妹妹这奶子长得那么迷人，让我这刚给孩子喂完奶的人呀，都有点没有自信。"这山花真是野惯了，尽管与海兰第一次见面，也不管她还是姑娘，话一出口，让海兰羞得满脸通红。

"哎哟，二位该死的姐姐，你们在合力欺负我……"海兰被两个女人说得浑身燥热，捂着发烫的脸，扭着很好看的腰肢，用她那双绣花拳胡乱地捶打着山花。

"阿姨，你不能打我妈妈，不能打我妈妈。"三姐妹乐得仿佛身边没有旁人，相互追逐，相互嬉闹，仿佛置身世外桃源一样，那边云生和林生两个小兄弟却不了解情由。他们放下正玩得开心的游戏，匆匆忙忙赶快赶过来，一个人抱着海兰的一条腿，硬生生想把她拽到一边去。

这小孩子突如其来的举动，让三个女人都没有想到，看着两个天真无邪的孩子天真的天子，她忍俊不禁，又哈哈大笑起来。

这笑，

笑得三个女人捂着肚子；

这笑，

笑得三个女人蹲在地上；

这笑，

笑得三个女人不停地擦拭着脸颊上的眼泪。

这院子便成了这五个人嘻嘻哈哈，忘情嬉戏的天堂，凝聚亲情的乐园。同时，又是充满生机，充满希望的幸福天地。

第三十一章…
又到收获季节时

　　简宏顺每次到永丰城总是来也匆匆，去也匆匆。但是，每次都带着希望来，带着喜悦走。

　　这次来，看到永丰城的变化，看到阿光他们迅速地成长，深深感到后一代比自己当年要有气魄，有远见，深深地感到自己一路相帮，值得。尤其是现在将自己相伴大半生的挚友介绍到那里去，一定能帮助他们，让那里如虎添翼，两全其美。

　　一切安排妥当，他带着满足的心情，带着马车和几个精干的保镖回台南去了。

　　连永福也是一个忙惯了的人。既然已经将两岸贸易的事交给自己侄儿去料理，自己则安安稳稳给这帮后生仔当好参谋、助手。因此，简宏顺一离开，连永福便叫上阿光和阿发到糖厂去了。

　　胜天看看大家都分头出发了，转过身却见海兰那含情脉脉的眼光，心里一阵热腾腾的，脚也有一点挪不动窝，脑瓜子一转，便有事没事地问了一声："海兰，家里的事料理清楚了吗？"

尽管这海兰也到了谈婚论嫁的年龄，但长期以来一直在船上生活，每天除看见爸爸以外，剩下的便是他的几个助手，几乎没有任何机会与一个陌生男人见面认识。这次来永丰城，简宏顺阿叔和阿爸说要她许配给这林胜天。当时听了以后，心里嘣嘣直跳。因为，这林胜天到底是一个什么样的人，长成什么样，心里没有数，心里一直不踏实。现在，终于见到了。而且就站在自己的面前，难免有些心慌，有几分的羞涩。

　　"海英和山花姐帮我整理好了。"听了胜天的问话，海兰怯怯地回答，心在乱蹦乱跳，声音像蚊子一样细。

　　"我还有一点空，我去看一下。今晚我还得安排几个乡勇团在这里负责保护工作。"这林胜天心里就想找一个机会与海兰聊聊，话到口边却以工作作为借口。

　　"那，走吧。"海兰不敢回头，不敢再去碰触林胜天那炽热的眼光。

　　两个人一前一后走进海兰的院子，胜天走在后面，却有着说不出的高兴。他的年纪比阿光、阿发稍大了一、二岁。可是，人家的儿子都已经到处乱跑了，自己还是单身一人。前一段尽管很忙，也尽管这永丰城几乎没有女人。但每当思绪一触及这个问题，总会让自己躺在床上辗转不宁。

　　现在真是时来运转。不但有女人了，而且还是一个如此俏丽，如花似玉的女人。这是菩萨给自己的礼物，是老天给自己的恩赐呀！林胜天心里惊叹着，他走在海兰的身后，看见姑娘走路那一扭一扭的姿态，那圆圆的屁股确实比男人们好看。怪不得，造物主会造出男人和女人来。

　　走进了海兰新家的客厅。

　　"这男人长大了没有女人绝对不成。"胜天心里在胡思乱想，莫名其妙地嘿嘿笑出声音来。

　　"胜天哥！你笑什么？"走在前面的海兰听到胜天的笑声，以为自己的穿着有什么不妥，转过头，看了看胜天，正好与那喷着焰火的双眼相碰触着，觉得有些心慌意乱。

　　"没，没，没有。"林胜天是一个敢想敢干，充满着阳刚之气的男子汉，想不到自己在海兰面前会如此胆怯，如此气短。

　　"胜天哥，你坐吧！我去给你泡一壶茶！"海兰声音很小，她一直低着头，没有勇气再正眼看胜天。

"海兰，别客气吧！"林胜天用手拉了海兰一把，这一拉，海兰的身子剧烈地颤动着，她站立在原地，急促地喘气声让她那丰满的胸脯不断地起伏着。

"胜天哥……"海兰不知所措，她的脑子一片空白，也不知如何来应对眼前这位自己未来的丈夫，她感到无比的羞涩，但又充满着期待。

林胜天看见眼前愣住的海兰，跨前一步，一把将她搂在怀里，疯狂地在姑娘身上抚摸起来，口里喃喃自语："海兰，我很喜欢你，我很想你……"

"别，别，胜天哥。别再摸了，我受不了了，等以后吧。"海兰被林胜天这突如其来的疯狂没有任何的思想准备，当这犹如暴风骤雨般感情来临时，这个一直生长在商船上的姑娘有点措手不及，她的头脑一片空白，她的语言语无伦次。

这是海兰人生第一次如此近距离地接触一个男人，除了父亲是第一次与异性有了第一次的肌肤接触。此时，林胜天紧紧地把她搂在怀里。

他那宽阔的胸膛，如一盆火。

这火是那么的炙热，

把海兰烤得热汗淋漓，

把她烤得口干舌赤。

她有一点把握不了自己，

只是抬起头，

张开了已经干赤的嘴巴，木然地看着胜天。

她期待着什么，

她在期待着说来就来，

犹如暴风骤雨般的爱。

林胜天看着怀里的海兰似乎像一只受惊的兔子，又可怜，又那么令人怜爱，从心里下定了决心，此生一定要竭尽全力，倾注自己的所有，付诸自己的一切。

"胜天哥……"海兰还在那看着自己，咽了咽干涸的口水，嘴里不停地呼唤着林胜天的名字。

"海兰……"林胜天终于控制不了自己，在海兰呼唤他的名字的一刹那，他低下头，将自己的嘴紧紧地贴着海兰的嘴。两张嘴紧紧地粘在一起，两张舌头犹如两条龙在彼此的口腔里不停地翻滚着。这，犹如凤凰在起舞，犹如鸳鸯在戏水，犹如巨蟒在缠绵。

林胜天感觉天在旋，地在转，这口里流淌着令人生津的清泉，令人血脉喷涌的玉液。他有点忘情，那多少年的期待，那本来一直本分老实的手开始不安分起来，在海兰的背部、胸部、腹部……疯狂地抚摸起来……

海兰在哼哼吱吱地发出幸福的呻吟声，

胜天也开始大口大口地喘着粗气。

两个人就这样，利用时间的空当，在忘情地幽会着，好像要将前世的缘分与今天的相聚淋漓尽致地发泄出来。他感到，这是人生以来最幸福的时刻，最刻骨铭心的瞬间，最美妙的一刹那。

"胜天哥！别，别，阿爸要回来了。"海兰尽管被这幸福和欣喜的氛围沉泡着。但女孩毕竟是女孩。在忘乎所以当中还保留着一丝丝清醒，在热烘烘的脑海当中还保持着些许的冷静。她知道，阿爸刚才说要到糖厂去了，说不定随时都可能回来。

而且，家里院子的大门，这客厅的门连虚掩都没有。这两个热血沸腾的异性在一起，犹如干柴遇上烈火，说不定人一旦情绪失控，什么事情都可能干得出来。

她轻轻地吐了一口气，稍稍冷静了那已发昏的脑袋。这句话提醒了林胜天，他赶快松手，像一个做错了事的孩子，傻傻地杵在原地上，一动也不敢再动。

海兰便抓紧时机，扯了扯身上的衣服，捋了捋被胜天弄乱的头发。

一切清楚后，当她再看看那林胜天还傻乎乎地站在那边一动不动，忍不住"扑哧"一声笑出声来。

"我……"胜天不知姑娘怎么会突然笑出声来，有点无所适从。

"你呀！胜天哥！真憨！"海兰娇媚地笑了笑，扭了一个很好看的姿势，指着凳子说："坐吧，我给你泡一壶茶。"

"呵，好！好！好。"胜天连声称是，突然变得格外安分起来，他坐在凳子上。可是，那眼睛还是随着海兰的身影在飘荡着。

"胜天哥，这永丰城真好。"海兰没话找话。

"真好！真好。我也有这样的感觉。这比台南还好。"胜天心不在焉，他痴痴地觉得海兰不但人长得好看。而且那声音也特别悦耳，仿佛像银铃一样清脆，一样让人难以忘怀。

永丰城的秋天，是非常美丽的，尤其是经过自己和众多兄弟们几年的拼搏，原来长满杂草和灌木的平原，已经变成一座新城，尽管这里的建筑还是清一色的木屋，但到处都充满着生机，充满着活力，充满着希望。

天天在工地、田间来回奔波，阿光和阿发他们按各自的分工，从早到晚，没日没夜，自然没有多少心思在欣赏这座新城的美景，没有心思去欣赏那田园的无限风光。现在，糖厂建成了，昨天晚上竟然毫无悬念地熬出了第一锅赤砂糖。

四百多斤，

带着那甘蔗的清香，

带着那金黄的色泽。

看了一下，爱不释手，

含在口里满嘴芬芳。

阿光和他的兄弟们，第一次看到熬糖的工艺，从那田里砍下的甘蔗，经过清洗，粉碎，榨汁，熬煮，凝固，到现在放在眼前这一大堆的赤砂糖成品，真是神奇至极。他从内心深处无限感激自己的老祖宗，感激他们的无限的创造力，为自己这一辈人的事业发展提供了技术和可资参考的经验。

昨天，还是一根根生于田间的甘蔗，现在却成了如此清甜，诱人吃欲的赤砂糖。阿光似乎有些陶醉，有一些忘情。他蹲在堆放着砂糖的厂房成品车间内，轻轻地用手捏了一丁点，放在嘴里，他闭上眼睛，让那赤砂糖在嘴里慢慢地溶化，让那清甜的糖水从舌苔、嘴巴的每一根神经末梢充分地享受，尽情地享受。

那是一种畅快，那是一种别人无法体会的享受。人生二十好几，他只在小时候，看到人家孩子在吃一块赤砂糖砖，他们津津有味的样子，他想品尝那个中滋味，竟然做了好几天的工作，小伙伴只让他轻轻用舌头舔了一下。那一舔让他二十多年的人生生涯一直没有忘怀，使他的人生第一次有了甜的味道的概念。而且，从那开始，他便在心里就立下誓言，此生一定要办一间糖厂，让天下更多人能吃上这东西，也让自己能够吃个够。

今天，这一直在心中隐藏了二十多年的梦终于化为现实。而且眼前不是一小块的赤砂糖砖，而是一堆，这一堆赤砂糖，可以压制无数块小糖砖。更重要的是明天、后天，乃至今后，这堆赤砂糖还会日益长大，堆成山。这成山堆成的糖，可以做成不计其数的小块糖砖，可以让无数的小孩吃上这神奇而美妙的东西。

他的周围是热闹非凡的劳动场面。

厂房里的工人按照自己的职责，各司其责，在忘我地工作。

身边，阿发、胜天，还有连永福及岳父、师傅陶醉在这成功的喜悦当中。

山上的酋长。对，那是阿发的岳父听说今日山下要出糖了，还特地带上众多山上乡亲下山来看这一奇迹的出现，来分享这成功的喜悦。

还有，海英、山花、海兰及云生、林生他们更是忘情地又喊又叫，又惊又喜……

整个车间喧闹无比，沉浸在一片欢乐之中。

"阿……"阿发看到阿光蹲在那糖堆边一动不动，想叫他。但话说出口，被连永福制止住了。尽管这个过了天命之年的老人不可能完全理解阿光此时兴奋和复杂的心情。但他也是经过无数坎坷曲折走过五十多年生命春秋的老人，他理解阿光这个苦难出身的后生，面对自己人生奋斗的成果，此时的心情，此时的激动，此时的忘情。

"阿爸，你在干什么？"未成年的云生，他不知道大人们此时此地的心情，他左看右看，看见一个个一张张严肃却没有丝毫笑意的脸，看见父亲蹲在地上一言不发，一动不动，觉得有些不解。他挣脱着母亲拉着的手，走近父亲身边，奶声奶气地问。

"是吗！阿叔？"林生也凑过去。

第三十一章　又到收获季节时

孩子的叫声，点燃起对往事的追忆，童年、少年、青年那一幕幕往事在眼前晃过。最后，他的思绪定格在阿龙、阿海身上，想起了那在厦门青礁保生大帝宫前盟誓渡东，却一个在海峡，一个在永丰城开发初期离开的二位兄弟。

"兄弟！你们快睁开眼睛看一看呀……"

阿光在心底里千遍万遍地呼唤着兄弟的名字，他多么希望阿龙、阿海此时能够神奇地出现在自己、出现在众人面前，一起分享这一喜悦呀。

周边还是静悄悄的，

阿光的鼻子一阵阵地发酸，

他的心在一次一次地作痛。

"阿爸……"终于，儿子那奶声奶气的呼唤声打断了他的追思。

"嗯，"这时，阿光才感到周围还有这么多的眼睛在看着自己。他的左手和右手左右开弓，同时伸到那金黄色的糖堆里，一齐用力，捏了两把团糖。站了起来，然后又慢慢地俯下身子，亲昵地递给自己跟前一左一右的两个孩子。

"吃吧！这糖很甜的。"阿光无比深情地说。

"阿叔，你怎么哭了？"年幼的林生接过这一大团的金黄色的团糖，不知怎么下口，抬起头正要问问阿叔，却见阿叔两边脸颊上挂着泪水，不知道其中的缘故，天真无邪地问道。

"阿爸，你也想妈妈了吗？"儿子云生走了过来，踮起脚跟，想用自己的衣袖帮阿爸擦拭眼泪。

一边的大人们，看了以后，一个个为之动容，不停地摇着自己的脑袋。

"不！阿叔在想念你们的阿龙叔叔和阿海叔叔。"阿光此时仿佛回到了少年，忘却了自己早已是有儿子的爹，不住地哽咽着。但他努力地控制自己的情感，努力不让自己哭出声来。他蹲下身子，活像一个老孩子，任由云生和林生摆布，用他们那衣袖，胡乱地、没有规则地帮他擦拭脸颊上滚滚而下的泪水……

阿光这句话的声音说得很轻，但大人们、小孩们都听得很清楚。阿发也在感悟当中，默默地将两个小孩搂在怀里，他的眼睛迅速地模糊起来，成就一项事业要付出千辛万苦，要付出巨大的牺牲。从当年在保生大帝宫前盟誓渡东开始，四兄弟现在先行离去了二个。尤其是阿龙，他没有能够看到这里的一切。当年，他才十六岁，而阿海，只是看到永丰城的开始，如果今天，他们能够活着，能够看到今天的一切该会多好啊！

再说那张云飞。原来他与黄福寿精心策划了一道毒招，想在台南码头等候连永福的商船一靠岸便搞个突然袭击。纵使不能将连永福父女打死，也非得将他搞到残废才肯罢休，以此来报复连永福向阿光报讯，使阿光早有防备，让他无从下手。

为了让这次行动得手，张云飞和黄福寿进行了精心策划，搜罗了现有手头上被打得七零八落的几个小喽罗，甚至连将连永福杀死或者杀废后财富的分配都做了一一盘算。

那天上午，他得到消息称，连永福的商船可能会在当天下午靠泊台南港，便亲自化装成一个卖小吃的摊贩在坐镇指挥。喽罗们则由黄福寿带领，他们商定一旦连永福的商船一靠岸便发起突袭，快打快结，得手后便迅速撤离。

张云飞是在海峡上生活了大半辈子的海盗，对海上的情况了如指掌。他知道，能够几十年在海峡两岸走贸易的商船上的人，大凡都有一些拳脚功夫。否则，他将寸步难行，他的船随时都会在碧波荡漾的浪尖上颠覆。虽然，他对连永福了解不多，但既然他可以在这海上走动几十年，必然有他的过人之处，有他必备的内在潜质。这一点老谋深算的张云飞不露声色，不吐半点讯息。只有黄福寿倚仗自己这身大块头作为本钱，加上他那贪财的秉性，跃跃欲试，不知深浅，一旦连永福的商船刚靠稳，便迫不及待地扑上去。

躲在人群当中的张云飞开始若无其事地观看着事态的变化，他既做好冲上前去，获取最后成果的准备；又做好一旦黄福寿失手，随时溜之大吉的打算。反正，进退自如，处处主动。

意想不到的是，这连永福那接连飞出的飞刀，接二连三，刀刀命中，先后要了他五个兄弟，包括黄福寿、阿六在内的老命。这是实实在在让张

第三十一章 又到收获季节附

云飞没有预料到的。

这让他瞠目结舌,等他脑袋一嗡嗡作响,还没清醒过来时,那海巡的口哨已遍地响起,片刻功夫那官兵像蜜蜂一样冲出蜂巢。张云飞觉得大势已去,便趁码头人群混乱逃了出来。

这几天,这条漏网之鱼,尽管捡了一条命,却感到惶恐不安,他昼伏夜行,几天以后又回到永丰城不远的老窝上来。

海盗的本性除了贪婪外,另外还有一点便是赌徒一样的性格。不服输,不低头。这几天,张云飞几乎不出门。一边阿光的事业越来越兴旺、越来越发达,要报一刀之仇,成功的希望越来越小,这,让他心不甘,情不愿;另一边,自己的兄弟由原来几百人被海巡打得七零八落。自己领着剩余兄弟东躲西藏,可是这仇未报,又损兵折将。力量越来越小,兄弟越来越少,现在只剩下自己和另外三个小兄弟,其中,还有一个是前几个月才投靠的。更重要的是,这三个小兄弟腿脚功夫实在不敢恭维,真打起来到底能抵挡几下都是个问题。

"咳!天不助我,连神仙和菩萨也是扶强不扶弱呀。"张云飞在心里叹息起来。他在痛苦地思考着,绞尽脑汁,思索着多年来一直想为而不能为,想做无法做的事。一定要报阿光这一刀之仇。

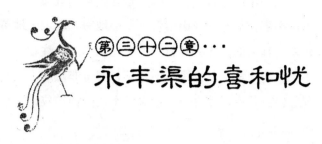

# 第三十二章···
## 永丰渠的喜和忧

一群老少从糖厂出来说说笑笑，他们嘴里留着赤砂糖的甜蜜，心里却装满了事业初步成功的欢乐。刚出厂门，却见那山上开凿永丰渠的阿木派来的一个兄弟兴高采烈地下山来报喜。

"阿光老板，那渡槽架通了。水哗哗地流过山涧顶上，流过隧道，向那十里长渠流过去啦。"报信那小子，年纪不大，口才却十分好，眉飞色舞，比手画脚，说得在场的几个人心花怒放。

"是吗？"听完这小兄弟的报信，大伙儿乐不可支。阿光更是喜上加喜，他有点不敢相信自己的耳朵，反问了一句。

"是的！我们都快高兴疯了。阿土师傅派我来报告，同时，也派人到山上请酋长老爷下山，一块去看看。"报告的是一个小青年，一路起来气喘吁吁，讲起话来也不十分顺畅。

"阿发、胜天，我们一起上山去看一看。"阿光知道这里到那工地还有一段路，便转过头告诉连永福："阿叔，你们留在家里吧，如果没问题，明天上午八点，我们用双五牲拜拜土地爷，答谢土地爷。"

这用双五牲答谢土地爷也是闽南民间最典型的风俗习惯之一。

人们常说，天大、地大。这地大呀，最集中的代表便是土地爷。人们进山办事，首先要在山边设一个土地爷，请求土地爷给予关照，一个村要建新房什么的，先要到村口的土地庙点上一炷香。总之，谁要干什么事，不论大事小情，只要跟土地有关，都得非敬奉土地爷不可。这永丰渠的开挖之时，几个工地点，都设置了土地爷的神位，乡亲们每日上工都要先烧一炷香。

现在，永丰渠尽管有四十多里长，还有很长的距离未完成，但这咽喉工程能完成倒是一件大事情。因此，得先答谢一番。

乡间百姓对拜土地爷都有一定的习惯。一般情况烧一炷香，表达一番虔诚之心；如工程稍大，则杀上一只鸡，一只鸭，加上一块猪肉什么的。总之，一道荤菜便称一牲。如果双五牲便是二只鸡，二只鸭，二条活鱼，二头整猪，二头整羊。这是拜土地爷最虔诚的最高礼遇和标准了。

最近，喜事连连，永丰城各项事业顺风顺水，蒸蒸日上，自然没有最高礼遇和标准是不成的。

"阿叔，你们先准备，一切等我回来再作决定。"阿光是一个做人做事非常沉稳的人，一件事如火候不到他不会轻易揭锅。

"好！你们去吧。我还得回糖厂，安排下一步白糖和糖清生产的工作。"连永福觉得山上也不必去那么多人。当前他的任务便是赶紧把产品生产出来。工厂刚刚生产，生产线上的工人虽有不少是有经验的，但大部分都是新手，自己不在现场，没有带到总是放不下心来。

"阿爸，我也要去，带我去吧。"云生这小子也是挺爱看热闹的，争着、吵着要跟阿光去。

"云生听话，跟妈妈回去。明天，我带你去。"阿光没有太多心思跟儿子讲道理，手一招，带着阿发和胜天便向半山上的工地赶去。

前面讲过，这山地势陡峭，而且大树参天，小鸟啾啾，又是一个繁花似锦的季节。走在这崎岖不平的弯弯山路上，让人感到一种浪漫，一种享受，一种别的地方难以感受的轻松。阿光三兄弟一路没有交谈，大家的心似乎飞到那里。因为，这一年多呀，每天上山下山，没日没夜地奔波，正是期待这一天，正是期待这一刻。

阿发的岳父阿力凡尽管也是五十多岁的老人，听到人家报信，说渡槽已经建好，而且通水，更重要的是渡槽还按照他的要求，可以当桥过人，兴奋不已，一个招呼，全山寨的男女老少，几乎倾巢而出。是啊！这山寨几百年以来，除了男婚女嫁，并无多大的喜事，像这样一个工程取得成功，那是前所未闻、见所未见的。

过了一座山，那渡槽却在自己的眼前。阿光三兄弟一口气跑到永丰渠渡槽架设的工地，眼前不觉一亮，这是一座跨越山涧的渡槽。当时，根据酋长的要求，建设时既可以过水，还可以走人，要求一举两得。因为，从平埔族山寨到山下的永丰城这山涧是必经之路。几千年来，山上乡亲要下山，虽然这山涧不宽，要绕过它，却要多走二三里的崎岖山路，而这路又窄又陡，必须多花半个多时辰。

现在，渡槽架起来了，它既有渡水又有当桥的功能。

这座用十六根松木开凿成渡槽，中间用松木作支架撑着的渡槽，恰好一边八根，将这山涧连结起来。举目望去，足有四五尺宽能过水能过人，不用说，架通这渡槽既修善又积德。将给今后山寨的乡亲们，出行提供了多少方便啊！

三兄弟此时站在这里，一边欣赏自己事业成功的喜悦，一边充满着无限的快乐。

"山上的阿爸以后下山将比以前方便多了。"阿发作为平埔族山寨人的女婿由衷地高兴起来。

"看来，这女婿当得还真有良心，凡事还能想着老丈人哟。"一旁的林胜天看到阿发心境不错，也趁机调侃了一下。

"那是，胜天过一段你自然也会明白我此时的心境，你也很快有这样的感叹了。"阿发没有看胜天的表情，好像在遐想，又好像在回味人生："人这东西挺怪的，成了家，有了孩子，就会变得成熟起来，不再喜欢以前的打打闹闹。而是，感到自己肩上有一种难以推卸的责任。"此时，他好像在将自己的心迹告诉林胜天，又好像在自言自语。当他看见岳父阿力凡就站在离自己不远的岩石上，并背对自己时，忘情地看着那桥上乐呵呵

第三十二章 永丰渠的喜和忧

的山寨青年。这一段自己太忙，没有抽空去山寨看望老人，加上老人也不太喜欢下山。彼此已经一个多月未见面了。

阿发非常想念老人，正想走上前去，向老人问个好。

"什么意思呀。"林胜天没有领会阿发的所思所想，只是觉得他这话中有话。于是，又追问了一句。

"你这家伙呀！傻不傻呀！老泰山已将老婆给你送上门了，你还装聋作哑呀？你心目当中似乎还没有老丈人的概念吧。看来，你是缺少老婆的调教了。"阿发做了一个被揪耳朵的手势。他知道林胜天正跟海兰处得火热，喝喜酒只是等到良辰吉日的事情了。于是，说出一句笑话。顿时让林胜天羞得满脸通红，而且一直红到脖子根。

"阿发哥，何必呢。小弟就说一句话，你却接二连三一大串。"林胜天有些无奈，似乎在求他口下留情。

"现在呀，你考虑什么问题都不能再考虑一个人了。要处处为海兰和阿叔着想。"阿发还不放过。说罢，便与阿光哈哈一笑。

三兄弟不再斗嘴，便兴冲冲登上岩头，从那看去，只见那些山寨的乡亲们已经抢在他们之前站在那渡槽上面，又唱又跳，欢腾雀跃，那种开心的劲头，那欢心的浪潮在山谷中回荡着。

"阿发，快……"阿光看到这一切，心里不觉嘣嘣直跳。一种念头跃然脑际。这是渡槽，这几百个人，便是几千斤的重量，又加上乱蹦乱跳，无疑会增加一种沉重的负荷。"快叫大家下来，以防不测。"

"怎么啦？"阿发不知道阿光所说要表达的意思，还愣愣地看着阿光。

"快叫乡亲们离开渡槽，以防不测。"阿光重复了自己刚才的话。

"我去！"胜天听了阿光的话，感到不无道理，这山涧足有一丈多高，这渡槽本来就是用生松木开凿的，自身很重，还要承载过流的山泉流水，加上这么多的乡亲，如果出现问题，后果难料。

胜天腿脚特别快，他三步当作两步走，冲向渡槽，连推带拽，劝乡亲们赶快离开。可是，快乐得有点忘乎所以的山寨乡亲哪里管得了那么多。胜天拉了这个，那个又跑上去了；扯了这个，那个又挣扎着返回去。

这来来去去，反反复复，林胜天有力不敢使，急得满头大汗，还收获甚微。他感到束手无策，蓦然回首，看见站在山岩上的阿力凡正笑眯眯看着自己，他才感到自己找了一个最好的救星，便冲上前去请求说："阿爸，快，快，快叫乡亲们离开那渡槽吧，不然会有危险的。"自从山花跟阿发结婚后，阿光几个兄弟都按照阿发的叫法，称阿力凡为阿爸了。

"这样在上面闹闹，高兴高兴一下，会有问题吗？"林胜天急得满头大汗，阿力凡却有点不以为然，觉得这林胜天年纪轻轻却谨小慎微。因为老人觉得，八根这么大的树凿成的水槽，总不会踩断吧。而且，碰上喜事，山寨的人总喜欢乐呵呵，庆贺庆贺，心里满不在乎。

"不！阿爸，中间那个木架，它在承受这二头十六棵大树已经不得了了，如这三百多个人在上面怕有不测呀！"林胜天是一个很有责任感的人，看到老人家满不在乎，拉着他的手，心里更加着急，使劲地摇晃着，希望能凭借老人的影响力和威望阻止大家在上面跳跃，赶快离开那边。

"我看问题不大。"阿力凡看见阿光和女婿三个人上山来，心里也乐不可支，他满心欢喜地看着乡亲们那兴奋的样子，心里甜滋滋的。不管林胜天急得如何冒火，那老人家就是不慌不忙，乐悠悠地欣赏着那帮年轻人的狂欢。

"阿爸，阿爸……"阿光和阿发赶上来了，看见无动于衷的阿力凡，有点哀求地向他祈求："快下令叫他们离开吧。不然一出事，便不得了了。"

"好吧！"看到三个年轻人在大惊小怪，一声又一声地呼着喊着，这阿力凡却像老顽童一样偷偷地乐着。许久，才慢悠悠地下了一个叫年轻人撤离渡槽的命令。

可事情就在这一刻，三百多个年轻人，见到酋长撤离的手势，一溜烟地向一个方向头走去，三百多个人，三千多斤重，一下使本来负荷几乎没有余地的渡槽支架，失去了平衡，开始倾斜了……

"咯吱……"只听见那支架因失去上面负荷力的平衡出现倾斜的声音，那由十六根大松树开凿连接两岸的渡槽，因中间支架缺乏有力的支撑，开始倾斜，两边各八根木头朝山涧中间倾倒，这一刺耳的木支架撕裂声，反过来又加剧了桥上青年人的恐慌心理，大家一阵尖叫，前推后搡，蜂拥夺路逃命……

第三十二章 永丰渠的喜和忧

事故就在这瞬间发生了。

"轰隆"一声巨响，渡槽轰然倾倒，桥上的年轻人除腿脚比较快的跑到岸上二百多人外，足有几十个人随着那渡槽掉入一丈多的山涧之中。顿时，这原本一片欢乐的山谷，原来的快乐气氛和欢歌笑语荡然无存。

取而代之的是人们的尖叫声、哭泣声。

掉入山涧当中伤员的哀号声和呻吟声。

这件事，发生在片刻当中，

这件事，只是在转念之间。

阿光被眼前的一切惊呆了，张大嘴巴，久久合不上。

阿发、林胜天被刚才的瞬间吓傻了。

阿力凡也吓坏了。

紧接着，那山涧里传来了一阵又一阵的呼救声。

"救命……"

"救命啊……"

一声接一声，

此起彼伏，接连不断。

这架渡槽的下面，原来是一个山涧水潭，水很深，这山泉水又特别的冷，而且这潭水面比较宽。那倒塌的渡槽是因为中间支架承受不了负荷而倒下去的。

渡槽倒下去时，那些原先在渡槽上又蹦又跳的年轻人就像往锅里下饺子，一股脑往下倒，"扑通，扑通"几乎在一瞬间倾倒到这像锅一样的山涧之中，掉到这冰冷的水潭里。

幸好，保生大帝在天之灵的保佑，有了这山涧水潭作为垫底，大部分的人都没有受伤。

于是，一个个"水饺"们在山涧水潭中扑腾一阵之后，便又惊又喜地游上岸来，大家一边吐着呛在嘴里的冷水，一边又嬉皮笑脸、争先恐后地爬上山岩来。

只有个别没有水性，或受了伤的人，还留在山涧水潭中扑腾着。

刚刚还沉浸在一派欢乐的山涧，顷刻间充满着悲哀，充满着恐惧，充满着"救命"的呼救。

阿光刚才在心里担心，却又不敢贸然说口，现在变成了现实。他看到这山涧里一片混乱，倒吸了一口冷气，立即调整了一下自己的情绪，看了看身边已经惊呆的阿发和胜天，转过身大喊一声："胜天、阿发，快，快下去救人。"他的脑子一阵嗡嗡作响，刚才还兴奋无比的心情，此时早已被山风吹得烟消云散，荡然无存。

他的脑海里闪过惟一的念头，便是赶紧救人。

"救人！救人！救人啊！"阿力凡颓然地坐在冰冷的山岩上，他不知道什么原因，刚才还充满欢快的山涧间，瞬间却变得如些恐怖，只是不断地用他那手中的文明杖不停地比画着，朝着周边的人焦急地呼喊着，招呼在山涧两旁的人赶快下到一丈多高的山涧里去救人。

林胜天，反应最快，他连衣服也来不及脱，便顺着那嶙峋的陡峭岩壁，半溜半爬下到了山涧。

阿发下去了。

阿光也下去了。

山寨的年轻人也纷纷下去救人。

可是，这山涧不大，人太多，大家胡乱地摸着，七手八脚地救人，一片混乱。

"救命，救命……"大部分落水的人都靠自己的力量爬上山岩上来了。阿光眼睛朝那山涧一看，还有两个人在水里扑腾着，他的手和脚似乎有些不方便。

"那两个人一定是受伤了。"林胜天还在山涧边，他喊了阿发一声："阿发哥，我们一个人救一个。"说时迟，那时快，胜天憋足力气，一个猛子扎到水里，阿发也游过去，一个一个将那在水中扑腾的落水乡亲救了上岸来。

两个人躺在地上痛苦地呻吟着。

"伤在哪里？"阿发急切地问。

"这……"伤者用手指了指左脚，阿光往前用手一触摸，那人竟呼天喊地叫了起来。

第三十二章　永丰渠的喜和忧

不用说，这人的脚骨已经骨折了。

而另一个则是手骨已经骨折。

保生大帝保佑；

各路神仙保佑；

阿力凡心急如焚，看到眼前的一切，他双手合十，不停地祈祷，不断地祈求苍天菩萨的保佑。

也算是保生大帝保佑，真是有惊无险。

"水饺"们只有五六个受了皮肉之伤，而且伤得还不太重。因为，毕竟没伤到筋骨，这点小伤对山寨的人来说，那几乎是家常便饭。

你看，此时那些刚从山涧中爬起来的人还挤眉弄眼的，好像是刚做完一出游戏，仍然乐呵呵的。

阿光看了又好气，又好笑。可是，刚才触目惊心的一幕足以让他虚惊一场。现在，既然没有大事，心里才轻轻地松了一口气。

林胜天看到那山涧中还有山寨年轻人在玩水，也顾及不了太多。他爬上岸，脱下外衣，拧干了湿漉漉的衣服，看到阿光也在山涧边，他身上的衣服还在滴水，却已专心致志地在石头缝中采集中草药，便掉过头，拉了阿光一把。然后，将草药转交给阿发。

"把这药交给阿爸，让山上的乡亲按照这标本采集一些，打成药泥给受伤的乡亲们敷上。"阿光用手一边擦着从头上流下的水珠，一边交代阿发。

"好，我马上去。"阿发接过药，扶着还在发愣的阿力凡，孝顺地说："阿爸，这是阿光给受伤乡亲采的草药，请交给他们。您，跟我下山住一段时间吧，山花和林生在想您哪！"

"不了！阿发，你们辛苦了。我还是回山寨去。我在那住了一辈子，离开了，反而不习惯，。"阿力凡用深情的眼光看了看浑身淌水的女婿。他知道，创业难，创业艰辛得很，女婿他们过得不容易，自己还能动，不能让他们分心。

阿力凡看了看三个年轻人，爱怜地看了看三个兄弟，老人的心也不平静，接过阿发递上来的草药。停了一会儿，他想说什么，可是，却想不出可以安慰和宽心的话，便头也不回地朝那山寨走去。

"阿爸！你慢走。"当阿力凡因苍老而略为驼背的身影慢慢消失在丛林中时，阿发看着看着眼睛有些湿润，为阿爸年老孤独而湿润，心里不禁下定决心，一定早日修好这渡槽，让阿爸和山上的乡亲以后下山更便捷。

一个小时前，三个兄弟兴高采烈，充满着快乐和喜悦；一个小时后，面对这一片狼藉的工地止不住唉声叹气。他们没有再彼此安慰，而是呆呆地看着眼前的一切，觉得这心一阵阵地痛。一年多来，考虑最多、费最多脑筋、花最大气力的是这边。可是，到处都已基本完工，这里却在无限期待、眼看胜利在握时出现了这么大的纰漏，三个人的心情无论如何都难以轻松起来。

三兄弟便埋着头痴痴地与众多施工的兄弟在看着那倒塌的渡槽，愣愣地用手托着腮，望着那出神。大家绞尽脑汁，搜肠刮肚，在思考着，如何解决这渡槽跨过山涧的措施与办法。

又一阵山风吹来，他们丝毫没有一点寒意，像三尊石雕，一动不动地思考着。

"问题就出现在支架上"阿光不止一次地考虑这个问题，现在的问题，就是要克服支架这道难关。

支起一丈多高的支架。既然本身有自重，还要承担十六支用松木开凿的渡槽。那是几万斤的自重啊。况且，刚才还承受那三百多人的体重。假如，用八支松木开凿渡槽，一次铺过去，树有那么大，也有那么长。可是靠人力，谁也没有那么大的本事，谁也无力架设好这样的渡槽。那么，这永丰渠，难在渡槽。而这渡槽，则难在这中间的槽墩上。

如果中间这支架用石头来砌，支撑起两边的渡槽，岂不一劳永逸？

可是，砌这渡槽墩要用石头来取代，就得用洋灰。

这洋灰哪里去寻找呢？可以不可以用石灰当取代品呢？

"有了！有办法了。"阿光在痛苦的反思当中，想起半年前简宏顺老板讲过，那石灰岩用火来烧可以变成石灰，有了石灰便可以作为砌石墩的胶合物质，就可以把石墩代木架，就能让这渡槽不但可以架过去，还可以渡水和过桥，两全其美。

　　"阿光哥，你又在想什么办法了。"阿发看到阿光拍大腿，嘴巴嘟嘟哝哝，说一些含混不清的话，便着急地将眼光投向阿光，巴不得他能尽快想出一个办法来。因为，要解决眼下之急，渡过眼前的难关，只有尽快突破这咽喉工程，这卡脖子工程。

　　"阿发、胜天，我在想……"阿光用眼睛看着两个兄弟，将自己的想法说了一通。"现在的问题是想办法，把那石灰岩烧成石灰，那么这个难题便解决了。而且，只要有那石灰，我们还可以立马投资建一批永久性的房子，让木屋逐步退出永丰城。

　　"这样啊！"刚才还沉浸在悲伤之中的林胜天，突然眼睛一亮，大声叫了起来："阿光，你呀。你想的办法，总比我高出一筹。"

　　"有道理，我想明白了。你看，我这脑子呀，总是反应那么迟钝，如果上次简老板告诉我们这个信息便立即投入烧石灰工作，办他一间永丰石灰厂，怎么会出现这个问题呀？"阿发感叹着。

　　太阳不知何时已经西下，山上的风开始呼呼地响了起来。那些夜归的鸟儿在树枝头东跳西扑，在欢快地鸣叫着。阿光的耳际里一直充斥着山涧流水哗哗的声音。他没有心思去欣赏这大自然的美景和浪漫，也无心去聆听这小鸟啾啾的鸣叫。他心在想，这山涧水，几百年、几千年没有人利用，就这样白白地流失掉了。如果尽快将永丰渠开挖好，这原来应该价值连城的山涧水，比甘露，比黄金还更有价值。回想起来，让他延伸四十里路，浇灌几万甲农田，日积月累，那么它可以创造多少价值，造福多少乡亲呀！想着想着，阿光感到自己肩上的压力很大，责任很重。

　　又是一阵山风吹来。阿光和兄弟们尽管年轻火气旺，但也经不住疲惫夹杂着冰凉，便不停地打起寒战来。他们的牙齿也不停地咯咯作响。

　　"阿光哥！天黑了，而且冷得受不了了。我们下山吧！"阿发抬起头，发现这本来就是大树参天的群山，连山路也已经模糊不清了，再不走，便辨不清道路了。于是，站起来催促阿光下山。同时，大声安慰那施工的兄弟："兄弟们，别灰心。明天大家先休息，我们会找到解决架设渡槽办法的，我们回家吧。"

　　"走吧！阿光哥！"林胜天伸手拉了阿光一把。

"走！活人不会被尿憋死，办法总比困难多，回家喝酒去。"阿光被兄弟们的乐观和自信所激励着、感染着。

　　刚刚整个思绪在混乱中，现在清晰下来了。他的脑海浮现了一个念头，立即着手办一间石灰厂，按照简老板的主意，下决心，咬咬牙，挺过这一关，定然风和日丽。

　　已是夜幕降临，兄弟们已很难辨别彼此的脸，大家手拉手，一步步从崎岖的山路走来，从内心发出了一声笑意。

　　这会心的笑意，显得非常开心，非常畅快。

第三十二章　永丰渠的喜和忧

第三十三章···
阿光露出欣慰的笑

为做好阿光、阿发和连永福三个家庭的安全保卫工作，林胜天建议对三栋木屋之间的关联进行改造，保持内部联络的通道。这样，从外面看这三栋木屋单门独户，三个大门进出。可是，里面却有一条通道，彼此相通，议事、闲聊都可以不从大门进出。

阿光的房子比较大。这是因为除了阿光、海英和云生外，还有魏永富、屠户，以及原先入住的胜天带的五个兄弟。如果有事情要商议，只要阿光一招呼，便可集中到他的客厅或者院子里，既快捷又方便。

下午，阿光三兄弟被叫上永丰渠的工地后，连永福他们便返回家中，做好准备，如果一旦水槽架设成功便要在明天上午举行祭拜土地爷的活动。

海英三个女人也非常主动，几个人一齐努力，那双五牲祭品已经准备好，只待阿光他们回来便可组织人力宰杀猪、牛、羊了。

可是，天色渐渐变黑了，阿光他们却没有回来的音讯。

大家也有些着急，连准备好的晚餐也没有心思吃，便不约而同地集中在阿光的院子里，边闲聊边等候他们。

云生和林生自然不像大人一样。他们从学堂放学回来，便看到大人们在聊天。小孩子有小孩子的天地，有小孩子的生活空间。两个小兄弟便专心致志地玩弄着那院子里水缸里养的七彩鲤鱼。

要说这养鱼的水缸呀，这海英还真是别出心裁。她一口气买了八口水缸，这八口水缸分四个类型。大、中、小、超小，都分别养上睡莲和各色鱼类。而这八个鱼缸当中，唯独二口超小的与两个小兄弟最有缘分。正因为这缸小，云生几乎可以弯下腰，小手伸进水缸里去捞鱼，一会儿从这缸捞起来，放到另一口缸去，过一会儿又从那口缸里捞起来，放回这口缸来。

儿童的生活是多姿多彩的，两个小兄弟就在这捞来捞去，玩彩鲤的过程中，充分享受这儿时绚丽多姿的童年生活。

"阿光应该回来了吧。"海英从客厅里走出来，看看太阳早已下山，而且那皎洁的月亮已经升了老高："我们的饭都热了好几遍了。"海英的语气中带有某些埋怨。

"是该回来了。"连永福看看天色，在附和着海英的话。

"是不是又碰上什么问题了。"魏永富自言自语地说。

海兰已经在门口来来回回地转了无数圈，仍看不到阿光他们的身影返回院子，她的内心充满惆怅、多情的年纪，热恋中的姑娘，一日不见如隔三秋，自从那天与林胜天相拥抱后，她尝到了男女之间亲密相处的快乐和幸福，看见林胜天他们没有回来，心里真有点忐忑不安。

"云生、林生，你两个先吃饭。"海英看看天色，她知道，这三个院子里的人都有这样的习惯，男人没有回来，不可能先吃饭，一定得等齐了，全家才上桌。可是大人可以等，这小孩等不得，她转过身从屋里装满了两碗饭菜递给两兄弟先吃。

"阿爸、阿叔没回来，大人不吃，我也不吃。"真是不识好人心，那云生正玩鱼玩得开心。尽管听到母亲叫，可是连头也不回。

"我也等阿爸回来才吃。"林生也跟云生一个鼻子出气了。

"你看！你看。这两个小子，还一唱一和的。"山花看到两个孩子异口同声，又好气又好笑，不由分说，走过去，一只手抓一个，硬生生地把他们拽到海英面前，厉声斥责："拿碗，吃饭。"

两个孩子倒是服硬不服软的，看见山花板着脸孔训斥，吐了吐舌头，乖乖地端起饭碗，狼吞虎咽地大口吃起来。

山花看在眼里，与海英相视而笑。

正在这时，阿光、阿发、胜天回来了。一进门，便颓然地坐在木凳上，看那样子，显得十分疲惫。

看到他们一进来，海兰便迅速回家去拿茶壶、热水，准备给他们沏一壶热茶；山花和海英则手脚轻盈地转回家中重新将饭菜热一下，两个人表面上看起来是妯娌，实际上却形同姐妹。

更重要的是，这闽南妇女挺贤惠，她们知道，男人在外打拼很辛苦，伤身劳神，照顾好男人，给男人以最温馨的感觉，是做妻子的本分，如同每天要吃有三餐饭，晚上要踏踏实实睡觉是一个道理。

"不顺吗？"看到三个年轻人默默地坐下，尽管没有唉声叹气。但历尽人间悲欢离合的连永福已猜出几分情况。

"阿叔，真的，不顺。"阿光简单地回答。坐定后，正要张开嘴巴，将下午的情况简要说一下，门外，乡勇团的团丁进来报告："山上，水渠的工地师傅阿土有情况要报告。"

"能不能……"魏永富看到女婿他们实在太疲劳了，想请他待阿光吃完晚饭后再说。

"谁？"阿光问了一句。

"阿土师傅。"

"噢。快！快！快请他进来吧。"阿光知道，下午这渡槽倒掉，尽管不是这阿土管的，但阿土这人有思想，点子又多。这连夜下山汇报，一定是有了新点子，或者发现了什么新问题。于是，叫团丁赶快请他进院子了解一番。

"阿光老板！"阿土刚进门看见院子里男男女女，煞是热闹，看样子都正在准备用晚餐，站在一旁愣住了。

"阿土，请坐。"阿发上前拉住阿土的手，让了座。

"怎么样？有重要事？"阿光很关切。

"嗯！是这样。老板，这永丰渠下午不是通了一个多钟头的水吗？我顺着水源从渡槽到隧道再往下走，水从渡槽到隧道一直延伸一里多路流通都很顺畅。"

"噢！那么好嘛。"阿光附和了一句。

"现在的问题便出现在一里多路之后。"阿土有些着急："从那开始，那渠道便进入沙质土层的水渠，由于都是沙质土，尽管前面水源很足，到那走了一段，水便都渗透光了。"

"那，照你的观察这水渠不管水槽再大的水流出，水还是不可能灌溉到农田？"

"是的，都渗透光了。"阿土因为观察得很仔细，而且很肯定："纵使不停地流入，长期下去，还会出事？"

"为什么？"看着阿土那焦急的神情，阿光的心咯噔一跳，不知道他所说的"会出事，是一个什么意思。"

"这沙质土，如果水过不了，便会渗透下去，久而久之，这土里含水量多了，便一定会坍塌。"阿木喝了一口茶，"那么问题就更为严重了。"

"这样！"几个人听了以后，不觉都倒吸了一口冷气。看来，开凿的永丰渠，除了架渡槽、凿隧道之外，后面的困难还很多，工程量更大。

"阿土师傅，依你的经验，解决这个问题用什么办法最好？"魏永富听后着实为女婿担心，要知道总长四十多里的渠，尽管还未完成四分之一，都渗水，那可是个大事呀。

"根据我在漳州以前的开圳经验，惟一的办法是用石头衬底，石灰浆勾缝。当然，最好是将明渠改必为暗渠，因为衬底只解决渗水问题，而这土质本身是沙质土，渠底衬上石块可以不渗水，保证不了渠坎不坍塌下来。"

"那这工程量就大了，而且从哪里去解决这么多的石灰浆的问题呀？"阿土的话，让原本刚刚开始活跃起来的院子又归于平静，大家都被这突如其来的问题难住了，难得有些喘不过气来。

"好的，阿土师傅，谢谢你。我们一起吃晚餐吧。"阿光身感巨大的压力从天而降。自己没有经验，当初开工对这些困难估量不足。现在，接二连三，实在有一些不可开交呀！

"噢！老板还没吃饭，我不敢再打扰了。我还得回山上，明天还得上工。"阿土看到老板这么辛苦，不敢再忍心打扰，便告辞回山。

大家一直送到门口，直到他的身影消失在夜色当中，才回到院子。

"先吃饭吧，这饭菜已经热了好几遍了，再热已经不成样子了。"海英心痛自己的丈夫，伸手去拉阿光的衣服，这不拉不要紧，一拉才发现阿光的衣服还湿漉漉的。原来，下午渡槽倒塌，阿光他们下山涧去救人，便没有换衣服，回到家里却没放在心里。

"你这衣服这么湿，快去换呀！"海英大声惊叫起来。

海英一叫不要紧，山花和海兰也学着样子摸了摸阿发和胜天身上的衣服，三个二百五啊！竟然都一样，全身都湿湿的，可是却如此镇定，真是让人啼笑皆非。

女人们叫了，老人们又着急又心痛。最后还是连永福开了口，三个后生仔才悻悻换了干衣服，然后再回来吃晚饭。

吃过晚饭，大家坐下来自然而然又围绕着那永丰渠的事在苦思冥想，寻求解决的办法。却见林胜天，匆匆忙忙从院子外面走进来，将阿光、阿发叫到一边，神神秘秘地咬了一阵耳朵。

"哦？"只听阿光有些吃惊地应了一声。他的身体微微一颤。

"怎么办？阿光哥！"阿发有些着急。

"别惊慌，那边有我的卧底，我们这里的力量已经做了详尽的布置。大家还是照常一样。"胜天胸有成竹地说。

"好！"三个人点了点头，又继续研究刚才的事。

而云生、林生两个小家伙难得院子里那么热闹，难得有那么多的爷爷、叔叔们在聊天，无论海英、山花怎么哄都不听，非得要继续玩他们的抓小鱼游戏。

"云生，别玩了。去睡觉，再玩那小鱼准给你玩死！"海英佯装生气，边哄带唬拉着孩子去睡觉。可是，两个小家伙偏偏不理，一个朝东走，一个朝西走。跟大人们绕着圈子，反正就不回去。

走了几圈，山花也感到无奈便只好任其玩去了。

正在这时，两个小家伙围在一口小水缸前为争夺抓起的小红鲤鱼，你推我搡，互不服气。而那小水缸本来就装那么一点水，"咣"的一声倒地破碎了，几头小红鲤鱼顺着水缸破裂的水流撒落在地上，不断地扑腾着。

这水缸破裂的声音打断了大人们的交谈。山花一时性起，一把抓过林生的手，举起巴掌正想狠狠打那小子的屁股。

"阿爸……"林生被母亲的样子吓慌了，忙向阿发求救。云生则撒开脚丫拼命地逃跑，海英在一边笑，一边追赶。

三位老人看着这热闹的场面，一个个摇摇头，又好气，又好笑。

"好！好！好！"一个院子大家都有不同的神情，唯独阿光蹲下身子，把那已摔破的水缸碎片翻来翻去，认真观察，细细分析。许久，他好像发现什么秘密似的，大声叫着："云生、林生过来，今天你两个最乖，我要奖励你们。"

"你这是……"阿光的话音一落，大家都丈二金刚摸不着头脑。因为，这阿光平时不论是对儿子云生，还是侄儿林生都非常严格，往常如碰上这样的事，不打屁股才怪呢！今天，真是太阳从西边出来了，有这副好脾气。非但不教训，还要奖励他们。这，着实让海英吃惊。

"阿叔，海英，你们看……"阿光兴奋不已，讲话都有点不流畅："你这缸是从哪里买的呀？"

"就在前面的杂货店呀！"阿光问得没头没尾，海英更感到奇怪。

"这是哪里烧的呀？"

"我不知道。但，一问便知道啦！"海英更感到奇怪了。大家正为永丰渠的事搞得头昏脑胀。这阿光倒好，哪根弦松了，突然对这水缸来了兴趣，而且还刨根问底。

"好！"阿光一时高兴，直到另一口没砸破的小水缸前，就那么轻轻一用力将缸里的水倒个精光，并将缸底打倒侧翻。

水流了一地，

小鲤鱼在地上乱跳着，

大家你看着我，我看着你，

个个面面相觑。

连两个捣蛋孩子，也感到很稀奇，以为老爸也这么喜欢玩水，玩小鱼了。

"阿叔。"阿光用手在那水缸的缸壁敲了敲，最后在缸底里又敲了几下，抬头看了看连永福，捡起地上的一块石头，"咣"一声将缸底打破，然后兴奋地说："你们看将这水缸的缸底打掉了。一个水缸套一个水缸，放在已经开挖的沙质土层的水渠里……"阿光停了停，看着三个长辈像孩子一样地傻笑着。

"然后，再填上土，将明渠改为暗渠。"阿发已经明白了阿光的兴奋，没等他将话说完，便高兴地接过话题。

"对！阿发说得对！"阿光这才高兴地跳了起来。

"就这事呀？"海英忍不住笑出声来。

"就这事还不够奖励云生和林生吗？"阿光反问一句，而且反问得很认真。

"那我呢？"海英妩媚地说。

"你，也应该！"阿光心里畅快，他朝着妻子开心地说："你，口头表扬一次。"

"哼，打发！谁要！"海英看到丈夫如此开心，也嬉笑颜开。

"那得要有多少水缸呀？"海英听后吐了一下舌头。

"是的，要很多，而且这水缸的形状还需要适当地改变一下。"魏永富看到女婿的脑子那么好料，心里显得格外高兴。就这么一口水缸，他竟然也能跟开挖水渠的事联系起来，而且联系得那么紧密。

"阿叔，我现在倒在思考一个问题。"阿光看看长辈们，又看了看身边的阿发和胜天："为了永丰渠的建成，我们起码要投资办两间工厂。"

"两间工厂？"屠户一个晚上都没有发言，听了以后，倒吸了一口气。

"对，师傅，一间是石灰厂，办这个厂不但修永丰渠，而且以后建永久性的房子也必不可少；一间是这水缸厂，除对水缸进行改造，保证将永丰渠由明渠变成暗渠外。现在，永丰城这么多家庭，哪家不要大缸小缸，大盆小钵的呀？"阿光把话说透了，正要准备请大家回家休息。

"有道理，有新意。"连永福乐开了怀。他看着眼前这些小伙子有如此这般丰富的想像力，深感自叹不如。

"好，夜深了，大家先歇息吧。"阿光松了一口气，他的心情出现了莫名的愉快，请各位长辈休息。

"好，休息！"男女老少们也感到有些困倦，纷纷起身。正在这时，突然，"扑"的一声落在地上，院子里似乎有一个石块落地的声音。

"什么东西？"林胜天好像被弹了起来，迅速朝落石的地方寻去。借着月色，他在地上开始寻找，原来在地上有一用纸裹着的石头。

"阿光哥，有事做了……"林胜天丢掉石头，将纸团展开，放到蜡烛火下一看，上面歪歪斜斜地写着一行字："阿光老板，你的手下阿土在我手中，要吗拿一百两银子来换；要吗，出来比个高低。张云飞。"

"哦！这世道变了，海盗还公开来叫板了。"看完这纸条，阿光思忖了一番。这个张云飞像一个幽灵，一直跟踪着自己，这一段似乎没了音讯。现在，却突然出现了，而且还公开叫板。看来，不花一些精力去解决他，还不行了。

"从这纸条看，这张云飞便在这四周潜伏着，我去乡勇团再布置一下，大家按我们刚才商量的意见办，别怕，也别乱。"林胜天有些着急。

"……"阿光手一挥，制止了胜天的行为。

"嫂子，山花、海兰你们先带孩子去睡吧，就睡在阿光家里，别回去。"林胜天是搞安全保卫的，经验很丰富，为保证和集中保卫力量，便在没有征得阿光意见情况下，先作了布置。

"这……"山花和海兰觉得住在阿光家有点给他家添麻烦，便迟疑地说。

"听胜天安排。"阿发一脸严肃地制止。

"阿爸，阿叔你们也睡去吧。放心，我们会商量出一个应对之策。"阿光看了看三个老人，脸上充满着轻松的笑意。

"永富兄，你们俩去睡，我帮他们。"连永福觉得自己对张云飞这些海盗的习性会更了解，况且多少还有一些腿脚功夫，总能为这帮后生仔发挥一些参谋作用，说不定在关键时候能助一臂之力。

"嗯！小心呀，永福兄。"魏永富和屠户进屋去了。

第三十三章　阿光露出欣慰的笑

瞬间，刚才还一派宽松欢乐气氛的院子顿时凝重起来。

老人和孩子们都进屋去了。

林胜天把声音稍稍压低，如此这般地说了自己的想法和打算。然后说："刚才，我已命令副团总秘密调整了兵力。一方面，在这房子四周布置了明暗两道哨，而且个个功夫都靠得住的，以确保屋里老少的安全；另一方面，已有大批力量化装成乡亲在这四周设伏。现在，我们不了解对方有多少力量，我出去摸个清楚，你们在家里若无其事地呆着，我去应付。注意，你们要做的便是冷静，万万不要轻易走出这个院子。"林胜天深感责任重大，觉得这张云飞作为朝廷清剿海盗的漏网之鱼，如能尽快铲除，真可造福一方，还一方以安宁。

"且慢，你们稍等一下。"连永福制止正要出门的林胜天，"我回家一下，你再走。"说罢，连永福一溜烟返回自己的屋里。没一会儿，便看他身着外衣出现在大家面前。

"阿叔……"阿光有些不解。

"……"连永福用手示意制止阿光的提问，然后小声说："胜天，你出去之后在明处，注意自身安全，其他事阿叔在。注意，确保自身安全最重要。"连永福对这未来的女婿充满期待，充满着怜爱。

"放心。"林胜天抓起身边一个布口袋。不用说，那是为吸引海盗的一袋银子。

天上的月亮正悬挂在天空中央，此时正好一片云彩从月光下淡淡地飘过，给本来皎洁的大地洒下了一丝阴影。阿光站在凳子上，顺手拿起桌子上的旱烟，装烟，点上火，用力地吸了一下。然后，站起来，看着胜天，他了解胜天功夫好，人也机灵，在朝廷他负责反海盗工作已经好几个年头。他深信不疑，这位兄弟一定能按照自己的部署，引出海盗，救出兄弟，还乡亲们一片安宁的天空。

"走吧，胜天，兄弟送你出门。别忘了，后面还有我们。"阿光显得很自信。因为，这张云飞他较量过，死力气倒有，而且十分凶狠。可是，一介武夫，有勇无谋。"今晚该到收拾他的时候了。"

林胜天走出院门，借着月色，故意把脚步放得很重，而且还不时地哼着闽南那特有的南音小曲，悠然自得地往大街上走去。

他走了一段路，发现没有任何动静。看了四周也静悄悄的，觉得很奇怪，这张云飞怎么就没了动静呢？于是，又哼起一曲南音，走了一段路。

这永丰城还是一点反应没有。

"张云飞，我已经将一百两银子拎出来换人了。出来呀！"林胜天扯开嗓门，大声地叫出了声来。

还是没有动静，林胜天觉得有些呐闷。

而此时，张云飞带着五六个乌合之众就躲在离林胜天站立的街道旁不远几丈的角落里，这个亡命之徒，已经到了穷途末路的地步。想报阿光那一刀之仇，几经策划，兄弟几乎都被剿杀殆尽，这次他是孤注一掷。心想，既然阿光身边有重兵保护，连近身都是问题，要报一刀之仇已经没有多少希望。于是，心生一计想绑架个人质，换个百十两白银另谋出路。因此，今晚他倒没有想刀刃相见的计划，只是想弄到银子，伤阿光一、二个兄弟之后，便远走高飞，当听到胜天只身一人，拎着布袋在叫他时，他迟疑了许久，终于推了一个小喽罗出来。

"你是阿光老板吗？"月色下走来一个三十多岁的汉子。看样子也是新手，而且倒底是不认识阿光，还是月色朦胧看不清楚，他以为拎银子的人是阿光。

"不！爷爷是永丰城乡勇团团总林胜天。"林胜天倒是正义凛然，报出了自己的名字。

"你把银子放在街中央，我们老板验收了再说。"那汉子声音有些发颤。

"叫你老板出来，当面验，当面换人。"林胜天口气坚定，不容他有任何回旋余地。

"我……"月色下，那汉子有些左右为难。

"少放屁，退回去！"林胜天加重了语气的分量。

这时，那正想往前的汉子，迟疑了一下便往回走了。

街道上，又恢复了平静。而且，静得吓人。

林胜天装着百无聊赖的样子，在街上用脚踢着路面上的小石子。可

第三十三章 阿光露出欣慰的笑

是，他那机敏的眼睛在不时向四周张望着，他要与海盗比耐力，看看谁能斗得过谁。反正，今晚非要将来犯的海盗一网打尽。

"胜天兄，何必呢？那么不相信我张云飞。"预计是这张云飞看到时间已经不早，预计这家伙也了解林胜天是一个难对付的角色。胜天觉得他身后传来了一声冰冷的声音，他心中一喜，张云飞这作恶多端的海盗头子终于现身了。

"你是谁呀？"林胜天故意装着不当一回事，背对着问。

"行不改姓，坐不改名，张云飞。"黑影似乎有点张狂。

"张云飞，我的阿土师傅呢？"林胜天一看那架势和声音，不假，这老海盗亲自出面了。

"银子拿来，阿土便可以给你！"

"没有看到阿木师傅我怎么会将银子给你呢？这点规矩，你当了一辈子海盗还不清楚？"林胜天沉着应对，不慌不忙。

"你先把银子放在街中央，后退二丈，我再把阿土带过来。"张云飞又提出了要求。

"别啰嗦，按规矩办！"林胜天已觉察出今天这张云飞已经没有多少底气，寸步不退。

"林胜天，你们不要逼人太甚。不然，你只能见到阿土的尸首。"张云飞看见林胜天那口气，这个在海上横行了大半辈子的海盗凶相毕露。

"好啊！那试试看。连规矩都不懂的人，亏你还在海上混过？"林胜天故意激怒他。

"妈的……"张云飞看到毫无商量余地，便将手一招，黑得暗中有四五个汉子，将捆绑的阿土推到街中央来。

"好，算是一条汉子。"林胜天径直走向对方，当他看清被捆绑得确实是两个时辰前回去的阿土后，便厉声呵斥，"松绑。"

"这……"张云飞的手下迟疑不决。

"快，否则别怪大爷下手那么重了。"林胜天大喝一声。

"银子……"张云飞想上来接银子。

"先放人……"林胜天一跃跳出海盗包围的圈子。这一跃，腾空而起，动作十分轻便，足足让几个海盗目瞪口呆。

"听到了吗？"正当那帮海盗还没缓过神来时，胜天又再大声命令了一句，那几个海盗你看我，我看你。其中一个便上前将阿土松了绑。看到阿土被松了绑，胜天大声说："阿土，你往阿光家走。"

"胜天兄。"阿土有些害怕。

"走，这里有我！"林胜天大喊一声。这时，阿土才拔腿朝阿光家走去。

"给你钱吧。"看到阿土已经完全安全，林胜天将手中拎着的布袋在眼前晃了一下，使了一股暗力，朝张云飞扔去。那张云飞尽管力大无比，却没有料到这林胜天会来这一手，被砸得倒退两步，缓了一口气，还未站稳，刚刚上前给阿土松绑的那海盗趁机朝张云飞扫了一下螳螂腿。这一着张云飞毫无防备，正要张口大骂，一边的林胜天早已飞起一脚，狠狠地踹了张云飞的腰部一下。

"啊！"张云飞大叫一声，像一棵大树轰然倒下。

"阿丰，注意小喽啰，别让他们跑了。"胜天大喊一声。

"知道了！"还是刚才给阿土松绑的那海盗应道，不用说，他百分之百是胜天所说的卧底了。于是他又几个腾空，将几个喽啰掀倒在地，倒在地上呲牙咧嘴，鬼哭狼嚎。

张云飞翻身爬起，想捡起地上的那布袋银子逃之夭夭。但捡在手上，发现那袋里的都是一袋碎石块，气得浑身发抖，爬了起来，脸露凶光，大嚎一声，想与胜天拼命。此时，胜天布置的乡勇团已经点着火把从四面八方包围过来。

阿光、阿发、连永福、魏永富和屠户也冲了出来，把他们围个严严实实，寸步难逃。

这时，那张云飞睁着一双血红的眼睛，扑向眼前的阿光，林胜天想上前保护阿光。只听得连永福叫了声："夭寿，张云飞你寿期已到。"说时迟，那时快。连永福那外衣里早已飞出一把飞刀，不偏不倚正中张云飞的咽喉。只见这个恶贯满盈的海盗如同一头受伤的野山猪沉重地扑倒在地……

第三十三章　阿光露出欣慰的笑

血从那海盗的喉管里喷涌而出，挣扎了几下，便没有了动静。

"阿叔，想不到你还有这样的绝活。"阿光缓过神来，用一种无比敬佩的眼光看了看连永福。

"没有两下子，还能在海峡行走几十年吗？"连永福会心一笑。

"胜天，明天派人到台湾府向巡抚报捷，我们已将海盗残余铲除了。"阿光欣慰地笑了："还要将那几个喽啰也押解过去。"

"你看……"林胜天朝地上一指。大家一看，却见那几个喽啰早已倒在地上七窍流血，一命呜呼。

"哦，怎么回事？"阿发有些不解。

"是啊！这是……"阿光也觉得挺奇怪，刚才只跟张云飞有三、五下的比试，这些喽啰几乎都没有碰触过呀。

"我这几个兄弟的功夫都相当了得，只要被他们的手碰上，没有一个能够逃脱的。也难为他们了，这一段都没有机会让他们一试身手。"林胜天轻松地一笑："况且，这几个喽啰呀，连起码的三脚猫功夫都没有。"

"哈！哈！哈。"听了林胜天那种还带着男孩子一样的话，几个人都会声地大笑起来。

屋子里的海英、山花、海兰这一段时间，紧张得连喘气都感到紧张，听了刚才门外那欢快的笑声，料定这大事已经告捷，这才慢慢松开彼此早已攥得汗水渍渍的双手。

压在心头多年的石头终于放下了。

女人们也学着自己男人的样子"哈、哈、哈"地笑出声来。

第三十四章…
# 布谷鸟叫得正欢

布谷鸟又开始欢快地啼叫了。

永丰城后面的那层层叠叠的群山上古树急不可待地开始换了新衣；那山岩边、山涧旁顽强生长的杜鹃花开始怒放着，新枝绿叶，红的花，白的花，紫色的花，姹紫嫣红。一丛丛，一簇簇，争相斗艳，点缀在充满无限生机的万山丛中。这群山在向世人展示，这群山在告诉人们：春天已经来临，给人以春天的感受，春天的欢快，春天的浪漫。让人体验春天的呼唤，春天的遐想……

阿光、阿发和林胜天这几天特别兴奋，有些原来感到非常困惑的事情，经过大家群策群力，结果一通百通，一顺百顺。那天，几个兄弟商定以后，既然张云飞已经被铲除，乡勇团的工作交由副团总阿山负责。

林胜天负责兴建石灰厂的工作。

想不到这林胜天还很有才气，一边办石灰厂，一边捣捣鼓鼓，竟然还在顺利烧出石灰的同时，旁边的一个窑里还几乎相差不了几天，生产出一大批的小水缸。

　　这一下，高兴得阿光似乎忘却了自己老板的身份，又蹦又跳，抓住林胜天又搂又抱。这几个后生仔，倒变成了一群半大孩子了。

　　而连永福呢？感到这永丰城发展很快，到处是商机，给阿光建议，准备将永丰糖厂交给阿发打理，自己则着手去办永丰商行，真正能把这一带生产的粮食、糖、石灰、水缸推销出去，把台湾的土特产和乡亲们喜欢的日用品采购进来。

　　这些事，自然让阿光特别高兴。这几天，阿光从早到晚便和乡亲们一道全身心地扑到永丰渠的开挖上来，这是千秋之业，是荫及子孙后代的基业，丝毫不能放松。

　　阿光浑身是泥水，趴在水渠里与乡亲们将一口口没底的水缸套接起来，再用石灰膏将结缝胶合，而后再重新回填新土，将明渠改成暗渠。此时如果不认识阿光，倒以为这个泥里爬、水中滚的是一个工头呢！

　　"阿光老板，兴许再过十天八天这十里左右的渠道将铺设好，便可正式送水了。"阿土在一旁看着阿光浑身的汗水与泥土粘得连面容都几乎让人家认不出来。

　　"好！阿土这一年多时间里真让你吃了不少苦啊！"阿光从新开渠里爬到山坡上，喘了一口气，欣慰地说。

　　"哦！那就是阿光老板呀。"听到阿土一叫，旁边干活的乡亲有点不相信。这一段，几乎天天干活的竟然是永丰城的大老板，大家都不敢相信自己的耳朵。

　　"怎么样，不像吗？老哥？"阿光挤了一下满脸眉毛的面容，装了一个让大家哑然失笑的样子，逗得大家哄然一笑。

　　"不像，真不像老板。"大家围过来，争先恐后与阿光交谈。

　　"我也和大家一样是穷苦人出身，说老板实际上是大家的厚爱。你看，几年前永丰城还是一片荒凉，如果不是大家的努力，能有今天吗？"阿光很温和地和大家交谈，讲实话，现在尽管大家老板长、老板短地叫着，阿光的心里却十分不踏实。因为，永丰城的开发和建设刚刚起步，今后的发展，如同人生漫漫，还不知会遇到什么困难，也不知道有多少问题需要等自己去解决。这一点，如同警钟长鸣，老在阿光的耳际响起。

"阿土，这十余里的水渠纵使开通，总长是四十多里，才四分之一呀！后面的路子还很长。"阿光用非常冷静的目光看着眼前这位小兄弟。

"那是。但老板，我们毕竟已经有了这十余里渠道开发成功的经验呀！"阿土知道阿光刚才话中的意思。这十余里长的永丰渠已经耗尽了近三万两银子，已经几乎将阿光几兄弟所有的积蓄花了个底朝天。下一步，如要再延伸开发，劳力是小事，还必须有三万两白银的三倍财力，才能完成工程，那才叫大事呀。

"还得要有九万两白银呀。"阿光听了阿土的话，没有正面回答。他没头没尾，从口中吐出了一句话。是啊！九万两银子呀！这无论对谁来说，都是一个天文数字，都是让人望而生畏的天文数字呀！

"老板，原来不是说定，这开渠的投资按受益的田甲数分摊的吗？"突然，阿土想起上次阿发在闲聊时讲过的话。

"没错，可是，你想过没有，这永丰城刚刚开发，乡亲们不管积蓄也罢，劳力也罢，都全部投下去了，收获却没有那么快见效，谁家还有多少积蓄呀。"

"噢……"阿土清楚了。阿光是一个头脑异常清醒的老板，也是能处处为乡亲着想的老板。他体恤民情，想让大家休养生息，自己却在为这笔巨大的投资而烦恼。

已经过了晌午，乡亲们便将自家带来的饭拿出来吃。当阿土端出自己的饭时，却见阿光他们端坐在那里。心里真纳闷，往日海英嫂子都很准时送饭上山，今天怎么啦？

"老板，嫂子今天怎么送饭迟啦？"阿木问。

"是啊！我的肚子都咕咕叫了。"阿光笑了笑，伸长脖子朝山下看去。

"我们先分开吃吧，我这菜不好。"阿土想将饭递给阿光。然后，顺手从身边的灌木丛折了二支小树枝，想当作用餐的筷子。

"不用，你嫂子来了。"正在这时，阿光发现海英带着云生从半山腰提着装饭的篮子，后面还跟着小拖斗，难怪那么慢。心里一阵开心，却充满怜爱地轻轻地从内心骂了一句："这小跟屁虫。"

说话间海英已经走到阿光身边，看到丈夫浑身泥泞，不无心痛地说：

"天气那么冷，怎么弄得全身又是泥，又是水的呀？"

"阿爸……"云生却顾不了许多，高高兴兴扑到阿光满是泥巴的怀里，用小手擦了擦他满头的泥巴，充满童真童趣地说："你又在玩泥巴，晚上肯定被妈妈打屁股。"

"别乱说。"海英被儿子的话逗笑了。

"哈！哈！哈。"旁边的乡亲们听了以后也忍不住大笑起来，有几个还把饭喷了满地。

"阿爸！阿叔怎么吃饭还乱笑啊。"这孩子嘴巴总有那么多话，什么事都要追根问底。

"问你自己哦。"阿光挺开心，用手指刮了儿子一下鼻子。正要端起饭来吃，海英赶快坐近身边，细心地帮他弹掉身上已经干了的泥巴。

儿子得不到答案，便围着那些阿叔在玩泥巴，不时地逗得大家开怀大笑。

"海英嫂子……"正当大家热热闹闹逗着云生玩笑的时候，那坡上传来了呼叫海英的声音。

"嫂子，那有一个乡勇团丁在叫你？"阿木眼尖，赶快告诉海英。

"哦，怎么啦？"海英感到有些奇怪。

正在这时那团丁急冲冲跑到跟前，上气不接下气地说："山花嫂子叫我请你赶快回去，海兰嫂子要生产了。"

原来，自那次张云飞被铲除之后，几兄弟一商量，觉得永丰城已没有海盗的袭扰，便选了一个良辰吉日将林胜天和海兰的婚事办了。庄稼人办喜事反正不讲排场，不结婚会被人取笑，不请客是理所当然的，尽管连永福有不少积蓄，但想到永丰城还在开发，又想办一间商行，也就同意一切从简。

现在，屈指一算刚刚十个月，这林胜天还真有办法，这么快，一炮便命中目标。阿光想一想，永丰城楼的后一代又将增加一个接班人了，便站起身拉着海英的手，兴奋地说："好事，走，回家去！"

"人家生孩子，跟你大男人有什么关系？"海英看到丈夫那种兴奋劲，娇娆地说。但说归说，她倒是非常敬佩阿光，有情有义，将兄弟的事当成自家的事，怪不得人家那么敬重他。

"这是我侄儿，能不高兴吗？说不定，过两天，这林胜天还会叫我当他儿子的干爸呢！"阿光话语间充满着自信。

"走吧！"海英麻利地将饭碗收好，提起装饭的篮子。

"阿爸，背我。"也许是刚刚上山时云生跑累了，这小家伙非得要阿光背他下山。

"你阿爸干活干得很辛苦，我背，叫你别来，你争着来，来了又走不动。"海英拽着云生的手不让阿光背他。

"不！我一定要阿爸背，阿爸背就像骑马一样。"云生非常执著。

"不行。自己走。"海英严厉地说。

"算了，我做马，让云生骑着下山吧。"阿光心情挺好，倒跟儿子一唱一和的。


等到阿光一家三口从山上返回家，刚刚踏进家门时，隔壁林胜天的房子，对，当时就是给连永福父女居住的木屋，已传来一声清脆有力的"哇啦"声。

一个新生命诞生了。

"是男的，还是女的？"阿光顾不了许多，立马放下背上的云生，冲进家门便问。

"阿弥陀佛，生了一个大胖小子。"满头大汗的山花正从产房走出来，一边用胳膊擦拭着额头的汗水，一边喜笑颜开："这小子，个头挺大，特别像林胜天这坏蛋。"

在客厅里等待消息的连永福、林胜天、魏永富、屠户、阿发一听到这消息，高兴得都跳了起来。

"小声点，到外面去。"此时，海英俨然像这里的管家婆，手一比画，那些老的、年轻人咋了咋舌头，一个个蹑手蹑脚地跑到院子里。

连永福应该是最乐的一个人了。

听到山花说，海兰生了一个大胖孙子，高兴得胡子一颤一颤。当他看见林胜天还傻愣愣地站在那里乐不可支，便下命令似的："胜天，你还站在那干什么，去杀鸡，去杀鸡呀！给海兰补上，才有奶水。"

转过头，转了几圈，这个在海峡来回走动大半辈子的老人高兴得有点昏了头，觉得还有一件很重要的事情要马上做，可是，来来回回，却想不起来了，急得满头大汗。

"阿叔，你要想做什么事情呀？"阿光发现这老人家一定想做一件什么事，但高兴得忘了。

"呵！呵！……"连永福还在打转转。

"拜菩萨？感谢老天保佑？"阿光提示说。

"对！但还有一件事。"连永福似是而非，答非所问。

"海英，准备祭品，拜菩萨！拜保生大帝！"阿光先发布命令。

"还有，还有……"连永福还在打转转。

"分糖果，招待乡亲们？"阿光突然想起闽南的习惯。凡是生了儿子，都要给每家每户先分一两块小块赤砂糖砖，让大家甜一甜，同喜同乐。

"对！对！对！还是阿光聪明，不像胜天不懂事。"连永福连连称是。

"阿发，快到糖厂取糖砖，赤砂糖砖。"阿光叫了一声站在旁边乐不可支的阿发。这位兄弟听到胜林生了个儿子，就好像自己生了一个儿子一样，也在乐不可支地傻呵呵的。

"赤砂糖砖？"阿发听了阿光的话，反问了一句。

"对！不，白砂糖砖！不，清糖砖。对，也叫冰糖砖，每户六块，六六大顺。"阿光的内心也非常激动，讲起话来，也有一点不那么顺畅。

"好！我马上去。阿山，叫两个乡勇团丁帮我，带上箩筐。"阿发叫上乡勇团团总阿山，便像飞一样地朝永丰糖厂跑去……


喜事总是接二连三的，

这不，林胜天喜得麒麟，让这永丰城的人兴奋不已。过了二十多天，那永丰渠第一期工程就要竣工开通了；阿光、阿发这些当家人整天乐颠颠的，走起路来都是脚步轻盈，就差一步三跳。

这天中午时分，简宏顺特地派了一架马车专门从台南赶来报讯，说台湾巡抚听到专报，为表彰阿光他们开发竹桥平原，建设永丰城的业绩，已上奏朝廷。大清皇帝听到阿光的情况后，龙颜大悦，亲自御书，赐永丰城一块金匾，并要委派台湾巡抚亲自送来。

听到这个消息，在座的人听了以后面色马上严肃下来。要知道，这是当今皇上御书的金匾呀！而且，还是大陆京城里送来的呀！作为大清臣民，这是一种荣耀，是一种莫大的荣耀。如果祖坟不冒青烟，那是断然没有这份荣耀的。

"阿光哥，你看怎么办才好呀。"阿发看见听到消息后的阿光又在不停地吸着旱烟。作为孤儿出身的他，以前没有听人家说到皇上。那是听长辈讲古时才出现的字眼，现在却将要发生在自己身上，他心里没有谱，真有点无所适从。

阿光没有回答阿发的话。

这不是不回答，而是不懂得如何回答。

因为，这件事他和阿发一样闻所未闻，真的不知道怎么去应对。他的心里有些遗憾，那简老板为什么光报消息，却不告诉自己怎么办这件事呢？

阿光不知道。

阿爸和师傅也肯定不知道。

那么，在这里最有见识的莫过于连永福阿叔了。

"阿发，快去请阿叔过来，听听他的意见。"阿光冷静地思考后，想起了连永福，碰到这么大的事情，非得要请他老人家指点一番。

"好！我马上去。"阿发边回答边出门。

"稍等，叫一个团丁把胜天也请过来，还有海英阿爸、师傅。"阿发刚刚挪动脚步，阿光又叫住他了。其实，阿光想，如能把阿力凡也请下来就更好了。因为，这样的喜事，无论对山上乡亲，还是对山下乡亲来说，都一样重要。

"好！"阿发出去了。

一炷香工夫不到，大家都前脚后脚地进了门。正坐定，门外又传来了阿力凡的声音。

山花的阿爸正巧下山来了。

阿力凡是听说永丰糖厂生产了冰糖，山寨乡亲从来没吃过那东西，上次胜天儿子出生时每家每户分了六块糖砖，大家觉得不解馋，几个老人请求酋长下山找女婿要来了。

这，真是无巧不成书呀！

看到大家都来了，甚至想请而无法请的人也自己上门来了，阿光的心里有着说不尽的高兴，便将简宏顺老板派人送来的消息告诉了大家。然后说：“皇上赐匾是一件大事，我年纪轻，对这种事听都没听过，更没见过，现在把大家请来，请大家一起来想想办法。”

“这可是一件天下都会感到荣耀的大喜事呀。”连永福听后兴奋异常地说：“我都快六十岁的人哪，也是第一次经历过。既然如此，我们何不将几件大事一起合起来办一下呀？”

“阿叔，你慢慢说，几件大事呀？”阿光很想尽快听听连永福的意见。

“永丰渠不是快完工了吗？”连永福问。

“对，再过几天吧，不出十天。”阿光很肯定。

“好！上次你曾经叫我备好五牲拜土地爷，结果没拜成。这次……”连永福没有把话说下去，但意思很清楚，那潜台词便是，这次总该没问题了吧。

“没问题，绝对没问题了。”阿光很肯定。

“这二呢？永丰商行挂牌开业！”连永福说：“这件事，我已筹备一段时间了，原来也打算这几天开业，那么拖一拖，一起庆贺庆贺。”

“好！”阿光看见这老人还是满肚子生意经，首先支持。

“还有吗？”阿光又问了一句。

“还有，还有一件事，我吃不准。”连永福有点吞吞吐吐。

“阿叔，你怎么啦。直说，都是自己人。”阿光用眼光鼓励他说下去。

“还有，胜天和海兰的儿子不正是满月吗，让他也沾一点光。这皇恩浩荡，普天之下都可沐浴这恩泽的。”

“完全可以。”阿光非常高兴，这样皇上赐匾；永丰渠第一期工程竣工；永丰商行开业祭拜土地爷和保生公仪式；海兰和胜天儿子满月；四件喜事同时办，天下喜事，真是喜上加喜。阿光思忖片刻抬头看了看大家：

“这么多喜事同时办，总不能光杀猪宰羊吧。”

“你的意思是？”魏永富有些不解。

“我知道，再请他一个戏班，演一演高甲戏，唱一唱南音，让山上和山下的乡亲开开心心，乐一乐。庆贺，庆贺几天！”林胜天接着说。

“对。”阿光听见林胜天说出了他想说，但还没说完的话，心里却十分高兴。

“还是胜天行，当了爸爸，人也聪明多了。”阿发在一旁开起玩笑来了。

“阿爸，到时你一定要将山上的乡亲全部请下来，一起分享这份喜气。”阿光看见坐在那一直笑眯眯的阿力凡，“我们永丰城有今天，也是托了你老人家的福气呀。”

“阿光，别客气了。我们早已是一家人，不能再说两家话了。”阿力凡特别高兴。

“阿叔！”阿光看着连永福，转过头看了看魏永富和屠户说：“阿爸，师傅，你们看这样办好吗？”

“好！好！好！”在座的人异口同声：“永丰城开发了好几年，现在初步成功，也该庆贺一番了。”

“那，我们分头准备。”阿光说完，觉得心里还有一点不踏实。他在思考，那一天不知道简老板会不会来呢？他是恩人，是长辈，如果这场庆贺缺了他，一定会逊色。

可是，这里离台南那么远，去请他已经来不及了。


又几天过去了。

这天风和日丽，春光明媚，整个永丰城披上了节日的盛装，每家每户都贴着春联，如同过着一个春节一样。

屠户这下可是忙得不亦乐乎。

他重操起几年的手艺，带着一帮乡勇团团丁杀猪、宰牛、杀羊；

海英、山花发挥家庭主妇的角色在忙里忙外张罗着；

阿发组织工人加紧生产糖砖；

胜天既帮老丈人筹备永丰商行开业的事，还得帮助儿子天生满月的事。

对！忘了介绍了，大家商量后一致决定，儿子取名天生，以感恩皇恩浩荡之意。

阿光则带着阿木他们对竣工工程反复检查，以确保万无一失。

大家已将工作一切准备就绪，就等着巡抚来了。

中午时分。

突然，一阵鸣锣声，从永丰城外由远及近，由小到大传了进来。

一队仪仗队开进了永丰城。

巡抚大人乘坐的轿子，走在前面。

海巡总兵陈承祖和宏记粮行简宏顺在后面。

后面还有南投的陈吉祥老板，以及老爷爷一拨子人。

一大队人马浩浩荡荡，威风八面走进了永丰城。

他们的前面，各由四个仪仗兵扛着两块巨大的用木头雕刻着金字的匾牌。

一块是当今皇上的赐匾"闽南阿哥"；

一块是台湾巡抚的题匾："永丰新城。"

鞭炮声响起来了。

锣鼓声响起来了。

舞狮、舞龙队飞跃起来了。

阿光、阿发、胜天和连永福他们都咧着嘴巴开心地笑着。

陈吉祥又是拱手又是作揖，向阿光表示祝贺，他的脸笑得像一尊弥勒，高兴地说："阿光老板，恭喜，恭喜，我一来祝贺，二呢表明投资三万两白银，参加第二期永丰渠投资。"

"好啊，陈老板。"阿光并没有多说，他向陈吉祥行了一个大礼，表示深深的谢意。

无论男女老少，无论山上山下的乡亲都乐开了怀。

那新城中央搭起了戏台子，一位姑娘正唱着锦板·朝天子中的《鱼过龙门》：


鱼过龙门，

雁书传来，

金榜得意，

辅朝宰相。

不负糟糠妻念旧亲爱，

贫穷有数载，

受艰呆，

阮在此窑中得伊人感慨，

今日苦尽即见甘，

春风吹散了愁眉……

唱得字正腔圆，委婉动人，这南音如乡音袅袅，令人心旷神怡……

此时，山上的布谷鸟叫得正欢。

阿光听得很真切，他欣喜地抬起头，忘情地看着那层层叠叠的群山，凝神地听着，那布谷鸟一声声地叫着："祝福，祝福……"

后 记

　　大凡人都有一种共同的体会，完成一件自己想做的事之后，总会有一种莫名的喜悦。当我将《过台湾》这部作品写完的时候，便有了这种心情。

　　中华民族拓荒台湾是一部辉煌的历史。之所以辉煌大致有几方面的理由：一是时间长。其历史可追溯到明朝，被台湾称为开台第一人的颜思齐便是那时渡东的。这是一场延续几个朝代，历尽千辛，前仆后继的由民众自发的一次空前拓荒史；二是规模大。闽南先民从南到北，不断发展，人数也由当时的几个人到后来数万人，数十万人；三是自发性。渡东拓荒几乎都是由闽南先民自发，父带子，哥带弟，邻居带邻居，逐步发展，逐步扩大；四是艰巨性。大陆与台湾中间隔着海峡，在当时渡海条件的限制下，不少人未到台湾却已先葬身海峡。到台湾后又面临海盗的袭扰，瘴疠的流行，少数民族的不理解及社会流氓的滋事……同时，还要跟台风等自然灾害作斗争。这一切，可谓历尽千辛万苦和无数的坎坷曲折。

　　将这段历史用文艺作品的形式加以表现，将闽南先民这段历史塑造人物形象加以讴歌，我想了许久，终于迟迟不敢下笔。这是早在台湾事务部门工作时，就萌发的愿望，但总因底气不足，不敢贸然下笔。这几年，我到了文化部门工作，心里总觉得这件事难以忘怀，写好它实在是一种义不容辞的责任。不下笔，那颗悬着的心总是不得安宁。于是，在前段将《弯弯的山路》、《海峡之约》和《吴真人传奇》付梓后，那种欲望变得难以抑制，便趁着激情满怀，花了一个多月的夜晚，一口气把这部作品创作而成。

应该说，当放下手中的笔时，我长长舒了一口气。因为，党和国家要求文化产业要创新、繁荣和发展。对于身处厦门经济特区、身居文化部门的工作人员，如何利用厦门独特而丰富的闽南文化资源，并将之创新和发展实在是义不容辞。如何张扬厦门文化产业发展的个性、特色和优势，更是刻不容缓。初稿拟定，我觉得自己对此尽了一份责任。但是在兴奋片刻之间，我又觉得不甚踏实，我一直在扪心自问，对于表现这场波澜壮阔的中华民族拓荒台湾的历史，我的学识、我的感悟肯定是相距甚远，我生怕自己的学识肤浅而不能最大限度地再现这段辉煌的历史。

如这样，我将愧对中华民族的这些先民们。因此，我只能以忐忑不安的心情将这部不像样之作奉献给读者，奉献给关注两岸关系的热心之士，并期待得到各位的批评和教正，以期再有机会续写第二部时加以改进。

在这部书的创作过程中，得到国台办和厦门市委、市政府领导的支持、鼓励，在此表示衷心的谢意。

此外，我不能不发自内心地感激，自己的几部幼稚之作，在出版发行过程中始终得到华艺出版社鲍立衔社长、刘泰副社长的鼎力支持。如果不是他们的垂爱和帮助，这几部作品要问世，将要付诸更大的努力。

我要感谢在本书录入过程中厦门市兆美广告公司总经理陈伟泉和黄华同志予以的帮助。

我还要向一切关心我进步和成长的各位领导、朋友致以最真挚的谢意。

作者

2010年4月30日

373

**图书在版编目（CIP）数据**

过台湾 / 廖晁诚著. —北京：华艺出版社，2010.7
ISBN 978 - 7 - 80252 - 278 - 7

Ⅰ.①过…　Ⅱ.①廖…　Ⅲ.①长篇小说－中国－当代　Ⅳ.I247.5

中国版本图书馆CIP数据核字（2010）第 141248 号

# 过台湾

作　　者：廖晁诚

责任编辑：宋福江　孔德骐

装帧设计：水晶方设计工作室

出版发行：华艺出版社

社　　址：北京北四环中路 229 号海泰大厦 10 层

邮　　编：100083

电　　话：010 - 82885151 - 222；82885023

E - mail：fujiang_song18@sina.com

印　　刷：北京顺义兴华印刷厂

开　　本：710×1000　1/16

字　　数：340千字

印　　张：23.75

印　　数：2000册

版　　次：2010年 9 月第 1 版第 1 次印刷

书　　号：ISBN 978 - 7 - 80252 - 278 - 7

定　　价：42.00元